— 安徽省社科规划项目 —

都会的诱惑

上海现代消闲刊物与海派散文

DUHUI DE YOUHUO

SHANGHAI XIANDAI XIAOXIAN KANWU YU HAIPAI SANWEN

满　建／著

上海辞书出版社

图书在版编目(CIP)数据

都会的诱惑：上海现代消闲刊物与海派散文 / 满建著. —上海：上海辞书出版社，2020
ISBN 978-7-5326-5515-1

Ⅰ.①都… Ⅱ.①满… Ⅲ.①期刊研究-上海-民国 ②散文-文学研究-中国-现代 Ⅳ.①G239.296 ②I207.65

中国版本图书馆 CIP 数据核字(2020)第 039458 号

都会的诱惑

——上海现代消闲刊物与海派散文

满 建 著

责任编辑 陆琦杨
装帧设计 王轶颀
书名题签 王志安

出版发行 上海世纪出版集团
上海辞书出版社(www.cishu.com.cn)
地　　址 上海市陕西北路 457 号(邮编 200040)
印　　刷 启东市人民印刷有限公司
开　　本 720 毫米×1000 毫米 1/16
印　　张 18.5
字　　数 302 000
版　　次 2020 年 10 月第 1 版 2020 年 10 月第 1 次印刷
书　　号 ISBN 978-7-5326-5515-1/G·1061
定　　价 68.00 元

海派文学研究的拓展与深化

杨剑龙

这是一部有独特创见的学术著作，是海派文学研究的拓展与深化。

大约由于20世纪30年代那场“京海之争”，鲁迅在《“京派”与“海派”》一文中指出：“北京是明清的帝都，上海乃各国之租界，帝都多官，租界多商，所以文人之在京者近官，沿海者近商，近官者在使官得名，近商者在使商获利，而自己也赖以糊口。要而言之，不过‘京派’是官的帮闲，‘海派’则是商的帮忙而已。”此后逐渐延伸出“恶性海派”的概念，“海派”几乎成为商业化、庸俗化、卖弄噱头、低级趣味的代名词。随着20世纪80年代以后人们对于海派文学研究的日益深入，随着人们对于海派文化研究的不断拓展，学界对于海派小说的研究已达到了前所未有的深度和广度，但是从整体上看，海派散文的研究显然是被忽视的、被淡忘的。

满建于2010年考入上海师范大学，跟随我攻读中国现当代文学专业的博士学位。他是一位朴实勤奋踏实的学者，认认真真听课，踏踏实实研读，兢兢业业撰文。在攻读博士学位的过程中，经过细心梳理，深入思考，他选择了从上海现代消闲刊物研究海派散文的论题，这是一个具有新意和创见的论题。2013年在博士学位论文答辩中，获得答辩委员会专家们的一致好评。我当时对于满建博士学位论文的评价：

> 满建的论文《上海现代消闲刊物与海派散文》以20世纪三四十年代的消闲刊物为研究对象，集中研究海派散文的创作状况，通过对于海派散文都市生长空间与海派散文创作的梳理，分别研究了《论语》《人间世》《宇宙风》《良友》《天地》等消闲刊物，并评说上海现代消闲刊物影响下的海派散文得失。论文填补了关于海派散文研究的某些空白，具有独特的学术价值。论

文思路清晰、资料翔实、视野开阔、分析细致、格式规范，作者借鉴了都市文化学、都市人类学、文化地理学、历史学、社会学、传播学、阐释学、接受美学、比较文学等领域的相关理论和研究方法，对于现代消闲刊物与海派散文做了比较全面深入的研究，有其独到的观照和见解。论文呈现出作者从史料和文本出发的研究思路，在论从史出中形成其论题和观点，将问题置于历史文化语境和文学发展史的脉络中进行分析研究，呈现出作者比较扎实的研究基础和较强的学术研究能力。

2013 年 5 月，通过学位论文答辩获得博士学位后，满建对其论文又进行修改润色，并增加了第六章"《红杂志》：为市民阶层代言"，成为一部 20 余万字颇为厚重的学术专著，他将该著定名为《都会的诱惑——上海现代消闲刊物与海派散文》。现在浏览该著作，我觉得其学术价值大致在如下三方面。

一、填补了海派散文研究的某些空白。在海派文学的研究中，以往大多研究的是海派小说，涉及张资平、叶灵凤、滕固、章克标、曾虚白、林微音等的性爱小说，涉及施蛰存、刘呐鸥、穆时英、杜衡、徐霞村等的"新感觉派"小说，涉及张爱玲、徐訏、予且、丁谛、周楞伽、苏青、潘柳黛、施济美等的市民小说，却很少从散文角度去观照研究海派文学。大约 2012 年学界开始提出"海派散文"的概念，也开始陆续有学者进入海派散文研究领域，发表了两三篇相关的学术论文。在此背景下，满建抓住了这个契机，在梳理分析相关的文学刊物基础上，以海派散文的研究作为其论题，通过对于海派散文的生长空间、发展脉络、读者市场、消闲风尚、时尚表达、市民趣味、都市话语等的分析研究，对于海派散文的兴起、发展、特点等，进行了较为全面、颇有深度的研究，并对海派散文创作的得与失作了切中肯綮的分析。著者认为：在上海现代都市文化语境下，作为报刊文体的海派散文，不仅受到消闲刊物的版面、出版时间等物质载体因素的制约，还受到其价值取向、风格特色的影响，从而成为一种新型的都市散文。该著从海派散文的角度展开颇有广度和深度的研究，总体上填补了海派散文研究的某些空白。

二、深化了现代消闲刊物的研究视阈。由于长期受到阶级斗争观念的影响，通俗文学被钉在了"封建文学"的耻辱柱上，而消闲刊物常常被视为资产阶级的产物，以至于为文学研究设置了某些禁区，让文学创作也越来越单调乏味。20 世纪 80 年代后，破除了"以阶级斗争为纲"的束缚，诸多以前被否定的、被忽视的对象，进入了研究视阈，周作人、林语堂、梁实秋、张爱玲等作家也得到了越来越多的关注与肯定。满建选择了现代消闲刊物为研究对象，从该角度进入海派散文的研究。在对于诸多相关的刊物梳理研读后，满建遴选了《论语》《人间世》《宇宙风》《良友》《天地》《红杂志》六个刊物，在对消闲刊物的大众化定位、娱乐化倾向、散文文体类型进行分析后，根据不同刊物分析读者市场与消闲风尚、编辑理念与时尚表达、编辑思路与日常话语、消费文化与散文形式等。著者认为：上海消闲刊物的大众化定位使得海派散文具有鲜明的市民文化品格，上海消闲刊物的娱乐倾向使得海派散文在审美功能方面倾向于消闲性。在消闲刊物特性的制约下，海派散文在文体上具有其新特点：语言上注重口语化，形成了连载散文、画报散文、游戏文章等特色文体。该著通过考察上海现代消闲刊物与海派散文之间的关系，揭示海派散文作为地域性都市散文的独特生产机制及其审美功能和文体特征，探讨其在文学史上的重要意义，该著深化了现代消闲刊物的研究视阈。

三、拓展了海派散文研究的思路方法。在该论题的研究过程中，满建坚持从史料和文本出发，在阅读梳理大量期刊和文本的基础上，确定所涉及的消闲刊物、散文作家和散文作品，在分析梳理消闲刊物与海派散文之间的关系，梳理海派散文的萌芽、成长、成熟、传承的发展脉络，全面梳理海派散文的兴起、发展、兴盛的过程，意在从上海现代消闲刊物和海派散文的关系来探究海派散文能够在回到历史原点的基础上总结其得失成败，为当下散文创作提供有益的借鉴。在对于消闲期刊与海派散文的研究中，著者借鉴了都市文化学、都市人类学、文化地理学、历史学、社会学、传播学、阐释学、接受美学、比较文学等领域的相关理论和研究方法。该著将消闲刊物与海派散文的研究置于都市文化的背景中，分析现代都市物质空间与消闲娱乐风尚、与文化消费市场、与海派散文生产方式，使其对于消闲刊物与海派散文的生长空间作了深入的探究。著者认为：上海开埠后，都市化进程不断加快，到20世纪30年代形成了现代化的物质空间和文化空间。商业中心地位的确立、现代生活方式的引入、消闲种类的繁多，为海派散文的诞生提供了深厚的物质土壤；文化中心地位的确立及其繁荣时代到来、报刊等现代传媒的发达、文化消费市场的形成，为海派散文的发展提供了文化空间。在研究中，著者运用了接受美学的理论与研究方法，从读者意识分析《论语》的栏目设置，从市民趣味的认同与表现分析消闲刊物，从中产阶级市民的生活观念和趣味探究《良友》的编辑策略，从争夺读书市场分析《红杂志》的为市民阶层代言，都可以见出接受美学的研究思路和方法。该著在综合运用多种理论和研究方法过程中，拓展了海派散文研究的思路方法。

这应该是满建在学术研究道路上的第一部个人学术专著，迈出了满建在学术研究历程上十分扎实的第一步。满建是一位朴实勤奋踏实的学者，在迈出了扎实的第一步后，一定会有更开阔的视野、更丰硕的成果，我期待着。

2019 年 10 月 21 日

于瞻雨斋

目　录

引　言

海派散文研究的上海现代消闲刊物视阈

一、问题的提出

作为世界城市发展史上的奇迹，上海在近现代的崛起引起了研究者的关注。1934 年 5 月，法兰西科学院院长查理·芮切教授根据城市发展态势的研究推测，10 年后的上海将成为仅居纽约之后的世界第二大城市。[①]

在上海都市文化背景下，1934 年中国文坛的变化及动向尤为引人注目。由沈从文于 1933 年末发起的“京海之争”在这一年达到了白热化的程度，继晚清以来绘画界与京剧界的海派后，文学上的海派浮出水面；这一年，林语堂已离开《论语》，于 4 月 5 日创办了小品文半月刊《人间世》，在发刊词上他骄傲地宣告：“十四年来中国现代文学唯一之成功，小品文之成功也。”[②]《人间世》是由良友图书印刷公司发行的，这一年，该公司自办的《良友》画报在主编兼散文家马国亮的主持下进入了鼎盛期，刊登了《都会的刺激》《上海的声、光、电》等图文，彰显着上海这座国际化大都市的现代魔力；这一年，南京中央大学外文系的冯和仪因结婚生女而弃学，生活的转折使她次年在《论语》上发表了《生男与育女》一文，从此走上了散文创作道路，其后在 1943 年创办了刊登散文为主的消闲刊物《天地》。

1934 年，被众多的作家和评论家誉为是“小品文年”或者“杂志年”。该年 7 月，《现代》杂志《文坛展望》一文指出：“上一次我们曾经把一九三四年称为‘杂志年’，但也有人把它称为‘小品文年’的。这是说，在一九三四年，小品文成为一种流行。”[③]与此同时，茅盾也说：“今年文坛上小品文大为流行。小品文的刊物一时风起云涌……”[④]到 1934 年末，“小品文年”的称谓已成为文坛共识。《读书顾问》的一篇文章认为：“若果以销路的广狭来估定文章价值的话，我们很可以肯定说今年是小品文的年头。因为办小品文的刊物的销路好，所以办小品文刊物的大有‘雨后春笋’之势。”[⑤]《出版消息》上一篇名为《“小品文万岁”》的文章更是明确指出：

---

① 参见熊月之、周武主编：《上海：一座现代化都市的编年史》，上海书店出版社 2009 年版，第 389 页。

② 《〈人间世〉发刊词》，《人间世》第 1 期，1934 年 4 月。

③ 编者：《文坛展望》，《现代》第 5 卷第 3 期，1934 年 7 月。

④ 蕙：《关于小品文》，《文学》第 3 卷第 1 号，1934 年 7 月。

⑤ 三草：《为小品文辩护》，《读书顾问》第 2 期，1934 年 6 月。

> 一九三四年的文坛是“杂志年”，是“小品文年”……大部分刊物的内容都是非常充实的，至关于文学上的写作，则小品文确为唯一的收获，我们发现了这种“奇兵”式的“小摆式”，竟有极大的力量存在……作家们应该以一九三四年的小品文做楷模，而更加努力起来！让我们来喊一声“小品文万岁”![①]

有人在次年总结道:“去年世人谥为‘杂志年’。这年的主要特征，就是一般专载小品文的刊物，有若雨后春笋一样的产生，盛行一时。”[②]出版于1935年初的《小品文与漫画》一书中，类似的表述也比比皆是。熊昌翼在《走入了魔道的小品文》一文中写道:“据说去年是‘杂志年’，这自然是因为出版的杂志多而言。”[③]佛朗感慨道:“去年是小品文杂志年，今年大概也还是小品文杂志年吧。小品文在近年来真的在走着红运了!”[④]据统计，该年全国新创刊的文学刊物139种，创历史新高，而在文化中心上海出版的就达到65种。[⑤] 加上前期创办出版的诸多刊物，1934年发表散文的刊物可谓是不计其数。因此我们可以追问，1934年同时被称为“杂志年”和“小品文年”，这是一种纯粹的巧合还是暗含了某种必然性？在当时文化中心上海，无论是刊物数量还是小品文的创作数量都是首屈一指的，刊登小品文的刊物又多是商业性的消闲刊物，那么海派散文和上海现代消闲刊物之间存在什么样的关系？

再进一步说，1934年刊物和小品文的繁盛并不是一个偶然现象。晚清以后，随着《申报》等一大批商业化刊物创办，上海成为中国现代文学刊物的发源地。五四新文化运动爆发后，北京一度成为新文学刊物的大本营，但通俗文学作家却不甘示弱，在上海办《红杂志》等刊物与新文学争夺读者市场。进入新文学的第二个十年以后，上海重新获得了文化和文学的中心地位，商业化消闲刊物数量与日俱增，散文创作日益繁荣，这一盛况一直持续到全面抗战时期，1934年不过是一个突出的标本而已。即便是在全面抗战中的沦陷区，苏青和张爱玲等作

---

① 《“小品文万岁!”》，《出版消息》第42号，1934年12月。
② 包罗:《小品文与小型报》，《礼拜六》第612期，1935年。
③ 陈望道编:《小品文和漫画》，生活书店1935年版，第112页。
④ 同上书，第36页。
⑤ 据《中国现代文学期刊史论》所收录《中国现代文学期刊叙录》中1934年出版的文学刊物统计。参见刘增人等纂著:《中国现代文学期刊史论》，新华出版社2005年版，第343—361页。

家还在《天地》等刊物上继续着海派散文的创作道路，并取得了不菲的实绩，展现了海派散文的活力。可见，上海现代消闲刊物和海派散文之间的紧密联系具有普遍性。上海现代消闲刊物会给海派散文带来哪些变化？这种变化对中国现代散文有何贡献，其文学史意义何在？

二、本课题研究的价值和意义

20 世纪八九十年代特别是跨入 21 世纪以来，随着经济的迅猛发展以及城市面貌的日新月异，上海作为一个国际性大都市越来越引起世界更多的注意，研究上海、关注上海已经成为热点，海派文化研究已经成为显学，而海派文学则是海派文化不可或缺的组成部分。深入探究海派文学，对于把握上海文化的精神内核，对于确立都市上海的崭新形象，对于中国现代化建设的示范意义都是不言而喻的。

尽管海派文学研究已经形成气候，专著论文层出不穷，但是目前的研究大多集中在小说领域。事实上，海派作家在 20 世纪三四十年代创作了大量散文，真实记录了现代上海的都市风貌及市民的生活和价值观念，但这些散文长期受到学界忽视。缺少海派散文的海派文学不是完整的海派文学，通过对海派散文进行研究，可以将海派文学研究推向全面和深入。

海派散文是一种新型的都市散文，产生以后备受责难。从文体特征来看，散文是一种能直接体现出社会人事风貌的文体，比其他文体更能折射出作家的学识、情趣、情感和人格。海派散文是 20 世纪海派文人的真实心灵记录以及海派文化的活化石，通过海派散文来思考海派文人、海派文化的命运无疑具有重要的意义。海派散文作家原籍并非都是上海，他们带着各自的经验和知识来到这个大都市，在上海的商业化社会语境中，他们是如何改变思想和言说方式的？以真实性和情感性为主要特征的散文是他们心声的流露，他们对现代都市会有什么体验？会写出什么样的表露自己心态的散文来？研究海派散文，还能够考察上海近现代以来特别是 20 世纪 30 年代以来的极端繁盛的都市文化风貌。比如，上海是一个移民城市，又是一个国际性的大都会，人口的密集程度和异质程度都较高，传统社会的温情脉脉的人际关系不复存在，人们需要散文的何种功能来满足自己的心理需求？

从文学本体研究来看，可以通过上海现代消闲刊物与海派散文关系的研究，来探究散文的命运。散文既是一种古老的文体，又是一种包容性极强的边缘文体，还是一种对自由度要求较高的文体，海派散文的成败得失都可以成为现代散文创作的借镜。海派散文生成于现代都市上海商业文化语境中，借助于发达的上海现代消闲刊物进行传播，文学生产方式产生了巨大的变化，这种古老的文体产生了什么样的变异，增加了哪些新质，对当前都市化语境中的中国散文创作有何启示？海派散文与传统散文、与“五四”散文，与同时期的京派散文和左翼散文的不同之处在什么地方？从上海现代消闲刊物的视角探讨散文的成败得失也具有很重要的意义和价值。

三、主要术语界定及研究现状

1. “海派”和“海派文学”溯源及其内在规定性

要对“海派散文”做一个明确的界定，首先要对“海派”以及“海派文学”的起源、沿革以及内涵进行回顾与阐释。

“海派”一词本来起源于绘画界和戏曲界。晚清时期，受到西欧绘画影响，上海出现了以“四任一赵”和“海上三杰”[①]为代表的画家，他们生活在华洋共处的背景下，重视画作的市井品味和商业价值，作品呈现出与传统绘画迥然不同的风格，被称为海派。由于海派是作为传统的对立面出现的，所以被视为异端。有绘画史曾这样给它定位：“同治光绪之间，时局益坏，画风日漓，画家多蛰居上海，卖画自给，以生计所迫，不得不稍投时好，以博润资，画品遂不免日流于俗浊，或柔媚华丽，或剑拔弩张，渐有海派之目。”[②]戏剧界的海派同样也是对正宗京剧的一次冲击。清代徽派进京尤其是进宫后，融合其他声腔而成为精致雅驯、符合贵族文化趣味的宫廷戏剧样式——京剧。这种戏剧样式在传到洋场上海后，为争取观众市场，在表演内容和形式上都发生了巨大变化。无论是借鉴外国歌剧的表演方法，还是声光化电等舞台背景的运用，以及把活牛活马、真刀真枪、美女汽车等搬上舞台，都显示出了上海这座国际大都市对于传统戏剧的整合改造，由此带来崭新的审美风格，被称为戏剧上的海派。[③] 从以上简略回顾可以看出，无论是绘画界还是戏剧界的海派，都因形式、内容以及审美风格上背离传统而受到质

---

① “四任一赵”是指任颐、任熊、任薰、任预和赵之谦，“海上三杰”是指任颐、吴昌硕和虚谷。参见许道明：《海派文学论》，复旦大学出版社 1999 年版，第 9—10 页。

② 俞剑华：《中国绘画史》下册，商务印书馆 1937 年版，第 196 页。

③ 参见许道明：《海派文学论》，复旦大学出版社 1999 年版，第 15 页。

疑，然而这正是其特殊价值之所在。

文学界的"海派"之称却来自沈从文引发的"京海之争"。1933 年 10 月，沈从文在《大公报·文艺副刊》上发表了《文学者的态度》一文，对文坛上某种恶劣风气的始作俑者进行抨击，指出这类人"在上海寄生于书店、报馆、官办的杂志，在北京则寄生于大学、中学以及种种教育机关中。这类人虽附庸风雅，实际上却与平庸为缘"[①]。虽然沈从文的批评并没有明确的地域指向，文章中也并没有使用"海派"概念，但是文中的"玩票白相"等词语以及暗含的意味却刺痛了上海的杜衡。两个月后，他在《现代》杂志第 4 卷第 2 期上发表了《文人在上海》一文，明确将"海派"一词与上海文人联系起来，指出"例如居住在上海的文人，便时常被不居留在上海的文人带有某种恶意的称为'海派'"，并指出恶意的"海派文人"的涵义"是有着爱钱，商业化，以至于作品的低劣，人格的卑下这种种意味"。杜衡从上海文人的生活境况出发对之进行辩护，认为海派文人商业化的原因在于"上海的文人更急迫的要钱。这结果自然是多产，迅速的著书，一完稿便急于送出，没有闲暇搁在抽斗里横一遍竖一遍的修改。这种不幸情形诚然是有，但我不觉得这是可耻的事情"。杜衡最后写道："也许有人以为所谓'上海气'也者，仅仅是'都市气'的别称，那么我相信，机械文化的迅速的传布，是不久就会把这种气息带到最讨厌它的人们所居留的地方去的，正像海派的平剧直接或间接的影响着正统的平剧一样。"[②]杜衡明确指出了海派和现代都市的紧密关联以及将会产生的影响力，显然是独具眼光的。由于杜衡的文章提出了"海派"一词，而且文章具有明确针对性，沈从文在 1934 年 1 月的《大公报》上发表《论"海派"》一文回应，指出"过去的'海派'与'礼拜六派'不能分开，那是一样东西的两种称呼，'名士才情'与'商业竞卖'相结合，便成立了吾人今日对于海派这个名词的概念"[③]，并且在文中对海派种种负面行为进行了揭露和抨击。此后双方你来我往，展开了激烈论争。众多学者和作家纷纷发表文章参与论争。鲁迅为此写了《"京派"与"海派"》《北人与南人》和《"京派"和"海派"》三篇文章，从都市所在地不同角度出发，透彻地指出了海派与商业社会之间的必然联系，为当下学界进行海派文学研究提供了一个切实路径。

---

① 沈从文：《文学者的态度》，《大公报》1933 年 10 月 18 日。
② 苏汶：《文人在上海》，《现代》第 4 卷第 2 期，1933 年 12 月。
③ 沈从文：《论"海派"》，《大公报》1934 年 1 月 10 日。

在论争中，沈从文经常使用“民族组织力”“民族毁灭”“妨碍这个民族文化”等词语，显然是站在传统道德立场对处于现代都市商业社会中的海派文人的谋生行为进行指责，影响波及面很大。此后，海派“罪大恶极”、海派文人“百无一是”以及“海派小丑”之类的判断和称呼层出不穷，其结果如芦焚所说的那样：“绝没人自居‘海派’。自称‘京派’的也许有人。”[①]但这种道德上的指责对于以商业为本位、以市民趣味为准绳、具有鸳鸯蝴蝶派取向的作家来说是无效的。1946 年 8 月 1 日，上海浩然出版公司编写了《海派作家人物志》，其中收入的有陈蝶衣、潘柳黛、周天籁、周鍊霞、张静娴等几十人的自传和作品，大部分都是当时流行小报的作家。编者认为，这些海派作家在读者的眼中笼罩着神秘的光环，和影迷戏迷眼中的明星一样，是值得受到崇拜的。价值立场的不同会得出不同的结论，而尊重历史，客观公正地来评判“京海之争”，正视海派文学的现实是最为重要的。当然，有当代学者为“海派”正名，将之限定为某种精英文学类型，也是一家之说。

从学理上来看，“京海之争”的文章所谈及的对象主要是“海派文人”和“京派文人”，而且多意气用事的非理性话语，得出的往往也只是一些印象式的结论，但是这次论争却为以后的“海派文学”研究提供了重要的参照系。尽管文学上的海派并不是一个具有明确纲领的松散团体，研究者却可以从以上论争（特别是沈从文、鲁迅、杜衡等人的观点）得出这样的基本认识：海派文学在地域上是以现代上海都市为依托的；这种文学形式与鸳鸯蝴蝶派等市民文学具有紧密联系，审美趣味上有世俗化倾向；创作的功利性较强，商业色彩比较浓厚；在传播上与报纸杂志、书馆书局等现代传媒密不可分。

2. “海派散文”和“上海现代消闲刊物”的概念界定

海派散文属海派文学之一种，受到海派文学内在规定性的制约。简而言之，海派散文是一种地域性散文，它成长于上海现代商业文化语境中，借助于发达的上海现代消闲刊物进行传播，以满足上海文化市场需要为目的。海派散文表现现代都市和市民日常生活，认同市民价值观念，在审美趣味上表现出雅俗共赏的特色，在文体形式上较为开放。

（1）海派散文产生于都市上海、以都市上海为主要表现对象，是一种地域性

---

① 芦焚：《“京派”与“海派”》，《大公报》1934 年 2 月 10 日。

都市散文。我国传统文学中有不少以地域命名的散文流派，如明代的公安派和清代的桐城派。公安派的命名是因提倡者袁宏道及其兄袁宗道、弟袁中道三人均为湖北公安人，桐城派的命名是因其早期代表作家戴名世、方苞、刘大櫆、姚鼐均系安徽桐城人。海派散文的命名显然不同于这些传统散文流派，因上海本来就是移民城市，因此不以作者籍贯为区分标准。只要生活在现代上海的都市文化空间内的作家，按照现代文学生产方式进行生产的表现都市生活或带有都市意识的散文，都可称为海派散文。《良友》等刊物上发表了不少海外散文和表现内地生活的散文，或以开放的视野介绍现代生活方式，或用都市的视角观照内地生活，都可列入海派散文的考察范围。

(2) 海派散文在审美趣味上雅俗共赏，趋向于世俗。在上海商业文化语境下，海派散文在文学生产方式上和传统散文不同，它通过现代消闲刊物来传播，以满足文化市场需要。海派作家往往集报刊编辑和创作者于一身，他们要使报刊在文化市场上生存下去，就要认同市民的价值观念，表现日常生活，满足读者口味和需要，因此在趣味上趋向于世俗。但他们毕竟是受过现代教育的知识分子，又有自身的追求，要通过刊物传播现代观念和知识分子趣味，因此又不断提升散文的世俗趣味，从而使之具有雅俗共赏的特点。

(3) 海派散文语言趋向于口语化，在文体类型上具有开放性。作为一种市场体制下的文学生产，海派散文要得到更大范围内的读者接受，就要重视散文话语的交流功能，因此在话语策略上注重口语化，注重话语姿态的亲切性，迥异于京派散文的那种独语式的精致典雅。在文体形式上，不断突破纯文学文本的束缚，进行各种文本实验，以开放的文体类型尽可能地满足不同群体的文学消费需要。

上海现代消闲刊物，指的是在上海这座现代化大都市中创刊发行的具有消闲性质的刊物，是海派散文传播的主要载体。

(1) 上海。作为一种地域性散文，海派散文中的“海”指的是上海，本书中选取的消闲刊物的出版和主要发行地点也是上海，其目的是在上海都市文化语境中考察二者之间的关系。比如《宇宙风》虽是本书的重点考察对象，但是在全面抗战期间被迫迁往桂林、香港等地出版发行后，就不在本书的主要探讨范围内了。

(2) 现代。“现代”(modern)是一个时间概念，这个西方舶来词在不同时间不同领域具有不同含义。德国美学家姚斯在《美学标准及对古代与现代之争的历史反思》中考证，“现代”这一词语在10世纪末被首次使用，“意指古罗马帝国向基督教世界过渡时期，与古代相区别”[①]。哈贝马斯则指出：“人的现代观随着信念的不同而发生了变化。此信念由科学促成，它相信知识无限进步、社会和道德改良无限发展。”[②]我国通行的历史分期法将五四运动爆发到中华人民共和国成立（1919年5月4日—1949年10月1日）这一时间段视为现代，本书中的“现代”基本遵从这一普遍的分期法。考虑到中国现代文学第一个十年文学刊物的中心是在北京，而上海这一文化场域在第二个十年（1928—1937）形成了成熟的文化市场，达到了文化上的鼎盛时代，第三个十年（1938—1949）上海的都市化进程虽然因为战争被打断，但都市文化发展的惯性依然存在，因此本书考察的虽有20世纪20年代的《红杂志》，但重点是现代文学的后两个十年，即是本书中通用的20世纪三四十年代。由于很多刊物纵贯近代和现代两个阶段，因此，在溯源时，刊物在近代的发展历程也在本书考察之列。

（3）消闲刊物。刊物是指登载各类作品的定期或不定期的连续出版物，包含报纸、杂志等。“刊物”一词在20世纪三四十年代的上海出版界被广泛应用。如1930年出版的《上海社会局业务报告》刊载了《本局刊物一览》，1933年第2期的《上海市通志馆期刊》列举了《上海的定期刊物》（胡道静编写），等等。上海现代刊物种类繁多，按照性质不同，大体上可以分为教会类的宣传刊物、社会政治类的刊物以及商业类的消闲刊物等。前两类刊物比较严肃，如中国天主教机关报之一的《圣教杂志》以宣传教义、神哲学、中西学术、文化及经济社会等学问为主，该刊明确指出：“本志上的言论，人们谓太多硬性，所以有许多人念了不易消化。这个批评，不能不加以辩护。本志不是一种消遣的刊物，也不是要迎合人们的心理，而以营业为目的的读品。但是要以真理真道，给人们知识的粮食。”[③]消闲刊物是在上海都市文化语境中，按照商业化的手段进行操作，以满足市民消闲需要的刊物。这类刊物在上海有着悠久的传统。如1861年创刊的《上海新报》是中国近代第一张带有商业化特征的报纸。英国商人美查注意到了市

---

① 李怡主编：《词语的历史与思想的嬗变——追问中国现代文学的批评概念》，巴蜀书社2013年版，第26页。

② ［德］哈贝马斯：《论现代性》，王岳川、尚水编：《后现代主义文化与美学》，北京大学出版社1992年版，第10页。

③ 《软性和硬性刊物》，《圣教杂志》第21卷第9期，1932年9月。

民读者对于报纸的阅读需要，将其于1872年创办的《申报》作为商品来进行商业化营运。到了现代阶段，随着上海的商业中心地位的形成和都市化程度的不断提高，作为市民日常生活消费品的消闲刊物可谓蔚为大观。从这些刊物的办刊宗旨和读者的阅读感受中不难发现其浓厚的消闲倾向。如《良友》第2期的卷首语设定了该画报的消闲性质："做工作到劳倦之时，拿本《良友》来看了一躺，包你气力勃发，作工还要好。常在电影院里，音乐未奏，银幕未开之时，拿本《良友》看了一躺，比较四面顾盼还要好。坐在家里没事干，拿本《良友》看了一躺，比较拍麻雀还要好。卧在床上眼睛还没有倦，拿本《良友》看了一本，比较眼睁睁卧在床上胡思乱想还要好。"①有人将读《论语》的姿势这样进行描述："吃饭后，踱进校门口书店，买了一本《论语》，回到校中，躺在草地上，背曝着太阳，一页页地往下翻看。"②

3. 海派文学及海派散文研究现状

(1) 海派文学研究的成绩和缺失

海派散文是海派文学的组成部分，在对海派散文研究现状分析前，有必要梳理一下海派文学的研究情况。新时期以来，海派文学研究取得了长足进展，严家炎和吴福辉在20世纪80年代初期就开始对海派作家和流派进行研究。此后，应国靖、赵园等学者从具体作家入手，对施蛰存、张爱玲和穆时英的作品进行了剖析，此后从整体或者单从文体角度对海派小说进行的研究逐渐增多，下面分而述之。

首先是从整体角度对海派文学进行探究的著作和论文很多。专著方面有许道明的《海派文学论》和杨扬等的《海派文学》。《海派文学论》先从宏观角度分析了近代海派艺术和现代海派文学，阐明了上海文化和海派文学的某种关联，对海派文学的发展阶段和历史地位进行了勾勒和评价。该著作的特色在于对二十位海派作家及其创作进行了详尽评述。此外，在论及海派文学的历史地位时，在与京派文学和左翼文学的比较中，对海派文学和都市文学的关系进行了探讨。但这种探讨致力于宏观勾勒，并未进行细致开掘。《海派文学》一书则较为系统地理清了海派文学的历史脉络，对海派文学的影响因素、基本特征和文学史贡献也有比较深入的探讨。其最重要的贡献在于强调城市化进程与文学的关系，凸显

---

① 《卷首语》，《良友》第2期，1926年3月。

② 笑凡：《读〈论语〉之姿势》，《论语》第7期，1932年12月。

了期刊、市场以及文学的互动关系，并专设章节，梳理了各个历史时期的上海文学期刊的主要特色，总结了部分代表作家的风格特色。吴福辉的《中国左翼文学、京海派文学及其在当下的意义》以及王富仁的《河流·湖泊·港湾——革命文学、京派文学、海派文学略说》均认为左翼(革命)文学、京派文学和海派文学共同构成了中国新文学的三种基本形态，三者之间是相互区别又相互补充的关系。但陈思和在《论海派文学的传统》一文中认为左翼正是海派文学的传统之一。他将海派文学的传统追溯到《海上花列传》，扩大了海派文学研究的视野。

从宏观角度对海派文学进行研究的其他论文，如黄建生的《重看海派文学的商业性》、周小仪的《比尔兹利、海派颓废文学与30年代的商品文化》、张鸿声的《都市大众文化与海派文学》等，均从商业文化和都市文化的角度解读海派文学，得出了令人信服的结论。李俊国的《"京派""海派"文学比较研究论纲》则从文化形态与文学分野、文学立场和文学意识、文学创作的审美意识等方面，来比较京派与海派的异同点以及各自成型的原因，和杨义的《京派海派综论》《京派文学和海派文学》等专著有异曲同工之妙，运用比较研究的方法，对两种不同的文学类型进行了深入的探讨。

从文体的角度看，目前的海派文学研究主要集中于小说领域。已经出版的专著有吴福辉的《都市漩流中的海派小说》、李今的《海派小说与现代都市文化》、韩冷的《现代性内涵的冲突：海派小说性爱叙事》、姚玳玫《想像女性：海派小说(1892—1949)的叙事》，等等。这些著作注重把海派小说和上海都市文化结合起来研究，是海派文学研究的突出成果。吴福辉在《都市漩流中的海派小说》一书中认为："所谓海派文学，第一，它应当最多地'转运'新的外来的文化。而在20世纪之初，它特别是把上一世纪末与本世纪初之交的世界最近代的文学，吸摄进来，在文学上具有某种前卫的先锋性质。第二，迎合读书市场，是现代商业文化的产物。第三，它是站在现代都市工业文明的立场上来看待中国的现实生活与文化的。第四，所以，它是新文学，而非充满遗老遗少气味的旧文学。这四个方面合在一起，就是海派的现代质。"①这一判断揭示出了海派文学的某些特质。金明石《形成期海派小说的性格再探》则将海派小说的形成期追溯到清末民初。李今的著作《海派小说与现代都市文化》于2000年12月由安徽教育出版社

① 吴福辉：《都市漩流中的海派小说》，湖南教育出版社1995年版，"导言"第3页。

出版，该著在上海现代都市建筑空间的变化对小说结构体式造成的影响、海派小说与西方19世纪中叶以后颓废-唯美派之间的文化渊源关系的梳理、30年代“新感觉派”作家参与“软性电影和硬性电影之争”的材料发现方面都有所突破。韩冷的《现代性内涵的冲突：海派小说性爱叙事》、姚玳玫《想像女性：海派小说(1892—1949)的叙事》也以小说为研究对象，在叙事和主题研究上取得了一定突破。但总的看来，这些专著的研究领域都集中于小说文体，以至于目前海派小说几乎成了海派文学的代名词，只要谈到海派文学，必用海派小说来论述。因此，从散文角度出发对海派文学进行探讨，对于全面认识海派文学的特质具有重要意义。

(2) 当前散文研究的总体态势

我国被称为一个散文大国，但当前的研究现状却不容乐观。现代小说和诗歌研究由于借鉴西方理论和策略，逐步形成了自己的理论体系和批评话语，但散文批评却处于濒临失语的尴尬位置——由于一直沿袭着传统的陈旧话语，或者单纯表现为感悟式的文学批评，缺少新的理论支撑点，没有形成独立的批评模式，因此制约了散文研究的深入拓展。从当前的散文理论和批评现状看，即便是当下散文研究，依然摆脱不了固定的模式，如仅从构思、意境、人物、结构、语言、艺术风格等方面探讨散文。

尽管如此，长期的创作和批评实践也为中国现当代散文研究提供了一些有益的经验，从20世纪20年代胡适提出的“白话散文”和周作人提出的“美文”概念，到30年代郁达夫的《清新的小品文》、阿英的《现代十六家小品》和李素伯的《小品文研究》等对小品文的深入探究，以及周作人、郁达夫的《〈中国新文学大系·散文一集〉导言》《〈中国新文学大系·散文二集〉导言》对散文创作的全面总结等，都对中国散文的研究和创作产生了重大的影响。此后散文研究笼罩在社会政治批评之下，直到新时期后才有所开拓，林非、佘树森、刘锡庆、傅德岷、李晓虹、刘烨园、王充闾、王兆胜、王尧、楼肇明、陈剑晖等人从不同方面对大散文、文化散文、艺术散文、现代主义散文、诗化散文进行了探讨。在这些讨论中，涌现了一批可喜的研究成果。如陈剑晖的《诗性散文》对诗性散文进行了富有个性和学理性的阐释，体现了较为开阔的视野。刘绪源的《今文渊源》对“五四”至今的白话散文发展作了梳理，运用的是闲话的笔调，作者无意于构建严密的逻辑体系，但是轻松的笔调和独特的视角无疑是契合中国现代散文创作的实际情状的。蔡江珍的《中国散文理论的现代性想象》一书认为现代性理论以闲适作为散文美学追求，其根本志趣在于张扬个性和散文的自由精神，避免散文的文化批判性沦为工具性，体现了试图在现代性的视野下对中国现代散文理论进行整合的意图，无疑是有利于建立行之有效的散文批评话语的。如何将以上散文理论资源进行进一步的整合？如何加强散文文体方面的研究，借鉴新的方法促进本学科的规范化？如何结合具体研究对象及其产生的文化背景进行分析从而得出令人信服的结论，以便为中国散文研究提供合理的参照体系？这些成为摆在散文研究者面前的新课题。

（3）海派散文研究的现状和上海现代消闲刊物的新维度

由于以上种种原因，相对于海派小说研究的火热，海派散文研究较为冷落。例如中华人民共和国成立后中国现代散文史著作虽然已出版多部，但因种种原因，这些著作对海派散文或只字不提，或语焉不详，或者只论及个别作家的部分作品。世纪之交，海派散文以其突出的文化内涵和鲜明的创作个性引起了不少学者的关注，在个别研究上也取得了一些成果，蒋心焕、景秀明、朱少伟、方爱武、范培松、许道明等学者都以不同方式从不同角度对海派散文进行了探究。

较早对海派散文进行探讨的是蒋心焕和景秀明。蒋心焕在《"海派"散文与文化市场》一文中认为海派散文是一种典型的文学商品化环境下的创作，在文化市场的冲击下，在转型期、造新期和由俗写雅期三个阶段的变化过程中，形成了独特的形态和风貌。该文着重强调海派散文的一切创作特征、文化内涵、主题取向及审美特色均与商品经济相联，无疑是有助于理解海派散文的特质的。景秀明的《论海派小品的生成机制》一文，认为海派小品是都市商业文化发展的产物，因此将之定位为市民小品，并从生成机制上加以论证：海派小品的生成离不开社会现实（包括读者的生成）、作家主体、小品观念发展等三种因素的合力作用。该文最后指出："由于海派小品生成于独特的文化语境里，其文化意蕴与审美特征在现代散文史上是独特的。"[①]在景秀明的另一篇《试论海派小品的多重文化意识》文中，对海派小品蕴含的都市文化意识、市民文化意识和文人文化意识进行了揭示，并指出三者的关系是协调与对抗的复杂矛盾关系。应该说，作为海派散文研究的早期成果，蒋心焕和景秀明二人从文化的角度来探讨海派散文的生

① 景秀明：《论海派小品的生成机制》，《浙江师大学报（社会科学版）》1998年第1期。

成和市场、社会的关系及其独特的文化内涵，都是颇有见地的，但并未注意到上海现代消闲刊物与海派散文之间的复杂关联。

方爱武在《试论海派小品文的生成和意义》《试论海派小品散文的文化品格》以及《生命的瞩望：走近真实》三篇论文中，对海派小品文的生成以及文化品格进行了阐释。《试论海派小品文的生成和意义》一文指出海派小品散文是20世纪二三十年代上海多元并立的文化形态中的一种，其生成带有浓厚的地域因素，折射出了当时中国现代都市的社会风貌与文化特色。海派散文还因具备不同于闲适派与左翼派散文的个性，在现代散文领域独树一帜，其兴起标志着现代市民文学的发达。《试论海派小品散文的文化品格》指出海派小品散文是20世纪20—40年代中国文学的时代生命意象，在“文学是人学”的命意中海派小品散文彰显出了文学的真正本质。该文试图以文化意识为探求指向，去探究海派小品散文中洋溢着真正现代精神的文学生命的存在。方爱武的这两篇海派散文研究从小品文这一文体出发，对海派散文与现代都市和市民文学的关联以及海派散文中孕育的现代精神进行了揭示，有一定的创新性。《生命的瞩望：走近真实》一文中，方爱武运用比较的方法，选取了两个比较独特的角度，从“个体与自我”方面将海派小品与闲适派比较，从“个体与社会”方面与太白派比较，最后指出“海派散文在众多海派文学中是一种无伪无饰的存在”，“更重要的是它的兴起代表了文学的极大进步，因为真正的文学历来都必须且必将属于大众”①。但事实上，以林语堂为代表的闲适派并没有像该文所说的那样只“崇尚自我”，用“尊重自己的同时也尊重读者”来区分海派和闲适派也有值得商榷之处，林语堂对读者的尊重在其办刊策略和散文中自能看出来，因此将其列到海派之中进行探讨是必要的。

范培松于2002年在《文学评论》上发表了《京派与海派散文批评比较论》一文，对京派与海派散文批评理论的迥异进行了深入分析，该文认为京派和海派散文批评的不同之处在于京派关注特殊，排斥一般；海派偏爱一般，回避特殊。京派散文崇尚“极端”，酷爱“纯粹”，以“表现”为美；海派则排斥“极端”，力主“安稳”，以“俗”为美。京派重视散文“体”的建设，在散文当诗一样写、散文当小说一样写和散文当通讯一样写方面总结了成功的经验；海派或用“参差的对照”达到

---

①　方爱武：《生命的瞩望：走进真实——海派小品散文比较谈》，《湘潭大学社会科学学报》2000年第24卷增刊。

“主题欠分明”的写法，或用怪论来实现散文世俗化。[①] 该文深入揭示了海派散文批评的特征，具有很强的针对意义。范培松对海派散文研究的最大贡献在于在专著《中国散文史》中，首次将“海派散文”列为专章讨论，是海派散文研究的一个重大突破。该著指出海派散文是地域文学的一种，隶属于都市散文，肯定了海派散文在20世纪散文史上占有不可忽视的地位。范培松对海派散文的文化性格和审美特征进行了概括，认为海派散文崇尚“圆通”，拒绝“极端”；求“安稳”，弃“飞扬”，追捧时尚，嗜好“流行色”，并对张爱玲、章衣萍、苏青三位代表作家的创作进行了个案分析。范培松将海派散文写入散文史，提高了海派散文的地位，对海派散文特征及作家的研究也饶富特色。但限于体例和篇幅，他主要以张爱玲、苏青等个别作家为研究对象，其他作家较少谈及，对刊物与海派散文的关系也略有提及。范培松的海派散文研究留下了继续进行探索的空间和余地。

朱少伟的《海派散文——旧上海的一道风景》一文梳理了海派散文的源头，认为可以将之追溯到《申报》和梁启超的报章文体，并将海派散文的特征概括为注重出新意，追求流行色；渗透都市情怀，关注现实生活；凸显“自己”，体现“安稳”等几个方面，他认为海派散文是昔日上海文坛的一道独特风景。[②] 朱少伟独具慧眼，对海派散文的源头进行了某种有意义的追索。

此外，许道明在编辑《海派小品集丛》时，为每位作家的作品集写了序言，除了对海派散文创作做整体性的描述外，还对相关作家创作进行了评价，是海派散文作家作品研究为数不多的成果。他的专著《海派文学论》中的后四章“海派文学风景线”对涉及的作家的散文作品进行了评述。许道明在丛书序言和专著的作家论中对海派作家的散文创作不乏妙论，但未能对海派散文与发表载体之间的密切关联加以阐释。

近几年来，海派散文与都市文化之间关系的研究引起了学界的注意，相关的学术论文有吴晓东的《海派散文的都市语境》、陈啸的《海派散文的都市感知与形而下超越》《大众媒介与海派散文的文体选择》等。吴晓东的《海派散文的都市语境》着重从《幻洲》《金屋》等为中心的都市先锋—唯美主义报纸杂志角度入手探讨海派散文和上海都市之间的关系，认为“海派散文的精髓由此与大都会的气质

① 范培松：《京派与海派散文批评比较论》，《文学评论》2002年第4期。
② 朱少伟：《海派散文——旧上海的一道风景》，《人民政协报》2010年7月1日。

构成了同一的关系，都会滋养了海派小品，而海派散文也形神毕肖地描摹了都市。都市的繁复性、都市的日常性、都市的先锋性、都市的刺激性……都是海派散文大显身手的地方”①。陈啸的《海派散文的都市感知与形而下超越》则着重从“形而下的物欲与官能追求”以及“平民化、平面化的审美意识”来探讨海派散文对现代中国早期都市人生活及心灵历史的描摹。②

总的看来，已有的海派散文研究虽然也取得了一定的成绩，但还存在着种种不足之处：首先，在研究对象上多集中于张爱玲、林语堂等大家，而忽视其他重要作家；其次，对作家的作品多有研究，但对作家的生活、心态、人格、思想情感缺乏分析研究；第三，集中于个别研究，忽视整体研究；第四，集中于京海之争的表面现象，忽视文学本体研究；集中于文学现象研究，忽视文学和刊物的关系研究；第五，从研究成果来看，虽有对海派散文部分特征探讨的个别论文出现，但对其进行整体性研究的专著却少见。

实际上，由于中国现代文学与刊物之间关系密切，自现代文学发生初期起，就有学者注意从刊物的角度来探讨中国现代文学的某些规律。中华人民共和国成立后，学界在现代文学期刊的收集整理工作方面做了大量卓有成效的工作。20 世纪五六十年代，张静庐以中国现代出版的亲历者身份，陆续出版了《中国近现代出版史料》系列著作，包括《中国近代出版史料》初、二编，《中国现代出版史料》甲、乙、丙、丁编和补编等七部，涵盖图书、报刊、出版法令、书影、图片等内容，汇集了大量的第一手资料，对于研究中国近现代文学期刊出版史具有重要的参考价值。上海文艺出版社于 1961 年出版了《中国现代文学期刊目录(初稿)》，并于 1962 年起相继出版了《中国现代文艺资料丛刊》的前几辑。山东师范学院中文系于 1962 年编印了《1937—1949 主要文学期刊目录索引》，收录了包括《抗战文艺》《鲁迅风》等 30 种重要刊物的发刊词及目录。新时期后，唐沅、韩之友、封世辉等编写的《中国现代文学期刊目录汇编》于 1988 年由天津人民出版社出版(2010 年修订再版)，该著收录了 276 种重要现代文学期刊目录，对其基本面貌进行准确描述，成为现代文学研究的重要工具书。而吴俊等编写的《中国现代文学期刊目录新编》(上海人民出版社 2010 年版)，以逾 700 万字的容量收入了自

① 吴晓东：《海派散文的都市语境》，《长江学术》2014 年第 1 期。
② 陈啸：《海派散文的都市感知与形而下超越》，《中南民族大学学报(人文社会科学版)》2015 年第 6 期。

1919年到1949年间出版的文学期刊及与文学有关的综合性期刊657种的目录，并对之进行了校勘、补正和整理，编写了馆藏索引和注释，在此基础上，对刊物的倾向、特色、编者、作者、作品等进行了基本的概括和描述，成为规模较大、收录较全的参考工具书。刘增人、刘泉、王今晖编著的《文学期刊信息总汇 1872—1949》于2015年12月出版，该著以500万字的篇幅，囊括了自1872年中国第一份文学期刊《瀛寰琐记》创刊，到1949年中华人民共和国成立77年间10 207种文学期刊的原始信息，是一部翔实丰赡的文学期刊叙录，被学者誉为是“中国现代文学期刊研究的重大收获”[①]。

如果说20世纪90年代以前的文学刊物研究更注重史料发掘的话，1990年之后到21世纪以来，学界更注重从理论上对文学刊物与文学之间密切关系进行探讨。文学与刊物之间的密切关系正日益引起研究者的关注，从文学副刊、杂志等视角对文学进行研究正成为一种潮流。因此有学者概括说：“进入1990年代以后，国内外学界日益关注晚清以降大众传媒与现代文学的紧密关系，相关论著陆续涌现，且有成为新一波‘显学’的潜在优势。”[②]1998年，王晓明在其主编的《批评空间的开创——二十世纪中国文学研究》中收入了《一份杂志和一个“社团”——重评五四文学传统》一文，以文学期刊研究与社团互动为其着眼点进行文学现象剖析，具有方法论的开创意义。这个时期，一批关于文学与刊物之间关系的论著相继涌现，比如周海波的《现代传媒视野中的中国现代文学》一书，从现代传媒与文学流变、知识分子群体以及传媒在启蒙运动中的意义等诸多角度探讨现代传媒与中国现代文学之间的关系，对中国现代文学的总体性质、中心线索与基本特征进行了新的解读，而且设专章对现代传媒与小说文体、现代散文作为报刊文体等个案进行了探讨，显示了其重构文学史的意图。刘增人等纂著的《中国现代文学期刊史论》一书，以1915年《青年杂志》创刊到1949年间创刊发行的文学期刊为对象，对现代文学期刊的生存机制与生态环境从宏观角度进行了考察，对鲁迅系列、茅盾系列的文学期刊，以及文研会、创造社、京派、海派文学期刊等进行了个案研究。该著熔研究性与工具性于一炉，史料汇编部分的《中国现代文学期刊叙录》以及《中国现代文学期刊研究资料目录》具有极强的参考价值。

---

① 杨剑龙：《中国现代文学期刊研究的重大收获——评刘增人等的〈文学期刊信息总汇 1872—1949〉》，《文艺报》2016年8月31日。

② 陈平原、[日]山口守编：《大众传媒与现代文学》，新世界出版社2003年版，第3页。

值得注意的是，该著以《现代》作为海派文学期刊的代表，对杂志植根的文化生态环境进行了分析，得出了令人信服的结论。[①]

此外，现代文学刊物研究成为高校在读博士生、硕士生的论文选题，比如刘晓丽的《1939—1945年东北地区文学期刊研究》、王进庄的《二十年代旧派文人的上海书写——以〈礼拜六〉、〈红杂志〉、〈紫罗兰〉为中心》、毕艳的《三十年代右翼文艺期刊研究》、王鹏飞《"孤岛"时期文学期刊研究》、邱培成的《前期〈小说月报〉与清末民初上海都市文化》、博玫的《〈紫罗兰〉(1925—1930)的"时尚叙事"》等论文，都非常重视从具体文学刊物入手，对文学发展规律进行探讨。其中不少研究是从上海的文学刊物入手的，促进了这一研究领域的拓展和论题的深入探讨。

但是必须看到，当下的中国现代文学刊物研究也存在种种不足之处。首先，过于注重资料的整理与出版，而深入研究不够。研究者不约而同地注意到了整理资料的重要性，除了"文革"等特殊年份以外，资料类的著作一直在持续出版，而且越出越多，甚至不惜重复出版，诚然为进一步研究提供了便利，但也造成资源浪费，相比之下，深入刊物内部的研究则不足。第二，具体研究某一刊物的论著和论文较多，但是结合文化背景进行研究的不多，这样缺乏语境的研究制约了深入性。第三，对刊物进行综合研究的比较多，而深入到某一文体内部进行研究的比较少。第四，对于文体与刊物以及与都市文化之间关系探讨的成果较少。

四、研究方法以及基本构架

上海现代消闲刊物与海派散文之间的关系是本书着重探讨的问题。本书将以海派散文作为具体研究对象，从上海现代消闲刊物入手，借鉴都市文化学、都市人类学、文化地理学、历史学、社会学、传播学、阐释学、接受美学、比较文学等领域的相关理论，力求形成自己的研究路径。

1. 通过大量阅读报刊资料，对具有代表性的上海现代消闲刊物进行梳理，力求回到鲜活的原生态历史场景中，将海派散文置于一个可感知可触摸的历史时空维度里，去探讨其生产和发展机制。但这并不意味着本文是纯粹的文学外部研究，本书将通过海量的文本分析，深入到散文文体内部进行探讨，力求使外

---

① 该著第一章第二部分"现代文学期刊研究的历史和现状"梳理较为细致。见刘增人等纂著:《中国现代文学期刊史论》，新华出版社2005年版，第7—12页。

部研究和内部研究达成一致，共同对前述提出的论题进行深入思考。

2. 借鉴传播学理论，重视互动关系研究。在上海都市语境下，探析文学生产、现代消闲刊物和文化市场关系的互动、作者和读者的互动、理论和创作的互动，以期在互动关系中探究海派散文的本质规律之所在。

3. 在研究方法上，将重视文学研究和时代及社会的关联，把海派散文创作与开埠后的上海都市中心地位的形成、都市人的生存状况及其文化消费需要等紧密结合起来进行研究。

4. 注重比较研究的方法，将同一时期不同倾向的刊物实践和散文创作结合起来进行考察，在比较中凸显其特质。比如林语堂于1934年4月创办《人间世》后不久，9月《太白》在上海创刊，将两种不同倾向的刊物进行比较研究将更能揭示出海派散文特色之所在。

5. 在思路和总体构架方面，既重视全面、综合研究，又把宏观把握和微观透视结合起来，既有对海派散文作家群体创作特征的勾勒，也有对重点作家的个案研究。

在基本构架上，本书主体共分六章，前有引言，后有结语。引言先提出问题，进行概念界定、文献综述，最后交代研究方法以及全文结构安排。

正文部分为第一章到第六章。

第一章和第二章是整体研究。第一章分析上海现代消闲刊物与海派散文的生长环境，先从商业的中心地位、都市生活的繁华、现代市民群体的崛起、都市消闲娱乐风尚等方面交代了都市物质空间。接着分析上海都市文化空间：由于上海确立了文化上的中心地位，在现代刊物高度发达的基础上形成了文化消费市场，都市读者崛起，为海派散文准备了读者队伍。最后分析海派散文的生产主体海派作家的身份转变、生存状态和文学生产方式。

第二章是对上海现代消闲刊物和海派散文关系的整体研究。先从萌芽、生长、极盛、成熟等几个阶段分析上海现代消闲刊物与海派散文的相随相生的发展脉络。接着分别从上海现代消闲刊物的大众化定位与海派散文的市民文化品格、上海现代消闲刊物的娱乐倾向与海派散文的消闲功能、上海现代消闲刊物与海派散文的文体类型变化几个方面探讨上海现代消闲刊物制约下的海派散文新变。

第三章到第六章选取了《论语》《人间世》《宇宙风》《良友》《天地》《红杂志》等

几种有代表性的上海现代消闲刊物，探讨它们与海派散文之间的关系。在都市文化的整体大背景下，刊物编辑思路不同，散文特色也有所不同。比如《良友》作为现代最为畅销的时尚画报，其刊载的散文显现了现代都市的摩登景观，其话语也带有明显的时尚特色。而《论语》《人间世》《宇宙风》等诸杂志却体现了林语堂在办刊上具有鲜明的读者意识，其话语风格也显现出在文人趣味和读者口味之间进行调适的意味。聚集在《天地》刊物上的散文作家在文中主要表现日常生活，以张爱玲、苏青为代表的女作家用日常话语为人们创造了一个既熟悉又新鲜的都市生活场景。通俗刊物《红杂志》为适应文化消费需要，采取趣味化办刊方针和商业化的运作模式，较早地在小品文中表现都市人的衣食住行、消闲娱乐生活、文坛趣闻及奇闻异事，形式短小精悍，活泼无拘，对海派散文产生了深远的影响。但是这些刊物上的散文又有一致性，比如林氏刊物的编辑思路和散文观念有承袭《红杂志》之处，其办刊趣味与《良友》杂志声息相通，这种编辑和创作策略又在 20 世纪 40 年代为苏青所继承，他们都有对读者趣味的迎合与提升，散文话语都呈现出亲切的姿态，等等。

结语是对全文的总结，探讨海派散文在中国现代文学发展史上的意义及缺憾。上海现代消闲刊物和海派散文在满足都市读者文化消费上具有某种契合关系，上海现代消闲刊物成就了海派散文，使之成为一种新型都市散文，日常生活在散文中取得了合法地位，散文的表现领域扩大，散文的交流意识得到增强，散文的文体进一步开放，散文的审美功能更加完善，因之具有重要的文学史意义，同时上海现代消闲刊物也给海派散文带来了负面影响，比如思想深度的消失、情感力量的弱化，以及文字表现力平面化等，认真总结其得失，对当下散文创作具有重要启示意义。

第一章

上海现代消闲刊物与海派散文的生长空间

作为一种地域性散文，海派散文中的“海”指的是上海。这里是海派散文生长的沃土，是海派散文作家栖息的家园，是海派散文主要读者的生存空间，是上海现代消闲刊物诞生和发展的摇篮。“文变染乎世情，兴废系于时序”，深入探析上海现代消闲刊物与海派散文的关系，意味着要以认识现代都市上海作为起点。

美国人霍赛在《出卖上海滩》中指出：“罗马不是一天造成的，但上海则确是如此的；罗马随着时世的变迁改变它的宪法，但上海则始终没有改变过它的宪法。”[①]作为世界城市发展史上的奇迹，上海凭借优越的地理位置以极其惊人的速度在近现代迅速崛起。开埠前的上海，仅是江苏省松江府所下属的一座普通县城，其地位与直隶静海、浙江临海、广东澄海相仿。在1843年开埠之初，人口仅20余万，在全国排名第12位；到1900年上海城市人口已突破100万，成为中国人口规模最大的都市；1930年则达到了314万，成为远东的第二大城市、仅次于伦敦、纽约、东京、柏林的全球第五大城市。[②] 庞大的市民群体产生了旺盛的文化消费需求，海量的消闲刊物纷纷创办，一种新型的都市散文——海派散文随之产生。

第一节　现代都市物质空间与消闲娱乐风尚

比尔·布莱森认为，以1851年在伦敦开幕的“万国工业博览会”为标志，现代生活的序幕由此拉开，“电灯、电话、电报、抽水马桶、麻醉术、室内管道、煤气照明、制冷、飞机、摩天大楼如雨后春笋般冒出来。突然之间，有史以来第一次，在大多数人的生活当中什么都不缺，到处是一片生机勃勃的景象”[③]。上海开埠后，随着商业中心地位的形成和庞大市民阶层的崛起，新鲜时髦的现代生活方式源源不断地从西方传入并迅速生根开花，“凡中国之见所未见、闻所未闻者，惟洋泾浜一区几于无微不至，无美不臻”[④]，一个消费型的国际大都市逐渐成熟，“华屋连苑，高厦入云，灯火辉煌，城开不夜”[⑤]的奢华现代生活为上海现代消闲刊物和海派散文提供了生长的物质空间。

---

① ［美］霍赛著，越裔译：《出卖上海滩》，上海书店出版社2000年版，第202页。
② 熊月之：《〈上海通史〉总序》，《万川集》，上海辞书出版社2004年版，第334页。
③ ［英］比尔·布莱森著，严维明译：《趣味生活简史》，接力出版社2011年版，第1页。
④ 《申报》1872年5月22日。
⑤ 上海市地方志办公室编著：《上海名街志》，上海社会科学院出版社2004年版，前言第4页。

一、中国商业的中心地位

20 世纪 50 年代后，随着崧泽、福泉山、马桥、广富林等原始文化遗址的发现，考古工作者把上海地区有人类活动的历史上推到六千年前。但是一两千年前，今天上海市包括中心城区的大部分地区还是一片茫茫大海。其后，一条“上海浦”的河流使得上海得名。南宋咸淳年间上海设立了市舶提举司，在此基础上逐步形成上海镇。元至元二十九年(1292 年)，上海县正式设立。明清时期，上海凭借其襟江带海的交通便利优势，逐渐从东南诸县中崭露头角，被誉为“东南壮县”，但其真正飞速发展阶段还是在开埠之后。①

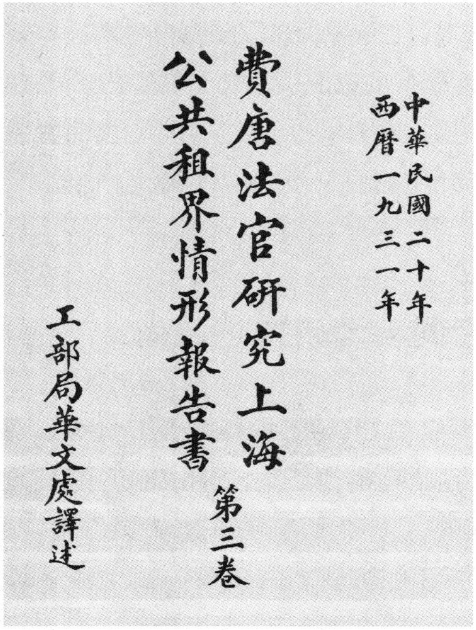

《费唐法官研究上海公共租界情形报告书》

1842 年 6 月 16 日，英军发动吴淞战役，19 日上海被占。根据随后中英签订的《南京条约》及其附件《虎门条约》，上海成为对外开放的通商口岸。1843 年 11 月 8 日，英国人巴富尔率代表团来到上海，17 日宣布上海开埠。西方人之所以选择上海作为最大的居留地主要是看中了其地理位置和交通优势。据《民国上海县续志》载：“上海介四通八达之交，海禁大开，轮轨辐辏，竟成为中国第一繁盛商埠。”②费唐法官在 1932 年 4 月向工部局提交的《费唐法官研究上海公共租界情形报告书》中指出：

一八四三年十一月十七日，按照南京条约(一八四二年八月二十九日)之规定，开辟上海为通商口岸。此在该约所定开放五口之中，位居最北。开放之时，上海已为沿海贸易、内地贸易，以及国际贸易之中心，地居重要。

① 参见熊月之、周武主编：《上海：一座现代化都市的编年史》，上海书店出版社 2009 年版，第 1—17 页。

② 转引自刘增人等纂著：《中国现代文学期刊史论》，新华出版社 2005 年版，第 165 页。

> 不过当时之此种贸易，恃帆船而发展，故其范围，甚为有限。其所以择上海为通商五口之一者，系因其业已取得中国商业之中心地位，其地理形势之佳，将来复有远为重大发展之希望。[1]

正是凭借如此得天独厚的地理位置，上海在开埠后，在经济上开启了其令人瞠目结舌的发展时期，迅速成为中国的外贸中心、航运中心、金融中心和工业中心，在短期内完成了西方的近代化历程。

早在开埠之初，已经有人认识到上海在商贸往来中的重要作用。1843年，英国植物学家福春来中国游览，他在《中国游记》中写道：

> 中国沿海各地之国际贸易，以上海为最重要，故能引起多数民众之注意，鄙人所熟谙之其他都市，均无上海所有之便利。上海为中国之大门，就实际而言，凡至中国者，以上海为主要之入口。溯河而上，以达县城，即见桅樯林立，可知为国内商业云集之所。帆船来自沿海各处，非特来自南海各省，抑且来自山东及北直隶。其每年一次，来自新嘉坡与马来群岛者，数亦甚多。内地运输之便，为世界任何地点所不及。……自上海开辟为商埠之后，是项船只，输送大宗丝茶至沪，以应卜居是地之外国侨商需要，返旆之时，则满载交易所得之欧美制造物品。外国所出之素棉织物，在华民社会中销路最大，缘可照其自有之特别式样，而加以色染，并使适合华人之嗜好。[2]

福春以亲历者的视角，栩栩如生地概括了当时上海在中国乃至世界上的独一无二的商贸便利条件以及国际贸易状况：丝茶等国内物品被运往上海，再销往国外，而欧美各国则通过上海将制造品销往中国，说明了上海已经被卷入资本主义全球化的市场体系中。

在开埠前夕，上海是江南地区南北货物的集散地，主要是以国内贸易为主，商品流转量有限。据专家估计，此时上海的埠际贸易值为4 840万两，正常外贸值为450万两，鸦片走私值为40万两，总计5 330万两，其中埠际贸易比重为

---

① 工部局华文处译述：《费唐法官研究上海公共租界情形报告书》第1卷，上海图书馆藏，第42—43页。

② 同上书，第44—45页。

89.2%，正常外贸比重为9%。[①] 而在开埠以后，外国商人充分利用上海交通便利的优势以及与清政府签订的不平等条约中的特权进行通商，仅仅经过10年左右时间，上海就取代了广州成为全国的对外贸易中心，进出口贸易值从占全国的不足10%上升到50%左右。[②] 19世纪70年代后，资本主义列强进入到帝国主义阶段后加强了对华商品输出，上海的进口商品品种猛增，出口商品也随之增加。据罗志如《统计表中之上海》的相关数据，1870年上海对外贸易合计进出口值为7811万海关两，到了1930年，增加到99 241万海关两，增加了11倍多，年贸易值占全国比重在44%到65%之间[③]，可谓是全国之翘楚。早在1869年就有人指出：中国"对外贸易的心脏就是上海；而其他口岸不过是血管罢了"[④]。

上海对外贸易的飞速发展形成了经济上的连锁反应，交通运输业、现代工业、金融业都在外贸拉动下得到了长足发展。交通运输业的发展突出表现在航运业上。"至20世纪30年代，上海已成为我国最大的综合性海港，并被列为世界十大港口之一"[⑤]。早在1865年，中国最早、规模最大的机器军事工业江南制造局就在上海设立。20世纪后，特别是辛亥革命、第一次世界大战时期以及此后的民族资本主义经济发展的"黄金时期"，上海纺织业、面粉业、针织业、油漆业等城市工业都以较大规模和较快速度稳步推进。到了1933年，上海已有30人以上的工厂3 485家，占全国12大城市总数的36%；1947年为7 738家，占全国12大城市总数的60%。[⑥]

在各行业中，金融业日新月异的变化最为显著。开埠初期时，上海华洋贸易还多为物物交换的易货交易，但是随着19世纪五六十年代对外贸易迅速发展，西方工业品市场逐步扩大，上海的金融业受到刺激后迅速发展起来。1847年英国政府特许银行丽如银行在上海设立分行，是上海最早出现的一家银行。随后，英国的汇隆、阿加剌、有利银行，法国的法兰西银行，德国的德华银行等陆续在沪开设分行。1897年中国第一家商业银行中国通商银行在上海开设，开展发行钞

---

① 樊卫国：《激活与生长：上海现代经济兴起之若干分析(1870—1941)》，上海人民出版社2002年版，第64页。

② 张仲礼主编：《近代上海城市研究(1840－1949年)》，上海文艺出版社2008年版，第52页。

③ 参见张仲礼主编：《近代上海城市研究(1840－1949年)》，上海文艺出版社2008年版，第53页。

④ 《北华捷报》1869年6月2日。

⑤ 沈祖炜主编：《近代中国企业：制度和发展》，上海社会科学院出版社1999年版，第466页。

⑥ 严中平等编：《中国近代经济史统计资料选辑》，中国社会科学出版社2012年版，第106页。

20世纪20年代的上海外滩

票等各类业务，由此带动了中国银行业的发展。为适应银行业务需要，20世纪20年代后，中国银行、中央银行等相继把总行从北京迁到上海。有人据1937年《全国银行年鉴》数据统计，战前“全国银行为一六四家，全国银行之分支行处为一六二七家，而其总行设于上海者为五七家，占全国百分之三四点八，又分支行处设于上海者为一二二家，占全国之百分之七点五”[①]，上海银行总数达到了179家，形成了金融机构林立的状况，上海遂成为全国金融中心和世界主要金融中心中的一员。

罗兹·墨菲认为：“作为传统中国向西方的商业开拓行动开放的第一个和主要的焦点，上海由于它的地理位置，特别由于它的水路联系，而成为中国贸易的重大转船运输枢纽。中国贸易得到了西方企业的促进，并且被引向更宽广的地区和国际的通道。甚至在工业制造发展以后，上海的商业至少有半数是过境的贸易。”[②]在强劲的对外贸易的带动下，上海内贸、交通运输、工业以及金融业等都得到了迅猛发展，这些行业形成了关系紧密的产业链，释放出巨大的能量，逐渐形成了上海商业在全国的中心地位。

① 沈雷春：《事变前上海金融业概况》，《银行周报》第28卷第41—44期合刊，1944年11月。
② [美]罗兹·墨菲著，上海社会科学院历史研究所编译：《上海——现代中国的钥匙》，上海人民出版社1986年版，第156页。

二、海上移民潮

有文化学者指出："事实上，在特定的时候一些城市成为人们想象未来的地方。"[①]开埠以后，上海出现了持续的移民潮，数以万计的人们怀揣着梦想从五湖四海汇聚到上海。据统计，1852—1949 年上海人口增长了 9 倍左右，净增人口达 500 万。这种增幅在中国乃至世界上都是罕见的。同一时期，南京和北京近百年来的人口增长数只有 1 倍到 2 倍，纽约、伦敦、巴黎等世界大城市一百年内的人口增长数，也远不及上海。[②]

上海移民潮出现的原因是多方面的。开埠通商提供了大量的就业机会和众多的谋生方式，吸引了周边居民迅速向上海集中。从晚清到民国时期，上海周边战乱频繁，租界提供了一个相对安全的庇护场所，吸纳了大量人口及财富。比如 1853 年小刀会起义和 1860—1862 年太平军进军上海时期，由于租界处于中立地位，加上有列强武装庇护，"上海已成为安全的城市，这声名正广为传播"[③]，江浙一带大量官员、地主、豪绅如潮水一般逃往上海避难，对此有资料记载道：

> 上海市面之兴盛，论者多归美于英人商业眼光之透辟。其实亦不尽然，上海开埠，当前清道光壬寅之后，然迄道光三十年间，滨江茅屋，芦苇为邻，商市萧条，烟户零落。阅裘雪司氏《上海通商史》，则知此十年间，沪市固未见进步也。及咸丰三年，刘丽川踞城为乱，……而太平军之发难，其初外人亦严守中立，故租界因得圈出战线之外。于是远近避难者，遂以沪上为世外桃源。当太平军逼近上海之际，某寓公名租界为"四素地"。盖界内藉外人之势力以免兵祸，所谓素夷狄、素患难者是。而流寓之中，富贵贫贱相率偕来，则所谓素富贵、素贫贱者是。此为上海市面兴盛之第一步。[④]

租界这种得天独厚的条件，使得拥有资产的华人越聚越多。他们进入租界

---

① ［英］阿雷恩·鲍尔德温等著，陶东风等译：《文化研究导论（修订版）》，高等教育出版社 2004 年版，第 158 页。

② 邹依仁：《旧上海人口变迁的研究》，上海人民出版社 1980 年版，第 3 页。

③ 《北华捷报》1860 年 11 月 3 日。

④ 姚公鹤著，吴德铎标点：《上海闲话》，上海古籍出版社 1989 年版，第 26 页。

后，用带来的巨额资产开设钱庄、投资工业和商业等，促进了租界金融业和工商业的发展。经济的持续繁荣提供了更多就业机会，又吸引了华界乃至全国各地的人前往寻梦，因此租界的人口一直保持着较快的增速，1860年上海租界人口增至30万，1862年又增至50万；人口增长率也明显高于同期的华界，1850年左右上海华界区人口占人口总比重高达99.9%，但是到了1942年，占上海总面积仅6%的公共租界和法租界却已集中了上海62.2%的人口。[①]

上海宽容自由的城市氛围还吸引了众多外国人前来居住。当时上海是世界上唯一不用护照便可居留的独特城市，世界范围内移民奔涌而来。1942年，有来自全世界50多个国家15万外侨居住在上海，上海成为国际化的大都市。外侨中的很多人不是匆匆过客，而是长期居住在上海，他们对上海有认同感，视自己为“上海人”。发迹于上海，并一生以上海为家的上海犹太总会会长艾里·嘉道理认为：“世界上再也找不到另一个像上海这样惬意的城市了——既具有东方的特征，又有西方色彩，两者形成鲜明对比，犹如东方的巴黎。”[②]

三、现代生活方式和消闲娱乐风尚

开埠之前，上海租界所在地是一片荒芜的芦苇滩，杂草横生，人烟稀少，而开埠50年后，《新闻报》上的一则文章记录了这里发生的翻天覆地的变化：

> 其浦江一带，彩棚高架，上矗云霄，赤帜纷飞，下临江渚，映以自来火、电灯光，并以中国各色彩灯，鳞次栉比，高低不一，真觉十色五光，城开不夜，而巨舰艨艟，纷纷装缀，花团锦簇，如万道长虹，腾跃于沿江上下。洋场十里，万家灯火，尤觉光摇银海，如山阴道上，应接不暇，较他处庆贺更为增色，在各国和好之佳会，亦我国升平之景象也。[③]

如此繁华富庶的景象正是由于上海大门被打开后，在经济发展的强劲推动下才呈现出来的。经济发展积累了雄厚的物质财富，在此基础上城市化的进程不断加快，到20世纪二三十年代上海已经形成了极为现代化的物质环境。马克

① 邹依仁：《旧上海人口变迁的研究》，上海人民出版社1980年版，第15—16页。
② 邱处机主编：《摩登岁月》，上海画报出版社1999年版，第52页。
③ 《万寿圣节适上海通商五十年庆贺记》，《新闻报》1893年11月17日。

思说："城市已经表明了人口、生产工具、资本、享乐和需求的集中这个事实，而在乡村却是完全相反的情况：隔绝和分散。"[①]城市不同于农村的，不仅在于人口和资本的集中上，还体现在城市以特有的现代生活设施为人们所提供的生活满足上。

1. 现代生活方式的表征：发达的市政建设

上海都市的现代化首先体现在先进的市政建设上。租界开辟后，西方人将其丰富的市政建设经验和先进的管理方法率先在租界实践，道路、公园等与中国传统城市迥异的市政设施在租界首先发展起来，煤气灯、电灯、电车、电话、自来水等在当时中国被视为新鲜摩登的事物也相继出现。

开埠前，上海县城是一个被城墙围起来的相对封闭区域，城内道路窄小拥堵。开埠后，为适应现代城市交通需求，租界开始了宏伟的现代道路规划。1845 年颁布的《上海土地章程》对道路建设有了具体规定，成立了专门的"道路码头委员会"，负责道路码头建设。1865 年，由 26 条道路组成的英租界干道网络初步建成。到 1935 年，公共租界道路总长已经达到了 295.43 千米，路面的质量较高，沥青混凝土路面占道路总长的 29.03%。[②] 法租界和华界的道路建设也随后进行，20 世纪 30 年代末，法租界已基本铺设沥青路面。随着道路的畅通，1922 年 8 月 13 日，上海第一条市区公共汽车线路建成，20 世纪 20 年代后期，市区公共汽车运营已经实现了常态化，缓解了因经济发展、人口增长给公共交通带来的巨大压力。[③] 马路上，电车、汽车、三轮车、人力车等各种车辆川流不息，道路设施为都市人生活带来了极大便利。四通八达的道路也使上海城市布局发生了变化，整个城市风貌焕然一新。马路成为一个天然的游乐场，带给都市人新奇的乐趣，乘敞篷汽车或电车、马车兜风成为时尚。

在传统中国农业社会，人们日出而作、日入而息。开埠后不久，作为近代城市标识之一的煤气灯便被引入英租界。到 1866 年底，上海公共租界大面积使用煤气路灯照明，城区的夜空被照亮，上海成为远东地区最早结束黑暗夜晚的

---

① 中共中央马克思恩格斯列宁斯大林著作编译局编译：《马克思恩格斯文集》第一卷，人民出版社 2009 年版，第 556 页。

② 《上海租界志》编纂委员会编：《上海租界志》，上海社会科学院出版社 2001 年版，第 441 页。

③ 熊月之、周武主编：《上海：一座现代化城市的编年史》，上海书店出版社 2009 年版，第 188 页。

《良友》画报第 115 期刊载上海修路的先进机器

城市。[①]

19 世纪末，欧美科学家在电学实验和发明上取得了突破性进展。1882 年，纽约市区率先采用电灯照明，地处远东的上海几乎与欧美国家同步享受到近代科技成果，该年 7 月 26 日，上海电气公司开始供电，外滩的滨江大道上和公园里，前来欣赏夜景的人们摩肩接踵。《字林西报》第二天报道说："昨夜，上海的景色将长久地遗留在中外居民的脑海里，他们第一次看到租界的街道上用上了电灯。中国居民对它印象如何，目前还不太清楚。他们中间曾经存在着一种坚强的信心，即有朝一日只需一盏电灯的光辉，就可照亮整个一座城市。如果确实如此，他们在现实面前肯定要感到失望，但在昨晚街道上的人群中间，还未发现失望的表情，相反地却看到成百上千的人带着十分羡慕与得意的神态，凝视着明亮如月的电灯。……总之，以上这些都是上海电力公司第一次灯展取得卓越成果所产生的力量，也促使我们去盼望用这种美好的灯具来美化整个租界的那一天早日到来。"[②]公共租界于 1935 年 11 月废除最后一根煤气路灯灯柱，全部采用电

① 日本第一盏煤气灯于 1872 年 9 月 29 日在港口城市横滨启用，比上海晚 6 年。参见罗苏文：《上海传奇——文明嬗变的侧影(1553—1949)》，上海人民出版社 2004 年版，第 146 页。

② 《上海杨树浦发电厂志》编纂委员会编：《上海杨树浦发电厂志(1911—1990)》，中国电力出版社 1999 年版，第 325 页。

灯照明。此外,电灯光还被用到了商业广告上,1912 年左右,公共租界的马路上已经出现了灯箱招牌。20 世纪 30 年代,荧光灯制作的广告——霓虹灯(Neon Lamp)成为上海夜晚街头的一道时尚的风景。夜幕时分,南京路上华灯绽放,上海成为真正的不夜之城,都市生活释放出浪漫的魅力。对此有人描绘到:"虽然整个都市的律动是在白昼,都市的灵魂却在深夜。月下的幽情不会在都市里——只有霓虹的闪光,爵士的欢声,还有妖媚的都会女,热烈的紧张的舞场,以及……络绎不绝的车'马'人物。"①电气的发展给上海带来的不仅仅是照明,1904 年,电气处向工厂电动机和电梯供电,1908 年 2 月,电车成为公共租界的交通工具,并逐步推广开来。② 到 1927 年底,上海市区的有轨和无轨电车多达 32 条,日均运客达到 48.6 万人次。③

电话,这一被早期上海人称为德律风(英文 telephone 的音译)的新鲜事物仅仅在发明七个月后,就在上海出现。1882 年 3 月 1 日,电话在两租界间开通业务,最初只有 10 多户居民使用,随后以极快的速度发展起来。到 1930 年底,上海市安装电话达到 26 281 线,到 1949 年末,已经达到了 63 466 线。④ 电话促进了商业信息的传递,极大地方便了人们的生活,成为都市人生活中的不可或缺的组成部分。

此外,近代中国城市供水系统首先在上海建成并投入使用。1883 年 8 月,上海公共租界开始供应清洁的自来水,改变了居民用水世世代代直接取自江河溪井的状况,上海都市的生活环境变得方便、干净。根据上海自来水公司的报告,1934 年该公司"滤清及抽送用户之水,在一百六十三万万加仑以上。用水最多之一日,为六月二十八日,计达六千一百万加仑有余,全年用水最多之一小时,曾供给水至三百七十万加仑"⑤。

煤气灯、电灯、电话、自来水等新鲜事物都首先在租界内使用,后来随着公共租界和法租界不断进行扩张而被推广到更大空间中。1862 年为对抗太平军,中外会防局决定在租界附近甚至较远的地方修筑军路,开越界筑路的先河,此后一

① 许纯:《上海礼赞》,《时代》第 5 卷第 2 期,1933 年 11 月。
② 罗苏文:《上海传奇——文明嬗变的侧影(1553—1949)》,上海人民出版社 2004 年版,第 173 页。
③ 熊月之、周武主编:《上海:一座现代化都市的编年史》,上海书店出版社 2007 年版,第 190 页。
④ 罗苏文:《上海传奇——文明嬗变的侧影(1553—1949)》,上海人民出版社 2004 年版,第 189 页。
⑤ 华文处译述:《上海公共租界工部局年报》第 5 期,1934 年。

发不可收拾。工部局不顾中国政府和当地居民的抗议，不断强行越界筑路。[①] 毋庸讳言，这在侵犯主权的同时，也带动了这些地方的发展，促进了上海城市的空间扩大和现代化，比如静安寺一带原来较为偏僻，到20世纪30年代，已由“林木森翳层楼隐约之区”而“化为车马喧阗商肆栉比之所”，由此带来了地价飙升：“若静安寺路成都路转角有地产九亩，向为西人住宅，去年售出，价竟达九十二万两，较之原主人购入时之地价，超出八十万两以上。”[②]此后，拆除城墙又打通了上海县城和租界的道路。当时上海虽然是“一市三政”的局面，但是经过上述举措，华界在租界的刺激下市政建设也逐步走上了现代化的道路，公共租界、法租界、华界逐步一体化。上海市政建设与西方现代一流都市相接轨，更新了上海的城市面貌，促进了上海的物质文明进程，上海市民较早地享受到了声光化电的都市生活。

2. 都市的美丽面影：建筑空间

上海都市的现代化还体现在其表征——建筑上。建筑是凝固的音乐，是浓缩的历史，是城市空间的延伸，它见证了上海现代化的历程，也最能让人感受到上海繁华的极致。开埠刚到十年，黄浦江西岸的外滩就给旅行至此的沙俄作家冈察洛夫带来了这样的视觉幻象：“大船和沙船，美丽的欧洲式建筑物，涂金的庙宇，基督教会的教堂，花园——所有这一切，都模糊地堆集在一起，没有任何远近之分，就好象教堂建在水里，而大船却停在街上。”[③]外滩最具有标志性的建筑海关大楼于1893年竣工，1927年翻建落成。随着一大批现代建筑的相继建设，外滩成为“万国建筑博览会”。上海建筑不仅仅体现在外滩的摩天大楼上，还有中部和西区掩映在绿树浓荫中的风格各异的花园洋房和石库门里弄民居，它们组成了一道建筑的盛景，绘制了现代都市的美丽面影。

有关专家将近现代上海建筑的演变历程分为早、中、晚三个时期。[④] 上海开埠后不久，就在原是河网密布、阡陌纵横的外滩田野上修筑了马路，建造了领事馆、银行和洋行等建筑。到19世纪80年代，外滩的西方建筑不断增多，南京路

① 熊月之、周武主编：《上海：一座现代化都市的编年史》，上海书店出版社2007年版，第170页。

② 海：《静安寺路的地价》，《时时周报》第2卷第16期，1931年4月。

③ 上海社会科学院历史研究所编：《上海小刀会起义史料汇编》，上海人民出版社1958年版，第701页。

④ 徐景猷：《近现代上海建筑文化》，香港东方艺术中心出版社2009年版，第75页。该著认为早期为开埠后到甲午战争阶段（1843—1895），中期为甲午战争到第一次世界大战结束（1895—1919），晚期为一战结束到中华人民共和国成立前夕（1919—1949）。

上也建造了大量洋房。甲午战争后，随着外资和民族资本主义工商业不断发展，城市面貌极大改观，诸如银行、学校、医院、饭店和电影院等西方建筑不断涌现，建筑物增至五到六层，出现钢筋混凝土结构，德国总会（1908 年）和申报馆大楼（1918 年）等标志性建筑相继建成；20 世纪 20 年代到 30 年代末，上海城市的公共建筑和居住建筑都达到了发展的鼎盛时期。伴随着上海经济发展的强劲势头，“外滩一带已是银行、海关、洋行、总会以及旅馆等高楼林立，一条繁华的滨江大马路南京路，已成为一条以华商的‘四大公司’多高层西方建筑为主热闹的商业大街”[①]。一批简洁明快的高层建筑在上海拔地而起。最早是建于 1929 年的 14 层的高达 57 米的华懋公寓——锦江宾馆的北楼，而 1934 年建成的 24 层高达 83.8 米的国际饭店，是当时中国乃至亚洲最高的建筑，被誉为“远东第一高楼”。其他诸如泰兴大楼（1932 年）、永安大楼（1933 年）、同孚大楼（1934 年）、汉弥登大厦（1934 年）、哈同大楼（1935 年）、德士古大楼（1936 年）等均为高层，高楼大厦如雨后春笋般涌现出来。据有关统计，从 1929 年到 1937 年全面抗战爆发，上海建成的 10 层以上的高层建筑至少有 30 座。[②]

汇丰银行及江海关

① 徐景猷：《近现代上海建筑文化》，香港东方艺术中心出版社 2009 年版，第 76 页。
② 李今：《海派小说与现代都市文化》，安徽教育出版社 2000 年版，第 17 页。

1939年,《上海特写》创刊号刊登了一组上海建筑物鸟瞰图片,在介绍中写道:“上海,万国的商埠,在租界地的中区,高耸着无数的洋房,当几十年之前,还是一片荒场,不是坟山,定是河浜,谁都想不到在几十年后的今日,会变成到这个繁华模样的。……这里伟大的建筑物是公共租界中区的灵魂!”[①]上海建筑的发展历程,也是上海经济发展、社会变迁和文化交融的历程,具有丰厚的历史文化内蕴。上海的城市风貌因为风格各异的建筑而别具一格,建筑成为上海的独特的人文景观,成为人们感知上海都市化进程的脉搏。

3. 消闲娱乐方式种种

上海现代都市生活的繁华集中体现在娱乐业的兴盛上。现代都市的魅力之一,就在于其拥有众多的消闲场所,能够提供丰富的娱乐生活。20世纪20年代以前,上海的娱乐方式较为传统,人们或去天仙茶园、富春茶园、丹桂茶园看戏,或去四海升平楼、玉壶春、一洞天等茶楼喝茶,或去大东酒楼、东亚酒楼、品香楼、卡尔登等中西饭店就餐,等而下之的则去烟馆、赌窟、妓院等场所消遣。

随着上海都市化进程的不断加快,20世纪二三十年代娱乐业迅猛发展起来。众多的娱乐场所使得各阶层可以根据自身经济情况,选择相应健康时髦的娱乐方式。对此,《社会日报》的一篇文章描述道:“人称东方巴黎的上海,一致公认以娱乐为中心的,可是娱乐也有上中下三等,跳舞、坐汽车、吃大菜,当然是有钱的公子哥儿、摩登的太太享受的。公司乐园,那就是一般靠着生意吃饭、偷些闲功夫去逛的。一般以苦力赚钱的下流社会,他们既看不懂电影,又没那么多钱逛公司(乐园),于是他们唯一的娱乐场所,就是小戏院。”[②]市民在紧张的工作之后,可以自由地选择去舞场、电影院,还是去听京戏、逛城隍庙;是去跑马场、跑狗场,还是参加各类球技活动;是到形形色色的囊括古今中西天南海北娱乐项目的游乐场消遣,还是去各类总会、俱乐部放松身心。娱乐业的极度繁盛,使上海成为一个五光十色的花花世界,全方位地满足都市市民的消闲娱乐需要。

1896年8月11日,法国商人在上海徐园茶楼内的“又一村”放映了西洋影戏,这是中国境内首次放映电影,距法国卢米埃尔兄弟1895年12月28日在世界上首映电影仅半年时间。伴随着都市的发展和电影技术的不断进步,电影所蕴含的巨大价值逐渐被都市上海人发现,看电影在20世纪二三十年代逐渐成为

---

① 《上海特写之一:伟大的建筑物鸟瞰》,《上海特写》第1期,1939年7月。

② 《小戏院,说不出的设备简陋》,《社会日报》1936年7月27日。

一种消闲娱乐风尚，时人描写电影在当时的火热程度："电影本是外国的一种玩意，自从流入中国以后，因电影非但是娱乐，并且有艺术上的真义，辅助社会教育的利器，所以智识阶级中人，首先欢迎。时至今日，电影在国内的势力，日渐膨胀，非但欧美名片不断地运映来华，便是国人也纷纷的设立公司，自行拍摄，有几家的出品，已足以媲美舶来。电影潮在四五年前，确曾轰动一时，时谚有'导演多如狗，明星满街走'，足见狂热的一般。"①当时电影制片公司就有天一影片公司、月明影片公司、中国有声彩色影片公司、孔雀制片公司、玉成制片公司、米高梅制片公司、明星影片公司、派拉蒙影片公司、电通制片公司、新时代影片公司、联华制片公司、环球影片公司、艺华影片公司等多家。电影院也如雨后春笋，不断增多。到了1936年已经有九星、上海、山西、大光明、大上海、中央、巴黎、天堂、月光、卡德、卡尔登、光陆、光华、西海、百老汇、明珠、明星、东南、东海、金城、虹口、长江、南京、浙江、恩派亚、威利、国民、国泰、黄金、闸北、辣斐、奥飞姆、华德、新光、新中央、万国、荣金、融光、蓬莱、丽都、兰心等40多家比较著名的大电影院，其他中小型电影院不下百余所。② 电影院内的设备比较齐全，高档的电影院夏有冷气，冬有暖气；普通电影院夏季有电风扇，冬季有煤炉。位于静安寺路的大光明电影院采用宫殿式建筑，光线角度合理，装潢富丽，而南京电影院则投入了先进的换气设备。

和看电影一样，跳舞也风靡于20世纪30年代的上海滩，成为都市男女最为摩登的消闲娱乐方式。1932年，有人描绘跳舞盛况时写道："上海的跳舞是继电影潮而兴的，今年以来，风起云涌，不可抑制。是在华灯掩映，歌声铮琮，纤腰在抱，香泽微闻，何怪摩登男女，都以一跳为荣。社会人士对跳舞既有这般的狂热，舞场的开设，也便如雨后春笋了。"③西人开办的舞场有理查西饭店、新利查、派利饭店、华懋饭店、卡尔登、圣乔治、但尔濛登、大华饭店、邓脱摩等，大多规模宏大布置堂皇。华人开设较有名气的舞厅有百乐门、东亚、大东、新新、巴黎、爵禄、月宫、远东、大中华、东华、安乐宫、桃花宫、广寒宫、嫦娥、大沪等。各大旅馆酒楼附设的舞厅更是不计其数。值得注意的是，在跳舞热潮中，许多女性参与进来，一类是作为舞女而谋生，这些舞女月收入很高，是普通职员的十倍以上；另一类是纯粹把跳舞当成是社交手段的都市新女性。她们拥有较强的现代娱乐观念，

①③　王定九：《上海门径》，上海中央书店1932年版，第198页。
②　柳培潜：《大上海指南》，中华书局1936年版。

对跳舞有着自己的认识，有女性认为跳舞是女子个人本身应得的娱乐，“单讲到跳舞一道，在旧道德下的人看起来似乎好像有失女子的尊严，其实照着跳舞的原理，跳舞的正规，并没有使女子失去她尊严的地方，只是跳而无限制，或是跳而不按规矩，那末是女子自失其尊严，决不能怪到跳舞术本身的不良，我很爱好跳舞，但是我对我的舞兴决不许她超出我的规定，于是身心方面都得到运动的益处了”①。

上海百乐门舞厅

上海作为一个开放性大都市，市民的消闲需求是多种多样的，综合娱乐场地游艺场应运而生。上海游艺场有大世界、新世界、小世界、大千世界、福安游艺场、永安天韵楼、先施乐园、新新花园等处。游艺名目则有京剧、新剧、弹词、滑稽戏、扬州戏、昆剧、电影、苏滩、申曲、锡曲、魔术、群花会、唱说书、跑冰场、弹子房等，既有西方现代时髦的消闲娱乐种类，也有中国传统的各种游艺项目，可谓是包罗万象。各游艺场不断翻新出奇，以引起顾客注意。大世界每层置有大茶壶，茶分红绿白三种，投入铜圆一枚，便能定量出水，倒满小杯即停。先施花园屋顶布置颇具匠心，有“玲珑山”“吟风亭”“摩星塔”“百幻亭”“梯云桥”“弄月亭”等各个景点，总名为“天台幻境”。和其他高档娱乐相比而言，游艺场属于大众娱乐消费，门票低廉，市民花上一角二角便可入内游玩，且无游玩时间限制，可以自下午 1 点玩到晚上 12 点，而以晚上 9 点左右最为热闹。有人指出：“上海本是声色之场，居民莫不是以寻欢作乐为能事，

① 郑美秀：《女子与跳舞》，《玲珑》第 1 卷第 1 期，1931 年 3 月。

所以各家游艺场所，天天有人满之患。”①

此外，还有不少竞技类的娱乐活动，包括跑马、跑狗以及回力球、高尔夫球、弹子球等各种球类活动。跑马场主要有三处，分别是静安寺路马霍路的上海跑马场、江湾跑马厅和引翔跑马厅。赛马时发售香槟票，每张自五元至二十元不等，这种香槟票，运售全国各大商埠，与彩票性质大同小异。由于有经济利益驱动，观众观看赛马时往往非常投入。市民如不想赌博，也可于场外观看，借以增广见闻。跑狗场也有三处，分别是公共租界东区韬朋路的明园、法租界亚尔培路的逸园和公共租界胶州路的申园。球类游戏包括回力球、高尔夫球等。四川路的中国青年会，静安寺路的西人青年会、中央运动场都设有回力球场。亚尔培路霞飞路口的球场规模最大，比赛时球师六人为一组，击球比胜负，得分多者为胜，每晚比赛十六组，售卖比赛券，其实为新兴赌博之一种。高尔夫球为户外球艺之一种，球场有大世界、假山球场、静安寺路跑马厅对面高尔夫球场、北新泾高尔夫球场等。上海弹子房独立营业者极少，多附设于旅馆、公寓、游戏场、俱乐部及公共场所内，大东旅社、大世界、小世界、天韵楼、中国青年会、中国饭店、先施乐园、西人青年会、迎宾、青年工读社、东亚旅社、普益社、第一公共体育场、新新旅社、新新屋顶花园、华懋饭店、沧州饭店、银行工会、理查饭店等都设有弹子房。

老上海跑马厅

以上是20世纪二三十年代上海的一些主要娱乐门类。此外还有其他各类娱乐，如成立了上海打球会、上海足球会、上海拍球总会、上海青年总会、上海美术俱乐部、上海飞机总会、上海海军联欢会、上海航运俱乐部、上海犹太俱乐部等200余个总会和俱乐部，供各界业余欢聚，借以增进友谊，修养身性。这些都从不同的方面满足人们的娱乐需求。娱乐生活成为现代上海市民生活中不可或缺

① 王定九：《上海门径》，上海中央书店1932年版，第124页。

的组成部分，成为都市生活丰富多彩的象征。

这就是海派散文作家和读者的生活世界，处在这个物质环境中的人们形成了与中国其他地方人不同的生活方式和生活感受。克罗克等人认为：

> 对于地点的更为“日常的地理学”(everyday geographies)的真实关注，这些地点是我们居住和劳动的地方，是我们把大部分时间都花费在其中的房屋、街道、工厂、办公室、学校、公园、影院等等，对于这些地点我们不可避免地形成一种地方感——对这些地方如何运作的基本理解以及对于这些地点的挑剔的情感，像喜欢、不喜欢、爱、恨、接受、拒绝等等。①

这种共通的“地方感”促成了上海现代消闲刊物共通意义空间的生成。现代传媒理论认为：“传播成立的重要前提之一，是传受双方必须要有共通的意义空间。共通的意义空间有两层含义：一是对传播中所使用的语言、文字等符号含义的共通的理解，二是大体一致或接近的生活经验和文化背景。”②同时，这些“地方感”的共通性使得海派散文呈现出一种新的面貌——一种崭新的都市散文。

第二节　现代都市文化空间与文化消费市场的形成

现代上海都市为市民提供了极为现代化的物质生活环境，使得上海“举中国二十余省，外洋二十余国之人民衣于斯，食于斯，攘往熙来，人多于蚁。有酒食以相征逐，有烟花以快冶游，有车马以代步行，有戏园茗肆以资遣兴，下而烟馆也、书场也、弹子房也、照相店也，无一不引人入胜”③。但是，物质化的娱乐方式也蕴含着危机，醉生梦死的生活使得人们找不到精神寄托，时人写道：“上海人之娱乐，直消磨光阴于纸醉金迷之场。耳濡目染，不出声色……作上海之游者，无非

---

① ［英］阿雷恩·鲍尔德温等著，陶东风等译：《文化研究导论(修订版)》，高等教育出版社 2004 年版，第 147 页。

② 蒋晓丽、石磊：《传媒与文化：文化视角下的传媒研究》，华夏出版社 2008 年版，第 41 页。

③ 《申报》1890 年 12 月 1 日。

欲领略都市之繁盛而已，此非上海人之未能风雅，风雅实不能在上海停留也。贩夫走卒，智识低下，欲强之屏除通俗俚鄙之娱乐。岂可得哉。”[①]郁慕侠在《上海鳞爪》中则一针见血地揭露了当时娱乐生活中的赌风之盛及其危害：

> 试观全沪三百余万人口中，除小孩童稚外，至少限度约有半数嗜赌。赌之浸淫于社会，广矣深矣……此类消遣，偶一为之，虽无大害，但恐一经沉溺，即有废时耗财之虞。但如此普遍的恶习俗，欲图挽救，更非旦夕之力可能奏效，至大赌窟之倾人钱财，耗人家业，败人节操者，其害就更不可胜言了。[②]

伴随着上海新式教育的普及和现代市民群体的形成，更高层次的文化消费需要在新兴市民群体中产生。上海在20世纪初逐渐成为全国文化中心，并在二三十年代达到极盛状态，文化消费市场蓬勃兴旺，报纸杂志纷纷创办，满足着新兴都市读者的更高品位的阅读需要。

一、市民读者的高层次文化消费诉求

美国学者伊恩·瓦特认为，影响英国19世纪读者大众构成的要素主要有教育的普及、经济条件的改善和闲暇时光的保证等。[③] 由于社会语境相仿，上海都市读者崛起的原因与之有某些共同之处。

开埠后，在西人所办新式教育的影响下，上海兴办了广方言馆（前身为上海同文馆）、梅溪书院（前身为正蒙书院）、南洋公学和中国女学堂（又称经正女学）等新式学校。20世纪后，特别是1905年清政府废除科举后，新式教育开始普及，上海近现代教育逐步迈入了鼎盛阶段，培养了大批适应现代都市经济发展需求的人才。根据相关资料统计，1912—1921年上海华界公立小学有学生282 497人。1929—1936年间上海各级各类学生数为1 545 831人，1945年有学生386 206人。[④] 这部分人在校就读期间以及就业走上社会后都是当时上海文化消费的主要群体。

---

① 沈伯经、陈怀圃：《上海市指南》，中华书局1934年版，第156页。
② 郁慕侠：《上海鳞爪》，上海格言丛辑社1933年版，第28页。
③ [美] 伊恩·P·瓦特著，高原、董洪钧译：《小说的兴起——笛福、理查逊、菲尔丁研究》，生活·读书·新知三联书店1992年版，第35—48页。
④ 张仲礼主编：《近代上海城市研究(1840－1949年)》，上海文艺出版社2008年版，第814页。

值得注意的是，尽管上海有一个庞大的读者市场，但是读者的身份和市民群体并不是完全契合的。市民群体从社会学的意义上可分为资本家、职员、产业工人和苦力四个层次。苦力和产业工人中的大部分由于文化水平低下、收入微薄和余暇不多，极少成为以报刊为主的文化消费的主体。从经济的角度来说，有能力从事文化消费的就只能是资本家和职员，资本家毕竟数量较少，文化消费的主要群体是以职员为主的市民。

中间阶层的职员包括租界当局和华界政府系统内的公务人员、大中小学教员、银行职员等，其中比例最大的是包括营业员、推销员和会计等在内的店员。他们是上海新式教育的受惠者，教育对他们的影响是巨大的，“由于受近代教育内容、教学方式和学生管理方式的影响，他们在知识素养、智能结构和思想倾向等方面，与封建传统教育灌输出来的士大夫无疑有着天壤之别”①。良好的教育程度使他们拥有较强的阅读能力，及时充足的收入使他们有条件进行较高层次的文化消费。他们拥有熟练的专业技能，职业稳定，工作时间相对固定，能够自由支配业余时间，因而具备了成为都市读者的所有条件。

毋庸讳言，以中层职员为主的都市读者在上海市民中所占的比例虽然并不大②，但他们的崛起具有重要的意义，有学者指出，他们“在上海这一独特的人文、社会生态环境下产生的生活方式、价值观、行为观所具有的代表性，往往成为引导市民发展的目标指向，具有楷模的意义，也许正是从这个意义上，可以认为已构成市民社会的中坚力量”③。这些“市民社会的中坚力量”在工作之余，不仅有看电影、跳舞、逛公园等娱乐上的需要，还有更高层次的文化消费需要，上海文化市场在需要刺激下逐渐形成了。

二、文化中心地位的确立和繁盛时代的到来

开埠后，随着经济实力的增强，上海文化事业也发展起来。20 世纪初，上海就以新闻出版文化机构之多、文化人才之众以及对全国文化的巨大辐射力等方

---

① 张仲礼主编：《近代上海城市研究(1840 - 1949 年)》，上海文艺出版社 2008 年版，第 814—815 页。

② 据统计，1935 年，上海华界农、工、劳工、家庭服务、学徒、佣工、无业人员，共占总人口的 80.9%；公共租界的农民、工人、家务、杂类人员，共占人口的 78.8%。见熊月之、周武主编：《上海：一座现代化都市的编年史》，上海书店出版社 2007 年版，第 299 页。

③ 忻平：《从上海发现历史——现代化进程中的上海人及其社会生活(1927—1937)》，上海人民出版社 1996 年版，第 126 页。

面得天独厚的优势，成为中国最大的文化中心。到了20世纪30年代，上海文化进入到最为繁荣的时期。这鲜明地体现在知识分子的集结上。

《近代上海城市研究（1840－1949年）》指出，早在戊戌变法前，上海就以拥有的新式学校最多、传播西学最盛而成为传播改良思想的主要基地。变法失败后，租界中立的特殊地位使之成为维新人士躲避清政府迫害的庇护所。一批具有民主自由精神的爱国知识分子利用这块权力缝隙进行革命活动。19世纪末20世纪初，在义和团运动轰轰烈烈、八国联军进军北京、清政府外逃的全国动荡局势下，上海由于"东南互保"协定而能够提供一个相对安全的环境，也吸引了大批知识分子纷纷来到上海，以新闻、出版和教育事业为生。据初步估算，到1903年，上海至少汇集了来自全国各地的3 000名知识分子，该年在上海从事各种文化和政治活动的著名知识分子和作家就有蔡元培、张元济、严复、邹容、章士钊、吴稚晖、马相伯、王季同、马君武、马叙伦、李伯元、曾朴、刘鹗、罗振玉、陈独秀、柳亚子、陈去病、高旭等人。① 1905年，清政府宣布从第二年开始废除科举，以新式教育为主的上海学校迅速吸引了大批青年学生。此外，一批青年知识分子此时因抗议日本政府《清国留学生取缔规则》回国，1906年3月4日，留沪的来自全国13个省的300余人进入上海为他们创建的中国公学，该校的教员和学生如胡适、于右任、朱经农、熊克武等人后来都成为专业领域内首屈一指的人物。知识分子的不断汇聚使得上海的文化发展有了强大的内驱力，上海在传播西方文化、书籍报刊出版、文学艺术创造以及现代教育等方面居于全国领先地位，在20世纪初就成为全国最大的文化中心。

"五四"时期，发源于北京的新文化运动对中国社会产生了深远的影响，文化中心由上海移到北京，与政治中心重合。但到了20世纪二三十年代，在国内的政治局势影响下以及自身优越的经济、政治条件下，上海不仅重新获得文化中心地位，而且在文化上进入了最为繁荣的时代，全国知识分子纷纷聚集到上海。直到1926年以前，北京的文化气氛都比较活跃。但是随着北伐运动的兴起，北洋政府在政权岌岌可危的情况之下，准备通缉进步知识分子，逼迫大批文化界人士南下。张作霖进入北京后继续在文化上实行高压政策，先后杀害了著名报人邵飘萍和林白水，再加上国立大学欠薪太多，教授们因时局紧张和经济匮乏纷纷离

---

① 参见张仲礼主编：《近代上海城市研究（1840－1949年）》，上海文艺出版社2008年版，第821页。该著列举了近50位著名知识分子。

开北京。上海因宽松自由的氛围、丰富的文化资源和近代形成的深厚文化传统成为他们的首选场所。鲁迅于1926年8月离开北京，在厦门和广州短暂停留后，于1927年9月到达上海并定居。一些留学日本回国的知识分子如朱镜我、彭康、李初梨、冯乃超等也都选择上海作为开展革命宣传的舞台。在此前后，徐志摩、闻一多、饶孟侃、胡适、丁西林、叶公超等“现代评论派”知识分子也相聚于上海。此外，1927年大革命失败后，一批文化工作者来到上海谋求发展，如郭沫若、沈雁冰、蒋光慈、阿英、洪灵菲等，再加上从湖南来的叶紫、四川来的沙汀和艾芜以及东北沦陷区辗转前来的萧军、萧红等，上海可谓聚集了全国文化界和文学界的精英。

有人指出：“二三十年代，是上海文化最繁荣的时期。这种繁荣是全面和多元的，既包括了西学、国学这类具有全国性文化意义的方面，也包括了上海城市地域文化的方面。”①上海文化在20世纪二三十年代的繁荣景况，突出体现为刊物的发达以及由之而促成的庞大文化消费市场。

三、现代刊物的高度发达

1934年，上海通社所编的《上海研究资料》中收录了《上海杂志讲话》一文，其中写道：

> 好些日子以来，报纸上的巨幅杂志广告是每天刺激着观众的神经；许多的书店里也专辟着杂志部，搜集了全国重要的定期刊物陈列着经售。爱看杂志的人，每天早晨翻报纸找新出杂志的广告，宛如像电影迷找新影片的广告一样；走过书店，更像有要公似的必需往杂志部去浏览那像万花镜般陈列着的新刊物。然而这种事情发生得并不久，杂志在中国被编辑者、出版者、发卖者、读者一致热烈拥护着迅速的发展，实在是今年的事情，尤其是上海，似乎这大都会里又卷起一种新潮了。②

这个记载生动地描绘了该年杂志出版的盛况，反映了大都会上海的文化繁荣景象。在现代都市里，刊物扮演着极为重要的角色，有学者指出：“正如生产工具是生产力的标志一样，文化传媒在某种意义上也是精神生产力发展水平的一

---

① 张仲礼主编：《近代上海城市研究(1840－1949年)》，上海文艺出版社2008年版，第844页。
② 上海通社编：《上海研究资料》，上海书店出版社1984年版，第397页。

个重要标志。”①

上海第一家报纸是创办于1850年的英文版《北华捷报》，第一家中文报纸是创办于1861年11月的《上海新报》，其《本馆谨启》写道：“大凡商贾贸易，贵乎信息流通，本行印此新报，所有一切国政军情，市俗利弊，生意价值，船货往来，无所不载。”②可见其创办主要目的是为了传递商业信息。1872年，英国商人安纳脱斯·美查创办了《申报》，该报主要由评论、新闻、副刊、广告四块组成，在创立伊始就确立了平民化的特征：“求其纪述当今时事，文则质而不俚，事则简而能详，上而学士大夫，下及农工商贾，皆能通晓者，则莫如新闻纸之善矣。”③接着，与《申报》合称为报界“四大金刚”的《新闻报》《时报》《时事新报》相继创刊，上海的报纸市场逐渐繁荣起来。到了戊戌变法至辛亥革命这一时期，上海出版的报纸已经占据了全国的中心地位。在杂志方面，1899年到1911年间，中文杂志共有

The North-China Daily News.
PUBLISHED EVERY MORNING
HAT DEPARTMENT.
SAYLE & CO.
FELT HATS,
BOOTS AND SHOES
HALL & HOLTZ.

《北华捷报》

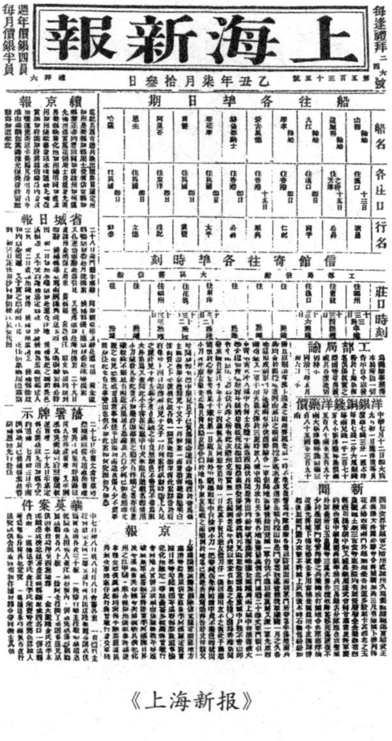
上海新報
船各往埠日期
信館寄往各埠時刻
工部局諭

《上海新报》

① 陈定家：《作为文学阵地的文学期刊》，《新疆大学学报（社会科学版）》2001年第1期。
② 《本馆谨启》，《上海新报》1861年11月。
③ 《申报》1872年4月30日。

224种，在国内出版的有165种，其中在上海出版的为69种，占总数的41.8%。[①] 此时，上海报刊界结束了早期杂糅的状况，基本完成了报纸与杂志分离，报纸的商业化倾向比较明显，杂志逐渐脱离了新闻内容，转向知识性、文化性、学术性和趣味性的内容。[②]

20世纪二三十年代，上海报刊出版更是盛极一时。在“五四”前后，北京曾一度成为现代文学期刊的大本营。1927年后，现代期刊发源地的上海再次成为全国文学期刊的中心。[③] 如上所述，1934年被出版界公认为“杂志年”。根据1933年生活书店《全国定期刊物一览》第五号和《现代书局经售全国定期刊物表》八月号的统计，当时全国主要刊物有247种，在上海出版的就有178种，占到总数的72%。[④] 这一时期的上海报业也获得了更快的发展，突出表现在报业资本的增长和报纸种类的增多上。《申报》和《新闻报》等为适应不断扩大的业务需要，都扩大了资本投入，兴建设施完备的报业大楼，进口国外最为先进的印刷机器。《申报》不仅修建了一座五层有一百多间房屋的报馆大楼，还于1921年从美国订购了两部新式印报机，两小时便能把10万份报纸印刷出来。《新闻报》早在1908年就有了自己的报馆大楼，职工200余人，自1914年便开始率先使用轮转印刷，1927年又购进Walter Scott新型高速轮转机2架，每小时可印四大张的报纸7.2万份，1929年该报日销高达15万份。[⑤] 张竹平经营《大陆报》《大晚报》《时事新报》和申时电讯社，形成了“四社办事处”的联合经营模式，初具报业托拉斯的规模。为满足市民的消费需要，一批通俗小报也如雨后春笋一样蓬勃兴起。《福尔摩斯》《罗宾汉》于1926年出版，和先前出版的《晶报》《金刚钻》同称海派小报“四大金刚”，1927年前后，这类的小报达到了三四十种。

现代刊物的繁荣景象在上海出现有其内在原因，它与上海这座国际大都市的城市特性密切相关。上海是世界性贸易中心和金融中心，是一个国际资本周转频率较高的区域，而国际资本具有跨国跨区域大范围高效流动的特点。作为世界城市之一，上海在现代不仅拓展了城市空间和积聚了大量资本财富，还是国

---

① 张仲礼主编：《近代上海城市研究（1840-1949年）》，上海文艺出版社2008年版，第832页。

② 陈伯海主编：《上海文化通史》，上海文艺出版社2001年版，第462页。

③ 参见《1915年9月—1930年12月北京、上海文学期刊创刊数目示意图》，刘增人等纂著：《中国现代文学期刊史论》，新华出版社2005年版，第4页。

④ 上海通社编：《上海研究资料》，上海书店出版社1984年版，第398页。

⑤ 张立勤：《1927—1937年民营报业经营研究——以〈申报〉〈新闻报〉为考察中心》，浙江工商大学出版社2014年版，第72页。

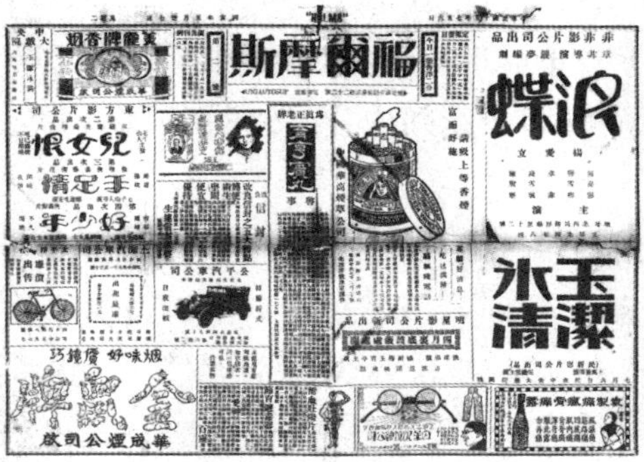
福爾摩斯

注重黑幕的《福尔摩斯》

羅賓漢

“戏报鼻祖”《罗宾汉》

际资本流通和辐射的核心区域，“它的作用有点类似于火车中转站，不断有资本在这里来来去去进进出出”，从而形成了现代城市的流动特征，而“现代城市的流动功能需要多方面的社会支援。其中之一就是传媒”[①]。现代刊物所搭建的信息传播渠道适应了上海的城市特性，形成了一个现代的都市文化公共空间，因而能够随着上海的都市化进程而呈现出极度繁荣的景象。对此有人评价道：“文化来源的广泛，使此地的出版物包罗万象、花团锦簇；文化气度的宽容，使此地的报刊书籍中西并举、异质杂陈；而文化联系的广泛，则使此地的出版文化人慧通四海、智达三江。”[②]与此同时，在具体技术层面上，现代刊物自身也凭借城市的这种流动特性而更加发达。20 世纪 30 年代有人指出：“在全国中它是最拥有多量的印刷工具者，又是对内对外交通最方便的一个口岸，故输入纸张等原料便利低廉，而印成的东西更容易分送到各处去。”[③]

四、文化消费市场的形成

如果说南京路代表的是上海都市物质世界极度繁荣的话，福州路则象征着上海文化业的鼎盛发达。自 1843 年中国第一个近代出版机构墨海书馆在福州路落地生根后，这里便不断聚集着报纸杂志和书籍等出版机构。从 1910 年开始，上海报业大量向福州路望平街（今山东中路）集中，该街及其附近云集了《申报》《新闻报》《时事新报》等主要大型报纸以及其他各类小型报馆几十家，从而成

① 杨扬、陈树萍、王鹏飞：《海派文学》，文汇出版社 2008 年版，第 44 页。
② 李白坚：《中国出版文化概观》，广西教育出版社 1999 年版，第 164 页。
③ 上海通社编：《上海研究资料》，上海书店出版社 1984 年版，第 399 页。

为上海著名的“报馆街”。每天清晨报贩将此地挤得水泄不通，他们拿到新出版的报纸后，到处吆喝叫卖，散发着墨香的报纸被销往上海的大街小巷、马路弄堂和摩天大厦。

有“报馆街”之称的福州路望平街

此外，福州路在19世纪末20世纪初还集中了以商务印书馆为代表的数家新闻出版机构，到了20世纪30年代后更是书店林立，进入高度繁荣期。1935年上海市书业同业公会会员登录的出版机构有81家，在福州路及其附近的占到三分之二。资本雄厚的出版单位诸如商务印书馆、中华书局、世界书局、开明书店、有正书局、大东书局、文明书局都聚集在福州路。根据1936年英文版《中国年鉴》统计，当年上海出版的新图书5 621种，全国其他地方出版的仅为464种，上海出版的图书占全国的90%以上。福州路上的商务印书馆、中华书局、世界书局出版的图书，就占全中国出版图书的60%以上。[①] 同时，这三家书局还创办多种杂志，商务印书馆创办的刊物有《教育杂志》《小说月报》《少年杂志》《学生杂志》《东方杂志》《妇女杂志》《英文杂志》《儿童世界》《儿童画报》等。中华书局也创办了“八大杂志”，分别为《中华教育界》《中华小说界》《中华童子界》《中华学生界》《大中华》《中华妇女界》《中华实业界》《中华儿童画报》。与这些刊物具有较强的现实针对性不同，世界书局创办的《快活》《家庭杂志》《红杂志》《红玫瑰》《侦探世界》等杂志，则有较强的消闲娱乐性。自1925年起，世界书局开始出版“连环图画”，带动了连环画市场的发展。

以报纸、杂志、书籍为中心的出版业在现代上海可谓蔚为大观。形成这种局面的有一个不可或缺的条件，那就是读者。上海拥有庞大的市民群体，他们作为社会的主要力量和消费主体，逐渐形成了一个热闹非凡的读者市场。戈公振曾指出：

---

① 胡远杰主编：《福州路文化街》，文汇出版社2001年版，第103—104页。

上海商务印书馆员工在校对书稿

发行亦有可言者：嘉道间，报纸多系送阅；咸同间，报纸多系挨户乞阅；光宣间，报纸始渐流行，然犹茶余酒后之消遣品也。共和告成以来，报贩渐成专业，派报所林立。近则上海各马路之烟纸店，均有报纸出售，于是报纸有渐与日用品同其需要之趋势矣。①

戈公振通过梳理报纸发行方式上的变化，形象地勾勒出报纸对上海人的日常生活产生的潜移默化的影响。由于现代市民对于信息、知识的消费需求比较大，刊物能满足其文化诉求，因此达到了惊人的发行量。黄炎培创办的中华教育职业社于 1925 年创办了以宣传职业教育为主的机关刊物《生活周刊》，每期发行量约为 2 000 份。1926 年 10 月邹韬奋接办后进行了大刀阔斧的改革。他充分考虑到读者大众的阅读需要，主要刊登群众关心的社会热点话题，《生活周刊》的发行量因此步步攀升，1928 年已上升到 4 万份，1932 年最高达到了 15.5 万份，他后来接办的《大众生活》更是达到了 20 万份的巨大销量。② 上海逐渐形成了一个巨大的文化消费市场。

---

① 戈公振：《中国报学史》，生活・读书・新知三联书店 1955 年版，第 358 页。
② 陈伯海主编：《上海文化通史》，上海文艺出版社 2001 年版，第 479 页。

第三节　上海现代消闲刊物与海派散文生产方式

一、海派作家的身份转变

海派作家与现代刊物之间有着不可分割的关系。吴福辉指出:“海派作家本质上是一种报刊作家。因为海派须臾离不开现代文明产物之一的报刊,他们是依附于报刊为生的一群。”[①]上海现代刊物的发达,带动了中国文学朝着职业化方向发展。稿酬制度的实行,使得作家能够借助写作来维持自己的生计,这改变了传统的文学生产方式,海派文学也因此区别于传统文学。

在上海开埠后的二三十年间,传统文人中就逐渐分化出来一个新的知识分子群体。他们多为科举不得志的文人,借助初期上海刊物来赚取部分收入,如王韬曾担任过《万国公报》的特约撰稿人,被编辑者林乐知赞为“中国最有才干的人之一”,还一度任《申报》编纂主任,编辑费每月 10—40 银圆。他为《点石斋画报》撰写的作品,“大致每月 40 银圆”[②]。但在当时环境下,卖文为生并不为主流社会所承认,因此左宗棠对这种行为有“江浙无赖文人,以报馆为末路”[③]的评价。

此后随着国内局势的变化和上海近代化的不断推进,整体文化环境越来越朝向市场化的方向发展。1905 年 9 月 2 日,清政府宣布自 1906 年开始所有乡会试一律停止,各省岁科考试也随之停止,文人试图通过科举求取仕途的道路被阻断。他们为了谋生,必须寻求新的发展道路。1906 年 7 月,清政府颁布了《大清印刷物专律》,宣布实行印刷物注册登记制度;又于 1908 年 3 月和 1910 年底分别颁布了《大清报律》和《著作权章程》,规定只要缴纳一定押金和注册费就可以登记办报。在此前后,上海为文化知识产权的维护提供了良好的商业化环境。为倡导现代的商业规则,上海于 1902 年就成立上海商业会议公所,1904 年又创设上海商学会,直接推动了文人维护著作专利权的实践。[④] 1903 年,商务印书馆

---

① 吴福辉:《都市漩流中的海派小说》,湖南教育出版社 1995 年版,第 122—123 页。

② 陈明远:《何以为生:文化名人的经济背景》,新华出版社 2007 年版,第 76 页。

③ 姚公鹤:《上海报业小史》,《东方杂志》第 14 卷第 6 期,1917 年 6 月。

④ 参见顾晓鸣:《从文化载体考察海派文化》,方明伦、李伦新、丁锡满主编:《海派文化纵横谈——上海大学海派文化研究中心第二届学术研讨会文集》,上海大学出版社 2004 年版,第 28 页。

与近代著名翻译家严复签订中国第一份正式版税合同。《小说月报》于1910年7月在"征文条例"中宣布:"投稿中选的,分四等酬谢:甲等每千字五元,乙等每千字四元,丙等每千字三元,丁等每千字两元,来稿不合,立即退还。"[①]这被认为是中国稿酬制度之始。这些因素都促进了上海商业性报刊的发展。因而一大批文人转而依靠报刊写文谋生,其中最有代表性的是鸳鸯蝴蝶派文人。有人指出:"在民国初年至'五四'以前这一时期,文艺杂志、大报副刊、各种小报,几乎是鸳鸯蝴蝶派的一统天下。"[②]作品的风行证明了鸳鸯蝴蝶派作家在商业化写作上的成功,文人可以靠着写作来谋生了。

20世纪二三十年代的海派作家是现代城市文明培养出来的新型知识分子,他们大多受过上海或者国内各类新式学校的教育,有的具有留学欧美、日本的背景。他们或原来就居住上海,或1927年左右因当时国内政治高压和经济匮乏等原因从全国各地来到上海,在上海的商业文化背景下,很自然地成为报纸杂志的创刊者、编辑者或主要撰稿者。徐懋庸指出:"海派作家,多半以稿费为第一目的。"[③]如果说"五四"时代的作家身上还有新旧过渡的印痕,中国传统知识分子的价值观念和人生理想使得他们更多去思考民族国家的命运,因此自觉采取行动去抵制商业化色彩浓厚的稿酬的话[④],那么这些海派作家则不再追求传统知识分子的显赫身份和神圣地位,不再以读者大众的精神启蒙者自居,他们仅把自己当作自食其力的市民大众的一员,从自身生存的需要出发,利用商业化报纸期刊来满足大众文化消费需要。

身份的转变使得海派作家的价值观念也随之发生了变化。置身在不断都市化、工业化和商业化的上海社会环境中,海派作家认同商品经济,追逐经济利益,更多呈现出世俗化的色彩。他们毫不讳言金钱的重要作用,甚至将之作为衡量文学的标准:"把一切放进一架天秤用金钱做砝码去权量它,这是文明世界的根本原则……文人是人当中的一种,也逃不出这规范。某人每年可以抽多少版税,某人一年可以有多少收入,某人的文章每一张稿纸可以值几个孙中山,某人的作

① 郑逸梅:《郑逸梅选集》第6卷,黑龙江人民出版社2001年版,第401页。
② 魏绍昌:《我看鸳鸯蝴蝶派》,香港中华书局1990年版,第20页。
③ 徐懋庸:《"商业竞买"与"名士才情"》,《申报·自由谈》1934年1月20日。
④ 新文化运动发起后,很多刊物取消了稿酬。如《新青年》宣布从第4卷第1号取消先前的投稿简章,《新潮》《每周评论》《少年中国》《星期评论》《学灯》等新文学期刊都不付稿酬。参见鲁湘元:《稿酬怎样搅动文坛——市场经济与中国近现代文学》第六章"稿酬上的严重反复",红旗出版社1998年版。

品每千字可以换几个袁世凯，这是每每上人家谈笑的口舌，也就是衡评文学的标准。”[1]海派作家自觉认同市民观念，以市民自居。张爱玲称：“我是个自食其力的小市民。”[2]为了扩大影响，引起文坛注意，有的海派作家甚至不惜在报刊上做出哗众取宠的举动。章克标在自己正在任《金屋》月刊编辑并未失业的情况下，在《申报》上刊登了一则谋职启事，内有“兹为生活，欲求职业一个，报酬必须计较，工作要有范围”[3]等语，事实上他并非真正求职，只为引人关注而已。曾今可也于1933年7月10日在《时事新报》刊登了一则启事：

> 鄙人不日离沪旅游，且将脱离文字生活。以后对于别人对我造谣污蔑，一概置之不理。这年头，只许强者打，不许弱者叫，我自然没有什么话可说。我承认我是一个弱者，我无力反抗，我将在英雄们胜利的笑声中悄悄地离开这文坛，如果有人笑我是“懦夫”，我只当他是尊我为“英雄”。此启[4]

一时间舆论哗然，上海《摄影画报》等报刊纷纷报道曾今可转行离沪。但实际上他并没有停止写作，也没有离开文坛，仍在上海继续写文章编杂志。他还曾为自己的小说《爱的三部曲》精心设计了一个广告，说该小说手稿曾被女友发怒抛入法国公园水池中，幸亏打捞及时，读者才幸得一见。这种带有浓郁传奇色彩的故事吸引读者竞相购买该书，以至于接连印刷了三版。无独有偶，章衣萍的《桃色的衣裳》出版后销量并不好，他将书名改为《情书一束》，谎称该书被译为俄、英、法、日各国文字，还在小报上刊出该书已成禁书的新闻，由此刺激读者市场，使得该书成

章衣萍著《情书一束》(北新书局出版)

① 陈福康、蒋山青编：《章克标文集(上)》，上海社会科学院出版社2003年版，第360页。
② 张爱玲：《童言无忌》，《天地》第7—8期合刊，1944年5月。
③ [马来西亚]温梓川著，钦鸿编：《文人的另一面——民国风景之一种》，广西师范大学出版社2004年版，第106页。
④ 同上书，第304页。

为一版再版的畅销书。夫唱妇随，其太太吴曙天在《恋爱日记三种》中将夫妻间的床笫隐私也毫不避讳地进行描绘。虽然沈从文将海派文人的这种行为视为“在作品之外去利用种种方法招摇”而对之嗤之以鼻，但他们这些举动确实扩大了自己的影响，正是商业环境下的营销策略。

二、海派作家的生存状态与文学生产方式

20世纪二三十年代是上海都市现代化发展的黄金时期，文学生产被纳入资本主义市场体系下，海派作家们要在商业化社会中生存，就得按照现代读者市场需要来进行写作。魏京伯在《海派与京派产生的背景》一文中写道：“上海书局是私人资本，他将本求利，不愿成本太大，在纯利上减少，故对稿费非常吝啬。”接着他详尽地描述了海派作家的生存状况：

> 上海的作家可分为四第等。第四等作家，只要住一个亭子间，以战前估计，房费十元，全家吃米一石约十余元，连同煤球油盐小菜等，每月得四十元，再加上衣服，应酬坐电车公共汽车等每月得八十元，第四等作家的稿子每千字为一元二元，每月得十万字左右，除卖不掉的及稿费收不回来的外，每月有八十元收入，方能维持生活。第三等作家，住一前楼与一亭子间，生活费增加三分之一，每月为一百二十元，其稿费每千字可卖二元三元，就在此中增加生活费。第二等作家，住前楼亭子间外，还有一会客室，生活增加三分之一，每月为一百六十元，稿费可卖三元四元。头等作家住房一幢，生活每月得二百元，稿费每千字四元五元。不论何等作家，每月总得十万字以上的稿子换生活费，上海空气不好，影响人的身体不健康，不能整天作文，还有应酬等消费时间，故每天非有四五千字不可；这样大的产量，当然无力作考证文章，急了抄也不抄，用剪刀剪下，浆糊贴上，略加笔削，前后倒置，换个题目，成为另一本书。①

通过对几类海派作家每月开销状况计算，魏京伯形象地勾勒出海派作家生存的艰难状况以及创作上的仓促状态。该文接着通过与京派的教授学者收入状

① 魏京伯：《海派与京派产生的背景》，《鲁迅风》第16期，1939年6月。

况的对比，指出京派与海派的形成并非是地域不同，而是因为经济条件的差异。杜衡之前也有着类似的论述："文人在上海，上海社会的支持生活的困难自然不得不影响到文人，于是在上海的文人，也像其他各种人一样，要钱。"[①]这种迫于生存压力而造成的写作方式得到了具有上海生活经历的作家的体认，即便是反对"海派"这一称号的韩侍桁都说："我不否认经济在现社会的力量，文人既然也是一种职业，为了生活，对于写作的文章不能有十分审慎的余裕，是可以原谅的，……"[②]

海派作家的这种写作方式在一定程度上决定了他们对文体的选择。散文作为一种与现实生活结合相对密切、写作相对轻便的文体受到作家的青睐。徐仲年曾分析到："作者们爱做小品文，原来可以省时间，贪懒！长篇的创作需要想象，观察，修辞等等，巨幅的理论文需要研究，考证，整理，批评等等；都非提笔就可写的！至于诗歌，全赖 inspiration，更不能勉强！写小品文，在一般人的眼光里，不必下这样大的功夫；事实上也局部地是如此。"[③]罗荪从小品文能够适应都市生活发展的节奏和满足读者群体的需要角度指出了作家选择小品文写作的原因："因为日常事变的增多，无论每一个角落里都发生着迅速的变动，同时大众在迫切的需求文化粮食的欲望增高，我们的作家并不能很快的用小说或戏剧的形式来反映这真实的千奇百怪，随时在变动的日常事变，就不能不用这种最直接、最明白的小品文的形式来反映它们。"[④]甚至一些并不被视为海派的作家来上海后，为了适应文化市场的需要，也将小品文作为写作的对象。东北作家李辉英到上海后，在"掏不出三个铜板买一个大饼是很平常的事情"的窘迫生活状态下，丁玲劝他说："写点小品文罢，我替你介绍到《自由谈》去，顶少三块钱一千字，一个月写上三四千字，就足够开销你的生活用度了。"李辉英听从丁玲的劝告后写文投给了《自由谈》，后来他这样描述自己的心态："三天之后，《生活与生命》在《自由谈》上登出来了，多高兴的事情！如其说我高兴文章得到了发表的地方，倒不如说想到下月至少可得九元钱的稿费。"[⑤]此后，李辉英相继在《自由谈》《良友》《新生周刊》陆续发表了《在哈尔滨》《女学校中》《登记大赦》《逼》等小品文，顺利

① 苏汶(杜衡)：《文人在上海》，《现代》第 4 卷第 2 期，1933 年 12 月。
② 韩侍桁：《论海派文学家》，马逢洋编：《上海：记忆与想象》，文汇出版社 1996 年版，第 47 页。
③ 徐仲年：《论小品文》，《文艺茶话》第 2 卷第 3 期，1933 年 10 月。
④ 罗荪：《谈小品文》，《生存月刊》第 4 卷第 11 期，1934 年 10 月。
⑤ 李辉英：《"写点小品文罢"》，陈望道编：《小品文和漫画》，生活书店 1935 年版，第 75 页。

地解决了其生存问题。

海派作家的这种文学生产方式，使得海派散文的品格迥异于传统散文。章衣萍说："所谓文人的著作，在高雅之士看来，诚为不朽之大业，而在愚拙之我看来，在资本主义之下，一切的著作，无非皆是商品而已。"①要使得自己生产的"商品"能够通过刊物被广大读者接受，海派作家在散文中就要去写读者所关注的热点话题。张爱玲的写作原则是："要迎合读者的心理，办法不外这两条：（一）说人家所要说的，（二）说人家所要听的。"②因此，海派作家将都市日常生活作为散文的写作对象，他们的散文中呈现出来的是市民的观念和趣味，是都市时尚的色彩，这就决定了海派散文是一种都市化的散文。

三、上海现代消闲刊物凝聚的海派散文作家群体

市民读者的文化消费需求以及海派作家的青睐，使得海派散文在上海现代消闲刊物上占据了重要的位置。法国学者布迪厄认为，依照不同作家在文学场中所处的地位，"真正的结构从属性"不同程度地施加到他们头上，"并且通过两种主要的调节手段确立起来：一方面是市场，它的制裁或限制要么通过销售量、票房收入等直接作用于文学活动，要么通过报纸、出版、插图及文学产业的一切形式提供的新职位直接作用于文学活动；另一方面是持久的关系，这种关系建立在生活方式及价值体系相似的基础上，它尤其通过沙龙至少将一部分作家与上流社会的某些部分联系起来，并有助于指导国家对艺术的资助"③。以上海现代消闲刊物为中心，逐渐凝聚了不同倾向的海派散文创作团体。

《论语》《人间世》《宇宙风》等杂志的散文具有较强的文人趣味，又努力走市场路线，呈现出海派散文的独特情致。这些刊物以林语堂为核心，长期撰稿人如徐訏、老向、丰子恺等大多有着较为广博的中西文化视野和较强的读者意识，以融合雅俗的幽默闲适笔墨受到了都市读者的极大欢迎。《良友》作为一种海派时尚刊物，刊载文字和图片各占一半，因而兼具画报和文学杂志之长。它创办初期在文坛上的影响比较小，第5期由周瘦鹃接办后，与之气味相投的鸳鸯蝴蝶派作家程小青、范烟桥等人的作品便登载在该刊物上。梁得所接任主编对《良友》进

---

① 衣萍：《枕上随笔》，北新书局1929年版，"序"第2页。

② 张爱玲：《论写作》，《杂志》第13卷第1期，1944年4月。

③ ［法］皮埃尔·布迪厄著，刘晖译：《艺术的法则：文学场的生成和结构》，中央编译出版社2001年版，第63—64页。

行了改革，引入新文学创作，使得这份刊物“从消遣无聊成为增广见闻，深入浅出，宣传文化美育，启发心智，丰富常识，开拓生活视野的刊物”[①]，围绕着《良友》的作家也为之改变，梁得所、张若谷、予且等人以现代都市时尚为主题，形成了海派散文创作的又一道独特景观。后期海派散文主要刊物《天地》的编者苏青，在刊物上发表了其好友张爱玲的大部分散文作品。在《天地》杂志上，苏青提倡女子写作，培养了一支女作者的队伍，使得《天地》杂志别具特色。《红杂志》则以严独鹤和施济群为中心，凝聚了程瞻庐、郑逸梅、姚民哀、朱枫隐、陈小蝶等一批通俗文人进行散文小品创作。上海还有众多的小报，这些刊物上的作品，大多以时评与风月主题满足市民的消遣需要，文章作者的审美趣味较为通俗而为人所诟病。

虽然海派散文作家围绕着以上刊物组成了相应创作群体，具有类似的创作倾向，但是这些创作群体又具有相对松散性，与同人杂志的组成人员不同。施蛰存在《现代》杂志创刊宣言中特别指出：“因为不是同人杂志，故本志并不预备造成任何一种文学上的思潮、主义，或党派。”[②]林语堂等人虽然被称为是“论语派”，但其代表刊物《人间世》的《投稿规约》第一条内容即为“本刊地盘公开”[③]，在创刊号上公布的特约撰稿人49人，包括了具有不同创作倾向的作家。《人间世》甚至还围绕着周作人大做文章，被鲁迅奚落为“今儿和前儿已不一样，京海两派中的一路，做成一碗了”[④]。当然，这一点显示了海派海纳百川包容百象的气魄和胸怀。更为深刻的原因是，上海现代消闲刊物首先是商业性的，是面向市场的，读者市场的需求具有多层次性，能否满足其多方面的需求直接决定着刊物的发行量，而发行量的大小维系着这些刊物的生命。

---

① 马国亮：《良友忆旧：一家画报与一个时代》，生活·读书·新知三联书店2002年版，第22页。
② 施蛰存：《创刊宣言》，《现代》第1卷第1期，1932年5月。
③ 《投稿规约》，《人间世》第1期，1934年4月。
④ 旅隼（鲁迅）：《“京派”和“海派”》，《太白》第2卷第4期，1935年5月。

第二章

上海现代消闲刊物影响下的海派散文

中国现代散文的形成和发展，离不开对英美散文小品和中国古代散文有益养分的借鉴。但是，“倘若没有现代传播媒体的中介和转化，西方散文资源与古代散文传统也无法演变为现代散文”①。报刊等传播媒体在现代散文文体的生成中起到的重要作用，更为突出地体现在海派散文上。海派散文诞生在上海现代消闲刊物上，并在这个载体上不断成长，最后走向繁荣。上海现代消闲刊物为海派散文带来了不同于其他散文的新质，使之成为迥异于传统散文的都市散文。

第一节　上海现代消闲刊物与海派散文的发展脉络

上海现代消闲刊物的高度发达，为海派散文的发展和繁荣提供了契机。海派散文随着上海现代消闲刊物的产生而萌蘖，随着上海现代消闲刊物的壮大而成熟，二者相互作用，海派散文在与消闲刊物同构中生成了新质，逐渐成长为新型的都市散文，满足了市民读者的文化消费需要。

一、萌芽期(1872—1912)

上海近现代刊物在诞生之初，就与散文结下了不解之缘。创刊于 1872 年 4 月 30 日的《申报》，在创刊号上标明其读者对象为“上而学士大夫，下及农工商贾”②，刊登了大量揭露时弊的论说文，其“质而不俚”的文风大异于传统文章的文雅深奥，读者争相阅读，逐渐成为具有全国性影响的大报纸。申报馆于 1872 年 11 月发行的《瀛寰琐记》则是中国最早的文学专业刊物，刊载有散文、诗词、小说、笔记、政论等。梁启超说：“自报章兴，吾国之文体为之一变，汪洋恣肆，畅所欲言，所谓宗法家法，无复同者。”③形象地指出了刊物出现给散文带来的变化。这两种报刊所刊载的文章可以视为海派散文的发端。④ 此后刊载散文的报

① 周海波：《现代传媒视野中的中国现代文学》，中华书局 2008 年版，第 339 页。

② 《本馆告白》，《申报》1872 年 4 月 30 日。

③ 梁启超：《饮冰室合集・中国各报存佚表》，转引自姚春树、袁勇麟：《20 世纪中国杂文史(上)》，福建教育出版社 1997 年版，第 45 页。

④ 朱少伟认为，《申报》刊载的论说文“应是海派散文的源头”。参见朱少伟：《海派散文——旧上海的一道风景》，《人民政协报》2010 年 7 月 1 日。

纸杂志竞相创办，为近代上海市民打开了了解世界的窗口，传播新思想、新知识的散文通过报纸杂志不断拓宽和刷新人们的视野和观念。冯桂芬、王韬、郑观应等知识分子打破了清代桐城派作家为散文设立的种种藩篱，开始用坦率、自由的笔墨直接反映社会问题，并以报刊为阵地发表，因而有人说：“他们都是第一批报刊政论作家，他们用通俗易晓的古文写作报刊政论，报章政论文体得以确立，并成为 19 世纪 90 年代梁启超等人‘新文体’的先声。”①

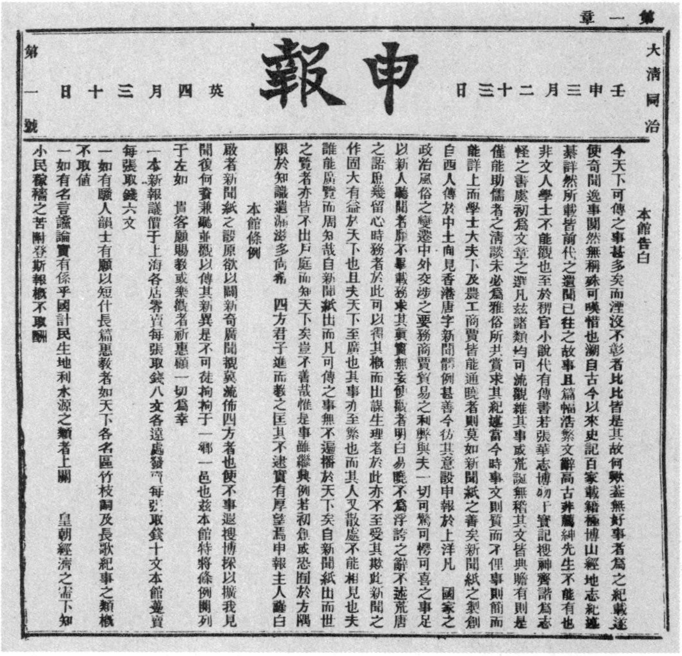
第一章

申報

大清同治壬申三月二十三日

英四月三十日

第一號

本館告白

今天下可傳之事甚多矣而湮沒不彰者比比皆是其故何歟蓋無好事者為之紀載遂使奇聞逸事闃然無稱殊可嘆惜也溯自古今以來史記百家載籍極博山經地志紀述綦詳然所載皆前代之遺聞已往之故事且篇幅浩繁文辭高古非薦紳先生不能有也非文人學士不能觀也至於稗官小說代有傳書若張華志博物干寶記搜神齊諧爲志怪之書虞初爲文章之選凡茲諸類均可流觀雖其事或荒誕無稽其文皆典贍有則是僅能助儒者之清談未必爲雅俗所共賞求其紀述當今時事文則質而不俚事則簡而能詳上而學士大夫下及農工商賈皆能通曉者則莫如新聞紙之善矣新聞紙之製創自西人傳於中土向見香港唐字新聞體例甚善今仿其意設申報於上洋凡 國家之政治風俗之變遷中外交涉之要務商賈貿易之利弊與夫一切可驚可愕可喜之事足以新人聽聞者靡不畢載務求其真實無妄使觀者明白易曉不爲浮誇之辭不述荒唐之語庶幾留心時務者於此可以得其概而出謀生理者於此亦不至受其欺此新聞之作固大有益於天下也且夫天下至廣也其事亦至繁也而其人又散處不能相見也夫誰能歷覽而周知哉自新聞紙出而凡可傳之事無不遍播於天下矣自新聞紙出而世之覽者亦皆不出戶庭而知天下矣豈不善哉惟是事雖繼興例若初創或恐囿於方隅限於知識還海涵多尚希 四方君子進而教之匡其不逮實有厚望焉申報主人謹白

本館條例

啟者新聞紙之設原欲以闢新奇廣聞視冀流佈四方者也使不事遐搜博採以擴我見聞復何貴兼聽並觀以傳其新異是不可徒拘拘于一鄉一邑也茲本館特將條例開列于左如 貴客願賜教或樂觀者祈惠顧一切爲幸

一本新報議價于上海各店零賣每張取錢八文各遠處發賣每張取錢十文本館躉賣每張取錢六文

一如有騷人韻士有願以短什長篇惠教者如天下各名區竹枝詞及長歌紀事之類概不取值

一如有名言讜論實有係乎國計民生地利水源之類者上關 皇朝經濟之需下知小民稼穡之苦閱登斯報概不取酬

《申报》创刊号

随着维新运动的开展，在政治宣传的强力推进下，散文和刊物的联系得到进一步加强。1896 年 8 月 9 日，维新派最重要、影响最大的机关报《时务报》在上海福州路创刊。它由梁启超任主笔，以“变法图强”为宗旨，设有“论说”“中外杂志”“域外报译”等栏目，由于观点新颖、文字通俗，发行后迅速风靡全国。该报创刊时销量为 4 000 份，发行一年后猛增到 12 000 份，最高时则达到了 17 000 份。② 梁启超在该报上发表了《变法通议》等几十篇政论文章，抨击封建顽固派

① 程华平编著：《近代上海散文系年初编》，上海教育出版社 2003 年版，“前言”第 5 页。
② 参见《上海新闻志》编纂委员会编：《上海新闻志》，上海社会科学院出版社 2000 年版，第 112 页。

因循守旧，对民众进行思想启蒙。这些文章在内容上贴近社会现实，表达大众呼声；在形式上打破窠臼，不拘一格；在语言上挣脱了古文束缚，运用新事物、新名词、新术语及民间口语。作者感情充沛，文章感染力很强，让人读后精神为之一振。梁启超对报章文体即其所谓“新文体”的认识非常独到。他在《清代学术概论》中说：“启超夙不喜桐城派古文；幼年为文，学晚汉魏晋，颇尚矜炼；至是自解放，务为平易畅达，时杂以俚语韵语及外国语法，纵笔所至不检束；学者竞效之，号新文体；老辈则痛恨，诋为野狐，然其文条理明晰，笔锋常带情感，对于读者，别有一种魔力焉。”[①]这种被诋为“野狐”的“新文体”出于报章文体的需要，突破了古代散文的规范，以对读者所显现出来的“魔力”和对社会所产生的巨大影响为广大学者所认可。严复在致熊纯如的信函中说：“任公文笔，原自畅遂，其自甲午以后，于报章文字，成绩为多，一纸风行海内，观听为之一耸。”[②]郑振铎从对当时作家写作的影响以及对五四新文学革命的启发意义上对其评价道：“他的散文，平心论之，当然不是晶莹无疵的珠玉，当然不是最高贵的美文，却另自有他的价值。最大的价值，在于他能以他的‘平易畅达、时杂以俚语韵语及外国语法’的作风，打倒了所谓恹恹无生气的桐城派的古文，六朝体的古文，使一般的少年们都能肆笔自如，畅所欲言，而不再受已僵死的散文套式与格调的拘束，可以说是前几年的文体改革的先导。”[③]当然，新文体是将散文视为宣传鼓动工具的政治家表达政治诉求的产物，不能纳入地域性很强、商业气息浓厚的海派散文范畴，但是它毕竟产生在上海这一特殊的空间内，是以上海为中心向全国传播的。这种成熟的报章文体在上海的文化语境下显现出了强大的生命力，对

光緒二十二年七月初一日
時務報
第一册

梁启超与《时务报》

① 梁启超：《清代学术概论》，岳麓书社2010年版，第81页。
② 严复：《与熊纯如书札（三十九）》，王栻主编：《严复集》第3册，中华书局1986年版，第648页。
③ 郑振铎：《梁任公先生》，《小说月报》第20卷第2号，1929年10月。

海派散文的出现起到了催生作用。

值得注意的是，一些小报开始刊登趣味性的散文文字。1897 年随《字林沪报》送阅的《消闲报》在创刊号对办刊宗旨说明如下：

> 盖今日者，报纸盛行，体例不一。除《沪报》等素按西国规条办理外，自有因小见大者，亦有以庄杂谐者。语必新奇，事多幽渺。譬如《南华》名经，汪洋恣肆；《北里》作志，倜傥风流。虽与报馆规条难期尽合，亦未始不可以资陶冶而寓劝惩。故自并行不悖，遐迩相传。此固报馆之支流，而亦文人之乐事也。唯是饱食暖衣，群居终日，孜孜矻矻，专务于兹，究不免与博识群公齐讥等诮。若《沪报》则堂堂正大，体例素严，自不可以此等游戏笔墨概杂其间。然以余辈压线之暇，出其余绪，销中又复不惜工资，逐日排印，添此《消闲报》，立意虽不外乎因小见大，以庄杂谐，而别开生面，自成一家，仍随《沪报》附送，俾阅报诸君，购一得二，既足以知中外时事，又可藉以资美谈而畅怀抱。似此，一变通间，较之附送诗集小说，不尤觉为大观乎？区区推广报务之心，谅亦阅报诸公所欣然许可者。[①]

《消闲报》是中国最早的文艺副刊，这就意味着作为报刊文体的散文在诞生之初就将“因小见大，以庄杂谐”“资美谈而畅怀抱”的消闲功能放到了极其重要的地位。与此同时，一批小报也将消闲作为主要的追求，如李伯元于 1897 年创办了《游戏报》，在《重印本发行告白》中明确该报宗旨是：“以诙谐之笔，写游戏之文。遣词必新，命题皆偶。上自列邦政治，下逮风土人情。文则论辩、传记、碑志、歌颂、诗赋、词曲、演义、小唱之属，以及楹对、诗钟、灯虎、酒令之制，人则士农工贾、强弱老幼、远人逋客、匪徒奸宄、倡优下贱之俦，旁及神仙鬼怪之事，莫不描摹尽致，寓意劝惩。无意不搜，有体皆备……”[②]《游戏报》是中国第一份消闲小报，被誉为“晚清文艺小报巨擘”[③]，在其影响下，涌现出模仿其体例和版式的 30 多种消闲小报。

---

① 《〈沪报〉附送〈消闲报〉说》，《消闲报》创刊号，1897 年 11 月 24 日。

② 李伯元：《重印本发行告白》，见方汉奇主编：《中国新闻事业编年史（上）》，福建人民出版社 2000 年版，第 111 页。

③ 《上海新闻志》编纂委员会编：《上海新闻志》，上海社会科学院出版社 2000 年版，第 144 页。

二、成长期(1912—1927)

民国以后,上海市民总数大幅增长,文化消费需求更为强烈,文学的消闲娱乐功能受到了重视,鸳鸯蝴蝶派在此时的兴起尤为引人注目。他们创办几十种期刊、杂志,还经营不少报纸副刊,上海报业中销量最大的三家报纸《申报》《新闻报》《时报》副刊在1911年后均为鸳鸯蝴蝶派文人所控制。[①] 从20世纪初到新文学革命前,鸳鸯蝴蝶派散文在上海散文中占据主流地位,初步具备了海派散文的一些特征。

在鸳鸯蝴蝶派刊物中,影响最大的是由中华图书馆发行、创刊于1914年6月6日的《礼拜六》,该刊主编王钝根在创刊号的《〈礼拜六〉出版赘言》中就杂志的取名和主旨谈道:"礼拜一礼拜二礼拜三礼拜四礼拜五,人皆从事于职业,惟礼拜六与礼拜日,乃得休暇而读小说。……一编在手,万虑都忘,劳瘁一周,安闲此日,不亦快哉!"[②]透露出其消闲性倾向。《礼拜六》非常注重市场化的操作,出版后连续三天在《申报》刊发广告,以后广告频繁,且在内容上求新求异出奇,以吸引喜欢追逐潮流的上海市民,甚至用方言俗语来拉近和市民读者的距离,如第15期《礼拜六》的广告是用上海方言写成的:"强弗强来自家看,弗强里个弗要买,一角洋钿买一册,男女老少用得着。"[③]《礼拜六》的这种商业性操作适应了都市文化消费的特点,因而该刊极为畅销,每期发行量高达2万册。从内容上来看,前期《礼拜六》以刊登小说为主,但

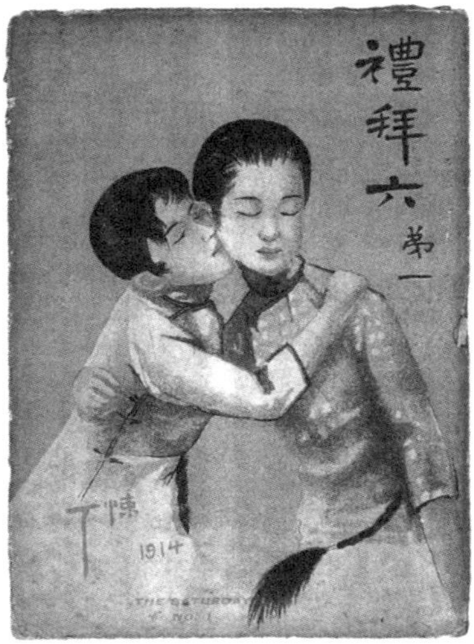

《礼拜六》创刊号

---

① 《申报》副刊《自由谈》1911年创刊后至黎烈文于1932年12月1日接办前,历任主编分别为王钝根、吴觉迷、姚鹓雏、陈蝶仙、陈冷血、周瘦鹃;《新闻报》副刊《快活林》《新园林》从1914年到1944年主编一直为严独鹤;从1912年起,到1925年之前,《时报》副刊《余兴》《滑稽余谈》《小时报》主编,分别为包天笑、毕倚虹、李涵秋、张碧梧等。参见刘扬体:《流变中的流派——"鸳鸯蝴蝶派"新论》,中国文联出版公司1997年版,第16页。

② 钝根:《〈礼拜六〉出版赘言》,《礼拜六》第1期,1914年6月。

③ 《申报》1914年9月12日。

也有不少笔记、轶事类散文作品，在复刊后体裁多样，逐渐重视散文文体。[①] 此后，鸳鸯蝴蝶派的其他刊物也都重视散文的分量，1922 年创刊的《红杂志》的版面设计将小品散文作为上栏，小说笔记作为下栏，小品散文已经到了与小说平分秋色的地步了。《红杂志》出版百期后改名称为《红玫瑰》，编辑赵苕狂特别指出："长篇小说短篇小说两种，本刊当然是极端注重的，可是对于各种小品文字，却也不敢放松一点。"[②]因此，该杂志对内容有了如下的规定："小说、随笔、游记、各地通讯、学校中的故事、感想录……等项并重，务求相辅相成，并不侧重于某一项。"[③]

这一时期稿酬制度的实行，使得上海消闲刊物的商业化色彩更为浓厚，也促进了海派散文对于消闲娱乐功能的重视。席子佩于 1907 年接办《申报》后对之进行了改革，聘任其同乡王钝根任编辑，于 1911 年 8 月 24 日创办《自由谈》。在《征文告白》中写道："海内文家如有以诗词歌曲、遗文轶事以及游戏之作惠寄本馆者，请开明住址，以便随时通信，惟原稿恕不奉还。"[④]表明了重视游戏消闲趣味的办刊导向。值得注意的是，1912 年 11 月 1 日的《申报·自由谈》上刊登了一则《投稿润例》："《自由谈》创行以来蒙各处文家厚爱，投稿络绎，趣味浓洁，本馆感纫之余，亟思有以酬答盛意，兹拟得投稿润例如左希垂鉴焉：自本月一号起，凡有关于时事之谐文小说笔记投交本馆登出者，分五等奉酬。头等每千字三元，二等二元，三等一元，四等五等酌赠书报。"[⑤]显示其较为重视对消闲类文字支付稿酬。作为一种以盈利为主要目的的商业性报纸，《申报》在支付稿酬时，第一位考虑的要素是稿件受到市民读者的欢迎程度，市民的趣味就成为支付丰厚稿酬的首要标准，从而制约了作家的写作内容和形式，导致散文趣味朝向消闲的方向发展。鸳鸯蝴蝶派文人把"付之一笑""新笑史"等作为常设栏目，在投稿润例中明确把引人发笑的谐文排在首要位置，支付稿酬最高。有研究者指出，《自由谈》在"1916—1917 年间，谐文的最高稿酬都定在每千字六元；而同时期的小

---

① 《礼拜六》周刊创刊于 1914 年 6 月，至 1916 年 4 月初满百期停刊。1921 年 3 月复刊，又出满百期后停刊，共出版 200 期。

② 苕狂：《编余琐话》，《红玫瑰》第 1 卷第 1 期，1924 年 7 月。

③ 袁进主编，冯金牛编：《鸳鸯蝴蝶派散文大系 1909—1949：闲者的盛宴》，东方出版中心 1997 年版，"前言"第 2 页。

④ 《征文告白》，《申报·自由谈》1911 年 8 月 25 日。

⑤ 《投稿润例》，《申报·自由谈》1912 年 11 月 1 日。

说(短篇)最高稿酬只有三元,笔记类只有二元,诗词类一概不付稿酬"[①]。在丰厚的酬金的刺激下,谐文不断涌现,甚至有的比较低俗,从而为后人所诟病。

"五四"时期,北京成为新文化运动的中心,在时代潮流的奔涌中,鸳鸯蝴蝶派的创作被视为游戏或消遣而遭到新文学阵营的猛烈批判,但其刊物依然出版,代表文人继续主持着一些重要报纸副刊,因此创作依然在继续。其原因在于,随着上海都市化进程不断加快,市民的消闲文化消费需要不仅不会消失,还会更为强烈。同时,鸳鸯蝴蝶派作家在遭到批评后,也对自身创作进行了适当调整,在注重消闲的同时也关注现实,力图跟上新文学的步伐。

有学者指出:"中国近、现代之交,是文学转型的关键时期,与后来问世的新文学相比,鸳鸯蝴蝶派的散文更能显示文学转型的轨迹。"[②]与新文学作家大多有过留学欧美的经历或受过新式教育、其散文创作更注重从西方寻求资源不同,鸳鸯蝴蝶派作家多为旧式文人,有着较为浓厚的传统文人气息,他们的散文创作与中国传统散文有着直接的关系。例如,笔记体散文创作一直为郑逸梅、周瘦鹃、范烟桥、程瞻庐等鸳鸯蝴蝶派作家所青睐。郑逸梅是《申报》《新闻报》和《时报》的特约撰稿人,他擅长用短小的笔记体文字记录趣闻,一生创作的此类文字超过一千万字。这些文字言简意赅、意味深长,能够填补报刊的空白,受到编辑和读者的极大欢迎,郑逸梅因之被称为"补白大王"。郑逸梅的创作生动再现了古代文体是如何被鸳鸯蝴蝶派作家重新改造利用,从而变成适应消闲刊物需要的特殊文体的。鸳鸯蝴蝶派的散文贯穿了中国现代文学的始终,既有文言创作,也有白话文创作,既有游戏文字的笔墨,也有关注现实的内容,既有闲适的一面,也有严肃的一面,因此,更多地展现出了海派散文的多面性。鸳鸯蝴蝶派的散文创作的意义在于其在海派散文发展中所起到的承上启下的作用。

三、成熟期(1927—1938)

20世纪二三十年代,上海的都市化迈入黄金时期,受过新式教育的读者大众成为文化消费的主力军,对文化消费需求的数量和层次不断提高,使得上海消

---

① 何海巍:《从〈申报〉的文学稿酬看近代文化观念的演变》,《文史杂志》2008年第2期。
② 袁进主编,冯金牛编:《鸳鸯蝴蝶派散文大系1909—1949:闲者的盛宴》,东方出版中心1997年版,"前言"第3页。

闲刊物和海派散文也同步成熟起来。这一时期，刊登散文的报纸杂志之多，创作成果之丰硕引人注目。自1926年起到全面抗战前，上海出版的刊登散文的刊物难以计数，左翼刊物《萌芽月刊》《春光》《太白》《新语林》以及国民党三民主义文学刊物《汗血周刊》《民族文艺》都刊登了大量散文。但此时上海多数文学刊物的商业性色彩较强，具有浓厚的消闲性质，由海派作家参与编辑和投稿、刊登散文的刊物就有《良友》《幻洲》《白露》《真美善》《金屋月刊》《诗与散文》《新文艺》《萍影》《青年文艺》《现代文艺》《新时代》《现代》《春汛》《申报月刊》《文艺茶话》《万岁》《艺术旬刊》《青鹤》《论语》《新垒》《人间世》《宇宙风》《创化季刊》《华安》《文艺春秋》《文艺座谈》《每月小品》《十日谈》《金刚钻月刊》《千秋》《春秋》《长城》《青峰半月刊》《潮流》《水沫》《学海》《人言》《文化月刊》《文艺风景》《华美》《新人》《文艺画报》《青红白》《文饭小品》《小文章》《文艺大路》《六艺》《天地人》《逸经》《西风》《好文章》《国光》《谈风》《上海生活》，等等。

这些消闲刊物刊登的散文，呈现出新的特色。首先，综合类的刊物都非常重视散文，散文是每期必不可少的栏目，同时出现了以刊登散文为主的刊物。如1929年9月15日创刊的《新文艺》，由刘呐鸥、施蛰存、戴望舒、徐霞村等人编辑，上海水沫书店出版。在1930年4月15日出到第2卷第2期被查封之前，该刊先后设有“随笔小品”“散文·随笔·小品”“诗与散文”“散文”等栏目，可见对散文之重视程度。海派大型综合刊物《现代》杂志在第1期就发表了施蛰存的《无相庵随笔》系列散文，此后散文一直是该杂志的固定栏目。该刊对散文栏目的设置有一个转变的过程，自创刊后到第2卷第2期止，每期都有名称为“文”的栏目，其中包含散文作品，也有不少文艺论文；第2卷第3期开始，论文独立出来，设置“诗与散文”栏目，散文文体意识更为明确；从第3卷第2期开始设置有“随笔·感想·漫谈”以及“诗·散文·剧本”栏目；第5卷第1期“散文”栏目独立出来。此后，除了以“散文”为固定栏目名称外，还有“随笔三篇”“小品文选”等一类栏目出现。栏目设置的变化体现了《现代》对于散文文体有一个越来越重视的过程。此外，《现代》的“论文”“文艺独白”“社中座谈”等栏目还发表了鲁迅的《小品文的危机》、郑伯奇的《幽默小论》、杨邨人的《小品文与大品文》等重要散文文论。值得注意的是，这个时期出现了以刊登散文为主的刊物。林语堂编辑的《论语》《人间世》《宇宙风》都以刊登散文为主，《人间世》还特别注明为“小品文半月刊”，说明了对于散文文体的重视。

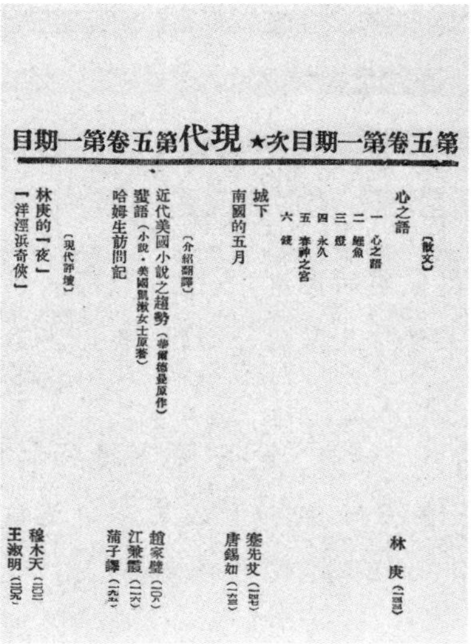

第五卷第一期目次★現代第五卷第一期目

〔散文〕

心之語 林庚

一　心之語

二　鯉魚

三　燈

四　永久

五　養神之宮

六　鏡

城下 蹇先艾

南國的五月 唐錫如

〔介紹翻譯〕

近代美國小說之趨勢（薛爾德曼原作） 趙家璧

螢語（小說·美國凱撒女士原著） 江兼霞

哈姆生訪問記 蒲子譯

〔現代評壇〕

林庚的「夜」 穆木天

「洋涇浜奇俠」 王淑明

《现代》设置“散文”专栏

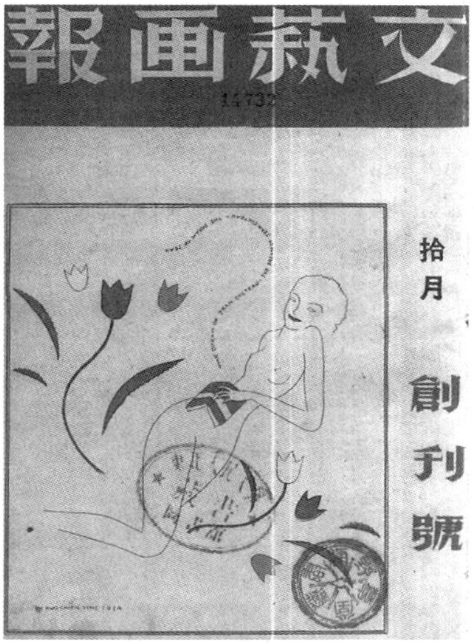

《文艺画报》创刊号

其次，散文的内容和形式都呈现出现代意味。适应接受新式教育成长起来的都市读者的口味，散文在内容上超越了早期鸳鸯蝴蝶派的旧式文人情调，开始表达新的观念和意识，同时散文在形式上也有了新的追求和变化。例如以《良友》为代表的画报散文，将摩登的图片和时尚的文字结合起来，形成了散文表达的新追求。由文艺画报社出版的《文艺画报》分前后两期，前期由叶灵凤、穆时英等人编辑，于 1934 年 10 月 10 日出版。虽名为“画报”，实际上由文字与图画两大部分构成，文字部分以散文小品为主，主要撰稿人有刘呐鸥、李金发、施蛰存、穆时英、崔万秋、邵洵美、章克标、马国亮等人，1935 年 4 月 15 日出到第 4 期后停刊。随后于 1935 年 10 月重新创刊，由叶灵凤任编辑人，设置的栏目中包含“编者随笔”“散文”“诸家随笔”“小品”“散文二题”“寒夜随笔”等。在代发刊词的《编者随笔》中，叶灵凤坦率地写道：“假如一定有人要问：到底为什么要出这个杂志呢？我们的回答是：‘为了建设中国文艺，为了教育大众，为了涵养性灵，为了提拔无名作家……’我几乎要这样写了。实在什么都不为。只为几个人想发刊一个小杂志，恰巧有书店肯出版，同时也预料着或者有两三个同道的读者，于是这《文艺画报》便诞生了。”[①]显示出特立独行的做派。叶灵凤本来是创造社的

① 编者：《编者随笔》，《文艺画报》创刊号，1934 年 10 月。

小伙计，但于1931年4月28日被“左联”除名后，更多呈现出投合读者大众的创作倾向。在《编者随笔》中他还写道：

> 文艺而称为画报，或许有人见了要叹气，觉得未免太“海派”了，其实，请看了内容便知道。虽然并不怎样的“京”，却也不全然的“海”。也许有时要登几张女明星的照片，不过遇到了明覆宋椠的孤本，或是什么石洞里的唐人写经之类，我们也许会“附庸风雅”的来复印几张的。不过，我们决不想因了这来自鸣清高或者作为进身之阶。
>
> 不够教育大众，也不敢指导(或者该说麻醉)青年，更不想歪曲现实，只是每期供给一点并不怎样沉重的文字和图画，使对于文艺有兴趣的读者能醒一醒被其他严重的问题所疲倦了的眼睛，或者破颜一笑，只是如此而已。[①]

编者并不故作高深，而是想通过一种文字和图画结合的形式，将轻松的内容传达给读者，从而带给读者愉悦。《文艺画报》的图片都较为摩登，比如创刊号采用郭建英画的裸女在花丛中做爱情之梦为封面，该期刊登的《眼睛吃的冰淇淋》等漫画、德国漫画家格罗斯的人体素描画等都较为大胆前卫，散文内容也与之相协调。这种以摩登的图片和文字结合的探索，给读者带来了新鲜的感受，显示出海派散文的一种新的取向。

第三，散文和消闲刊物在新语境下的结合，导致了散文在借鉴资源上有了新的变化，更多向西方借镜。与早期海派散文作家多从中国传统散文借鉴技巧不同，这一时期的散文作家多有留学欧美的背景，因此在办刊取向上多借鉴西方消闲刊物特点，在散文写作技巧上向西方文体靠拢。这点可从林语堂在《人间世》提倡西洋杂志文中看出来。在第13期的《人间世社启事》中，他特别指出：“本刊以后拟多登‘特写’文稿。‘特写’就是西洋杂志最盛行之features……”[②]接着在第14期，他强调：“本刊宗旨在提倡小品文笔调，即娓语式笔调，亦曰个人笔调，闲适笔调，即西洋之familiar style……其目标仍是使人‘开卷有益，掩卷有味’八个大字。要达到这八个大字的目标，非走上西洋杂志之路不可。西洋杂志好的

① 编者：《编者随笔》，《文艺画报》创刊号，1934年10月。
② 《人间世社启事》，《人间世》第13期，1934年10月。

就是叫人开卷有益掩卷有味。中国的杂志文字，轻者过轻，重者过重，内容有益便无味，有味便无益。”①可见，林语堂通过与中国散文对比，明确其所谓的小品文笔调来自西洋的“familiar style”，而其写作散文所要达到的“开卷有益，掩卷有味”的目标也须走西方杂志之路。《人间世》在该期开设了“西洋杂志文”一栏，刊登了黄嘉音翻译的几篇西洋杂志文，在第 15 期推出了“西洋杂志文”专辑。此后，又于 1936 年创办了以林语堂为顾问编辑，黄嘉德、黄嘉音为编辑的“译述西洋杂志精华，介绍欧美人生社会”的《西风》月刊。编者指出创办这种刊物的目的：“我们这次与林语堂、陶亢德两先生合办《西风》月刊，目的就是想多介绍这种有生气的文章，叫不懂西文或没有机会阅读外国杂志的国人，也可以认识西洋杂志文的真面目。我们此种尝试没有甚么特别伟大的野心，不过希望能够稍微转移国内杂志界的风气而已。”②随着开埠后上海国际化程度不断加深，20 世纪二三十年代，上海市民读者已拥有较为开放的视野和现代观念，因此对西洋杂志文有比较浓厚的兴趣，林语堂及黄嘉音、黄嘉德等人这一举措正满足了这部分读者的文化消费需求。同时，西洋杂志文的提倡对于作家学习西方散文的写法也起到了重要作用。

第四，在满足读者大众消费需求的同时，海派散文有着自己的追求。这在林语堂创办的《人间世》等刊物中体现得较为明显。再如章衣萍与徐仲年、孙福熙等人仿照法国文艺沙龙的形式举办“文艺茶话会”，创办了《文艺茶话》和《文艺春秋》，一方面宣扬艺术至上，一方面又具有浓厚的趣味性，兼顾读者市场。施蛰存在《现代》杂志之外编辑的两个刊物也有着同样的追求。施蛰存希望《文艺风景》在保持高雅的文艺趣味和读者的轻松阅读之间取得调和：“编者希望它是一种短小精悍，而不失崇高的文艺趣味，使读者阅后又不必费多大的脑力来反省的一种刊物。”③1934 年底，施蛰存在编辑出版《现代》第 6 卷第 1 期后离开现代书局，不久与康嗣群联办了《文饭小品》，这个月刊以刊登各种散文为主，包含抒情散文、随笔、游记、人物记述、读书录、社会掌故、杂感、幽默小品等。康嗣群在解释刊名的时候说，所谓“文饭”，首先就是吃“文”饭的意思，此外“我们仿佛还有一点感想：觉得人生除了吃饭之外，似乎还该有点事做。量力而为，于是决定写文章。

---

① 语堂：《关于本刊》，《人间世》第 14 期，1934 年 10 月。
② 嘉德、嘉音：《谈杂志文》，《宇宙风》第 20 期，1936 年 7 月。
③ 《编辑室偶记》，《文艺风景》第 1 卷第 2 期，1934 年 7 月。

文章之好坏，不能以饭之吃得饱否为标准，各尽其能，所以本刊毕竟不计其赚钱与亏本而问世也”①。表明他在以文学来谋生和文学的独立追求之间的矛盾态度。在办刊取向上，《文饭小品》与《论语》《人间世》的风格相近，走的是“幽默闲适”的路线，向市民读者趣味靠拢。但其平和淡雅的风格追求终未能在上海的文坛开辟出一片文学的净土。这个刊物由于没有挂靠大的书局，缺乏雄厚的资金作为后盾，生存处在不利的地位，终于在 1935 年 7 月出完第 6 期后就停刊了。沈从文在回顾时指出：“《文饭小品》编者能努力，且知所以努力，刊物有希望。惟编者若放弃与《人间世》抢生意，不走小品一路，使刊物保持昔日《现代》杂志性质，也许更容易办好。”②不管结果如何，《文饭小品》的实践代表了海派散文朝向纯文学一路的努力方向，是值得赞赏的。

《文饭小品》创刊号

《西风》

四、承传期(1938—1949)

全面抗战前夕，上海已经成为远东乃至世界范围内的大都市之一，现代消闲刊物的发行和海派散文的创作盛极一时。全面抗战爆发后，上海于 1937 年

---

① 康嗣群：《创刊释名》，《文饭小品》创刊号，1935 年 2 月。
② 参见刘军：《施蛰存与〈文饭小品〉》，《中华读书报》2008 年 1 月 30 日。

11月中旬失守，只剩下后来被称为“孤岛”的租界未落入日寇之手。在国内外形势的紧逼下，作家以及相关出版机构、文学刊物都向武汉、长沙等内地迁移，上海书报刊物市场一片萧条，直到1938年5月后才渐次恢复生气，“几种定期刊物复刊发行，洋商报纸像雨后春笋般勃然而兴，不少的小册子代替了以前的杂志，大有‘野火烧不尽，春风吹又生’的蓬勃生气”[①]。但此后上海出版界又受到金融风潮和欧洲战事的影响，陷入一片凋敝的境况。有人根据《上海“孤岛”时期文学报刊编目》的统计，“孤岛”时期上海出版发行报纸文艺副刊有24种，文艺期刊和丛刊有72种，大部分刊物维持时间较短，出版总期数在1—3期的有38种，4—6期的有17种，两者占全部期刊的80％。[②] 在民族危难面前，对于都市消闲生活的关注让位于民族情感的表达，抗战宣传成为文学的主流，正如郁风在《上海文艺小景》中所描绘的那样：“（上海）大多数的作者正像各地前后方的作者一样，在忙着出版，创作，和组织。他们敏捷的躲避着特殊环境下的各种刀锋，吐露出上海民众爱自由求解放的战斗的情感，而在他们的肩上还有生活的担负，在他们背后跟着被杀害被绑票的威胁。”[③]因此，散文中的杂文就成为他们进行抗争的武器。王任叔、唐弢、柯灵等一批杂文作家逐渐成长起来。此时，海派散文因为与时事结合得并不密切，在创作上具有相对稳定性，因此依然继续其传统，这突出表现在鸳鸯蝴蝶派的创作中，如《摩登》《乐观》《艺花》《红茶》《幽默风》以及前期的《万象》杂志[④]，这些杂志上的作品沿袭了以往的消闲风尚。一些创办于战前坚持下来的消闲刊物继续刊载海派散文。《宇宙风》于1938年5月迁往广东后，1939年3月上海创刊了《宇宙风乙刊》，列林憾庐、林语堂、陶亢德为编辑，实际是陶亢德主持刊务，该刊在提倡幽默闲适上与前期《宇宙风》一脉相承，内容多为

---

① 张若谷：《漫谈孤岛文坛》，《文艺月刊》第11年第11月号，1941年11月。

② 王文英主编的《上海现代文学史》对这些刊物进行了列举，这38种刊物分别为《离骚》《闲花》《一般》《戏言》《隽味集》《纯文艺》《文会》《大众文化》《文集》《少年读物》《新诗刊》《蜜蜂》《北斗》《兼明》《海啸》《东南风》《旋风》《语风》《行列》《译林月刊》《求知文丛》《新文艺》《大众文艺》《文艺界丛刊》《作风》《海涛文艺丛刊》《海燕文艺丛刊》《棘林蔓草》《述林文艺丛刊》《每月诗丛》《新文丛》《舞台艺术丛刊》《文苑月刊》《文艺春秋》《萧萧》《新流文丛》《万人小说》《奔流新集》等；17种分别为《千字文》《自由谭》《宇宙风乙刊》《文笔》《野火》《文艺新闻》《文学研究》《艺风》《文艺世界》《天地间》《西洋文学》《小剧场》《奔流文艺丛刊》《译文丛刊》《文综月刊》《杂文丛刊》《文林月刊》。参见王文英主编：《上海现代文学史》，上海人民出版社1999年版，第407页。

③ 郁风：《上海文艺小景》(《星州日报》)，转引自许道明、冯金牛选编：《张若谷集：异国情调》，汉语大词典出版社1996年版，第199页。

④ 《万象》于1941年7月创刊于上海，开始由鸳鸯蝴蝶派作家陈蝶衣、平襟亚主编，以迎合市民趣味为中心。柯灵于1943年7月任主编后，将之改造为新文学期刊。

谈天说地、轶闻掌故类的趣味性文字，成为海派作家发表散文的园地。《西风》创刊于 1936 年 9 月，全面抗战时并未离开上海，在黄嘉音兄弟的主持下，每月销量在两万份以上，与其姊妹刊物《西风副刊》一起提倡西洋杂志文，使其成为上海文坛较有影响的文体。上海《大美报》副刊《浅草》提出了“重振杂文”的口号，丁谛在《新文艺》月刊撰文《重振散文》，但反响都不大。[①] 值得注意的是，“孤岛”时期上海文学界提出了“表现上海”的口号。[②] 蒋天佐认为“表现上海”，不是“无可无不可的”，“它是上海作家的迫切的任务”。他号召留守上海的作家“抓住上海的个性，发掘上海的灵魂，歌唱上海的斗争”，“要从认识物质的上海开始，再达到认识精神上的上海。可是决不能停留在物质的上海上。文艺不是现实的复写，而是提炼”[③]，这正是 20 世纪二三十年代海派散文所表现的重要主题，对此后的海派散文创作起到了引导作用。

1941 年 12 月 8 日太平洋战争爆发后，日军占领租界，整个上海成为沦陷区。留守“孤岛”的作家纷纷离开上海，进步文学期刊遭到封闭被迫停刊，文化生活出版社等进步出版社撤离到国统区，上海的进步文学陷入沉寂状态。海派散文创作主要以关注日常生活为主，在日伪统治下仍有一定的发展空间，沿袭着 30 年代的惯性而发展。《紫罗兰》《大众》《春秋》《万象》《杂志》《风雨谈》《文友》《天地》《文艺世纪》《古今》等消闲刊物刊登了大量笔记、掌故、游戏之类的文字。影响较大的《风雨谈》于 1943 年 4 月创刊，柳雨生为代表人，在《创刊之辞》中表示以“盍各言尔志”[④]为本旨，主张古今中外、东西南北都可以作为文章的取材。该刊前期公开提倡“通俗性的文艺”以迎合小市民的趣味，自第 17 期后文史小品逐渐增多，主要作者有苏青、谭惟翰、沈启无、纪果庵等人。在这些刊物中，影响最大的是苏青主编的《天地》。苏青早期就在林语堂主编的《论语》《宇宙风》上发表了不少散文。此时利用创办天地出版社和编辑《天地》杂志，对海派散文的发展起到了引领作用。张爱玲这一时期回到上海，在《天地》等杂志上发表了她的大部分散文，充分肯定现代物质文明的进步性和市民日常生活的合理性，为海派散文的创作留下了一抹灿烂的余晖。海派散文在全面抗战时期的发展证明了即便是在乱世中，文学仍然有丰富性的要求，张爱玲和苏青在杂志上发表的散文小品主要写

① 林慧文：《现代散文的道路》，《中国文艺》第 3 卷第 4 期，1940 年 12 月。
② 王文英主编：《上海现代文学史》，上海人民出版社 1999 年版，第 412 页。
③ 蒋天佐：《表现上海》，《戏剧与文学》第 1 卷第 3 期，1940 年 5 月。
④ 柳雨生：《创刊之辞》，《风雨谈》第 1 期，1943 年 4 月。

日常生活，反映了人们求稳怕乱的基本生命需要，给乱世中的人们以精神慰藉。

抗战胜利后，全面抗战期间离开上海的作家从国统区和解放区返回上海，同时一批内迁的出版社和文学期刊也回到了上海，《上海文化》《观察》等一批新的文学报纸杂志在上海创办。上海文学一时间恢复了20世纪二三十年代的繁荣局面，再度成为全国文学中心。这一时期，延续海派传统的杂志有顾冷观主编的《茶话》、沈寂主编的《幸福》、唐云旌主编的《大家》等。一些消闲刊物在上海复刊，如“孤岛”时期盛行一时的《西风》于1945年在上海出版第82期胜利复刊号，继续提倡西洋杂志文。《论语》于1946年12月1日复刊，由邵洵美主编，复刊后出版到第177期。这一时期，一批海派小报上开始刊登海派散文，比如《海燕》于1946年开设栏目“海派文章集”，刊登了陈亮的《上海人》，以及《粗品》《挑灯夜记》《不成章》等系列文章。随着内战的爆发以及中国共产党领导人民夺取全国政权的胜利，上海现代消闲刊物生存的环境不复存在，海派散文创作陷入相对沉潜状态，《论语》和《西风》这两份消闲刊物都于1949年5月上海解放时终刊。①

第二节　上海现代消闲刊物与海派散文的新变

上海现代消闲刊物伴随着海派散文的产生、发展与成熟的始终，对海派散文特点的形成起到了非常重要的作用。上海现代消闲刊物不仅为海派作家发表散文作品、进行文学论争提供了物质载体，也是凝聚海派散文作家群体、形成海派散文特色的重要阵地。海派散文作家借助上海现代消闲刊物谋生，改变了自身的地位和生存方式，他们将上海市民作为读者对象，按照市民的价值观念写作散文，形成了迥异于传统散文及京派散文的散文流派，在散文的文化品格、审美功能以及文体上形成了海派散文的鲜明特色。

一、消闲刊物的大众化定位与散文的市民文化品格

有传媒学者认为，虽然现代机械印刷出现的1456年曾被称为大众化传播开

---

① 《西风》杂志在1949年5月第118期的《编者的话》中宣布：“从下期《西风》第119期起，本刊将暂时改出半月刊。”但历史没有给《西风》杂志这个机会，20多天后，上海解放，第118期成为这个介绍西方杂志文的刊物的终刊号。

始的年代,但是大众传播真正意义上的起点,是以19世纪30年代大众报刊的出现为标志的。当时美国的《纽约太阳报》《纽约先驱报》和《纽约论坛报》等"便士报",价格低廉,内容通俗,贴近大众生活,"报纸从精英社会开始走向市民社会,完成了由'观点纸'向'新闻纸'的转变,由政党经费运营向市场化运营和企业化经营的转变,报纸成为'以报道新闻、传播知识、提供娱乐'为宗旨的信息产业,真正意义上的大众传播媒介出现了"①。

在欧美大众传媒出现十余年后,上海被开辟为通商口岸。租界建立后,西方人开始创办报纸杂志,不久后华人也纷纷效仿,一时间报纸杂志风起云涌。虽然由于缺乏西方那样广泛的社会基础,这一时期上海的刊物无法与西方传媒的大众化程度相媲美,但是具有与之类似的特点。首先是报刊具有浓厚的商业化色彩。以最大的报纸《申报》为例,该报创办之初就首先申明:"夫新报之开馆卖报也,大抵以行业营生为计。故其疏义以仅谋利者或有之,其谋利而兼仗义者亦有之……若本报之开馆,余愿直言不讳焉,原因谋业所开者耳。"②直接将获得利润作为报纸上的首要追求。其次是刊物对读者意识的重视。为了扩大销量,这些刊物在语言上都力求通俗易懂,力争为社会各阶层所接受。《游戏报》甚至在19世纪末就开始使用白话文,编者对此说明道:"外国人说的话,与他书上说的话,都是一样的句子。所以外国人认得字,会说话,就会看书。中国人则不是这样的。……本馆天天出报,原要人人都买着看。无奈文理浅的人,他仍旧是看不明白。所以本馆从今以后要将白话演出新闻两条。无论中国事情、外国事情,总要发人心思、于人有益。刻下春日渐长,看官们不嫌絮烦,听在下慢慢的道来。"③第三,运用各种手段吸引读者,接近于后来的市场化模式。例如,李伯元采用开花榜的方式,在报纸上刊登选票,引起了读者兴趣,等到花榜揭晓之日,该报"初出五千纸,日未午即售罄,而购阅者尚纷至沓来,不得已重付手民排印,又出三千余纸,计有八千有奇。三日以来,而购者仍络绎不绝,亦可见人之重视此榜矣"④,极大地促进了该报的销行。梁启超等人办刊虽然是出于维新运动需要,并非以商业性为目的,但也充分了考虑到了大众的接受。这种运行模式为20世纪20年代以后上海消闲刊物的大众化奠定了坚实基础。

---

① 蒋晓丽、石磊:《传媒与文化:文化视角下的传媒研究》,华夏出版社2008年版,第17页。
② 《论本馆作报本意》,《申报》1875年10月11日。
③ 《本报增添演义新闻楔子》,《游戏报》1898年1月28日。
④ 《游戏报》1898年1月16日。

20世纪二三十年代，上海的资本主义经济得到充分发展，在商业化浪潮的冲击下，上海消闲刊物按照商品交换的规律来进行生产，以一种精神产品的形式满足文化市场需求，具有浓厚的商业色彩。报纸杂志为了在剧烈的市场竞争中不被淘汰，就要根据读者的口味来不断调整其办报办刊方向，包括版面的设计、栏目的设置、登载的内容以及语言的使用等，以在最大的程度上获取商业利润，因此大众化定位始终是这些商业性报刊的追求。以《申报》为例，为进一步适应市场需要，该报于1931年9月1日刊出《本报六十周年纪念年宣言》，宣布报纸要"解剖我国经济之特质，供大众之探讨"，"对国民尽贡献之责任"，"愿与青年作诚意之商讨，愿为青年探路之良友"[①]，同日刊登《申报读者通讯简章》，增设"读者通讯"专栏，征集读者来信。读者对此反响强烈，短短4个月来信竟多达1 400多封，该报公开刊登191封[②]，内容涉及大众读者所关心的诸如求学、职业、婚姻等"急待商决"的切身问题，读者们就此展开热烈讨论，产生了广泛影响。《申报》还根据读者群体的变化，对其副刊进行了改革，其中以副刊《自由谈》的改版影响最大。如前所述，《自由谈》创办于1911年8月，原为"鸳鸯蝴蝶派"的阵地，所刊文章游戏消遣性较强。随着上海新式教育的普及以及新兴市民的崛起，读者的文化阅读需求发生了变化。1932年12月，史量才聘请刚从法国留学回来的黎烈文担任《自由谈》主编，将《自由谈》改版成为有新思想有品位的文章园地，从而使之获得庞大的新读者队伍。为方便读者阅读，申报馆甚至自备汽车把新报纸以最快的速度送到订户手中，又雇佣报童沿街叫卖即时满足读者阅读需要。《申报》的这些改革秉承了该报初创时"作报生意"的发展思路，处处为读者考虑，使其发行量稳步上升，1912年史量才接办时发行量为7 000份，1919年增加到3万份，1922年上升为5万份，1926年高达14万份，1932年更是攀上了15万份的高峰，创造了《申报》的黄金时代。[③] 为了得到读者的认同，不少刊物在办刊策略上，具有很强的读者意识，以林语堂为精神核心、以幽默和趣味为办刊追求的《谈风》杂志宣称自己"不是同人的刊物，本刊的读者即是作者"，到第8期时，便不无自诩地声称"销路渐增"，已经拥有了"近万读者"[④]。《天地人》在创刊号《编者后记》中说："刊物是一桌菜，编者不过是厨子，厨子空手作不出菜，所以

---

① 《本报六十周年纪念年宣言》，《申报》1931年9月1日。

② 《读者通讯四个月间之统计》，《申报》1931年12月31日。

③ 闫俊霞：《1912—1934〈申报〉的营销策略研究》，西南大学硕士学位论文，2012年，第3页。

④ 编者：《关于本刊》，《谈风》第8期，1937年2月。

假如是好，其功多半是在作者，假如是不好，那末多半就在于编者，至于好不好的评价，在我们静候读者的意见。”①从编者、作者、读者三方面的制衡因素，说明了上海消闲刊物的市场化运作的模式。

海派散文大多刊登在报纸文艺副刊和杂志专栏中，因而直接受到上海消闲刊物的大众化定位的影响。随着都市化进程的不断推进，当时市民读者占主体地位，因此海派散文具有鲜明市民文化品格，从而呈现出与传统散文截然不同的价值取向。

中国散文具有悠久的历史传统，郁达夫曾经指出，“中国古来的文章，一向就以散文为主要的文体”②，但传统散文是一个包含各种文体在内的比较宽泛的概念，主要是以上奏朝廷的递呈形式传播或是在文人之间小圈子流传，读者对象是达官贵族、文人名士等社会名流。而进入现代社会后，散文的传播方式发生了变化。它借助报纸期刊等传媒的力量，通过对现代观念与趣味的传播，在作家和读者之间形成一个互动的公共空间。因此，有人指出，“现代传媒对于作家的写作的意义在于，使他们通过报纸期刊真正面对了市民为主体的读者对象，从而改变了散文作家的生活方式，改变了散文文体的文化功能，使散文成为现代报刊的特殊文体类型”③。上海在 20 世纪 30 年代已经形成了相当稳定的商业文化机制，散文刊物的生存要依赖于发行量，因此编辑者特别注重读者意识。林语堂把“近人情”当作办刊的要求，提倡谈心式的文风。他指出：“由道统遗毒之深，更使人不得不感觉须赶速作破坏工作，揭穿虚伪的严肃文体，而易以较诚恳，较自然，较近情，较亲切的文风。我是赞成诚恳而反对严肃的。主张严肃之人，大概在家做父亲，也不肯和儿女说两句笑话。在诚恳，亲切，自然，近情的文风中，幽默必不期然而至，犹如改训话为谈心，幽默也必不期然而至。”④以稿酬维持生计的作家为使作品能通过杂志得到市民读者的认可，就不能板着脸孔以读者的精神导师自居，而是放下架子，将自己当成市民中的一员，以亲和的姿态和读者进行交流。张爱玲毫不掩饰自己的市民身份：“我喜欢听市声。比我较有诗意的人在枕上听

---

① 《编者后记》，《天地人》第 1 期，1936 年 3 月。

② 郁达夫：《〈中国新文学大系·散文二集〉导言》，郁达夫编选：《中国新文学大系·散文二集》(影印本)，上海文艺出版社 2003 年版，第 1 页。

③ 周海波：《现代传媒视野中的中国现代文学》，中华书局 2008 年版，第 342 页。

④ 语堂：《临别赠言》，《宇宙风》第 25 期，1936 年 9 月。

松涛，听海啸，我是非得听见电车响才睡得着觉的。”[①]她对写作的态度是：“文章是写给大家看的，单靠一两个知音，你看我的，我看你的，究竟不行，要争取众多的读者，就得注意到群众兴趣范围的限制。……将自己归入读者群中去，自然知道他们所要的是什么，要什么，就给他们什么……”[②]因而海派散文不再是作家的自言自语，而是面对市民读者的一种平等亲切的交流。

不仅作家的写作姿态发生了变化，海派散文在表现内容上也突破了古代的狭小格局，能够根据刊物周期短的特点，以言简意赅的文字迅速传播市民关注的思想、知识和信息，还能够对时下热点问题及时探讨。日常生活领域则因为普通市民大众的关切而成为散文的重要表现对象，市民的喜怒哀乐爱恶欲、世俗生活中柴米油盐酱醋茶，都在海派散文作品中得到了表现。所有这一切都必须通过易为读者接受的表现方式，即幽默轻松的方式传达出来，从而形成海派散文轻、快、短、软等文体上的特点。此外，为了扩大发行量，刊物的编辑者利用编读往来等栏目与读者互动，鼓动读者的参与热情，制造出热点效应，形成阵阵阅读热潮。读者的广泛参与表明了大众的诉求能在文本得到体现，因此，上海消闲刊物充分发达后，海派散文不再只是体现某一种观念和意志了。当然，这种转变给海派散文带来的负面影响也是很明显的。由于受到市民读者市场的影响，作家的自由表达在一定程度上受到制约，文学的纯粹性遭到破坏。

因此，在上海消闲刊物的大众化定位的影响下，海派散文从传统散文的那种具有强烈个人色彩的、非功利性的精神创造，转变成为一种反映市民趣味的、功利性浓厚的商品生产。对于《人间世》曾经提倡的风行一时的晚明小品文，徐訏是这样评价的：“记得当时所谈的是西洋杂志文的格调，以征求特写的来稿为主：实在说来，当时的动机不但不是晚明的小品，而且也不是文艺的小品，而是仅想以小品文的笔调作各种杂货的买卖而已。后来大概因为一二个作家写一二篇晚明小品之类的介绍提倡，于是来稿也多偏向起来……于是弄得许多人都以为《人间世》是笔记小品之类的刊物，以致只能使一二僻爱之者觉得有味了。”[③]从一个编辑者的立场，他指出《人间世》的办刊动机并非是提倡“晚明的小品”或者“文艺的小品”，也就是不是文学本身的追求，办刊目的不过是借“小品文的笔调作各种

① 张爱玲：《公寓生活记趣》，《天地》第3期，1943年12月。
② 张爱玲：《论写作》，《杂志》第13卷第1期，1944年4月。
③ 徐訏：《公开信的覆信》，《天地人》创刊号，1936年3月。

杂货的买卖而已”，以满足市民读者的文学消费需要为旨归。

在海派散文作家的夫子自道之外，我们还可以从京派作家的批评来反观海派散文的市民文化品格。1936 年 12 月，《大公报·文艺副刊》纪念该报复刊十周年的“文艺奖金”的评选活动在北平（今北京）进行，评委会的成员为京派学者和作家杨振声、朱光潜、李健吾、林徽因、凌淑华、沈从文等人。次年 5 月，《大公报》公布了“文艺奖金”评选结果，何其芳的散文《画梦录》获奖，获奖评语为：“在过去，混杂于幽默小品中间，一向散文给我们的印象多是信手拈来的即景文章而已。在市场上虽曾走过红运，在文学部门中，却常为人轻视。《画梦录》的出版雄辩地说明了散文本身怎样是一种独立的艺术制作，有它超达深渊的情趣。”①这个评奖结果和评语代表了持有纯文学观念的京派作家的立场。结合京海之争的背景以及当时散文创作状况，这个暗含着设定对象的评语中，“信手拈来的即景文章”似指海派散文的那种适应周期短的报纸杂志的需要而急就的作品，而在“市场上走过红”无非是指《论语》《人间世》《宇宙风》等刊物散文在大众读者市场上的风行。朱光潜在《一封公开信——给〈天地人〉编辑者徐先生》中说：“我常觉得文章只有三种，最上乘的是自言自语，其次是向一个人说话，再其次是向许多人说话。”②何其芳的《画梦录》当然是属于第一种类型，这种文学“包含诗和大部

张爱玲《流言》

何其芳《画梦录》

① 《本报文艺奖金的获得人》，《大公报》1937 年 5 月 15 日。
② 朱光潜：《一封公开信——给〈天地人〉编辑者徐先生》，《天地人》创刊号，1936 年 3 月。

分纯文学，它自然也有听众，但是作者用意第一是要发泄自己心中所不能不发泄的，这就是劳伦司所说的‘为我自己而艺术’”[①]。显然，这类“超达深渊”的散文作品对读者有着较高的文学素养要求，让市民读者望而却步，因而不可能为上海现代消闲刊物所青睐，在审美文化品格上与“从柴米油盐、肥皂、水与太阳之中去找寻实际的人生”[②]的海派散文大相径庭。

二、消闲刊物的娱乐化倾向与散文的消闲功能

加拿大著名学者马歇尔·麦克卢汉曾在其“媒介即讯息”的著名理论中指出，信息作为媒介传播的内容，对人类生活产生了重大的影响。[③] 在现代社会中，人们每天通过媒介接触到前所未有的巨量信息，因此现代社会被称为“信息社会”。但是值得注意的是，在商业诉求的推动下，为了吸引观众，媒介工业接受了“将信息转变为娱乐”商业策略，因此，澳大利亚文化与媒介专家格雷姆·特纳指出：“我们要认识到，娱乐在当今消费模式中扮演着重要角色，说得更宽泛些就是，它在当前的媒介中占据中心地位。”[④]

在商业化的文化语境下，上海现代消闲刊物的编者认识到了娱乐功能对销量具有重大影响，因此不断强化其娱乐化功能。早在民国初年，上海就兴起了出版娱乐类杂志的热潮，郑逸梅曾回忆过当时的情景：“大约自 1914 年起，在文坛上忽然掀起一股出版文化娱乐性质刊物的热潮，大有铺天盖地之势，内容形形色色、五花八门，有图画、刺绣、烹饪、魔术、灯谜、游戏、日用小常识等等。在小说方面也多以娱乐为主，如侦探、滑稽、讽刺、集锦、言情、神怪、社会、武侠等许多类别。”[⑤]为了满足读者的文化消费需要，报纸上充满趣味性的“软新闻”，商场精英、歌星影星成为报道的主要对象，隐私生活、家长里短成为媒体津津乐道的内容。有人甚至将新闻当成小说来读：“还是用看小说的态度去看‘本埠新闻’的最多，我就是一个，例如：看绑票案，好像看《水浒传》；看烟、赌、娼案，好像看《海上繁华梦》；看男女私姘新闻，好像看《玉梨魂》；看弃妇在法院的诉苦词，好像看《红

---

① 朱光潜：《一封公开信——给〈天地人〉编辑者徐先生》，《天地人》创刊号，1936 年 3 月。

② 张爱玲：《必也正名乎》，《杂志》第 4 期，1944 年 1 月。

③ 蒋晓丽、石磊：《传媒与文化：文化视角下的传媒研究》，华夏出版社 2008 年版，第 21—22 页。

④ ［澳］格雷姆·特纳著，许静译：《普通人与媒介：民众化转向》，北京大学出版社 2011 年版，第 132—133 页。

⑤ 郑逸梅：《艺海一勺续编》，天津古籍出版社 1996 年版，第 64 页。

楼梦》；看宣传书画家卖字画的新闻，好像看《儒林外史》……”[①]无论被称为上海报界“四大金刚”的《申报》《新闻报》《时报》《时事新报》，还是《金刚钻》《福尔摩斯》《晶报》等小报，都将娱乐消闲当成办报的追求，更不用说《电影周报》《电影世界》《艺术新闻》《体育周刊》《浪语》《星期歌曲小报》等娱乐报刊了。娱乐化倾向成为上海现代消闲刊物的一大特点。

上海消闲刊物的娱乐化倾向影响到海派散文的创作，使其特别重视消闲功能。1935 年 8 月 15 日，唐弢在《游戏文章》一文中批评林语堂的幽默文学时说道：“由玩玩而做出来的文章，叫做游戏文章。”并对其历史进行追溯：“这并非林家首创，民国初年，‘才子文人’们齐集上海，大家喝酒嫖院，打牌调情，高兴的时候，就写几首诗词，做一篇文章，但凭天才，不假人力，这些东西，就叫做游戏文章。”[②]事实上，上海文化消费市场上的这类游戏文字的出现比唐弢追溯的还要早，《消闲报》等文艺副刊，《游戏报》《世界繁华报》等小报早在 20 世纪初就刊登了大量的游戏文章。胡风对林语堂的散文创作取向同样持否定态度，他担忧林语堂“‘为笑笑而笑笑’，要被‘礼拜六派’认作后生可畏的‘弟弟’”[③]，但消闲散文的传统在民国之后，正是被“礼拜六”派文人所继承。1914 年创刊的《眉语》杂志在其《宣言》中写道：“锦心绣口，句香意雅，虽曰游戏文章、荒唐演述，然谲谏微讽，潜移默化于消闲之余，亦未始无感化之功也。”[④]

“五四”时期，鸳鸯蝴蝶派的创作倾向遭到了来自强调文学的批判、认识和教育功能的新文学阵营的批判，新文学作家宣布：“将文艺当作高兴时的游戏或失意时的消遣的时候，现在已经过去了。”[⑤]一些地方性的报刊也对消闲功能进行了否定，如湖南新闻记者代表大会通过了《取缔消闲副张，查禁花报》的决议，指出“报纸的性质，根本不是专为寻开心的，……消闲的副张，专以引起别人兴趣为宗旨，……亦当予以根本取缔”[⑥]。但是对于都市化进程不断加快的上海而言，市民阶级不断壮大，对消闲作品的需求呈持续增长状态，不但鸳鸯蝴蝶派的创作依然如旧，林语堂等海派散文作家在 20 世纪 30 年代也承续了海派文学的这种

① 周乐山：《上海之春》，《良友》第 56 期，1931 年 4 月。
② 唐弢：《海天集》，新钟书局 1936 年版，第 71 页。
③ 胡风：《林语堂论——对于他底发展的一个眺望》，《文学》第 4 卷第 1 号，1935 年 1 月。
④ 《〈眉语〉宣言》，《眉语》第 1 卷第 1 号，1914 年 10 月。
⑤ 《文学研究会宣言》，《小说月报》第 12 卷第 1 号，1921 年 1 月。
⑥ 《取缔消闲副张，查禁花报》，载 1927 年汉口《民国日报》，转引自郭武群：《打开历史的尘封——民国报纸文艺副刊研究》，百花文艺出版社 2007 年版，第 124—125 页。

消闲传统。《文学》杂志在 1934 年指出："今年自正月起，定期刊物愈出愈多。专售定期刊物的书店中国杂志公司也就应运而生。有人估计，目前全中国约有各种性质的定期刊三百余种，内中倒有百分之八十出版在上海，而且是所谓'软性读物'，——即纯文艺或半文艺的杂志；最近两个月内创刊的那些'软性读物'则又几乎全是'幽默'与'小品'的'合股公司'。"[①]林语堂将小品文比喻成"点心"、李素伯将徐志摩的小品文比喻成"滋补品"，与有人把软性电影比喻成"眼睛的冰淇林"一样，都形象地说明了散文文体的消闲功能。

那么如何来看待海派散文的消闲功能呢？首先，上海具有深厚的消闲文化土壤，为海派散文的消闲功能的发挥提供了条件。现代上海是一个国际性的大都市，由于人口密集度较大和异质性比较强，市民在巨大的生活负担和高速的生活节奏中承担着较大的精神压力，因此在繁忙、紧张、单调的工作之余，迫切需要适应现代生活的高品质的消闲文化，以调适和放松身心，于是迥异于传统而适应市民需要的消闲文化逐渐发展并壮大起来，人们可以逛公园、逛城隍庙、泡咖啡馆、玩游乐场、听戏曲、看电影、跳舞、去跑马场或参加各类球技活动，上海消闲文化可谓是蔚为大观，从各方面、各层次满足人们不同的消闲需求。在这个语境中，散文以其自身的消闲功能满足人们的需要是不足为奇的。

眉

中國婚嫁禮俗談（續）　袁若蓉（蒲生）

安慶之婚嫁禮俗

婚姻禮節。代有變更。從俗從宜。多本習慣。故一省有一省之別。一縣有一縣之分。甚至一鄉一鎮一村一族。亦莫不有異同。宜城居揚子中流。爲江淮首要。目標所在。早成射注之方。爲集見聞。用作採風之志。

定庚。　良緣締結之始。由蹇修開具男家年庚。送與女家排合。名爲合婚。一經合定。卽行致聘。是日定庚聘禮。輕重則視貧富爲等差。或四金。或四銀。（卽髮簪耳環指約手釧四種）或減或免。皆先爲約定。惟如意一物。則爲必不可少之件。女家受聘後。卽以腰帶褲帶腳帶三項報之。取其諧音爲三代也。至若庚帖。則購取坊間印就之龍鳳書填之。男女對峙。字須成雙。末後一頁。方書締結之年月日。

報期。　庚定後。其相繼手續。則爲報期。此項期報。有在定庚後多年行之者。有定庚卽行之者。要皆視年華與境況爲準。則報期之先。由男家設讌邀集正媒陪媒。飽餐豪飲。然後以報書請其持往女家通知。俾作準備。至親迎前二日復請。務極冠冕。若貧窘者。則僅以一紅書懇媒往報。一切繁文縟節。皆在屏除之列。

贈婚。　報期之後。男女兩家皆預儲婚期中應用之物件。籌畫婚期中應備之手續。以免臨時倉卒。

中國婚嫁禮俗談　一

《眉语》刊登的散文

其次，与传统社会对消闲的轻视不同，现代上海市民具有比较正确的消闲观念。他们呼吁要重视消闲问题："一谈到青年问题，人们就会联想到青年读书、升学、就业、恋爱、家庭、卫生、体育等许多问题，从国家和社会的立场，又会想到青

① 兰(茅盾)：《所谓"杂志年"》，《文学》第 3 卷第 2 号，1934 年 8 月。

外滩公园

年组织，训练、集会、结社种种问题。在‘勤有功，戏无益’的传统观念之下，似乎大家都忽略了一个青年消闲的问题。”①同时，对如何消闲也有着自己的深刻认识：“闲暇，是人人都有的，不过有消闲的方法，和意义，价值的不同而已……以上我介绍的几处消闲地方，有的可以增进智识、学问，有的可以陶冶性情，得到精神上的快感，有的可以强健体格，享受人生的快乐。”②因此，从接受主体上来说，上海市民不会像都市化程度不充分、传统文化占主流地位的城镇居民那样排斥散文的消闲功能，而是去坦然接受并用之满足自己的文化消费需要，这在客观上促进了海派散文对消闲功能的重视。

第三，海派散文对消闲功能的重视是有利于中国散文的发展的。在中国古代社会中，“学而优则仕”的观念使得文人将散文当作走上仕途博取功名的手段或者失意时抒发情怀的工具，对散文的消闲功能始终不够重视。上海现代消闲刊物为散文这种功能的发挥提供了有利的条件。梁遇春指出：“小品文同定期出版物几乎可说是相依为命的。……这自然是因为定期出版物篇幅有限，最宜于

① 吴耀麟：《青年消闲问题》，《曙光》第1期，1947年1月。
② 逸千：《怎样消闲——介绍几个消闲的地方》，《通俗教育月刊》第5期，1928年12月。

刊登短隽的小品文字，而小品文的冲淡闲逸也最合于定期出版物读者的口味，因为他们多半是看倦了长而无味的正经书，才来拿定期出版物松散一下。”[①]海派散文以消闲功能拉近了文学和读者之间的距离，缓解了人们在紧张都市生活中的巨大压力，具有其不可替代的作用。值得注意的是，海派散文作家在重视消闲功能的同时，还注意其中包裹着的现实含义，无论是早期李伯元所说的“本馆之特创此举，原非专为游戏，实欲以小观大，借事寓言。为唤醒痴愚起见，或涉诸讽讥，或托以劝惩，俱存深意”[②]，还是林语堂提出的“开卷有益，掩卷有味”[③]，都印证了贺拉斯所说的文学功能：“诗人的愿望应该是给人益处和乐趣，他写的东西应该给人以快感，同时对生活有帮助。”[④]

由此可见，刊登在上海现代消闲刊物上的海派散文在发挥消闲功能的同时，具有一定的现代品格和现实教育意义，不同于一般的小报和副刊上的纯属娱乐、有时沦为低俗的文字游戏。上海不少小报以纯粹的消遣娱乐作为终极价值追求，对市民的价值观念造成了负面影响。如《荒唐世界》把荒唐当作人生追求，在发刊词中写道：“如果荒唐阅历透了，那便看得破，想得穿，放得落，任凭到了怎么地步，都能够勒马悬崖，所以人家要教弟子读国文课本，我却主张给子弟读荒唐经，读了这荒唐经，自然能够知道四大皆空、一尘不染的道理。”[⑤]有学者从把持媒介的编辑者角度指出了其时一些报纸副刊的负面作用：“那时的舞文弄墨的旧文人，有不少带着很深的劣根性。似乎要做一个文人，就必须先带几分浪漫，玩一些女人。步骤基本上是：先学会抽大烟，然后喝酒，然后赌钱，然后进窑子……这一大套几乎成了预备做文人的步骤。就像刻薄者讽刺的那样，等到烟上瘾，酒会喝，铜钱非赌不可，窑子非进不可了，于是他一身的梅毒，就成了他取得文人会里的‘入社证’。……特别是在轻松的‘海派’报纸上，总是红男绿女、才子佳人，相悦相恋，分拆不开。还有不少文章捧伶人戏子、后来又捧电影明星，内容常常非无聊即猥亵，非低俗即下流，竟颇得十里洋场的欢迎。”[⑥]这种做派的文人所写出的等而下之的文章，显然与海派散文的取向大相径庭。

---

① 梁遇春译注：《小品文选》，北新书局 1930 年版，“序”第 2 页。

② 李伯元：《本馆迁居四马路说》，《游戏报》1897 年 10 月 2 日。见《上海新闻志》编纂委员会编：《上海新闻志》，上海社会科学院出版社 2000 年版，第 144 页。

③ 林语堂：《发刊词》，《人间世》第 1 期，1934 年 4 月。

④ 贺拉斯著，杨周翰译：《诗艺》，人民文学出版社 1962 年版，第 155 页。

⑤ 大荒：《荒唐》，《荒唐世界》1926 年 10 月 5 日。

⑥ 陈昌凤：《蜂飞蝶舞——旧中国著名报纸副刊》，福建人民出版社 1999 年版，第 8—9 页。

三、消闲刊物制约下的散文文体类型变化

海派散文主要阵地是报纸副刊和杂志等印刷媒体。报纸和杂志是上海现代消闲刊物的两大主要组成部分，在现代都市中扮演着极其重要的角色。报纸是人们接受新闻来源的首要媒体，在报道的广度、深度方面具有极大影响力；杂志以兼具时效性和深入性具有其不可替代性："定期发行的杂志将优秀的文学作品和观念变成一种不同于书籍的样式，几乎所有人都支付得起，此外杂志还把国家连成一体，因为它们给商品制造商们提供了全国范围内的消费者。"①无论是报纸，还是杂志，作为印刷媒体，都要受到装订、周期、内容和时效的影响，最终都要以被更多的人群接受为办刊目标。海派散文作为一种报刊散文，在深受上海现代消闲刊物的价值取向及风格特色的制约外，还受到报纸杂志的时效性、大众性的影响，此外报刊的版面和出版时间等也会对海派散文产生一定的影响，从而使得海派散文形成了迥异于传统散文的独特文体形式。

艾布拉姆斯指出："就传统意义而言，文体指的是散文和韵文中语言的表达方式——说话者或作者如何说话，不论他们说的是什么。"②散文作者如何说话，深受传播媒介的制约。

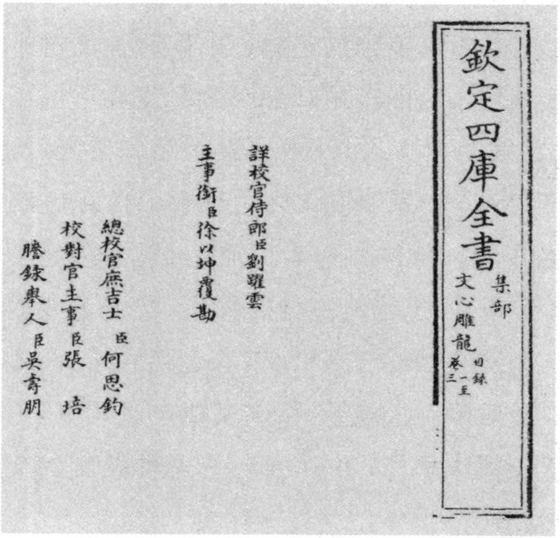
欽定四庫全書
集部
文心雕龍　目録　卷一至三
詳校官侍郎臣劉躍雲
主事銜臣徐以坤覆勘
總校官庶吉士臣何思鈞
校對官主事臣張培
謄錄舉人臣吳青朋

刘勰著《文心雕龙》

散文在中国有着悠久的创作传统，但是由于古代传播媒介不发达，文体演变非常缓慢。在"散文"概念产生前，古人用"文"或"笔"来指称这一文体。三国魏曹丕的《典论·论文》和西晋挚虞的《文章流别论》都曾对之进行过分类，南朝梁刘勰在《文心雕龙·总术》中提出了著名的"文笔之说"，曰："今之常言，有文

① ［美］约翰·维维安著，顾宜凡等译：《大众传播媒介（第七版）》，北京大学出版社 2010 年版，第 58 页。

② ［美］艾布拉姆斯著，吴松江等编译：《文学术语词典（第 7 版）》，北京大学出版社 2009 年版，第 607 页。

有笔,以为无韵者笔也,有韵者文也。”[①]这里所说的“文”是指诗、辞、赋等有韵文体,“笔”指无韵的散体文。此后萧统的《文选》也以有韵无韵作为区分散文和韵文的标准。针对齐梁时期骈文盛行的状况,唐代掀起了古文运动,用“古文”这一概念与骈文抗衡。而“散文”这一名称在南宋末年才开始使用,罗大经在《鹤林玉露·刘锜赠官制》中写道:“起头两句,须要下四句议论承贴,四六特拘对耳,其立意措词,贵于浑融有味,与散文同。”[②]此后明代的徐师曾和清代的孔广森、袁枚都曾使用这一概念,从使用的具体实践来看,主要是指区别于韵文和骈文的不押韵、不重排偶的散体文章,因而并不限于文学作品,还包括历史、哲学著作在内的文章。西方现代文学概念被引入到我国后,散文才与诗歌、小说、戏剧并称文学四大体裁[③]。

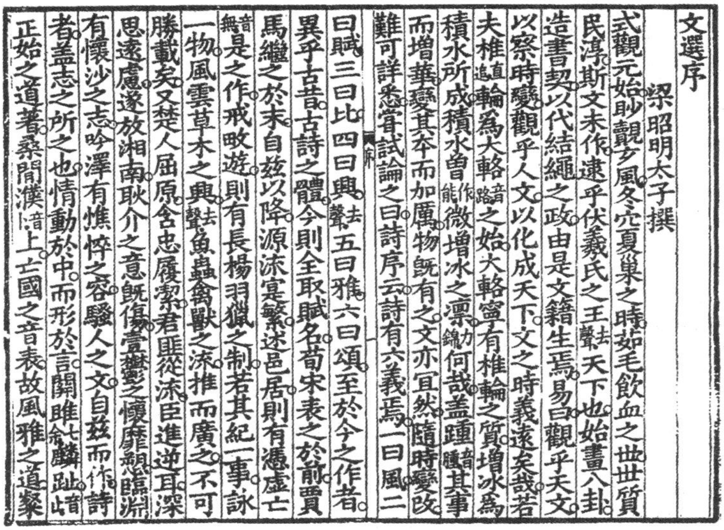
文選序
梁昭明太子撰
式觀元始眇覿玄風冬穴夏巢之時茹毛飲血之世世質
民淳斯文未作逮乎伏羲氏之王天下也始畫八卦
造書契以代結繩之政由是文籍生焉易曰觀乎天文
以察時變觀乎人文以化成天下文之時義遠矣哉若
夫椎輪爲大輅之始大輅寧有椎輪之質增冰爲
積水所成積水曾微增冰之凜何哉蓋踵其事
而增華變其本而加厲物既有之文亦宜然隨時變改
難可詳悉嘗試論之曰詩序云詩有六義焉一曰風二
曰賦三曰比四曰興五曰雅六曰頌至於今之作者
異乎古昔古詩之體今則全取賦名荀宋表之於前賈
馬繼之於末自茲以降源流寔繁述邑居則有憑虛亡
是之作戒畋遊則有長楊羽獵之制若其紀一事詠
一物風雲草木之興魚蟲禽獸之流推而廣之不可
勝載矣又楚人屈原含忠履潔君匪從流臣進逆耳深
思遠慮遂放湘南耿介之意既傷壹鬱之懷靡愬臨淵
有懷沙之志吟澤有憔悴之容騷人之文自茲而作詩
者蓋志之所之也情動於中而形於言關雎麟趾
正始之道著桑間濮上亡國之音表故風雅之道粲

萧统编《文选》

无论是被称为“笔”还是“古文”,以及更大的泛称“文章”,我国古代散文都与“文以载道”的观念紧密联系在一起,主要在上层士大夫之间传播,加之古代印刷等条件的制约,文体长久没有变化。在中国散文古代文体向现代文体的转变过

① (梁)刘勰著,郭晋稀注译:《文心雕龙》,岳麓书社 2004 年版,第 400 页。
② (宋)罗大经撰,王瑞来点校:《鹤林玉露》,中华书局 1983 年版,第 27 页。
③ 参见傅德岷:《散文艺术论》,重庆出版社 1988 年版,第 4—5 页。

程中，“报刊这种新型的大众传播工具带来了现代散文的新变化，促进了中国现代散文的新发展”①。散文被称为“文类之母”②，其自由性、交流对话属性与消闲刊物的大众化的特点相吻合，自然成为消闲刊物的相宜文体。消闲刊物的发展促进了海派散文的传播方式的变化，同时也为海派散文文体的演进提供了物质条件，促成了海派散文文体及文类的现代变革。适应报刊的刊载要求，海派散文不仅在内容上要适应市民读者的阅读需要，在表述方式上也产生了一系列的变化：不仅在语言上呈现出鲜明的自身特色，还冲破了古代散文文体长期固定的文体类型，新兴的散文文类产生了。

首先是散文语言的变化。我国传统散文对语言的要求比较高，无论是佶屈聱牙的甲骨卜辞和《尚书》、能于一字之中寓褒贬的《春秋》，还是古朴的先秦诸子散文、唐宋八大家散文，或是雅洁的桐城派散文，运用的都是与口语有很大区别、以简约为特征的文言文，中国文学史上言文分离的局面长期保持。海派散文凭借上海现代消闲刊物进行传播，无论是刊物的编辑者还是散文的创作者，都将适应大众阅读需要的口语化散文作为写作的基本追求，唯有如此，才能适应商业化社会中的大众文化消费需要。这就势必打破古代运用文言创作散文来满足少数人阅读的局面，促进言文一致，改变散文语言的传统形态。这一点在鸳鸯蝴蝶派散文演变的轨迹中得到鲜明呈现。初期鸳鸯蝴蝶派文人运用文言文进行散文创作，带有浓重的文人趣味，这势必影响到其深入市民的程度。作为一种商业气息极为浓郁的创作类型，为适应市场需要，到了20世纪三四十年代，鸳鸯蝴蝶派文人逐渐采用白话文进行创作。虽然这个时期也有部分人在坚持文言文创作，但都极为浅近，通俗易懂，且不像过去那样大量用典，以明白晓畅为特色。林语堂在20世纪30年代先后创办了《论语》《人间世》《宇宙风》等杂志，具有丰富的散文刊物编辑经验。他深谙散文语言对于散文创作效用的意义，指出：“文言的使用会使文章具有一种极为干练的风格，故不可能成为优秀的散文。优秀的散文首先必须能够反映日常生活，文言则不称此职。其次，优秀的散文需有足够的篇幅来充分显示其叙述才能，而文言则往往倾向于惜墨如金。经典作品讲究浓缩、字斟句酌、纯净和反复组织。优秀的散文不应该讲求典雅，而古典散文却以典雅为唯一旨趣。优秀的散文是自然地大踏步向前，古典散文则是备受束缚，用裹着

① 周海波、杨庆东：《传媒与现代文学之间》，中国社会科学出版社2004年版，第100页。
② 郑明娳：《现代散文类型论》，大安出版社1987年版，第22页。

的小脚走路，且步步都要走得有艺术性。”[①]无论是反映日常生活，还是不讲求典雅，以及“大踏步向前”的创作指向，都是与大众传媒适应市民读者文化消费需求密切相关的。

海派散文的这种口语化的特点，还可以在与京派散文语言的对比中凸显出来。虽然都是运用白话文进行创作，京派与海派却存在着明显的差异性。与海派散文语言的口语化、平民化不同，京派散文的语言文雅、含蓄，常常通过陌生化的语言制造出朦胧的艺术美感。京派散文的这种风格的产生与其代表刊物的办刊取向是一致的，京派第一份文学刊物《骆驼草》创办于 1930 年 5 月 12 日，刊物虽未注明出版发行者，但实际主编是周作人，经常撰稿者有俞平伯、废名、冯至、李健吾等人，具有鲜明的学院派倾向。废名在解释该刊名称的来源时说：“骆驼在沙漠上行走，任重道远，有些人的工作也像骆驼那样辛苦，我们力量薄弱，不能当‘骆驼’，只能充作沙漠地区生长的骆驼草，给过路的骆驼提供一点饲料。”[②]该刊《发刊词》中写道：“笑骂由你笑骂，好文章我自为之，不好亦知其丑，如斯而已，如斯而已。”[③]因而，京派散文更多地表现出了 20 世纪 30 年代京派知识分子疏离现实生活、坚守文学理想的追求，他们不将市民大众的阅读需要作为自己的创作首要目标，由此在文字上表现出涩味和简单味的独特追求。沈从文主持的《大公报・文艺副刊》编辑取向亦是如此。作为京海之争的发起者，他反对文学上的“白相态度”，反对文学的趣味主义，标举非政非商，坚持文学的纯粹性，重视创作态度的严肃性，在办刊策略上与海派大异其趣。这种策略得到了后继者萧乾的继承，发表在该副刊上的散文语言大多经过千锤百炼，精致纯粹。何其芳在该刊上著文，自言写作散文的缘起是有感于当时散文创作的荒疏、草率以及狭隘，并以其《画梦录》为例，指出散文创作应有的严肃认真的态度及其对散文语言的苦心经营：“一篇两三千字的文章的完成往往耗费两三天的苦心经营，几乎其中每个字都经过我的精神的手指的抚摩。”其散文语言“追求着纯粹的柔和，纯粹的美丽”[④]。因此，《画梦录》的语言不仅字雕句琢、丰赡华美，充满诗情画意，而且善于通过想象和幻想，运用象征、通感等修辞手法，借助丰富的意象，创造出体现内

---

① 林语堂著，郝志东等译：《中国人》，学林出版社 2000 年版，第 231—232 页。
② 冯至：《〈骆驼草〉影印本序》，俞子林主编：《书的记忆》，上海书店出版社 2008 年版，第 31 页。
③ 《发刊词》，《骆驼草》第 1 期，1930 年 5 月。
④ 何其芳：《我和散文》，《大公报・文艺副刊》1937 年 7 月 11 日。

在生命体验的隐喻性的诗性语言。同样是描写清冷夜晚的寂寞之情，何其芳在《秋海棠》中写道："她素白的手抚上了石阑干。一缕寒冷如纤细的褐色的小蛇从她的指尖直爬入心的深处，徐徐的纡旋的蜷伏成一环，尖瘦的尾如因得到温暖的休憩所而翘颤。阶下，一片梧叶悄然下堕，她肩头随着微微耸动，衣角拂着阑干的石棱发出冷的轻响，疑惑是她的灵魂那么无声的坠入黑暗里去了。"[①]雅致的语言中充满了瑰丽的意象和新奇的比喻，烘托出了绝望厌倦的心情。而张爱玲则是这样写的："到了晚上，我坐在火盆边，就要去睡觉了，把炭基子戳戳碎，可以有非常温暖的一刹那，炭屑发出很大的热气，星星红火，散布在高高下下的灰堆里，像山城的元夜，放的烟火，不由得使人想起唐宋的灯市的记载。可是我真可笑，用铁钳夹住火杨梅似的红炭基，只是舍不得弄碎它。碎了之后，灿烂地大烧一下就没有了。虽然我马上就要去睡了，再烧下去于我也无益，但还是非常心痛。"[②]她以朴实自然的口语化语言写出了自己在夜晚的孤寂心境，充满了世俗的人间情味。

为适应报刊刊载需要，海派散文在体式上产生了变化，一些新的散文类别逐渐产生。新散文类别的产生和报刊对散文栏目的设置有一定的关系，《申报·自由谈》在创刊号（1911 年 8 月 24 日）上设置了"游戏文章""忽发奇想""海外奇谈""千金一笑""慷慨悲歌""尊闻阁杂录"等适应报刊刊载需要、灵活多变的散文栏目。1921 年之后的《礼拜六》的不定期散文栏目则有"琐记""琐言""掌故""琐闻""闲话""隽语""谐著""笔记""谐话""杂录""谈丛""随笔"等；1936 年创办的《谈风》的主要栏目有"本月志异""月旦菁华""谈助""幽默文萃""语林""古今人志""人物志"等栏目。《人间世》的主要栏目则有"随感录""读书随笔""译丛""杂俎""今人志""书评""小品文选"等。在封面上标明为"散文半月刊"的《古今》杂志在文体上以游记小品和杂感为主，包括个人自述和见闻、文史掌故及笔记小品。在栏目设置的基础上，海派散文逐渐形成了一些有特色的文类，如小品文（杂文）、连载散文、画报散文、游戏文章、西洋杂志文等。

小品文（杂文） 20 世纪 30 年代海派小品文字的极度盛行，以至于成为散文的代名词，林语堂的《人间世》直接在封面上标为"小品文半月刊"，此外诸如《文饭小品》《每月小品》等直接以"小品"为名称的刊物大有所在。正是由于小品

---

① 何其芳：《画梦录》，文化生活出版社 1936 年版，第 13 页。
② 张爱玲：《我看苏青》，《天地》第 19 期，1945 年 4 月。

文的短小灵活，适应报纸杂志版面需要的缘故，黎烈文接编《申报·自由谈》后，尤为重视这个版面的小品文稿件的刊载，他多次通过“投稿简章”等形式引导体制短小的小品文的来稿：“本刊欢迎下列各种稿件，一经登载，酬报从丰：（一）四百字以内，意味深长之幽默文字……（七）文字优美且具特殊见地之游记印象记事”[①]，“近日本刊收到的关于文艺方面之稿件甚多，希望投稿的先生们以后改寄一点别方面的稿件，以资调剂，五六百字之小品随笔，尤为欢迎”[②]。编辑者的这种有意识的规约，促进了海派散文中短小的小品文这一文类的极度兴盛。小品文创作的兴盛又带动了理论研究，如李素伯和冯三昧都有题为《小品文研究》的著作问世。

李素伯《小品文研究》（新中国书局出版）

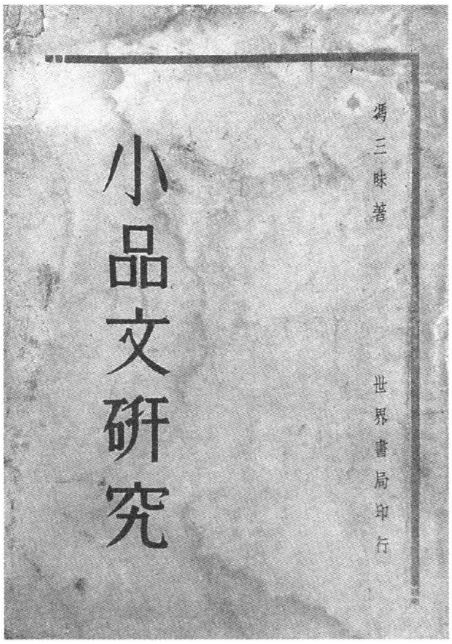

冯三昧《小品文研究》（世界书局出版）

连载散文　连载散文可分为两种形式，一类是篇幅较长的散文，为节省报刊版面，避免给读者带来阅读上的疲劳，在报刊上分期刊载，比如林语堂的《今文八弊》分为上、中、下三个部分分别刊载于《人间世》的第 27 期、第 28 期和第 29 期，徐訏的《谈中西文化》分两次分别刊载在《宇宙风》的第 43 期和第 44 期。一类是作家结合自己在生活中的所感所触，随写随发的系列散文，比如《论语》上连载的

① 《投稿简章》，《申报·自由谈》1932 年 12 月 2 日。
② 《编辑室》，《申报·自由谈》1933 年 8 月 4 日。

章衣萍的《不亦乐哉随笔》、林语堂的《有不为斋随笔》,《人间世》上刊载的刘半农的《双凤凰砖斋小品文》等。这类散文中还有作家在杂志开设的专栏散文,如林语堂在《论语》上开设的"我的话",在《人间世》上开设的"一夕话"等。林语堂在《宇宙风》"小大由之"栏目刊载的《一谈螺丝钉》《二谈螺丝钉》《三谈螺丝钉》《四谈螺丝钉》《记翻印古书》等文章,根据刊物需要,一任文章长短,带有很强的补白性质。1946 年出版的《海燕》的第 2 期、第 3 期和第 4 期的"海派文章集"专栏发表了署名陈亮的以《上海人》为题目的系列连载散文,探讨上海人的生活和性格特征,具有一定的针对性。无论是哪种连载散文,都体现出了消闲刊物的优势:定期刊物使得文章的发表在内容上有一定关联,在主题上相对集中,拓展了散文表现容量。从读者层面说,阅读某篇散文后,期待与之相关的下一篇出现,也产生了良好的互动效果,这在古代传播条件相对欠缺的条件下是难以想象的。

画报散文 以《良友》《文艺画报》为代表的画报散文的崛起为海派散文增添了一道亮丽的都市风景线。受阅读市场推动,文字与画报的结合成为 20 世纪三四十年代上海现代消闲刊物的风尚。由上海联华影业公司主办的《联华画报》创刊于 1933 年 1 月 1 日,作为"联华"的宣传刊物,早期以报道"联华"的影人、影片为中心,后来逐渐增大篇幅,设有"情报""短文""论著""创作回顾""读者问答"等栏目,刊载介绍艺术家的创作经验谈、札记等文字内容,内容更为翔实生动。《群众小说画报·银色列车》是 1935 年 1 月创办于上海的文艺月刊,丁丁编辑,虽然名为"小说"画报,实际刊载的有散文、诗歌和翻译作品,每页都配有插图,刊载了曾今可的《东京旅感》《横滨之夜》以及曹聚仁的《谈小品电影》等散文小品类文字。出版于 1942 年的《明星画报》刊名为"画报",实际上是以文字为主的,主要报道明星的行踪和轶事,开辟有"影人专访""艺人文墨""随星日志""新闻特写"等栏。该刊发刊词写道:"电影,本来是推进文化的必要利器,尤其是在这时代,它至少能负起领导大众思想的工具,其他艺术部门的所不能全部负起的责任,它能够收到良好的效果。《明星画报》愿为这上面聊尽棉薄。"①从中可以看出该画报并不仅仅是以娱乐为追求的,而担负一定的文化使命。事实上,画报散文并非仅仅等同于画报上的散文,是将图画和散文有机结合起来的新艺术形式,其中的文字部分的文学性是相当突出的。例如张若谷在《妇人画报》发表的"欧洲女性

① 《发刊言》,《明星画报》第 1 期,1942 年 12 月。

剪影之二”《巴黎新星婀娜蓓拉》一文中写道：“我时常回忆着在看《从巴黎到地中海》那部影片时所激发的情绪，这部影片的女主角，是婀娜蓓拉小姐(Mlle Annabella)。”接着对该女星进行描写道：“在这位少女身上有一种异常有力的娇媚，和不可抗避的蛊惑，印留在我的记忆中。只须提起婀娜蓓拉这一个简单的名字，即能涌现出这个巴黎小姑娘的倩影，轻盈，跳动，嬉笑，一个猫面形的三角细脸，一双温柔微含忧郁的眼睛，她具有这一个幸运的侧颜，使她的一举一动都有优雅的韵致……一双纤长像女猎神般的腿膀，两只玉臂，轻盈的体态，金黄色的头发，依我看来，婀娜蓓拉是一个纯粹巴黎风度的姑娘。”①从这些充满感情色彩的文字可以看出，画报散文并不是用简单的说明文字对画面进行泛泛介绍，而是在描写中不断渗入作者主体的感受和判断，这些具有诱惑力的文字刊登在该女星的大幅剧照旁，给读者带来新鲜的刺激和感受，从而成为一种新的画报文体。画报刊登散文与散文刊物登载图片成为20世纪30年代的一种时尚，《宇宙风》这一文字为主的散文刊物也不甘落伍，推出了几期“宇宙画报”专栏。②

游戏文章　由于海派散文比较重视满足市民大众阅读需要的消闲功能，游戏文章在海派散文中大量存在。不仅鸳鸯蝴蝶派的刊物将之作为主要栏目来满足市民的文化消费需要，即便是林语堂主编的较为重视现代观念传播的刊物，也非常注意这一类文章的刊载。其实这类文章并未一味游戏，而是在游戏中蕴含着讽世的寓意。鸳鸯蝴蝶派主持《申报·自由谈》初期，刊载一篇《游戏文章论》，其中谈道：“自来滑稽讽世之文，其感人深于正论，正论一而已，滑稽之文，固多端也。盖其吐词也，隽而谐；其寓意也，隐而讽，能以喻言中人之弊，妙语解人之颐，使世人皆闻而戒之。主文谲谏，往往托以事物而发挥之，虽有忠言谠论载于报章，而作者以为，遇事直陈不若冷嘲热讽、嬉笑怒骂之文为有效也。故民风吏治日益坏，则游戏文章日益多，而报纸之价值日益高，价高则阅者之心日益切，而流行者日益广。”③指出游戏文章在嬉笑怒骂中蕴含着批判社会弊端的寓意，肯定了游戏文章的价值，并揭示了这种文体和报纸之间互动相生的密切关系。这类

---

①　张若谷：《巴黎新星婀娜蓓拉》，《妇人画报》第27期，1935年1月。

②　例如《宇宙风》第25—36期“宇宙画报”栏目刊登的图片就有：莫斯科的儿童宫(五帧)、苏联的娱乐(四帧)、莫斯科的咖啡店(四帧)、日本风俗(四帧)、古代日本之服饰、苏联劳动女英雄、设计中的“苏维埃宫”(二帧)、莫斯科接生院、苏联结婚登记处、苏联修养胜地黑海海边(五帧)等，第37期的画刊栏目中有：大地影片杂景(八帧)、苏联的戏剧(五帧)、苏联托儿所(四帧)等。

③　济航：《游戏文章论》，《申报·自由谈》1917年10月6日。

游戏文章一直受到《申报·自由谈》读者的欢迎，是报纸畅销的重要因素。周瘦鹃、赵苕狂编辑的《游戏世界》包含有“说苑”“谈荟”“趣海”“艺府”“歌场”“余兴”“谐林”“杂俎”“幽默小品”“国内外趣闻”等栏目，以闲趣和滑稽为鲜明特色。该刊创刊号上刊登了《世界趣闻》《国内趣闻》《花底趣史》《游戏之中国》《化学游戏》《物理游戏》等游戏性很强的文章。林语堂主编的《论语》中的“雨花”“幽默文选”等栏目中多是这类游戏文章，刊载出来引起非议后，编者在《我们的态度》中澄清：“《论语》半月刊以提倡幽默文字为主要目标，很引起外间的误会，犹如幽默自身就常引起国人的误解。这种的误会，我们早就料到，而已由收到的外稿证明。”①在当时文网严密的社会背景下，这类文章在社会批判功能上具有积极意义，同时也能适应读者的文化消费需要。毋庸讳言，这其中也有不少文章是为取悦读者而写的，甚至包含不少情趣不高的作品，缺少审美价值。

西洋杂志文 现代上海作为一个国际性大都市，是西方文化输入中国的窗口，因此海派散文得到西方杂志及西方散文的滋养自不待言。林语堂在办刊和写作实践两个方面对西洋杂志文的提倡可谓是不遗余力。在编辑《人间世》时期，林语堂就开始倡导西洋杂志文，他肯定西洋杂志文“意见比中国自由”，“文字比中国通俗”，“作者比中国普遍”，指出“因为西洋杂志是要给家家户户妇人小子看的，他们已经演成极通俗的杂志文体，叫人人看得下去”，因此，在《人间世》第15期开始设置“西洋杂志文”一栏，目的是“(A) 叫许多不懂洋文的人也可看到西洋杂志文，(B) 叫人看西洋杂志文之体裁笔调及材料是怎样个样式”②。后来，他支持创办了《西风》杂志，专门提倡西洋杂志文，林语堂在发刊词中指出：“我每读西洋杂志文章，而感其取材之丰富，文体之活泼，与范围之广大，皆足为吾国杂志模范。又回读我国杂志，而叹其取材之单调，文体之刻板，及范围之拘束，因每愤而有起办《西风》之志。”③《西风》杂志内容广泛多样，有选择性地译述了西洋杂志文的精华，所设置的栏目有“科学·自然”“心理·教育”“军备·战争”“社会·暴露”“小品·幽默”“国际·政治”“妇女·家庭”“游记·冒险”以及“雨丝风片”“冷眼旁观”“专篇”“书评”“西书精华”等译文和创作栏目，涵盖了社会生活的各个层次，极为丰富，对于国人认识欧美社会人生起到了非常重要的作用。同

① 《我们的态度》，《论语》第3期，1932年10月。
② 语堂：《关于本刊》，《人间世》第14期，1934年10月。
③ 林语堂：《〈西风〉发刊词》，《西风》创刊号，1936年9月。

时，有思想、有格调、有个性、有趣味的杂志文写作要求也为中国作家提供了范例，促进了中国散文的发展。

总之，海派散文在文体方面形成了自身特色。但是这种特色是相对的，更多呈现出驳杂的面貌。因为与上海发达的都市文化语境结合得比较紧密，更由于受到消闲刊物的载体限制及其读者阅读需求制约，海派散文更多呈现出文体的开放性，甚至偏离了纯文学的方向，故有学者指出："海派散文批评家对散文的文体不够尊重，其后果，他们的散文正如施蛰存对海派散文家钱歌川的散文评论那样：'似乎离纯文学远了一些'。"[①]事实上确是如此，即便是把自己的性质定位为"超然而又纯粹"的《逸经》半月刊，也将其文体概括为"长短不拘，语文并用，庄谐杂出，雅俗共赏"[②]，更多表现出适应市场需求的灵活多变的办刊取向。与之不同的是，京派散文文体更为强调文体的纯粹性。沈从文反对把文学"粘上商业功利意味"，认为消闲刊物的趣味会导致对文章体裁风格的破坏。他在《风雅与俗气》一文中写道："中国近两年来产生了约二十种幽默小品文刊物，就反映作家间情感观念种种的矛盾。（这类刊物的流行，正说明这矛盾如何存在于普遍读者群。）这些人一面对于文章风格体裁的忽视与鄙视，便显得与流行文学观并不背道而驰。"[③]从文体的自律性上，这鲜明地体现了沈从文对海派散文的态度。

---

① 范培松：《京派与海派散文批评比较论》，《文学评论》2002年第4期。

② 《〈逸经〉文史半月刊发刊启事》，《逸经》第1期，1936年3月。

③ 沈从文：《风雅与俗气》，沈从文、萧乾：《废邮存底》，文化生活出版社1937年版，第47页。

第三章

《论语》《人间世》《宇宙风》：读者市场与消闲风尚

长期以来，文学研究界将20世纪30年代以林语堂为中心、围绕着《论语》《人间世》《宇宙风》等刊物的散文创作群体称为“论语派”。实际上，这个以单一刊物名称命名的派别称谓具有很大的局限性。

“论语派”的核心人物为林语堂是学界共识，但林语堂主持《论语》的时间并不长。《论语》共发行177期，林语堂在主编到第26期后就宣布“因本人另有编译计划，势难兼顾，决定自本期起脱离编辑职务”[①]，将编辑事务交由陶亢德负责，他仅为《论语》撰写“我的话”专栏，此后又于1936年3月1日在《宇宙风》刊登《林语堂启事》，宣布“兹又届与时代图书公司两年前所订出版《论语》半月刊之合同期满，自第八十三期起，即脱离论语社及《论语》半月刊一切关系，‘我的话’一栏，亦即停止”[②]。与此同时，陶亢德也宣布“兹以本刊及人间书屋事务忙碌，对《论语》实难兼顾，因自八十三期起辞去编务，完全脱离关系”[③]。在此情况下，邵洵美匆忙间将《论语》自第83期后的编辑事务交给远在福建的郁达夫，郁达夫接编后就表现出“根本就缺乏幽默性”的自己对于如何保持《论语》特色的担忧：“现在于这种奇迹之后，要我这一个根本就缺少幽默性的笨者来规随继武，即使旁人不说，我也早晓得是不能胜任的。”[④]林语堂离开后，《论语》能否保持其一直标榜的“幽默”特色是个疑问，更为复杂的是林语堂其后所创办的《人间世》和《宇宙风》，办刊思路与提倡的写作风格虽有和《论语》一脉相承的地方，但表现出了更多的不同。因此，对于林语堂等人在20世纪30年代的办刊倾向和创作特色，仅用“论语派”来概括是不全面的，需要以新的视阈来进行观察。

如果回归到当时文化语境，对编辑思路、散文观念和写作实践进行全面考察的话，林语堂主编的这三个刊物，正显示了20世纪二三十年代上海成为新的文化中心后，知识分子是如何适应上海的文化市场需要，不断调整思想传播方式和言说方式的。因此立足于上海特殊的文化生态，从海派文学的视阈，将林语堂所创办并主持的《论语》《人间世》《宇宙风》三个刊物联系起来考察其文学史价值，具有极其重要的意义。

---

① 《林语堂启事》，《论语》第27期，1933年10月。
② 《林语堂启事》，《宇宙风》第12期，1936年3月。
③ 《陶亢德启事》，《宇宙风》第12期，1936年3月。
④ 郁达夫：《编辑〈论语〉的话》，《论语》第83期，1936年3月。

第一节 消闲刊物的读者意识和市场路线

林语堂主编的《论语》于1932年9月16日在上海创刊。一年后，他宣布脱离主编岗位，并于1934年4月5日创办了《人间世》，出版到第42期（1935年12月20日）停刊。该刊停刊前，他已于1935年9月创刊了《宇宙风》，一年后林语堂赴美，将编辑事务交给其兄林憾庐和陶亢德，他们继续按照林语堂的办刊思路进行操作，直至全面抗战爆发后该刊离沪。从"鉴于世道日微，人心日危，发了悲天悯人之念，办一刊物，聊抒愚见，以贡献于社会国家"[①]的《论语》，到"专为登载小品文而设"，"以期开卷有益，掩卷有味"[②]的《人间世》，再到"以畅谈人生为主旨，以言必近情为戒约……希望办成一合于现代文化贴切人生的刊物"[③]的《宇宙风》，林语堂主持过的三个以散文为主要体裁的刊物立足于上海发达的文化消费市场，不断调整办刊方针和思路，受到了市民读者的欢迎。认真梳理这三个刊物的办刊策略的演进过程，能够看到林语堂等知识分子在20世纪二三十年代的新语境下是如何适应市场需要，通过现代刊物传播其现代观念的。

一、从栏目设置看《论语》的读者意识

20世纪30年代，文化中心的南移带来了文化语境的变化，在商业化因素的制约下，《论语》呈现出了崭新的办刊取向，与其前的《语丝》大异其趣，这一点早为众多学者所注意。曹聚仁指出："林语堂主编《论语》半月刊。这是《语丝》停刊以后的文坛的一件大事。他们提倡'幽默'，并不从《论语》开头（幽默的音译，早已见于《语丝》周刊），但正正式式提出'幽默'的旗帜来，则起于《论语》。"[④]苏雪林认为《论语》"这可说是由《语丝》的'个人主义'、情趣主义一个道统传衍下来的，不过更加一个大题目，便是'幽默'的提倡。语丝派文字出于周作人手笔者本富于幽默味"[⑤]。

---

① 《缘起》，《论语》第1期，1932年9月。

② 《发刊词》，《人间世》第1期，1934年4月。

③ 语堂：《且说本刊》，《宇宙风》第1期，1935年9月。

④ 曹聚仁：《言志派的兴起》，《文坛五十年（正编 续编）》，生活·读书·新知三联书店2010年版，第262页。

⑤ 苏雪林：《〈语丝〉与〈论语〉》，《中国二三十年代作家》，纯文学出版社有限公司1983年版，第586—587页。

曹聚仁和苏雪林从提倡“幽默”的角度指出了从《语丝》到《论语》的转变。这种转变，折射出20世纪20年代到30年代中国文人与外在世界关系的变化。随着北平政治文化中心地位的失去，20年代中期文人通过结社进行思想启蒙的时代环境一去不返，30年代他们需要面对的是商业化鲜明的上海文化。因此，有学者指出这意味着“语丝时代的终结”①。在新的文化语境下，知识分子要生存下去，就要及时调整办刊思路和写作方式，调整他们和读者之间的关系。《语丝》虽于1927年12月转移到上海出版，但精英式的办刊思路无法适应上海的商业文化空气，加之趣味性遭到革命文学阵营的批判，政治诉求受到国民党政府的打压，1930年3月10日出版到第5卷第52期后便自动停刊。②《论语》以其强烈的读者意识，适应了20世纪30年代上海文化生产机制，满足了读者市场的消费需求，成为风行一时的文学刊物。

林语堂和《论语》

首先，《论语》在栏目设置上注重内容的趣味性，以各种方式引导读者的阅读兴趣。比如，“半月要闻”一栏汇集的是幽默新闻，甚至是传闻，或娓娓道来，或稍

① 吕若涵：《“论语派”论》，上海三联书店2002年版，第3页。

② 鲁迅谈到上海时期《语丝》的编辑时颇多无奈：“积了半年的经验之后，我就决计向小峰提议，将《语丝》停刊，没有得到赞成，我便辞去编辑的责任。小峰要我寻一个替代的人，我于是推举了柔石。但不知为什么，柔石编辑了六个月，第五卷的上半卷一完，也辞职了。”见鲁迅：《我和〈语丝〉的始终——“我所遇见的六个文学团体”之五》，《萌芽月刊》第1卷第2期，1930年2月。

加评述，不求事件确凿，但求妙趣横生。以第 27 期的“半月要闻”为例，其中一则为“香港报载张竞生近日所发通电，内一语曰：‘余圣之性者也’”，另一则为“总理叛徒陈炯明死，总理信徒吴稚晖挽曰：‘青史流传，足见英雄有价’，我越读越糊涂”[①]，均言简意赅，让人在解颐之余回味再三。“幽默文选”一栏选择古代幽默文章片段，轻松怡情。“东南风”“西北风”等栏目则将全国各地的可笑之事收集刊出。显然，编者无意于把《论语》办成一个板起面孔的严肃刊物，从文章标题就可以看出其浓厚的趣味性，诸如第 1 期上就有《有驴无人骑》《日人之不幽默》《幽默好例》《龙虾灰色》《晏子诙谐三则》《苏秦吃咸鸭蛋的故事》《留学生善用抽水马桶》《边孝先腹便便》，等等。又如，《论语》创办一年时发出悬赏征文，其标题是“我所认识之怪人”，接着又推出“低能校长”和“无脑县长”的征文启事，这些标题都能引起市民读者的极大兴趣。

作为知识分子所创办的文化刊物，《论语》所提倡的“幽默”具有其内在规定性，也并不以刊登趣味性的内容为主要旨归，但这些内容为刊物增加了可读性，扩大了读者面，增加了销售量，是毋庸置疑的。《论语》的这种倾向引起了外界质疑，编者对此总结道：“有人认为这是专载游戏文字，启青年轻浮叫嚣之风，专做挖苦冷笑损人而不利己的文字。有人认为这是预备出新《笑林广记》供人家茶余酒后谈笑的资料。有人认为幽默即是滑稽，没有思想主张的寄托，无关弘旨，难登大雅之堂。有人比我们如胡椒粉，专做刺激性的文章。”[②]但他们承认在当时的语境下，“这些误会，都是不能免的”[③]。

其次，《论语》非常注重和读者沟通，在让读者了解编辑工作的同时，注意倾听读者呼声，和读者之间形成良性互动，根据读者意见及时调整办刊方向。

《论语》非常注意让读者了解编辑工作。从第 1 期就设置有“编辑后记”一栏，将刊物的编辑状况、办刊取向及时向读者说明。编辑还主动让读者了解编辑工作的甘苦。该刊第 15 期的《编辑滋味》一文写道：“向闻人言，编辑滋味甚苦。然编辑之初，自谓编《论语》不同，必大乐。近来尝遍各种滋味，始知其中甘苦各半。”[④]作者接着从整理稿件、编辑稿件、发现无名作者等诸方面写出了编辑者的四苦四乐，使读者了解编辑者的工作、理解编辑者的苦衷，从而达到沟通目的。

---

① 《论语》第 27 期，1933 年 10 月。

②③ 《我们的态度》，《论语》第 3 期，1932 年 10 月。

④ 语：《编辑滋味》，《论语》第 15 期，1933 年 4 月。

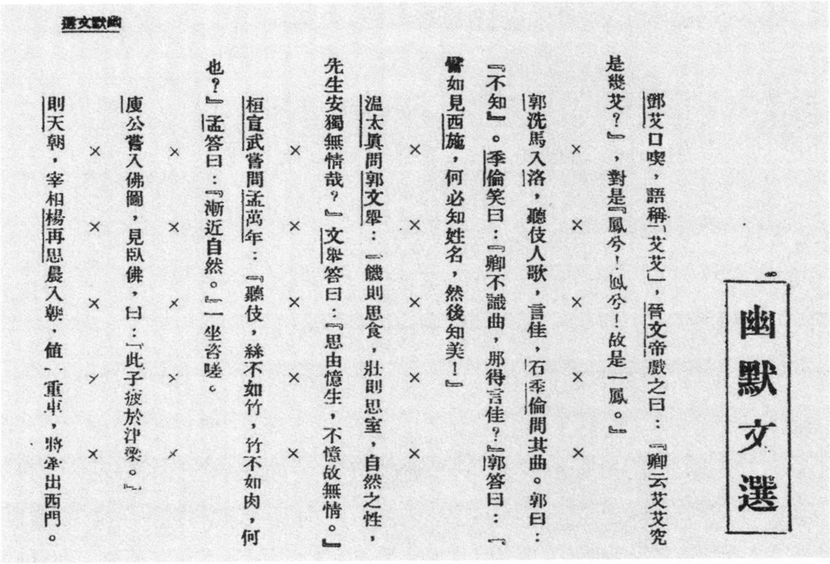

幽默文選

鄧艾口喫，語稱「艾艾」，晉文帝戲之曰：『卿云艾艾究是幾艾？』，對是『鳳兮！鳳兮！故是一鳳。』

× × × × ×

郭洗馬入洛，聽伎人歌，言佳，石季倫問其曲。郭曰：『不知』。季倫笑曰：『卿不識曲，那得言佳？』郭答曰：『譬如見西施，何必知姓名，然後知美！』

× × × × ×

溫太眞問郭文舉：『饑則思食，壯則思室，自然之性，先生安獨無情哉？』文舉答曰：『思由憶生，不憶故無情。』

× × × × ×

桓宣武嘗問孟萬年：『聽伎，絲不如竹，竹不如肉，何也？』孟答曰：『漸近自然。』一坐咨嗟。

× × × × ×

庾公嘗入佛圖，見臥佛，曰：「此子疲於津梁。」

× × × × ×

則天朝，宰相楊再思晨入朝，值重車，將牽出西門。

幽默文選

《论语》1932 年第 2 期“幽默文选”专栏

《论语》还设置“群言堂”这一固定栏目，倾听读者心声，和读者进行互动交流。该栏在《论语》上具有重要的地位，如第 4 期的“群言堂”刊登了《粪捐已不时行》《神秘的诗》《幽妙》《卢森堡的年岁问题》等 4 篇文章，在 32 页的杂志上足足占了 4 页篇幅，可见编者之重视。邵洵美曾对“群言堂”一栏的性质解释道：

> 在国外的杂志里，总有一栏叫做“给编辑者的信”的，在这一栏里，投稿人及读者可以用书信的形式，自由发表他对于“一切”的意见。国内刊物虽亦有“读者邮箱”一类的栏目，但是多半是一种读者要求编者解决一切问题的文字，使编者变成读者义务顾问，而编者则无形中自居于“博学多能”，“无所不晓”的先知先觉者的地位：想想实在好笑。
>
> 论语里“群言堂”的性质，完全是与前者相同的，想大家早已明白了。我们希望此后在这一栏里，诸位能给予我们更兴奋的合作。[①]

《论语》第 1 期“群言堂”刊登的是李青崖和林语堂《关于“幽默”和“语妙”之讨论》，两人通过书信方式，就英文“Humor”一词的译文进行探讨。此后，“群言

① 邵洵美：《编辑随笔》，《论语》第 94 期，1936 年 8 月。

堂”一栏基本没有中断过，多刊载读者的信件，由编者作答，形成了一个交流对话的平台。

“群言堂”不仅交流内容丰富，而且以平等的姿态对话。从信件内容来看，有对该刊已刊文章的探讨，如童锡祜的《卖国救国方策》（第 2 期）是就岂凡的《五十年兴国计划》（第 1 期）一文的讨论；有就刊物性质的讨论，如非默的《关于〈论语〉》（第 6 期）一文，对林语堂幽默文学观极为欣赏；有对如何办好《论语》提出自己的设想，如季辰的《关于〈论语〉》从“多载图画”“多注重社会方面”“摘抄汇集名言谠论”三个方面提出了自己的建议。其他诸如《读〈论语〉之姿势》（第 7 期）、《〈论语〉今赞》（第 10 期）、《读〈论语〉笑欤，抑哭欤？》（第 13 期）、《〈论语〉在北平》（第 14 期），作者均就《论语》杂志的内容、形式等方面发表自己的看法。在探讨方式上，双方是通过互相尊重的友好态度进行的。如第 3 期刊登徐许绪昌就“幽默”一词的译文致信林语堂，该信首先表达了对林语堂《幽默》一文对幽默阐释“详尽无遗”的“弥深钦佩”，在提出自己的意见后，恭敬地写道：“尊见如何，便请赐教。”而编者林语堂回信阐明态度后，也用“高见以为如何”的探讨语气与之交流。[①] 当然，在交流过程中，编者并不是一味屈从读者趣味而失去对刊物方向的把握，他们也通过自己的观念规约读者的阅读取向，这鲜明体现在林语堂的一系列主张中，如在第 6 期他“盼望各位在此本刊格调未成之时，互相勖励，继续努力。标准放高一点，如一位通信者所说，提倡潇洒、伟大、雄浑、涵蓄、优美、爽利、深沉、慷慨、健全的嘻笑，勿陷入浮浅、纤巧、哀郁、卑劣、俏皮、刻薄、尖酸、衰弱的呻吟”[②]。

这样，编者和读者通过“群言堂”这一平台，不断进行交流对话，使刊物在充分尊重读者意见的前提下，保证了品味，获得了市场。同时，由于读者意见的不断参与，影响着作者的创作取舍，也使得刊登在该刊上的散文呈现出鲜明的对话特点。

再次，《论语》非常注重规范刊物的编辑与发行方式，从组稿到编辑，再到出版发行一系列环节相互配合，确保刊物及时送到读者手中。第 1 期的《论语》就态度坚决地阐明了刊物编辑方面的一些基本规则：“希望以后大家遵守中庸之道，文稿恰好有三十二页的稿子，每一期都一样，不多也不少……请注意这始终

---

① 《群言堂》，《论语》第 3 期，1932 年 10 月。
② 林语堂：《编辑罪言》，《论语》第 6 期，1932 年 12 月。

如一的中庸之道，是我们要一贯遵守的大道。”[①]实际上是有意识地在读者心目中树立品牌。《论语》发行后不久，就因从不脱期、按时出版发行而获得了较好的口碑，发行量很快便超过3万份。根据编者林达祖回忆，该刊“编辑工作总是每期限时限刻完成，再加上有众多作者的热忱支持，凡有所需，总是尽力而为，为按时出版提供稿件，这是做好了最要紧的第一步工作”。出版方面则凭借着邵洵美的时代印刷厂进口印刷机的得天独厚条件，“只要稿子发齐，立即排版印刷，由工人立即装订成册，这些也是从不耽搁误事的”[②]。《论语》还采取了灵活多变的发行方式：该社同人和定期订户由编辑部直接寄发，其他则由各地代售处向读者发行。上海本埠的代售处就有光华书局、现代书局、大华杂志公司、神州国光社等27家书局和杂志公司，外地的代售处则有苏州的文怡书局、小说林书社、南京的花牌楼书店、现代书局、杭州的湖滨书局、西湖小说林，等等。《论语》将发行范围辐射到了各省的重要城市，诸如广州、厦门、福州、重庆、成都、济南、北平、天津、桂林等，甚至在一些边远的地区也有销售，覆盖了大半个中国。此外，《论语》还远销到美国以及新加坡等东南亚地区。[③] 正是在完善的外部保障措施下，《论语》才形成如此庞大的销售网络并产生巨大影响。

在以上多重因素的作用下，《论语》获得了读者市场的青睐，并引领了当时的文学潮流，章克标曾经回忆到：“《论语》半月刊出版后，销路意外的大好，创刊号重印了几次，一下子轰动了读书界，以后也保持了这股势头。《论语》的畅销引起了各方面出版的兴趣，都来竞相办杂志刊物了。”[④]

二、从《人间世》与《太白》之争看林语堂的转向

在商业化的社会语境下，稿费是作家的生活来源，保证稿费及时发放是刊物在市场上有效运行的保证。由于《论语》所属的时代图书公司存在拖欠稿费等情况，和邵洵美在编辑费和稿费方面产生分歧，林语堂逐渐脱离了《论语》的编辑事务，联合徐訏、陶亢德等人于1934年4月5日创办了《人间世》半月刊。该刊创刊后，在编辑上延续了《论语》时期的一些举措，但编辑思路更为开阔，鲜明地体

---

① 《编辑后记》，《论语》第1期，1932年9月。

② 林达祖、林锡旦：《〈论语〉杂记》，《沪上名刊〈论语〉谈往》，上海书店出版社2008年版，第17页。

③ 参见上书，第18页。

④ 章克标：《林语堂两则》，陈福康、蒋山青编：《章克标文集》（下），上海社会科学院出版社2003年版，第394页。

现出林语堂在办刊思路与文学主张上的新探索，这一特点在与稍后创刊的《太白》杂志的论争中得到了凸显。

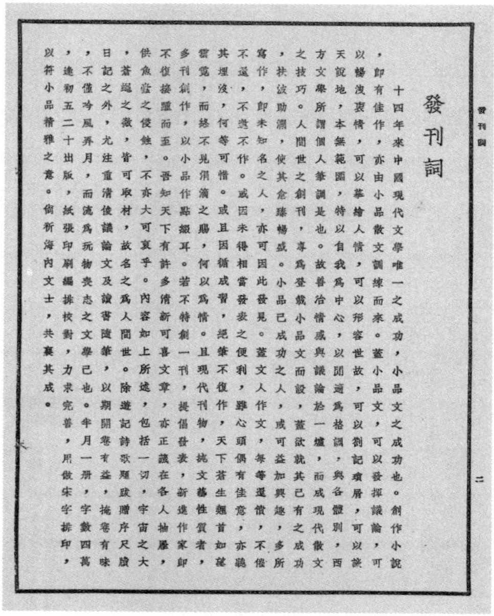
發刊詞

十四年來中國現代文學唯一之成功，小品文之成功也。創作小說，即有佳作，亦由小品散文訓練而來。蓋小品文，可以發揮議論，可以暢洩衷情，可以摹繪人情，可以形容世故，可以劄記瑣屑，可以談天說地，本無範圍，特以自我爲中心，以閒適爲格調，與各體別，西方文學所謂個人筆調是也。故善治情感與議論於一爐，而成現代散文之技巧。人間世之創刊，專爲登載小品文而設，蓋欲就其已有之成功，扶波助瀾，使其愈臻暢盛。小品已成功之人，或可益加興趣，多所寫作，即未知名之人，亦可因此發見。蓋文人作文，每等還債，不催不還，不迫不作。或因未得相當發表之便利，肆心頭偶有佳意，亦聽其埋沒，何等可惜。或且因循成習，絕筆不復作，天下蒼生翹首如望雲霓，而終不見涓滴之賜，何以爲情。且現代刊物，純文藝性質者，多刊創作，以小品作點綴耳。若不特創一刊，提倡發表，新進作家即不復接躡而至。吾知天下有許多清新可喜文章，亦正藏在各人抽屜，供魚蠹之侵蝕，不亦大可哀乎。內容如上所述，包括一切，宇宙之大，蒼蠅之微，皆可取材，故名之爲人間世。除遊記詩歌題跋贈序尺牘日記之外，尤注重清俊議論文及讀書隨筆，以期開卷有益，掩卷有味，不僅吟風弄月，而流爲玩物喪志之文學已也。半月一冊，字數四萬，逢初五二十出版，紙張印刷編排校對，力求完善，用倣宋字排印，以符小品精雅之意。倘祈海內文士，共襄其成。

《人间世》发刊词

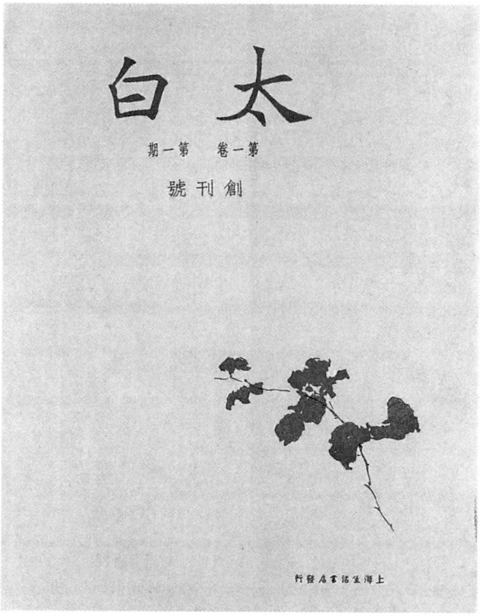

《太白》创刊号封面

在《人间世》的《发刊词》中，林语堂写道：

十四年来中国现代文学唯一之成功，小品文之成功也。创作小说，即有佳作，亦由小品散文训练而来。……本无范围，特以自我为中心，以闲适为格调，与各体别，西方文学所谓个人笔调是也。故善治情感与议论于一炉，而成现代散文之技巧。《人间世》之创刊，专为登载小品文而设，……即未知名之人，亦可因此发见。……内容如上所述，包括一切，宇宙之大，苍蝇之微，皆可取材，故名之为《人间世》，除游记诗歌题跋赠序尺牍日记之外，尤注重清俊议论文及读书随笔，以期开卷有益，掩卷有味，不仅吟风弄月，而流为玩物丧志之文学已也。[1]

① 《发刊词》，《人间世》第1期，1934年4月。

林语堂首先高度肯定了新文学革命以来小品文所取得的成就。尽管在此前后鲁迅、朱自清、胡适等人有着类似的表述,但是将小品文当作“十四年来中国现代文学唯一之成功”又不无夸大其词之处。从语境来看,林语堂明显有推广这份杂志的意味。其次,强调小品文的“自我”与“闲适”属性,显然与现代都市人的生存状态息息相关,而发见“未知名之人”的作品和“苍蝇之微”的题材取向也显示了向市民读者趣味靠拢的倾向;明确表示“专为登载小品文而设”,则表明其对小品文文体的重视。由此可见,在林语堂的办刊思想中,《人间世》与《论语》在指向上已有不同。首先是政治倾向方面。《论语》是“鉴于世道日微,人心日危,发了悲天悯人之念,办一刊物,聊抒愚见,以贡献于社会国家”[①]而创办的,而《人间世》则竭力避开社会国家等重大话题。从写作实践来看,林语堂在《论语》开设的“我的话”专栏里包含不少政治批评,在《人间世》“一夕话”专栏中类似的文章则销声匿迹了,正实践了他提出的“涉及党派政治者不登”[②]这一投稿规约。其次,《论语》以提倡“幽默”著称,而《人间世》在刊名下标出的是“小品文半月刊”,以及在发刊词中声明“专为登载小品文而设”,表明了《人间世》在办刊的主旨方针上也进行了调整。事实上,在《论语》的编辑实践中,林语堂已经感觉到了“幽默”作为办刊旗号的危机之处,几乎在《人间世》发刊的同时,林语堂在《论语》上的一篇文章中谈到:“幽默本非易事,办幽默刊物更难。《论语》佳稿源源而来,更为吾所意料不到。然每期四万字,虽大约篇篇可读,究非篇篇值得重读。外间批评《论语》,期望殊殷,到底幽默是否成功,似乎又应撷其英华,通盘估量。《论语》创办至此一年又半矣,倘此一年半中有幽默成功之作品三四十篇,已符吾最奢之奢望。”[③]《论语》创刊一年半,刊载的文章有七八百篇之多,而成功作品的只有“三四十篇”,从貌似自谦的表述中看到了林语堂的担忧。[④] 因此,进行办刊方向的调整,以进一步适应文学市场的需要,也是林语堂在创办《人间世》首先要解决的问题。

---

① 《缘起》,《论语》第 1 期,1932 年 9 月。

② 《投稿规约》,《人间世》第 1 期,1934 年 4 月。

③ 林语堂《〈论语〉文选序》,《论语》第 39 期,1934 年 4 月。

④ 幽默作为办刊主旨所蕴含的危机,鲁迅和郁达夫等人也已觉察到。据郁达夫接编《论语》后,在《继编〈论语〉的话》中写道:“当《论语》出版不久的时候,鲁迅先生有一次曾和我谈及,说办定期刊物,最难以为继的有两种,一种是诗刊,一种是像《论语》那么专门幽默的什志,因为诗与幽默,都不是可以大量生产的货物,每期每期,都一定凑集多少字数来‘诗’它一下,或‘幽默’它一下,势必有所不可能;而语堂和亢德,居然能把《论语》维持得这么长久,真才是天大的本领;我想这不但对读者可告无罪,就是在古今中外的什志编纂史上,也是不容易常见的奇迹。”见《论语》第 83 期,1936 年 3 月。

林语堂以读者文学市场为本位的转变很快引起了左翼阵营的注意。《人间世》创刊还不到两周的 4 月 14 日，廖沫沙就以“野容”为笔名在《申报·自由谈》上发表文章《人间何世?》，责难《人间世》“只见苍蝇，不见宇宙”[①]。4 月 16 日，林语堂在同栏中以《论白眼看苍蝇之辈》一文回应，表示自己“鄙夷宇宙，好谈苍蝇”[②]，一场关于小品文的论争拉开了帷幕。接着，左翼作家在《新语林》《文学》等杂志上对林语堂的小品文观念展开了批评，《太白》的创刊则将这场论争推向了高潮。

《人间世》号称良友图书公司四大定期刊物之一，《太白》则是生活书店四大杂志之一，由陈望道主编，创刊于 1934 年 9 月 20 日。早在该年 9 月初，陈望道、乐嗣炳等人就在上海“一品香”邀请茅盾、郑振铎等人聚会讨论杂志宗旨，随后于 9 月 3 日委托鲁迅邀请一批新进作家在东亚酒店聚餐，以期得到社会各界支持。《太白》刊名由陈望道和鲁迅在“话匣子”“瓦釜”“话本”“太白”等诸多名称中选定。该刊编委徐懋庸在创刊号发表《要办一个这样的杂志》一文，明确提议该杂志要面向大众，这个提议得到了其他左翼作家的响应：“所谓大众，就是指有别于高等的智识分子——教授和学生之类——的一般小市民阶级；如店员，学徒；以至稍有教育的劳动者而言。《太白》的宗旨，应该是以‘简明的文字’为技术，去接近大众生活，提高大众文化的水准为目的的，因为这样，《太白》才能和那些作为高等智识分子消遣品的刊物不同，而稳定它的新生活的价值……”[③]

《太白》创刊后，针对林语堂在《人间世》上的言论进行了一系列批评。对林语堂非难“大众语”的《怎样洗练白话入文》一文，聂绀弩批评道：“这篇文章的观点跟林先生向来的文章一样，是混乱的。”[④]对《人间世》提倡性灵、推崇袁中郎(袁宏道)，曹聚仁指出：“袁中郎的书牍，偶而看几封，也颇有趣，一读《袁中郎全集》，无有不作三日呕者。”[⑤]对林语堂提出的“宇宙之大，苍蝇之微，皆可取材”，傅东华讽刺道：“事实上，他(偺)们的小品文是一迳闭着纱窗不让苍蝇飞进去的，这是因为他们的不问那一套文体，都特别有一个班底，特别有一班角儿，闲人不

---

① 野容：《人间何世?》，《申报·自由谈》1934 年 4 月 14 日。
② 林语堂：《论白眼看苍蝇之辈》，《申报·自由谈》1934 年 4 月 16 日。
③ 祝秀侠：《对于〈太白〉一二期的一点私见》，《新语林》第 6 期，1934 年 10 月。
④ 耳耶：《从客串到下海——为大众语敬告林语堂先生》，《太白》第 1 卷第 4 期，1934 年 11 月。
⑤ 曹聚仁：《何必袁中郎》，《太白》第 1 卷第 4 期，1934 年 11 月。

能随便混进去。”[①]《太白》这种有针对性的批评一直持续到次年，该刊第1卷第8期新辟“掂斤簸两”栏，集中批评林语堂及《人间世》。如针对林语堂认为小品文的载道与言志“全在笔调，并非言内容，在表现的方法，并非在表现之对象”[②]，该栏有文批驳道：“据我所知，‘形式’与‘内容’是有相互关联的；‘载道’与‘言志’，却是在内容，而不是什么‘笔调’或‘方法’。如果离开了内容，‘道’固无从‘载’，‘志’也不能‘言’，这和他所说，正恰恰相反。”[③]此外，《太白》还在特辑《小品文和漫画》中收入58篇文章，抨击幽默趣味的小品文，提倡健康战斗的小品文。

这次小品文论争具有鲜明的特点。其一，产生背景比较特殊。20世纪30年代，国民党政府的文化镇压措施愈演愈烈，1933年林语堂的侄子林惠元和民权保障同盟总干事杨杏佛先后被暗杀，这对林语堂刺激甚大，他消退了政治参与热情，致力于提倡闲适小品文。1934年后，国民党政府进一步加强了文化封锁，该年2月，查禁进步书籍149种、进步刊物76种。[④] 6月6日，图书杂志审查委员会正式办公，9月公布审查办法并首先在上海试行。这使得左翼运动面临着困境，左翼机关刊物几乎不能公开发行，左翼作家只能在一定范围内表达诉求。鲁迅只是暗地支持《太白》而不公开列名编委会就是一种迂回的策略。其二，参与者态度相对温和。这次论争基本是围绕小品文的功能、内容、格调展开，论争双方人员并非壁垒分明，不少作家既是《人间世》的特约撰稿人，也是《太白》的特约撰述，《太白》的编委徐懋庸、曹聚仁、叶绍钧等都是《人间世》的特约撰稿人；核心人物林语堂和鲁迅是亦师亦友的关系，他们的争论主要是因小品文见解不同造成的，而非敌我对立矛盾。其三，论争双方都对小品文持肯定态度。林语堂离开《论语》后，将办刊侧重点转移到小品文本体上。在《发刊词》中明确《人间世》专为刊载小品文后，他在办刊实践中不断强化这一观念：“《人间世》以专登小品为宗旨……余意此地所谓小品，仅系一种笔调而已。理想中之《人间世》，似乎是一种刊物，专提倡此种娓语式笔调，听人使用此种笔调，去论谈人间世之一切……本刊之意义，只此而已……”[⑤]，“本刊宗旨在提倡小品文笔调，即娓语式

---

① 傅东华：《小品文跟苍蝇》，《太白》第1卷第1期，1934年9月。
② 语堂：《小品文之遗绪》，《人间世》第22期，1935年2月。
③ 朔正：《曲解附会》，《太白》第2卷第1期，1935年3月。
④ 万平近：《林语堂评传》，重庆出版社1996年版，第181页。
⑤ 语堂：《论小品文笔调》，《人间世》第6期，1934年6月。

笔调，亦曰个人笔调，闲适笔调，即西洋之 familiar style[①]”。而左翼作家也没有反对小品文本身，他们对小品文的效用和价值是肯定的。茅盾指出：“小品文本身只是文学上一种体裁，小品文之利弊如何，全看人们用它来装载怎样的内容……小品文本身是不应该反对的。”[②]其四，分歧主要在小品文功能的认识上。左翼作家从民族国家的立场出发，以深重的忧患意识看待小品文，提倡小品文与社会现实紧密结合，使之成为反映民众疾苦、批驳黑暗统治的工具。因此，徐懋庸提议小品文作家去记录 1934 年的大旱状况，去记录浙江余姚农民打死劝阻祈雨的小学校长的事件[③]；而林语堂则从自由主义知识分子的立场出发，立足于当时上海繁华的都市生活经验，提倡自我，抒发性灵，用闲适的小品文去满足读者市场的需求。所以，他鼓励作者去写书局老板不愿写的中国教科书的黑幕、银行家和交易所伙计不愿写的银行界靠公债维持的事实、小瘪三鸦片鬼文人不愿写的上海爱多亚路宝成里的夜生活。[④]

总之，这场论争深化了对小品文文体的认识，扩大了小品文的影响。在不同的创作观念下，论争双方都以各自的创作实绩满足了相应的读者群的阅读需要，从而对“小品文年”的产生起到了推波助澜的作用。毋庸讳言，当左翼作家不因犀利的小品文屡遭国民党新闻检查机关的删削而改变原则时，林语堂却避开政治锋芒，不断探索着适应都市读者趣味的小品文路径。[⑤] 将“小品文字的极度兴盛”作为 1934 年中国文艺主潮之一的《二十三年度中国文艺年鉴》，这样记载了当时的情形：“左倾作品不能发刊，民族文艺又很少作品发表；同时，有钱购阅书报的读者层，也只剩了收入丰富这一阶级。他们把文艺当做酒后消遣，他们要吐着香雾沉醉在微笑里，于是乎以《论语》为代表的幽默文学，与以《人间世》为代表的闲适小品，得以广大销行。这不是偶然的，这是这个现实社会中必然产生的变态现象。”[⑥]如果忽略这个评价的情感倾向，客观来看其所描述的现象的话，它正反映出林语堂在《人间世》杂志提倡的小品文创作进一步脱离了《论语》时期对于

---

① 语堂：《关于本刊》，《人间世》第 14 期，1934 年 10 月。
② 蕙：《关于小品文》，《文学》第 3 卷第 1 号，1934 年 7 月。
③ 徐懋庸：《要办一个这样的杂志》，《太白》第 1 卷第 1 期，1934 年 9 月。
④ 语堂：《关于本刊》，《人间世》第 14 期，1934 年 10 月。
⑤ 在当时情势下，林语堂在编辑刊物时较为谨慎。徐懋庸《完人》一文有“在革命者们所反抗的势力之下，决不容言论或行动”等语，在《人间世》第 6 期（1934 年 6 月）发表时被林语堂删掉。徐懋庸将该文全文在《新语林》第 2 期（1934 年 7 月）重新刊出，并附了一段说明，对林语堂不乏讽刺之意。
⑥ 杨晋豪编：《二十三年度中国文艺年鉴》，北新书局 1935 年版，第 7 页。

政治的关注，更不像左翼作家那样执着于社会的批判，而是更加注重小品文对于以市民大众为主体的读者层的需求的满足，适应了市场的需求，从而才得到“广大销行”的。

三、从《宇宙风》看消闲刊物的市场路线

《宇宙风》于 1935 年 9 月 16 日创刊于上海，出版两周年(第 48 期)后，由于抗战全面爆发陷入不稳定状态，为适应紧张局势需要，从第 50 期开始改为十日刊，出版到第 66 期后南迁到广州，此后编辑部先后辗转香港、桂林、重庆等地。1947 年 8 月，《宇宙风》出版至 152 期时终刊，发行时间长达 12 年。[①] 离开上海后，《宇宙风》虽然积极配合抗战，也刊登了不少名家作品，但影响力已经无法和上海的全盛时期相比。究其根本原因，正是因为在抗战背景下，该刊失去了上海的独有的文化土壤以及林语堂和陶亢德等人对消闲刊物办刊方针的坚守。[②] 由于有了编辑《论语》和《人间世》的丰富经验，林语堂和陶亢德在创办《宇宙风》时更为自信，他们在编辑、创作、出版等方面驾轻就熟，《宇宙风》这一杂志体现出了海派消闲刊物[③]对上海文化市场的适应。

虽然《宇宙风》并未像《人间世》那样有正式的发刊词，但是从林语堂为该刊第 1 期撰写的《孤崖一枝花》《无花的蔷薇》《且说本刊》以及该刊《编辑后记》中仍能清晰地看出其办刊的主要理念。在提出自己的办刊理念前，林语堂等人对于

---

① 《宇宙风》在上海出到第 66 期后，由于“八一三”上海抗战全面爆发，刊物的出版和发行失去了保障，离沪南迁。该刊于 1938 年 5 月迁到广州，出版了第 67—77 期；1938 年 11 月迁到桂林，重排了因战事未能发行的第 77 期，自 1939 年 5 月起，在桂林和香港出版了第 78—138 期；1945 年 6 月迁到重庆，出版了第 139—140 期；1946 年 2 月迁回广州，出版了第 141—152 期后终刊。

② 从刊物直接标明的编者来看，《宇宙风》从第 1 期到第 22 期编辑者为林语堂、陶亢德，从第 23 期开始到第 66 期编辑者为林憾庐、林语堂、陶亢德。但实际上暗含着分裂。在《宇宙风》初期，林语堂主导的办刊方针得到陶亢德的有力配合，刊物有声有色，名声大噪。但正当《宇宙风》鼎盛时期，林语堂因种种原因，于 1936 年夏赴美定居(林语堂在该年 9 月 16 日的第 25 期刊出《临别赠言》)，将刊物托付其兄林憾庐，此后他除为刊物写一些文章外，实际上脱离了编辑事务，对刊物的办刊走向影响渐弱。而林憾庐与陶亢德见解不同，随着矛盾逐渐升级而最终分道扬镳，后《宇宙风》归林憾庐，陶亢德在上海另办《宇宙风乙刊》，于 1939 年 3 月至 1941 年 12 月在上海出版了 56 期。

③ 虽然《宇宙风》上刊载了老舍的长篇小说《骆驼祥子》及徐訏的《鬼恋》等赫赫有名的小说，但是若从办刊的主导倾向和发表的主要作品来看，《宇宙风》仍然是一个典型的散文刊物。《宇宙风》第 1 期开始在封面上标出“半月刊”，并未像《人间世》那样直接在刊物封面说明其散文刊物性质，但该刊在发行到第 13 期的春季特大号上，为第一集合订本《宇宙风》贴出的标签是“最丰富精彩的随笔小品刊物”。第 38 期(1937 年 4 月 1 日)到第 40 期，封面标为“小品随笔半月刊”，出版到第 41 期(1937 年 5 月 16 日)时，又恢复为“半月刊”，第 44 期(1937 年 7 月 1 日)标明为“小品半月刊”，第 45 期(1937 年 7 月 16 日)标明为“散文随笔半月刊”，第 47 期恢复“半月刊”，第 49 期封面标为“散文半月刊”，改为十日刊后多标为“散文十日刊”，从摇摆不定的命名及刊物编辑实践来看，主要倾向是散文刊物。

《宇宙风》北平特辑

《宇宙风》乙刊创刊号

当时杂志业的盛衰有着不同于其他人的乐观判断。1934 年被称为“杂志年”，各种杂志如雨后春笋，纷纷创办。但受到经济条件影响以及杂志创办者办刊思路制约，到了 1935 年似乎已难以为继，当时不少杂志创办者都失去了信心，感慨该年度市面萧条、百业凋敝，“杂志年”已经开始没落。但是林语堂却对此有不同的看法，上海文化市场的勃兴使他对办好杂志充满了信心。在《编辑后记》中，他指出：“杂志并未成年，更无所谓没落，市面虽然萧条，可无妨于杂志。”在林语堂看来，那些感慨“没落”的出版者与编辑者在发刊词中虽然将他们的杂志说得冠冕堂皇激昂慷慨，但实际上那些杂志并未适应读者市场的阅读需要，因此出不了几期就关闭了，进而他说道：“但若说因此而使杂志没落，在我实难置信。君不见各城各市之歌台舞榭，茶寮酒肆，无不门庭若市，座客常满乎？此繁荣固是畸形的繁荣，但有此畸形繁荣的时候而杂志竟会没落着者，岂不是更畸形的没落？我十分相信，中国无论怎样穷，中华国民中文盲无论怎样多，开口落笔无论怎样难，像现在这些杂志及其销数来讲，实在还只是开端，绝非极盛，自无必衰之理。”[①]接下来以上海为文化消费市场为例说明道：“别个城市我不知道，以上海而论，每天每晚有多少人上舞场赌场到电影戏院？当上海各大学禁止学生跳舞时，有位出版家曾点头称善曰：‘禁得好，禁得好，大学生在舞场跳一跳，就跳去我三份杂

① 《编辑后记》，《宇宙风》第 1 期，1935 年 9 月。

志。'此语虽似笑话，实含至理。"[①]将门庭若市的歌台舞榭、茶寮酒肆的繁荣作为杂志不会衰落的理由，要从舞场、赌博场、电影院、戏院来为散文杂志争取读者，显示了林语堂等人对上海文化消费市场的认同，势必制约他们的杂志实践。

在对杂志取向、前景充分认识的基础上，《宇宙风》编者提出了自己理想中的刊物的要求："（一）内容文字能使读者读得下去，（二）印刷能好点，出版不脱期，（三）售价现在虽是每册一角，但在销数增加到合乎我们的预算时，本取诸于人用诸于人之旨逐渐减低，使一般看杂志代跳舞的读者减轻支出。"[②] 在这个看似"十分寒伧"的理想上，正显示出《宇宙风》适应市场需求的办刊宗旨。第一点"内容文字能使读者读得下去"说的正是经林语堂提出、后来被该刊一直强调的办刊的核心思想："《宇宙风》之刊行，以畅谈人生为主旨，以言必近情为戒约；幽默也好，小品也好，不拘定裁；议论则主通俗清新，记述则取夹叙夹议，希望办成一合于现代文化贴切人生的刊物。"[③]除了在刊载内容及其文字风格上适应读者的阅读需求外（这一点尤为重要，将在后文着重论述），编者还特别指出了杂志在印刷、出版、销售等方面外部保障措施，在市场化的操作上可谓是不遗余力，并在编辑实践中身体力行，使得《宇宙风》的销售量一直保持畅销势头，从而保证了林语堂等人借助消闲刊物传播现代观念的理想，其具体措施表现在以下方面。

首先，充分为读者考虑，把读者的需要放在首位。林语堂在《所望于〈申报〉》指出："在一国的大报中，我们就常可看见其国时下文化之程度及读者之精神上需要，因为报纸之内容总是应时代之转变及读者之好恶而时时演化的。"[④]高度评价了读者的态度对于报纸内容的深刻影响。在该文中，他直陈《申报》的弊端，指出《申报》"自由谈"在报纸刊登的位置不固定，"这未免太不为读者着想了"；特约通讯写得并不精彩，"未免有对不住国民，对不住读者的地方"；应该开设书评专栏，"以符《申报》读者之望"；最后，他还建议该报开设"读者论坛"，反映读者的呼声。在《宇宙风》办刊实践中，林语堂将这种对读者的重视思想放在了极为重要的地位。《宇宙风》的编者不是高高凌驾在读者之上，而是以谦和的态度，不断运用《编辑后记》《或问》等栏目和读者进行沟通，处处为读者着想。该刊第 8 期

①② 《编辑后记》，《宇宙风》第 1 期，1935 年 9 月。
③ 语堂：《且说本刊》，《宇宙风》第 1 期，1935 年 9 月。
④ 语堂：《所望于〈申报〉》，《宇宙风》第 3 期，1935 年 10 月。

的《编辑后记》中写道:“眨眨眼民国二十四年已经过去,我们这个刊物也已出到第八期了。这八期来蒙许多作家的赞助,使本刊在内容方面敢说一句期期精彩。篇幅一层,照我们发刊时的计划,原想比一般一角杂志多一点,谁知出到第五期时,不知怎样一来,纸价突然高涨,致我们无法增加篇幅,只得把每页的字数多排二百左右,使读者不因纸价飞涨而受少看几篇文章的损失。”[①]这种设身处地为读者着想的意识是其他杂志所欠缺的。在该刊《编辑后记》中,常常可以看到编者因编务问题而对读者的真诚道歉。第2期的《编辑后记》中就郭沫若的稿子未能及时刊出写道:“鼎堂先生的《海外十年之二》因寄稿稍迟,本刊付印又早,致不能刊出,深引为憾。现已与作者商定,先一次寄下数章,以后每半月一寄,这样就不至脱期,对不起读者了……遗失一页,现请作者补写,一俟寄到,当即刊出。谨向读者道歉。”[②]第10期就郁达夫的自传未能及时刊出写道:“开头先得向读者诸君道歉;上期预告的《达夫自传》郁先生没有写来,只得暂阙。”[③]第13期的《编辑后记》中真诚地写道:“最后希望读者对本刊赐予批评,免我们‘当局者迷’,不知改进。我们出刊物不是出着玩的,极愿接受各界卓见。”[④]

其次,充分利用名人效应,形成品牌意识,吸引广大读者。《宇宙风》充分认识到了名作家对于读者的吸引力,在杂志上开设名作家连载专栏,吸引固定的读者队伍。《宇宙风》上的名家专栏有林语堂的“姑妄言之”“小大由之”,丰子恺的“缘缘堂随笔”、知堂的“风雨谈”“风雨后谈”等。第二,《宇宙风》总是利用各种机会,不失时机地利用名作家对该刊进行宣传。该刊第1期专门刊出“作者著书介绍”,所列周作人、丰子恺、林语堂、郁达夫、老舍、何容、黄嘉德等都是著作等身的作家,此举既是对这些作家的宣传,也是对该刊物的宣传。该刊第8期新年特大号上,又罗列老舍、丰子恺、周作人(知堂)、郁达夫、谢冰莹、郭沫若(鼎堂)、陈叔华、毕树棠等名家在该年为《宇宙风》撰文或者主持栏目的情况,对读者构成吸引力。对于名作家撰文,《宇宙风》更是极力渲染,以求在最大程度上引起读者关注。例如郭沫若的《北伐途次》发表时,在第19期《编辑后记》以特大号字体单行排出,以引起读者注意,又在第20期封面刊登了郭沫若手稿。从刊载名家文章来看,《宇宙风》前12期就收入周作人13篇、郭沫若(鼎堂)5篇、丰子恺17篇、

① 《编辑后记》,《宇宙风》第8期,1935年1月。
② 《编辑后记》,《宇宙风》第2期,1935年10月。
③ 《编辑后记》,《宇宙风》第10期,1936年2月。
④ 《编辑后记》,《宇宙风》第13期,1936年3月。

郁达夫8篇、林语堂各类文章30余篇。《宇宙风》的这些努力，形成了自己独具的品牌，因而能够保持长期畅销不衰的势头。

第三，重诺守信，言出必行，增强读者对《宇宙风》的信任度，为推行市场化的发行模式提供保障。《宇宙风》的编辑者深知，为了保证办刊理想顺利实现，就要有一支庞大的读者队伍，而这其中稳定的订户至关重要。为促使订阅者订购全年，《宇宙风》在第1期刊出《君如爱读本刊 请即预定全年》广告，首先指出读者的顾虑："预定者常有三可怕：一怕出了几期，停刊大吉，预付订费，退换与否权不在我；二怕内容愈出愈坏，定了无法中途退出；三怕出版不能准期，寄递不能提早，最先付钱而最后看到，眼瞧零购之人先睹称快而干着急。"①然后颇有信心地指出只要"出版者守信用，编辑者尽全力，定户部办事顶真，则预定自比零买省费而便利"，很细致地从书店较远而费时花钱、零买较贵等角度指出预定的种种好处后，向读者承诺："且本刊计划，一年之后，对于本年度定户之续定者，务必设法减低定价到只及零售价目之半。支票并非空额，到期即请兑现。"②此后，该刊在每期空白处不时写上"君如爱读本刊，请即直接订阅"，不断加强宣传攻势。出版半年后，该刊第13期春季特大号上刊登出《读者公鉴》，宣告该杂志在销售上取得了极大成功，并继续敦促读者成为定期用户："光阴荏苒，本刊已出到半年，自问半年之中，对编辑，对发行，无不尽我棉薄，定户怨声未至载道……所抱歉者，刊物印数有定，读者增加难算，过去十二期中，有再版到六七次者，而对于新的读者，仍以售完而无法供给。最近数期，更是书一出版，就即售罄，致后来者无法购到，此在读者固不无觉得扫兴，即在出版者亦常感到抱歉。而致此扫兴抱歉之由，实实在在在于未先预定，此所以本刊当此出版半年之际，有重申前请——君如爱读本刊，请即预定全年——之举也。"③一年后，《宇宙风》兑现了自己的承诺，在第24期上写道："现在一年已到，本刊蒙读者爱护，销数日增，根基渐固，爰即实践宿诺，凡上年度(民国二十四年九月十六至本年九月十六)之定户期满续定，一律照零售价目对折优待……此后新定户期满续定，一样优待。"④这样，《宇宙风》在注重刊物内容不断改进的同时，极为重视发行销售，对读者言出必行，遵守商业守则，成为其畅销不衰的一大原因。

---

①② 《君如爱读本刊 请即预定全年》，《宇宙风》第1期，1935年9月。

③ 《读者公鉴》，《宇宙风》第13期，1936年3月。

④ 《本刊定户公鉴》，《宇宙风》第24期，1936年9月。

第四，注重营销策略，通过出版各种特大号、特辑，刺激作者的创作欲望和读者的阅读欲望。在固定栏目之外，《宇宙风》还定期推出特大号。在特大号推出前，往往提前数期就开始造势。如该刊第 13 期为春季特大号，但在第 11 期《编辑后记》中就预告道："下下期即第十三期拟出一春季特大号，先此预告一下。"[①]第 12 期又指出："下期本刊是春季特大号，也是本刊出版半年的一个纪念，将以最丰富最精彩的内容与读者诸君相见。"[②]并刊出了该号目录。再如该刊第 32 期为新年特大号"苏俄特辑"，在第 30 期上就刊登了出版预告，声称要"特约留俄多年对俄有极深刻观察的作家专为撰述，以小品笔调叙述苏俄文化生活，使国人认识苏俄种切"[③]。第 31 期上该刊又刊登出下期内容为三个特辑，即"今日之苏俄""北伐野史""二十五年我的爱读书"（执笔者名单列出了赵景深、夏丏尊、叶圣陶、周作人、沈从文、赵家璧、废名等人），以及"其他佳作一斑"，包括刘大杰的《新文化运动与浪漫主义》、施蛰存的《一人一书（论当代作家的创作）》、丰子恺的《蟹（记车中奇遇）》、徐訏的《鬼恋》等，无不对读者构成极大的吸引力，出版后形成畅销局面也就不奇怪了。

此外，《宇宙风》还抓住社会上各种热点进行征文活动，"民国鸦片事略"征文中写道："敬希海内人士，就见闻所及，撰文见惠，俾敝社荟萃成书，公之于世，或可成为民国鸦片文献的重要资料，使大家看了触目惊心。"[④]"思痛记"征文中写道："请国内人士把身受的'外患''兵灾''匪祸'这三大苦痛的之一或二或三切实记载出来。其他小痛小苦，留待他日再说。"[⑤]特辑"贪官污吏传"的征文则是："贪污不死，大祸不止，谨以此书，略诉民苦。"[⑥]可贵的是，这些征文在强烈关注现实的同时，并未忘记强调散文文体本身的特点，如"某国人在中国"征文启中写道："我们想使大家知道点'某国人'在中国的行动作为，特出'某国人在中国'一题征文……请大家把确悉目睹值得玩味的事实，以小品笔调娓娓谈来。"[⑦]由于主题相对集中，能够引起读者阅读兴趣，这些活动均受到极大欢迎。征文活动在杂志上推出特辑后，再单独成书出版，如《她们的生活》《欧风美雨特辑》《鸦片现

① 《编辑后记》，《宇宙风》第 11 期，1936 年 2 月。
② 《编辑后记》，《宇宙风》第 12 期，1936 年 3 月。
③ 《"苏俄特辑"出版预告》，《宇宙风》第 30 期，1936 年 12 月。
④ 《"民国鸦片事略"征文》，《宇宙风》第 28 期，1936 年 11 月。
⑤ 《"思痛记"征文》，《宇宙风》第 31 期，1936 年 12 月。
⑥ 《贪官污吏传》，《宇宙风》第 28 期，1936 年 11 月。
⑦ 《"某国人在中国"征文启》，《宇宙风》第 39 期，1936 年 4 月。

状录》《北平一顾》《日本管窥》等。即便是在撤离上海时，《宇宙风》还不忘记出了个“内容精粹，篇幅增多的”“离沪纪念特大号”（第 66 期）。在单本杂志销售之外，《宇宙风》不断推出合订本，至撤离上海时，将已出版的六十期编为合订本，出到了第七册（前几册不断再版）。通过各种特大号、倍大号、特辑、特别增册、合订本，《宇宙风》形成了从策划到征文刊登，再到特辑出版和大量印刷的模式，把受到社会广泛关注的内容以各种形式不断翻印，从而使得这个刊物成为文化消费的一种，满足了文化市场的需求。

第五，注重编者与作者、读者的沟通，构造交流对话平台，实现办刊理想。《宇宙风》的编者通过“编辑后记”和“或问”这些编读往来的栏目，密切和作者的关系。首先有意识地对作者进行引导，从而达到其期待的办刊目标。第 1 期的《编辑后记》指出“《科学育儿经验谈》《私运烟土》等篇尤贴切人生类似西洋杂志的文章”，“大致可以合本刊主旨”①。第 2 期《编辑后记》中又写道：“谢六逸先生的《家》和和仪女士的《现代母性》，均是贴切人生之作……此类文章，本刊极为欢迎。”②这样就引导作者多写作此类文章，此后冯和仪为该刊撰文多篇，都受到了编者和读者的欢迎。其次在编刊过程中，注重与作者的互动，编者甚至走向前台，直接表现出对好文章的欣赏之情，在第 1 期姚颖《改变作风》之后，林语堂写道：“亢德与我前后去了几封信，才赚得此篇文，是此文之写作，未始非敝编辑之功也。此回去函，虽未以严将军头相誓，而稿之来临，亦由剀切陈词，激以气义有以发之也。本日发稿，如众仙齐集，将渡海，独何仙姑未到，不禁怅然。适邮来，稿翩然至，（此‘至’应作本义，写作‘’），大喜，写此数行于此。”③《宇宙风》还在具体事务方面设身处地为投稿作者考虑，在第 34 期刊登出《本刊紧要启事》就稿件迟登、稿费汇兑等事积极与作者沟通，督促作者领取稿费。总之，事无巨细，《宇宙风》编辑部都能从作者的角度出发为作者考虑，从而保证了该刊的作者队伍，使得《宇宙风》始终稿源充足。④ 此外，《宇宙风》还开设“或问”一栏，作者和读者之间也能进行有效沟通。冯和仪的《科学育儿经验谈》发表之后，有读者赵敏求对之进行了质疑，冯和仪以《科学育儿经验谈之性质及命题》作答。⑤

① 《编辑后记》，《宇宙风》第 1 期，1935 年 9 月。
② 《编辑后记》，《宇宙风》第 2 期，1935 年 10 月。
③ 《语堂跋》，《宇宙风》第 1 期，1935 年 9 月。
④ 《本刊紧要启事》，《宇宙风》第 34 期，1937 年 2 月。
⑤ 《宇宙风》第 6 期，1935 年 12 月。

编者在组稿方面还通过对现实热点的关注,使得作者和读者通过刊物这个平台互动。《宇宙风》第22期上刊登了郭沫若的《北伐途次》和沈有乾的《一封关于投考大学的信》,编者介绍道:"今年七月九日是国民革命军北伐誓师十周年纪念,中央举行盛大典礼。沫若先生的《北伐途次》正是北伐同志流血流汗的奋斗史中之一页……","此刻现在,中国有万千青年正在预备投考大学,沈有乾先生的《一封关于投考大学的信》正是应时良药。笔调是一贯的幽默,意思是十分的真诚,请投考大学者三读此信。"①

第六,《宇宙风》的市场意识还体现在对广告的重视上。林语堂非常心仪西方杂志,多次以西方杂志和中国杂志进行对比,指陈中国杂志的种种弊端,而西方杂志的一个重要特点就是运用市场化的运作机制,极为重视广告收入。《宇宙风》刊载的乔治高的《美国的几种时髦杂志》一文指出:"《纽约客》和上海的《论语》比较起来,所不同的地方就是它不但是几位文人雅士头脑中的结晶品,同时还是一个大规模商业化的出产物;它一面能使十万多读者捧腹,喷饭,以至于掩口葫芦,一面还能替它的发行人每年净赚六十万元左右……《纽约客》有两副面孔:编辑部和营业部……一种杂志光靠推销收入,在新闻经济学原理上,谁也知道是不够的。《纽约客》自从博得纽约贵族阶级的青睐,又逐渐充实了杂志内容,达到编辑初衷,然后就用这个做出发点去吸收它生命的泉源——广告。"②《宇宙风》在广告方面可谓是不遗余力。该刊第1期就登出了广告价目表以及上海永安公司和先施公司等南京路四大百货公司的整页巨幅广告。尽管林语堂之前创办的《人间世》杂志上也有广告,但都是书籍、刊物方面的,不失文学刊物的雅致,其最"出格"的广告也就是最后一期的文体用品广告。和《人间世》比较起来,《宇宙风》不仅广告内容增加了,而且已经扩展到都市现代生活领域的各个方面。该刊除了林语堂主编的《开明英文读本》等各种书籍广告外,还有五洲药房的人造自来血、飞利浦牌收音机、美丽牌香烟、白金龙牌香烟、无敌牌洁白牙膏、五洲乳白鱼肝油、地球牌麦精鱼肝油、新新三星花露香水、德国产亚林沙尔消毒剂、中国标准牛奶公司的标准牛奶、中国内衣公司的各式学生儿童衣着 、航空公路建设奖券的开奖公告。最初,《宇宙风》的广告还是在封面刊登,到了后来渗透到刊物的内页,以至于引起了读者的抱怨:"先生等尝以'中国报纸以广告为本位'为遗

---

① 《编辑后记》,《宇宙风》第22期,1936年8月。

② 乔治高:《美国的几种时髦杂志》,《宇宙风》第37期,1937年3月。

憾，不料本期（四十二）《宇宙风》即犯此毛病，计四十六面文字中夹有广告八块，窃期期以为不可也。愚意补白材料可多用‘漫画’、‘烟屑’、‘姑妄言之’或‘姑妄听之’等类，至于广告，另纸刊登何如？”[①]客观来看，《宇宙风》上广告是其适应上海市场的结果，丰厚的广告收入为编者实现自己的办刊理想提供了保障。

在完全脱离《论语》时，林语堂在《宇宙风》上刊载了一则《林语堂启事》，其中说：“鄙人现因专心著作，杂志事务，早已定意逐渐卸轻责任。惟由办《论语》《人间世》经验，知发行不统一，而欲求出版按期，稿费不欠，戛戛乎其难，故约陶亢德先生合同发行《宇宙风》，认真做去，而对于其他刊物各俟合同期满，一一放弃。”[②]从中我们可以看出林语堂对于刊物事务性工作的重视。正因为不仅仅在杂志内容及小品文笔调上适应读者大众的需求，也极为重视编辑、出版、发行等事务性的工作，《宇宙风》才取得那么大的成功。无怪乎黄嘉音在《宇宙风》搬离上海时总结道：“《宇宙风》的出世，似乎并不怎么‘一鸣惊人’，可是却一直得到读者的爱戴与拥护。在我国的出版界中，能够像《宇宙风》这样始终得到读者欢迎的刊物，可说不多。”[③]

第二节 动态制衡：在市民趣味和文人情趣之间

《论语》《人间世》《宇宙风》等刊物不断探索适应文化市场的路径，为争取读者大众、扩大刊物销量，在办刊取向上不断向市民趣味靠拢，从而使这些刊物及其所刊登的散文作品呈现出一定的通俗色彩，以至于胡风认为林语堂要被“礼拜六派”认作后生可畏的“弟弟”。但是林语堂毕竟是受过系统西方教育的自由主义知识分子，又是经历了五四新文化运动新思潮洗礼的新作家，其办刊和著文等文学实践和礼拜六派具有不同的性质，一方面，他积极顺应文学市场的需求，使得刊物和文学创作具有浓郁的市民趣味，另一方面，他又竭力用文人趣味去提升市民趣味，力求达到雅俗融合，正像《宇宙风》对其同类刊物《西风》的介绍的那样：“提倡有思想有情感有个性有趣味的通俗文章。”[④]林语堂通过办刊实践在散

---

① 《或问》，《宇宙风》第 43 期，1936 年 6 月。
② 《林语堂启事》，《宇宙风》第 12 期，1936 年 3 月。
③ 黄嘉音：《再会吧，宇宙风》，《宇宙风》第 66 期，1938 年 4 月。
④ 《宇宙风》第 20 期，1936 年 7 月。

文创作上寻找雅俗两种因素平衡的努力为中国现代散文建设做出了贡献，有学者指出："《论语》的文学史意义又在于，它为现代文学提供小品文创作实践层面上的经验，为文学刊物开拓市场渠道提供丰富启示。"①

一、市民趣味的认同与表现

散文中能否表现市民趣味？在中国古代，小说可以作为瓜棚豆架下的野老闲谈、茶余酒后的娱乐消遣而被认可，表现市民趣味在情理之中。但对中国古代散文来说，"作者大都是封建王朝的大大小小的官吏，纯布衣之士也是很少的。这就使得古代的散文要比古代的诗歌，戏剧与小说更富政治色彩"②，因而古代散文多为文人走上仕途的手段或失意时把玩的工具，所发挥的是载道、抒情言志的功能，当然对于市民趣味是不屑表现的。

五四新文学运动时期，出于文化启蒙的需要，文学中的市民趣味曾被视为不健康的东西。文学研究会在其《文学研究会宣言》中宣告："我们相信文学是一种工作，而且又是与人生很切要的一种工作；治文学的人也当以这种事为他终身的事业，正同劳农一样。"③在突出"文学为人生"的五四新文学特点的同时，也将文学本有的娱乐功能摒弃了，市民趣味被指斥为"游戏的消遣的金钱主义文学观念"，这种文学观念对散文创作产生了一定的负面影响。曹聚仁对此总结道："我们回看'五四'时代的散文，在当时觉得很有意义，写得很起劲，看得很痛快。其实，所布的都是堂堂正正之阵，所谈的都是冠冕堂皇的大问题；说得好，都是些不着边际的大议论；说得坏，便是千篇一律的宣传八股，久而久之，大家都有些厌倦起来。文坛的风气，着重文艺的，大都走到小说戏曲路上去；写散文的，向往产生一种新的体裁……小品文便是自己告白的文学，顺着这条路子，产生了林语堂的《人间世》派散文，也是顺理成章了。"④曹聚仁以亲历者的感知和对文学史的理性思辨精神，指出了从五四时期到20世纪30年代中国散文创作的演变轨迹，他肯定了《人间世》派散文抒写性灵，展现真实自我的一面，这其实正是林语堂等人在20世纪30年代对中国现代散文所作出的独特贡献。他们努力使散文摆脱政治桎梏，去表现个人真实心态，并借用现代刊物的力量，利用商业化的方式，把普

---

① 周海波：《现代传媒视野中的中国现代文学》，中华书局2008年版，第130页。
② 谢楚发：《散文》，人民文学出版社1994年版，第4页。
③ 《文学研究会宣言》，《小说月报》第12卷第1号，1921年1月。
④ 曹聚仁：《小品散文》，《文坛五十年》，生活·读书·新知三联书店2010年版，第156—157页。

通市民当成散文的读者对象，使得这种自我表现的精神在市民读者大众中得到传播。因此，有学者指出："林语堂想要继承发扬的正是五四新文学传统，而在已有的成功基础上的'扶波助澜，使其愈增畅盛'，则不妨理解为把精英层的白话散文的成就引向民间，引向畅销，《人间世》事实上所做的也正是这一工作。"①

那么，《论语》《人间世》《宇宙风》等刊物散文是如何表现出市民趣味的呢？

首先，林语堂等人在办刊实践和散文创作中表现出对市民价值观念的认同。作为一个受过西方教育的自由主义知识分子，林语堂在金钱观等基本价值观念方面与传统文人不同，更多呈现出现代市民的特色。他承认"我生来便是一个伊壁鸠鲁派的信徒（享乐主义者），吃好味道的东西最能给我以无上的快乐"②。林语堂反对"文人应穷"的传统观念，他指出："第一、文人穷了，每好卖弄其穷，一如其穷已极，故其文亦已工，接着来的就是一些什么浪漫派、名士派、号啕派、怨天派。第二、为什么别人可以生活舒适，文人便不可生活舒适？颜渊在陋巷固然不改其乐，然而颜渊居富第也未必便成坏蛋。第三、文人穷了，于他实在没有什么好处，在他人看来很美，死后读其传略，很有诗意，有生前断炊是没有什么诗意，这犹如我不主张红颜薄命，与其红颜而薄命，不如厚福而不红颜。在故事中读来非常缠绵凄恻，身临其境，却不甚妙。"这就颠覆了传统文人凭借"贫贱不能移"的观念牺牲舒适的生活以维持自己高高在上的道义形象的一贯做法。由此，林语堂将文人从道德神坛上请下来："我主张文人也应跟常人一样，故不主张文人应特别穷之说。这文人与常人两样的基本观念是错误，其流祸甚广，这是应当纠正的。"③林语堂甚至用普通市民的观念来反观知识者的不足之处，他谈到："大概今日吃苦的商店学徒礼貌都在大学生之上，人情事理也比青年作家通达。所以我们如果有什么机关，还是敢用商店学徒，而不敢用激昂派青年。"④可见，林语堂并不认为自己是知识分子就高高在上，而是认同市民基本价值观念。

从实践层面上看，林语堂从不讳言自己在金钱利益上的追求。在创办和主持《论语》《人间世》和《宇宙风》杂志时期，林语堂拥有着相对富足的经济来源。

① 刘绪源：《今文渊源》，上海文艺出版社 2011 年版，第 139 页。

② 林语堂著，谢绮霞等译：《从异教徒到基督徒——林语堂自传》，陕西师范大学出版社 2007 年版，第 184 页。

③ 林语堂：《文人与穷》，《人生的盛宴》，兰州大学出版社 2001 年版，第 257—258 页。

④ 林语堂：《所谓名士派与激昂派》，《林语堂文集 人生不过如此》，群言出版社 2012 年版，第 147 页。

他于1927年11月担任中央研究院院长蔡元培英文秘书，后又兼任国际出版物交换处处长，月薪高达300元。1928年和1933年，林语堂分别为开明书店编写了被称为英文教科书双璧的《开明英文读本》和《开明英文文法》，由于他精通中西文，编写的教材易为读者接受，前者出版后轰动一时，一个月内加印数次，此后不断再版，畅销不衰；后者也受到极大欢迎，投放市场后一纸风行，在此后的15年中印行10余版。林语堂从两书中抽取了高额版税，成为上海有名的"版税大王"。发行《开明英文读本》的开明书店曾因世界书局《英语标准读本》侵权对簿公堂，最终世界书局的读本被当局宣告抄袭仿冒而停止发行，林语堂主编的《开明英文读本》则因官司增加了知名度，销量大增，林语堂成了最大的受益者。他还担任过英文刊物《中国评论周报》、《天下》月刊的长期撰稿人，并且向美国的《亚洲》及《哈普》等杂志寄稿。《论语》《人间世》《宇宙风》又极为畅销，编辑费用丰厚。因此，有人推算，在20世纪30年代初期，林语堂月收入近2 000大洋。① 尽管收入很高，但和传统文人的迂阔不同，在维护自己的经济利益上，林语堂可谓是不遗余力。《论语》起初只是同人们兴之所至创办的，编者和作者开始都是无偿劳动，后因销路好才发放稿费和编辑费用。因为销量越来越大，林语堂捕捉住了商机，提出了雇佣工作人员、提高稿费稿酬等增加开支的要求，章克标从时代书局的立场出发，认为"林语堂未免太认真了，有点孳孳为利的那样子，太不漂亮了"②，于是在《申报》"自由谈"写了《高等华人》一文讽刺，最终矛盾公开化，导致林语堂离开了《论语》。在生活做派上，林语堂并不孤高自诩，而是认同上海的世俗生活。他毕业于被称为"上海贵族大学"的圣约翰大学，早在学生时代已经感受着上海的风气。1927—1936年的上海十年间，"林语堂逢场作戏地在交际场中，也会吃花酒，叫条子了，也懂得长三堂子的韵味了。他还十分赏识那时的名妓富春堂老六，好像还为她写过捧场、赞美的文字。他穿着长袍马褂，伴陪了交际花、名妓到高级跳舞厅婆娑起舞或坐听音乐，也感到兴趣不恶了"③。和林语堂一样，围绕着林氏刊物的其他文人也不自恃清高。徐訏也在文章中提示人们重视金钱在社会中所起到的作用："自从历史上有了货币以来，无

---

① 吴立昌主编：《文学的消解与反消解——中国现代文学派别论争史论》，复旦大学出版社2004年版，第221页。

② 章克标：《世纪挥手》，陈福康、蒋山青编：《章克标文集》（下），上海社会科学院出版社2003年版，第164页。

③ 章克标：《林语堂在上海》，陈福康、蒋山青编：《章克标文集》（下），第398页。

论多么不爱钱的人，甚至是连叫都不愿叫它的，故意叱它为阿堵物者，也不能离它而生存。”①邵洵美则在《立志篇》这样一个宏大标题的文章中写到：“立志从军，长官不见得会叫我跟日本人打。立志经商，我又没有本钱。立志修行，我吃不来素，又怕老婆。立志不嫁人，我又是男的。”②在幽默诙谐的表白中，放下了文人架子，自觉认同市民阶层的世俗价值观念。

其次，林语堂等人在刊物上提倡表现普通市民生活的作品，在散文创作中表现自己的世俗生活。在散文的写作内容上，林语堂多次在刊物上著文呼吁作家放下架子，表现普通市民大众所关注的活生生的日常现实生活，他曾质问道：

> 中国教科书的黑幕，有书局老板肯写出来吗？中国银行界怎样靠公债维持，写来岂非有味而又有益的文章，但是银行经理，他肯执笔吗？交易所伙计他肯执笔吗？上海爱多亚路宝成里之夜生活，小瘪三鸦片鬼不乏能文之人，他们肯特写出来吗？中国纳妾者、离婚者多多少少，他们肯赤条条把他们实情实理讲出来吗？再浅一点，男女同学是好是坏，此中不乏问题，为何没人肯来反对或辩护，或叙述他或她的经验？更浅一点，结婚男女第一年经验如何，谁肯老实写来？再高一点，考试院成立以来所干何事，有人能系统的记载及说明其苦衷吗？这些都可代表西洋杂志的文章题目。可见中国杂志是死的，西洋杂志是活的。③

在林语堂看来，要将刊物变成活的，就要使刊物打破那种不着边际的高谈阔论，表现普通市民大众的世俗生活和喜怒哀乐。从《论语》出版的专号来看，有美术批评专号（第 5 期）、西洋幽默专号（第 56 期）、中国幽默专号（第 58 期）、现代教育专号（第 61 期），鬼故事专号（第 91—92 期）、家的专号（第 100 期纪念特刊）、灯的专号（第 105 期）、癖好专号（第 125 期）、吃的专号（第 132 期）、病的专号（第 141 期）、逃难专号（第 173 期）等，这些专号由编者出题进行征稿，内容都是和普通市民生活息息相关、适合市民阅读口味的，因此出版后均大受欢迎。《论语》非专号刊发的文章也大都贴近生活，往往同一种生活琐事就有若干文章

① 徐訏：《谈金钱》，《人间世》第 32 期，1935 年 7 月。
② 邵洵美：《立志篇》，《论语》第 10 期，1933 年 2 月。
③ 语堂：《关于本刊》，《人间世》第 14 期，1934 年 10 月。

表现，如仅关于抽烟的就有刘大杰的《说抽烟》、林庚的《我的吸烟》、孙洵侯的《抽烟》、钦文的《几种吸烟的姿势》、木石的《戒烟》、语堂的《我的戒烟》、江家河的《戒烟》、问笔的《女学生嘴上的香烟》、青田的《烟和清代文人》、老向的《烟酒不分家》等数篇；谈论吃的文章则有陈颂华的《关于吃道》、季之谟的《吃饭余谈》、舒湮的《"吃"的废话》、黄若耶的《吃斋》、陈子展的《吃——胃的问题》、徽徽的《辣椒和家庭气压》、马震百的《赋得中西人士之吃》、海戈的《成都忆吃》、李之谟的《庖厨篇》等。其他诸如《理发》（伯上）、《鼻子》（陈孝迈）、《牙痛》（甘永柏）、《肠胃病》（青崖）、《咳嗽》（雷迅）、《胡子》（黄胡）、《说冻疮》（恩）、《记浴》（无恙）、《关于厕所》（思果）、《开房间》（樱姊）、《谈丈母》（何容）等，可谓涉及了普通市民生活的方方面面，琐琐碎碎。

日常世俗生活的表现是林语堂散文创作的主要内容之一。他写的《言志篇》《有不为斋解》《论看电影流泪》《说避暑之益》《我怎样买牙刷》《论西装》《谈握手》等散文，着眼点都是"苍蝇之微"的生活小细节，但是能够从中生发出一番道理来，别具文化内涵。在《言志篇》里他把"此处果有可乐，我即别无所思"当成自己的人生理想，充斥篇中的"我要""我愿"，谈及衣食住行、交友、女人等话题，充满了浓郁的世俗气息。《阿芳》一文，写的是聪明乖巧的仆人阿芳的形象。"阿芳的聪明乖巧，确乎超人一等，能为人所不能，有许多事的确非他不可，但是做起事来，又像诗人赋诗，全凭雅兴，论其混乱，仓皇，健忘，颠倒，世上罕有其匹"①，但在林语堂看来，阿芳虽然有种种缺点，但是却真诚而不虚伪，因此肯放任阿芳在他家里造反，弄坏他的打字机，甚至阿芳与新老妈有私串通，后又在外行窃入狱，也并不责备他。阿芳身上具有一般世俗市民的精神特征，林语堂字里行间按捺不住对阿芳的欣赏之情。再如《论西装》一文，谈论的是西装的弊端和中装的便利，从日常的衣着选择中折射出自己的审美价值取向。他在文中列出了穿西装的多是洋博士、洋行职员、青年会服务员及西崽，以及月薪百元的书记、未得差事的留学生、不得志之小政客等，指出了一般市民选择西装的心理，"华侨子弟，党部青年，寓公子侄，暴富商贾及剃头师傅等又为一类，其穿西装心理虽各有不同，总不外趋俗两字而已，如乡下妇女好镶金齿一般见识，但绝说不出什么理由"。接下来从美感、卫生等方面写了穿西装的种种不利之处后，最后总结道："中西服

① 语堂：《阿芳》，《论语》第2期，1932年12月。

装之利弊如此显然，不过时俗所趋，大家未曾着想，所以我想人之智愚贤不肖，大概可以从此窥出吧。”[①]虽然洋洋洒洒一篇文章说尽了西装弊端，但林语堂不过借助妙趣横生的文章来揭示一般市民之心理，事实上他本人也未能免俗。从林语堂1927年和鲁迅等合影、1936年与妻女合影来看，他都是西装革履。据学者描述，在20世纪30年代的上海，林语堂穿的是西方绅士的西装，手持的是文明棍，戴的是洋帽子，讲的是在英国时学的剑桥式的结结巴巴的英文，和邵洵美等人出入于上海的社交场合，占尽了风头。[②]

林语堂与鲁迅等合影(1927年)

林语堂家庭合影(1936年)

林语堂等人执着于琐碎的市民日常生活的表现，遭到将散文赋予重大使命的左翼作家的批评，针对林语堂的“信手拈来，政治病亦谈，西装亦谈，再启亦谈，甚至牙刷亦谈，颇有走入牛角尖之势，直是微乎其微，去经世文章远矣”[③]的状

① 林语堂：《论穿西装》，《论语》第39期，1934年4月。
② 参见王兆胜：《林语堂：两脚踏中西文化》，文津出版社2005年版，第34页。
③ 林语堂：《行素集·序》，《我的话·行素集》，时代图书公司1936年版，第1页。

况，茅盾指出："要是我们不满于专论苍蝇之微的小品文，那么我们就应该写出包括宇宙之大的小品文来跟它比赛，让读者来决定两者的命运。因为小品文之流行不是偶然的，有它的社会的要求，惟有创造新的小品文然后能使这社会的要求趋于光明。"①但林语堂坚持自己办刊和创作追求，在《论握手》一文中他写道："大部分的人总以为这种小事，听之罢了，何必小题大做？我就是喜欢注意这种士君子所不屑谈的小问题的一人。"②在《宇宙风》的创刊号他从曾国藩家书引申开来，指出：

> 今人抒论立言文章报国者滔滔皆是，独于眼前人生做鞋养猪诸事皆不敢谈，或不屑谈，或有谈之者，必詈之为不革命，为避开现实，结果文调愈高，而文学离人生愈远，理论愈阔，眼前做人道理愈不懂。……凡有写作，猪肉熏人，方巾作祟，开口主义，闭口立场，令人坐卧不安，举措皆非，右袂不敢谈，寝衣亦不敢谈，姜酱更不敢谈，若有谈食精脍细者，必指为小市民意里奥罗基而怒骂之。做人如此，只好退入蜗牛壳。③

林语堂等人的散文认同市民精神，表现市民生活，具有重要意义。在身份认同上，他们不像"五四"作家那样把自己当成是思想启蒙者，也不像20世纪30年代左翼作家把自己定位为社会的拯救者，更不像新月派和京派文人那样躲在精神的象牙塔内孤高自许，他们把自己当成普通人，"惟有将自己视为一个凡人，才会甘心沉浸于日常生活"④，他们放低了姿态，亲近市民大众的生活和心理，并且通过现代刊物与读者大众互动交流，从而获得了市民读者的认同。

二、文人情趣及散文格调

在散文中表现出浓郁的市民趣味，使《论语》《人间世》和《宇宙风》等杂志应和了现代都市文化的节拍，受到了上海文学市场的欢迎，因此这几类杂志一直保持着较高的销量，但这并不意味着这几个杂志把博得市民的青睐与喝彩作为唯一或者最终的目的。作为经受过中国传统文化熏陶和西方现代文明洗礼的现代

① 蕙：《关于小品文》，《文学》第3卷第1号，1934年7月。
② 林语堂：《论握手》，《论语》第72期，1935年9月。
③ 语堂：《且说本刊》，《宇宙风》第1期，1935年9月。
④ 杨剑龙：《论语派的文化情致与小品文创作》，上海书店出版社2008年版，第107页。

知识分子，林语堂等人接受了良好的教育，拥有较高的文化修养、较为开明的现代思想以及明确的价值准绳。一方面，他们在文学商业化的浪潮中顺应现代传媒平面化大众化的特点，表现日常生活，生产适应市民大众需要的精神产品；另一方面，他们又竭力保持文学的审美性，通过对杂志的规约和散文审美特性的强调，用文人的情趣和知识分子的文化气息去提升市民大众的品位，从而在文学的消费性和审美性之间保持着某种平衡。

首先，这些刊物具有独特品格。如上所述，尽管《论语》等刊物为适应上海文化市场的需要，站在普通市民立场，力求贴近人生，并采取了市场化的举措保证刊物大量发行，但是这些刊物却有着自己的操守，从不为了销量而去取悦市场。“幽默”是《论语》杂志的品牌特色，《人间世》和《宇宙风》虽改弦易辙，但亦有继承之处。但这些杂志所刊登的幽默散文并没有停留在较低层次的插科打诨以取悦读者的层次。林语堂认为幽默并不是谩骂：“讪笑嘲谑，是自私，而幽默却是同情的，所以幽默与谩骂不同。因为谩骂自身就欠理智的妙悟，对自身就没有反省的能力。幽默的情境是深远超脱，所以不会怒，而会笑。而且幽默是基于明理，基于道理之参透。……谩骂者，其情急，其辞烈，惟恐旁观者之不与同情。幽默家知道世上明理的人自然会与之同感，所以用不着热烈的谩骂讽刺，多伤气力，所以也不急急打倒对方。”①在对幽默的区分中，提升了幽默的品位，显示了现代知识分子的视野。

为了保证刊物的品格追求，《论语》的封面内页均刊登“论语社”同人戒条作为编辑者共同遵循的准则，其中第一条是“不反革命”；第二条是“不评论我们看不起的人。但我们所爱护的，要尽量批评（如我们的祖国，现代武人，有希望的作家，及非绝对无望的革命家）”；第三条是“不破口骂人（要谑而不虐，尊国贼为父固不可，名之为忘八蛋也不必）”；第四条是“不拿别人的钱，不说他人的话（不为任何地方作有津贴的宣传，但可作义务的宣传，甚至反宣传）”；第五条是“不附庸风雅，更不附庸权贵（决不捧旧剧明星，电影明星、交际明星、文艺明星、政治明星，及其他任何明星）”；第六条是“不互相标榜，反对肉麻主义（避免一切如‘学者’、‘诗人’、‘我的朋友胡适之’等口调）”；第七条是“不做痰迷诗，不登香艳词”，等等，这就把《论语》与其他哗众取宠的刊物区别开来，可见其旨趣之不凡。

---

① 林语堂：《论幽默》（中篇），《论语》第 33 期，1934 年 1 月。

在刊发文章上，林语堂并不是一味投合读者的趣味，而是特别重视对读者趣味的引导。“凡一种刊物，都应反映一时代人的思感。小品文意虽闲适，却时时含有对时代与人生的批评。我们敬以此刊贡献于学思并进之人，尽量发挥其议论。”[①]《人间世》上刊载了不少有独特见识的议论文和大量读书随笔，使读者“开卷有益，掩卷有味”，该刊发刊至第5期，针对投稿中有不少“吟弄花草”的文章，特别提示投稿者“多赐发挥己见之文”[②]，表现了对独立个性的重视。

此外，从广告营销上也能显示《论语》《人间世》和《宇宙风》既认同商业文化机制又有所坚守的立场。这几种刊物虽有广告，但多为文化产品领域内的，其他广告也多与现代生活密切相关。林语堂非常警惕广告的负面作用，曾他在《申报之医药附刊》一文中批评该附刊的内容成为变相的广告，“极希望中国医学会出来担任这医学卫生常识的附刊，真正灌输康健卫生常识及无所为的宣传”[③]。

其次，这些刊物有着较高的文化品位追求。林语堂非常强调在刊物中体现传统知识分子的文化情趣。首先在刊物名称和栏目名称的设计上，巧妙地从古代文化中汲取资源，使得刊物具有古雅的品位。《论语》刊名是采纳了章克标建议，虽然有种种解释，但是暗合儒家著作名无疑是被采纳的首要原因。《人间世》刊名则与《庄子》中楚狂接舆典故关联密切，隐逸气息浓郁。这些刊物设置的栏目有“子不语”“月旦精华”“有不为斋”“古香斋”“雨花”“一夕话”“小大由之”“风雨谈”“烟屑”“值夜笔谈”等，无不雅致绝伦，体现出文人的古典情趣。甚至连杂志的封面设计和所用字体上都别具匠心，《论语》封面上有古色古香的签条，“论语”二字不是流行的美术体，而是集郑孝胥书法，秀逸朴茂，让人见之发思古之幽情。《人间世》正文采用的是秀雅的仿宋字体，作者署名多用手写体，增加了文人情趣。《宇宙风》前三十期封面多摘抄古代文化名人的言论和当下的时事相互映照，饶富意趣；以后多期封面为丰子恺绘制的含蓄隽永的漫画。在内容设计上，这些杂志注重涵盖饱含文化信息的内容。如《人间世》刊登近现代文化名人如辜鸿铭、俞樾、刘鹗、林纾等人的画像、墨迹以及亲友的回忆文章等，对他们在中国文化史上的成绩予以充分肯定。《宇宙风》则抓住读者对名作家的好奇心理，在刊物上推出作家专题。如该刊第25—36期推出的作家影像就有知堂（周作人）、

---

① 《编辑室语》，《人间世》第2期，1934年4月。
② 《投稿注意》，《人间世》第5期，1934年6月。
③ 语堂：《申报之医药附刊》，《宇宙风》第18期，1936年6月。

老舍、谢冰莹、郭沫若、丰子恺、郁达夫、何容、废名、刘大杰、老向、毕树棠、俞平伯等，在杂志上刊登出他们的近影、墨迹和手札，让读者在文字之外，通过图像这种直观的方式了解作家，拉近了名作家和普通读者的距离。这些杂志还将中国古代的优秀文章以各种形式推出，如《论语》中的“幽默文选”，《人间世》的“小品文选”等，都将中国古代散文资源运用现代刊物传播，在激活传统资源的同时，增加了这些刊物的文化品位。《人间世》还推出“读书札记”等学术类小品营造出浓郁的书卷气息，这些举措都使刊物的品位卓绝，散发着浓郁的知识分子气息，从而蕴含着独有的格调。

再次，这些刊物始终不忘对小品文文学本体的强调。从《论语》打出的“幽默”旗号到《人间世》刊名下标出的“小品文半月刊”，林语堂显然逐渐重视小品文的文学本体。《人间世》从第 2 期开始连载沈启无的《闲步庵随笔》，在《编辑室语》中介绍道：“沈启无之《闲步庵随笔》乃集中于所收藏之明人小品，我们很希望借此可以引起一般人对于明末文学的注意。”[①]显然是想有意识地将袁中郎和明人小品引导成当时的热点话题。林语堂不仅提出小品文的笔调论，还提倡“语录体”散文创作，在语言上向传统文学寻找资源，以纠正拗口的欧化白话文。虽然以上种种因素不可避免地带来了刊物的雅化，导致了读者面的缩小，但对小品文文学性的探索和坚持自有其特别意义。

这种对于文学性的坚持更鲜明地体现在林语堂等人的散文创作中。他们用艺术的视野打量日常生活，以旷达的胸襟看待人生琐碎，注重散文展现自我、提升精神品格的功能，在字里行间透露出高雅的文化趣味，保证了散文作为文学作品的纯粹性。林语堂认为散文创作要“以自我为中心，以闲适为格调”，既要表现主观自我，又要以闲适的笔调，无拘无碍地抒写性灵，无论是平淡还是奇峭，不管是清新还是放傲，只要依据个人性灵天赋，从胸襟中自然流出，谈出味道即为佳作。林语堂本人所创作散文作品，如《论握手》《论躺在床上》《我的戒烟》《谈女人》《论坐在椅上》等，所表现的都是市民大众再熟悉不过的日常生活，但经过作家的自我过滤后，呈现出知识分子的独特生活趣味和价值取向。握手本为社交生活中的寻常礼节，素不为人所重视，但《论握手》一文却在闲谈的语气与平和舒缓的叙述节奏中，娓娓而谈握手这一习俗在西方的发源、所折射的中西文化之不

① 《编辑室语》，《人间世》第 2 期，1934 年 4 月。

同，以及自己在卫生、美感和社交等方面反对握手的原因，最后对这种“愚笨乖张”的习俗进行了批评，是一篇有见解、有文化品位的美文。在《论躺在床上》一文中，他从实际出发，谈到生活不外是吃饭、睡觉、相会、作别、理发和浇花这些琐事，那么躺在床上无疑是人生一大乐趣。但最佳躺姿却可以使诗人写出不朽的诗歌，让哲学家想出惊天动地的思想，让科学家完成划时代的发现，这是因为躺在床上并不仅仅可使身体得到休息，还有清净心灵的功效，人们唯有在寂静沉思中才有对事物的独到发现。林语堂笔下的平凡普通的生活，都笼罩了一层诗意创造的光辉，具有了不同寻常的意义。在林语堂的带动下，《论语》等刊物所发表的散文作品都较为注重文学性，以生活之美来感染读者，以文人情趣来熏陶读者，受到了读者的极大认同。

《论语》《人间世》和《宇宙风》的上述努力，使得市民读者在阅读其刊登的散文时，获得一种文化上的享受，知识性的消遣，不仅有利于身心健康，而且对于打开眼界，提升品位，都不无裨益。

三、消闲功能的提升

有学者提出，现代文学传媒的功能主要体现为关注、批判、指导社会的社会功能，作为作家思想意识的延伸而存在去传达知识分子的声音的诉求功能以及给人带来艺术美感和消遣的审美娱乐功能三个方面。① 那么，林语堂主编的《论语》《人间世》《宇宙风》等消闲刊物的功能体现在什么地方？虽然林语堂在后期“欲据牛角尖负隅以终身”，但在《论语》上发表了不少针砭时弊的文章，这可以被视为社会功能的表现；从其文人情趣的表达来看，是知识分子的诉求功能；而从其体现市民趣味、满足读者市场需求的一面来看，它表现的又是审美娱乐功能，那么，这些杂志散文功能的主导方面是什么？有什么意义？

五四新文学时期，在启蒙主义思潮影响下，鲁迅等人先以“随感录”式激愤炽热的情绪感染读者，后以“语丝体”散文进行个性鲜明的社会批评和文明批评，“‘怨怒之音’成为这十年散文的主潮”②。但是随着 1927 年后急剧变化的政治局势，大批知识分子和作家南下集结，上海成为文化中心。因此，考察这一时期的散文创作，必须和上海的文化市场及文学消费群体的需求联系起来。

---

① 周海波：《现代传媒视野中的中国现代文学》，中华书局 2008 年版，第 128 页。
② 范培松：《中国散文史》，江苏教育出版社 2008 年版，第 56 页。

作为杂志主编的林语堂，在《宇宙风》创办初期对上海文化消费市场有这样的认识：

看什志自然不能与跳舞相提并论，但若一个跳舞者每个月中能少跳这么三跳，在出版界就已生意兴隆，皆大欢喜；在少跳三跳的人则“损失”却只如九牛中之一毛。爱舞如命的人且不论，有钱买书而不买，反而一天到晚闲得叫无聊无聊者又岂少数？我想他们或她们之虽识字而有钱有闲而不看看书报杂志，最大原因是没有这种习惯。第二个原因是杂志内容的唱高调不近人情。有些人是极想看看刊物以消闲的，但翻开杂志，满纸底的底的，弄得眼花缭乱口难言，只得废然掩卷。①

林语堂认为，如果杂志能够办得切近人情，满足读者文化消费需要的话，那么上海去舞场赌博、到电影院戏院的人群，有可能成为书报杂志出版物的消费者，那么，刊物功能的消闲性倾向性就不言而喻了，因此有了上文“有些人是极想看看刊物以消闲的”之语。在《说小品文半月刊》中他指出：

半月刊文约四万，正好得一夕颀闲阅看两小时。阅后卷被而卧，明日起来，仍旧办公抄账，做校长出通告，自觉精神百倍，犹如赴酒楼小酌者，昨晚新笋炒扁豆滋味犹在齿颊间。②

无论是谈阅读小品文时的悠闲姿态，还是对阅读小品文惬意享受的形象比喻，林语堂都是把小品文当成一种消闲的对象。不仅如此，他认为小品文的特点和作家的写作姿态也应该是闲适的，他指出《人间世》的个性“其与非小品文刊物，所不同者，在取较闲适之笔调语出性灵，无拘无碍而已”③，“小品文即在人生途上小憩谈天，意本闲适，故易谈出人生味道来”④。这样，作者写起来放松自由，读者读起来轻松随意，体现的正是文学的审美消闲功能。

林语堂对散文消闲功能的偏重使得《论语》《宇宙风》《人间世》等刊物在上海

---

① 编者：《编辑后记》，《宇宙风》第1期，1935年9月。
② 林语堂：《说小品文半月刊》，《人间世》第4期，1934年5月。
③ 林语堂：《论小品文笔调》，《人间世》第6期，1934年6月。
④ 林语堂：《再与陶亢德书》，《论语》第38期，1934年4月。

文学消费市场受到了极大欢迎。事实上，海上文坛对于消闲功能的重视并不始于林语堂的提倡。早在19世纪末期，近代西方报纸杂志在上海被引进时，就开始刊登趣味消闲小品文字。20世纪初，《申报》的“新笑史”“忽发奇想”“海外奇谈”“轩渠杂录”等栏目多刊载游戏性的小品，同时《消闲录》《消闲日报》《游戏世界》《香艳小品》《庄谐杂志》等消闲读物，也将小品当成吸引读者的主要栏目。周瘦鹃、范烟桥、郑逸梅、严独鹤等鸳鸯蝴蝶派文人在《礼拜六》等报刊发表了不少趣味性的小品文字。1922年创刊的《红杂志》的版面设计将小品散文作为上栏，小说笔记作为下栏，可见其重视程度。这些消闲性的小品文深受市民大众欢迎，创作一直持续到解放前。① 但林语堂主编的几种刊物的消闲文学功能和上述杂志已有所不同。林语堂曾在圣约翰大学、哈佛大学、莱比锡大学留学多年，深受欧美文化的熏陶和滋养，意识到了消闲对处于现代工业社会中的人类的重要意义。林语堂1936年达到美国之后，在《宇宙风》杂志上发表了一篇名为《抵美印象》的文章，谈及对高度发达的机械工业阶段的美国生活方式的认识：“事实上，机械总必使人人成为有闲阶级，能于上午工作，而于下午玩耍。如今不管在资本主义国家，或是在共产主义国家，机械之数量总都日渐在增多；工作与闲暇之分配二点，总将同为二种主义所注意之焦点。而‘闲暇’必成为各种文明的中心问题。”②其实，早在主编《人间世》时期，他就针对“玩物丧志”的传统观念，写了《论玩物不能丧志》一文，肯定了消闲之于现代生活的而价值，并倡导东方式的消闲：“理学家以为凡玩足使心性浮动，故如女子必以礼教防范之。盖以为小姐游后花园，情根一动，即为祸苗，禁之不使游后花园，亦不失为防微杜渐之计。今日中国风俗已受西方影响而浪漫化，女子可游公园，青年可踢足球，要人可看电影，画家可画裸体，凡有西洋祖宗为护符者，皆不敢訿议。独东方式之游玩，必认为玩物丧志，此而言复兴民族，民族岂不殆哉！”③

1934年6月，林语堂将发表在《论语》第27期以后专栏“我的话”中的文章结集为《行素集》出版，在序言中，他回顾了创作消闲类小品文的心路历程：

以一向来未读新闻学的人当编辑，向来未读文学概论的人评阅文稿，只

① 如1946年上海报纸《海燕》的连载栏目“海派文章集”，刊载的均为较为通俗的小品文。
② 林语堂：《抵美印象》，《宇宙风》第30期，1936年12月。
③ 语堂：《论玩物不能丧志》，《人间世》第7期，1934年7月。

> 胡乱做将去，遂有今日一方交口称誉又一方誓死铲除之《论语》。起初亦学编辑评论时事，期期难免有许多应时点缀文章。但一则厌看日报，二则时评文章，自觉无聊，三则风头越来越紧，于是学乖，任鸡来也好，犬来也好，总以一阿姑阿翁处世法应之，乃成编辑不看日报之怪现象。只因报既不看，要人到码头也，未到码头也，大会闭会也，未闭会也，宪法起草完毕也，未完毕也，训政时期已过也，未过也，全然不知道；而与亢德已有前约，一篇文章，期期非交不可，于是信手拈来，政治病亦谈，西装亦谈，再启亦谈，甚至牙刷亦谈，颇有走入牛角尖之势，真是微乎其微，去经世文章远矣。所自奇者，心头因此轻松许多，想至少这牛角尖是我自己的世界，未必有人要来统制，遂亦安之。孔子曰：汝安则为之。我既安矣，故欲据牛角尖负隅以终身。①

在日渐紧张的空气下，林语堂摒弃“经世文章”，以轻松的姿态，信手将日常生活拈来侃侃而谈。但“欲据牛角尖负隅以终身”并不意味着林语堂的消极遁世。在复杂的政治环境下，“我要能做我自己的自由，和敢做我自己的胆量”②，本身就不失为知识分子在困境下的一种坚守。他一方面充分发挥了散文的消闲功能，一方面又对消闲功能进行了提升，从而使得散文不仅仅能满足市民的娱乐需要，还具有较大的力量、较高的层次和品位。

总之，林语堂所创办的《论语》《人间世》《宇宙风》等杂志在文人情趣和市民趣味之间找到了平衡点，在文学的社会功能、诉求功能和审美消闲功能之间找到平衡点。这些刊物一方面使市民趣味成为中国现代散文的表现内容，满足上海庞大的读者市场的审美消闲需求，另一方面又以文人趣味使得杂志保持着相当的文化品位，使知识分子的声音得到传达，让高雅的文化观念借现代刊物得以传播，从而提升了文学的消闲功能，因此有学者认为：“林氏刊物在 30 年代上海滩上，汲取了西方杂志将雅文化、通俗文化融合一体的范式，是知识分子浓厚的文化气息、小品文的士林化和雅化倾向与提升教化市民的通俗性结合起来的典范。”③

---

① 林语堂：《行素集・序》，《我的话・行素集》，时代图书公司 1936 年版，第 1 页。
② 语堂：《言志篇》，《论语》第 42 期，1934 年 6 月。
③ 吕若涵：《“论语派”论》，上海三联书店 2002 年版，第 207 页。

第三节 近情、亲切和谑而不虐的现代都市话语

话语是说话人和受话人在特定语境中通过文本展开的沟通活动。为使沟通顺利进行，作家会根据语境和读者对象的特点调整文本的表现形式，从而形成自己的话语特色。显然，话语特色的形成与对话者密切相关。英国学者戴维·伯姆曾指出："对话并不仅仅局限于两人之间，它可以在任何数量的人之中进行。甚至就一个人来说，只要他抱持对话的思维和精髓，也可以与自己进行对话。这样来理解对话，就意味着对话仿佛是一种流淌于人们之间的意义溪流，它使所有对话者都能够参与和分享这一意义之溪，并因此能够在群体中萌生新的理解和共识。"①和京派作家居住在旧都北平而沉潜于内心对话的独语体不同，以《论语》《人间世》《宇宙风》等杂志为代表的作家群体，身处于上海这一现代大都市中，对话的主要对象是以市民大众为主体的读者，其话语特色显然打上鲜明的海派印迹。作为三种杂志的灵魂人物，林语堂在海派散文话语构建方面可谓不遗余力，他以《会心的微笑》《论幽默》《文章无法》《论语录体之用》《说小品文半月刊》《论小品文笔调》《小品文之遗绪》等文进行倡导，以丰富的散文创作为范例，使得以这几种杂志为核心的散文创作群体形成了独特的话语风格，影响深远。

一、话语内容：言必近情

林语堂所创办的《论语》等刊物在读者市场受到极大欢迎，编辑部收到的稿件充足，经常被延推数期后刊载，刊物的发行量也居高不下，但是他并未因此而满足。究竟如何让自己的创作理想成功、实现自己心中想要的理想杂志，这是林语堂在20世纪30年代文学实践中从未停止思考的问题。通过对中国杂志和西洋杂志、中国散文和西洋散文的比较，他提出了"近情"的话语内容要求。

《人间世》创办一段时间后，林语堂在总结以往经验的基础上，总结该刊办刊目标应该是使人"开卷有益，掩卷有味"八个大字，"要达到这八个字的目标，非走

---

① ［英］戴维·伯姆著，［英］李·尼科编，王松涛译：《论对话》，教育科学出版社2004年版，第6页。

上西洋杂志之路不可的。西洋杂志好的就是叫人开卷有益，掩卷有味”[①]。他强调西洋杂志具有现代的人生观，接近人情。在创办《宇宙风》之初，他又开宗明义地指出：“西洋人要人人尽情工作，尽情作乐，皆所以得人情之正。现代人生观是诚实的，怀疑的，自由的，宽容的，自然主义的。现代中国人的人生观，承理学道统之遗毒，仍是虚伪的，武断的，残酷的，道学的，坐禅式的，真有朱子‘一闻钟声便觉此心把握不住’之慨。然不有现代人生观，何以为现代人？”[②]他以西洋健康的人生观来比对“承理学道统遗毒”的中国人生观，提出了如何建设现代人生观的主张。在《写中西文之别》一文中，林语堂进一步梳理了西方文学“近情”的发展轨迹和创作现状：“原来因为西洋礼教社会在十八世纪中叶就开始动摇，又被浮尔德讽刺一阵，被卢梭吆喝一声，早已风驰电掣，雾化烟消了。继来的是浪漫主义之爱伦尼（romantic irony）及人道主义，加以科学机器之发明，心理学之深入，由是一个酸腐的，固封的，武断的文化变为宽容的，流动的，理解的文化。这个文化对于人情是比较理解的，对于女子，对于小孩，对于性的问题，对于结婚离婚，都是取同情理解而不取教训定罪的态度。”[③]林语堂认为，与西方相反，当时的中国文坛在传统理学道义遗毒的文学观的影响下，作家必定开口道义，闭口立场，会剥夺掉文学的本义，使得文学成为政治宣传的附庸。林语堂将这种文学观点称之为“不近人情的文学观”，直斥道：“其文不近情，其人亦不近情。人已不近人情，何以救国？”[④]

在林语堂看来，不近人情的散文创作会陷入高谈阔论的怪圈，不近人情的散文作品会让读者望而却步、废然掩卷。他认为当时不少中国读者虽识字、有钱、有闲而不看书报杂志，其中一个主要原因是杂志内容的唱高调与不近人情。他以妇女杂志为例进行了总结：

> 中国的女子教育诚不普及，但设女学到现在，造就的识字分子总已不少，妇女刊物的销数可是有多少？我们常能在电车公共汽车上遇见看书报杂志的外国老太婆，而很少遇见手执一卷的中国家庭主妇。为什么？不外乎不习惯看，和看不下去。譬如今之妇女刊物除了打倒拥护之外，还有什么

---

① 语堂：《关于本刊》，《人间世》第14期，1934年10月。
②④ 语堂：《且说本刊》，《宇宙风》第1期，1935年9月。
③ 语堂：《写中西文之别》，《宇宙风》第6期，1935年12月。

贴切人生的有趣味有意思的议论记述？中国的杂志如果永远高谈阔论下去，中国的杂志无论怎样送赠品大减价也总只有没落，没落，一百个没落。[①]

那么，什么样的话语内容才是接近人情的呢？虽然，林语堂认为没必要限制散文的取材，所谓“宇宙之大，苍蝇之小，皆可取材”[②]，但这并不意味着不加取舍，只要符合“近情”的贴近人生心灵上的问题，“即是牛毛细一样题目，亦必穷其究竟，不使放过。非小品文刊物所弃而不谈者，我必谈之，或正经文章之廓大虚空题目，我反不谈”[③]。要“近情”就要接近人的生活的本真状态，就要表现大千世界中的人生百态，不去回避家长里短，琐屑细碎，“《宇宙风》之刊行，以畅谈人生为主旨，以言必近情为戒约……所以不专谈救国，也不是我们不愿救国，只是不愿纸上谈兵。……我们誓以此刊与新旧道学作战。若有新旧八股先生戴方巾阔步高谈而来，必先以冷猪肉招而诱之，而后痛打之”[④]。因此，不以表现政治话题为单一目标，不回避人生的琐碎；不以敷陈事理为要务，而去观察社会现实；不发挥空谈议论，而叙述人生真切的经验，就是林语堂在散文取材“近情”方面的要求。他举例说：“堂堂一个伦敦《泰晤士报》每日第四篇社论出以幽默笔调谈论人生琐碎也无罪了，英国《星期日报》必有半页大照片教人爱好自然风景之美也无罪了，英国文人谈鸟声也无罪了……今吾以此观点，靠着一股傻气，为文行之国中，敢言幽默，敢谈人生琐碎，在理学余孽看来，其罪不綦重乎？然而我偏偏不想吃冷猪肉，看你奈何。”[⑤]对于散文题材的这种取向，他表现得非常自信：“吾辈同人，向不知西洋文学为何物，独于西洋人生之甘苦，风俗之变迁，家庭之生活，社会之黑幕，谈之不厌，且谓从此可更亲切认识西洋文化之真面目，较之高谈阔论‘巴尔干形势之鸟瞰’而不识巴尔干地图之流，其志趣之高下为何如也。”[⑥]

在林语堂“近情”文学观念的影响下，《论语》《人间世》《宇宙风》等刊物上所刊登的散文在内容上不局限于宏大的题材，而多从生活的小处细处着眼，将人间世态和宇宙万物形诸笔端。比如描述人间百味的散文有姚颖的《墙的悲哀》、徐

① 编者：《编辑后记》，《宇宙风》第1期，1935年9月。
② 语堂：《发刊〈人间世〉意见书》，《论语》第38期，1934年4月。
③ 语堂：《论小品文笔调》，《人间世》第6期，1934年6月。
④ 语堂：《且说本刊》，《宇宙风》第1期，1935年9月。
⑤ 语堂：《写中西文之别》，《宇宙风》第6期，1935年12月。
⑥ 语堂：《中国杂志的缺点——〈西风〉发刊词》，《宇宙风》第24期，1936年9月。

訏的《新年谈忆旧与怀新》、徐仲年的《命名记》、何荣的《讲道德》、彭学海的《谈“骂”》、钟开莱的《说信条》、配弦的《论无话说》、一寰的《论手》、浑家的《论尊严》、王维凯的《论机遇》、陈蠹园的《称谓之贵贱》；叙写饮食男女生活百态的散文有丰子恺的《吃瓜子》、双红的《茶里的人生》、徐訏的《论女子的衣领》、季明的《杂谈理发》、奚白的《洗澡有感》、雷迅的《咳嗽》等；对现实大千世界进行速写的散文有李青崖的《偷鸡桥的盛会》、岂凡的《参观记》、丁太玄的《法院旁听记》、何容的《逛财神庙》、肖今的《北平图书馆散记》，钱可训的《检查记》等；描绘各地风情的散文有吴祖光的《上海年景》、何芳洲的《从一只小虫看上海》、司马訏的《秦淮河畔的除夕》、英弟的《广州人》、卜斯水的《湖北人的脾气》、大岳的《汉川杂谈》，等等。在这些作家的笔下，诸如人生的经历、世俗的情感、家庭的琐屑，个人的嗜好都成为表现的内容，作家从衣食住行等人类最基本的行为和需要出发，通过说理抒情，或者描绘人物、评论时事，去发掘其中所蕴含的丰富的情趣，“凡方寸之中一种心境，一点佳意，一股牢骚，一把幽情，皆可听其由笔端流露出来，是之谓现代散文之技巧”[①]，从而形成了近情的话语特色。比如阅读文学作品或者看影视剧时被打动而流泪是人类的自然生理现象，但有人却怕被别人讽刺为脆弱而刻意掩饰。林语堂在《论看电影流泪》中直率地写到：“因为我看电影常流泪，所以看见隔座姑娘拿手绢擤鼻子，或是出来颊上留两条泪痕，便觉得比较喜欢她，相信她大概心肠不错。”在比较中西文化对哭态度之不同后，他写到：“假如我们成人，已失了赤子的真哭真笑，只能规规矩矩做顺民，胁肩谄笑做奴才，戴假面具揖客入揖客出——假使我们变了这种虚伪枯萎的文明动物，又何必说什么悲剧的荡涤肝肠的作用呢？”[②]林语堂从日常生活的细微之处着手，生发出来的却是人如何保持一颗赤子之心成为真正健康的人的深刻人生哲理。他的《论坐在椅上》《论握手》《我怎样买牙刷》等都是这样尽情的妙文。徐訏的《论看女人》以男人的心理谈论看女人的印象，切近人情。吴频迦的《谈世故人情》所写的是经历若干世事之后对世故人情的深切体察，他从现实环境出发，对传统所谓的道义之交进行质疑：“所谓道义之交，交以道义，古往今来，究有几人？人与人之间，道义可以作为一种门面和彼此谈话的标榜，因为如此一来，大家觉得不为利害所囿，高雅得紧，但当利害发展到相当程度时，实际的打算，或许较道义的考虑为高。”他认为在当下

① 语堂：《论小品文笔调》，《人间世》第 6 期，1934 年 6 月。
② 林语堂：《论看电影流泪》，《宇宙风》第 10 期，1936 年 2 月。

复杂的人事关系中不能不顾现实基础而去空谈论道:“目前,人事关系益趋复杂,经济关系也日益繁纷,我们虽不妨碍道义之交为标的,但终究离实际太远,若侈谈道义,我以为是不切实际想法。”[①]这种从世态人情出发去谈论问题发表见解的散文无疑会得到读者的欢迎。

二、话语姿态:自然亲切

《论语》《人间世》《宇宙风》几种杂志是面向市民群体的都市消闲刊物,市民读者的接受能力和阅读需要不仅仅影响着刊物的内容,也制约着作家写作的话语姿态。有学者指出:“报刊的市民化走向决定了报刊语言必须适合于市民读者的阅读需要,不仅要照顾到读者对报刊的接受能力,而且还要考虑到启蒙的文化目的。”[②]作为从“五四”时代走向 20 世纪 30 年代上海大众文化市场的知识分子,林语堂深谙此中三昧:“杂志之意义,在能使专门知识用通俗体裁贯入普通读者,使专门知识与人生相衔接,而后人生愈丰富。”[③]顺利衔接的重要一环就是启蒙者的身份转变以及相应的话语姿态的调整。从“五四”时代面向群众的激昂愤慨的情感宣泄,到朝向 20 世纪 30 年代市民大众读者的自然亲切的娓娓而谈的语气,林语堂顺利地实现了转变,无论在杂志的运行,还是散文的创作方面都取得极大的成功。

在谈到作者和读者的关系的时候,林语堂曾说道:“作者与读者之关系不应如庄严之塾师对其生徒,而应如亲熟故交。如是文章始能亲切有味。”[④]正是基于对两者关系的这种认识,林语堂特别强调写作时姿态的随意和放松,在《论小品文笔调》一文中,他写道:

> 言志文系主观的,个人的,所言系个人思感,载道文系客观的,非个人的,所述系“天经地义”。故西人谓小品笔调为“个人笔调”(personal style),又称之为 familiar style。后者颇不易译,余前译为“闲适笔调”,约略得之,亦可译为“闲谈体”,“娓语体”,盖此种文字,认读者为“亲热的”(familiar)故交,作文时略如良朋话旧,私房娓语。此种笔调,笔墨上极轻松,真情易于吐

① 吴频迦:《谈世故人情》,《论语》第 161 期,1948 年 9 月。
② 周海波:《现代传媒视野中的中国现代文学》,中华书局 2008 年版,第 245 页。
③ 语堂:《且说本刊》,《宇宙风》第 1 期,1935 年 9 月。
④ 林语堂:《写作的艺术》,《人生不过如此》,群言出版社 2010 年版,第 197 页。

露，或者谈得畅快忘形，出辞乖戾，达到如西文所谓“衣不纽扣之心境”(unbuttoned moods)，略乖新生活条件，然瑕疵俱存，好恶皆见，而作者与读者之间，却易融洽，冷冷清清，宽适许多，不似太守冠帽膜拜恭读上谕一般样式。①

为能够达到亲切自然的交流状态，作家势必要放下架子，运用市民读者熟悉的通俗语言来进行交流。林语堂对那种装腔作势的文风非常厌恶，他指出：“时行白话做势装腔甚于文言。‘他是触到了难比的深度同阔度’是何鬼话？‘而今日却被他们利用来掩盖同粉饰活生生的现实的雄姿的工具了’是何屁话？一人行文，不肯平淡，不肯通俗，徒以搬弄辞藻为能事，以炫其宝，与做艰深古文者何别？故今日杂志虽多，而近情可读之文章极少。所谈既皆乏味，文体尤为艰涩。西洋杂志文已演出畅谈人生之通俗文体，中国若要知识普及，也非走此条路不可。”②针对当时有人把白话文做的周章浮泛的状况，林语堂甚至反其道而行之，提倡语录体的创作：“有种题目，用白话写来甚好，便用白话，有种意思，却须用文言写来省便，有一句话，说一句话，话怎么说，便怎么说，听其自然相合可也。”③为了拉近和读者的距离，林语堂在语言的使用方面甚至讲究到了单个词语的运用上，他说道：“盖幽默小品，作者与读者如在客室谈话，用‘汝’‘我’适如熟友闲谈，不如此不能达到亲切自由地步。若易以‘吾人’，便又似在讲官话，而拒人于千里之外矣。此虽是小事，却与整个文体有关，一言‘吾人’，文章则典雅，而失闲适意味。”④由于杂志的阅读对象是上海读者，林语堂还有过提倡方言文学的实践，他指出：“文言文总是越弄越斯文，越空洞，还是方言俗语来得灵活。”并且尝试着用上海方言进行写作：

所谓方言文学并弗是想取国语而代之，也弗是叫大家勿要写国语，不过，上海土语，或是别种方言，完全呒没人用来写作，也是不应该，写得好个人写写也呒没关系。好像有人提倡诗，并弗是叫人家勿要写散文，请弗必误会。还有一样，外邦人学上海话总是学不好，也是因为呒没方言读物。苏州

① 语堂：《论小品文笔调》，《人间世》第6期，1934年6月。
② 语堂：《且说本刊》，《宇宙风》第1期，1935年9月。
③ 林语堂：《论语录体之用》，《论语》第26期，1933年10月。
④ 语堂：《说自我》，《人间世》第7期，1934年7月。

闲话写妓女口语(《海上花列传》,《九尾龟》等)固然出色,难道弗是妓女便弗好讲苏州语,苏州人勿要讲道德文章吗?这个真真弗必。我个人就是勒里寻上海土语的著作,学眼真正上海话,弗像这篇假货色,恐怕这篇一句真真上海口语也呒没。所以更加要请教请教上海作家。[①]

自然亲切的话语姿态不仅表现在对平实语言的选择运用上,还体现在语气的随意自由上。比如林语堂的《说避暑之益》,先说自己搬出分租的洋楼,其原因是因为房东把房后原有的荒原整理出来而失去了野趣,接着写自己现在搬来的住处是“一所人类所应住的房宅”,宅子的周围有各种动物,“我的小孩在这园中,观察物竞天择优胜劣败的至理,总比在学堂念自然教科书,来得亲切而有意味,只可惜尚未找到一只壁虎。壁虎与蜘蛛斗起来真好看啊!……我还想养只鸽子,让他生鸽蛋给小孩玩。所以目前严重的问题是有没有壁虎?假定有了,会不会偷鸽蛋?”[②]这种充满了天真假设的语气,似乎是和读者拉家常。由此作者进一步想到了避暑的快乐,在对自己过去经历的绘声绘色的讲述中,巧妙地将叙述的角色置换成了“你”,仿佛将读者放置到避暑的种种快乐情境之中。整篇文章就这样在真诚的交流中拉拉杂杂写出了避暑的种种快乐,那种自然的角色转换拉近了和读者的距离,似乎将作者和读者融为了一体。全增嘏的《小顺子·珠儿·玛琍》写的是与一个从乡村到都市的爱慕虚荣的女子的相处经过,叙述语言亲切自然,人物对话语言充分生活化。在解释玛琍为何总是同自己跳舞而拒绝身着夏布长袍的周君时,作者插入一段话:“附注:我夏天只有两套衣服:(一)三年前做的夏布长衫一袭。(二)六年前做的薄法兰绒西装一身。恰巧我那天把(一)送到洗衣作去了,所以我穿的是(二)。”[③]在事件描述中故意插入附注,引起读者的注意,行文随意自由而又妙趣横生。邵洵美的《酸葡萄》在亲切的闲谈中对传统的酸葡萄心理进行新解释。作者开篇先讲述了酸葡萄心理的故事,指出酸葡萄心理是可以原谅的,进而说道:“但是有人做了官仍骂官,有了钱仍骂钱,这也许便是人和禽兽不同的地方了。”接着,作者用交际场中常见的两段谈话来描绘这种心理的实际情形,分析了狐狸吃了葡萄还说苦的心理的几种可

① 语堂:《提倡方言文学》,《宇宙风》第4期,1935年11月。
② 林语堂:《说避暑之益》,《论语》第23期,1933年8月。
③ 全增嘏:《小顺子·珠儿·玛琍》,《论语》第2期,1932年10月。

能，道出了所谓“谦虚”的危害性，最后说道：“吃不到葡萄说酸葡萄，可恕；吃到了葡萄再说酸葡萄，可杀。狐狸，狐狸，知道了么？”[①]邵洵美将狐狸吃了葡萄还说酸的心理动机的危害性娓娓道出，从叙述故事到对话举例，以及道出见解，行文自然随意，语气亲切自由。

《论语》《人间世》《宇宙风》等刊物在编辑者和读者之间建立了一个交往对话的公共空间，要使这个空间充分发挥其效用，就要拉近作者和读者之间的距离。林语堂对那种孤芳自赏的创作姿态始终保持着警惕，他批评道：“长此下去，文学何能通俗，杂志何能普及，终成文人之玩意，你读我的我读你的而已。”[②]因而作家调整身份，保持自然亲切的话语姿态，把读者当成是可以促膝交谈的朋友是以上几类刊物始终如一的追求。当然，这种种努力，也在实践着林语堂心目中的理想散文的目标，他曾指出：“总之，我所要搜集的理想散文，乃得语言自然节奏之散文，如在风雨之夕围炉谈天，善拉扯，带情感，亦庄亦谐，深入浅出，如与高僧谈禅，如与名士谈心，似连贯而未尝有痕迹，似散漫而未尝无伏线，欲罢不能，欲删不得，读其文如闻其声，听其语如见其人，此是吾所谓理想散文。”[③]

三、话语风格：谑而不虐

话语产生在特定的语境中，不同的文化语境会产生不同的话语风格。在20世纪30年代政治文化环境和上海市民文化环境下，林语堂主编的《论语》等刊物上，最为引人注目的就是数量庞大的幽默文章和谐谑漫画。由于提倡和写作幽默文章，林语堂本身也被冠以“幽默大师”的称号，这种话语风格和林语堂“五四”时期的那种披肝沥胆、慷慨激昂的公开抗议已截然不同。[④]

为什么会产生这种变化？从左翼作家的立场出发，阿英认为林语堂之所以形成幽默主义，是因为他在社会变革的黑暗时期既缺乏鲁迅那样打硬仗式的勇敢，又不甘心像周作人那样逃避，也不能进行露骨的讽刺和不想说无意思的笑话，于是不得已而为之，走向了幽默一途。[⑤] 对于自己风格的转变，林语堂后来

---

① 邵洵美：《酸葡萄》，《论语》第83期，1936年3月。

② 语堂：《中国杂志的缺点—〈西风〉发刊词》，《宇宙风》第24期，1936年9月。

③ 林语堂：《小品文之遗绪》，《人间世》第22期，1935年2月。

④ 林语堂：《林语堂自传》，林语堂著，谢绮霞等译：《从异教徒到基督徒——林语堂自传》，陕西师范大学出版社2007年版，第206—207页。

⑤ 钱杏邨：《现代十六家小品·林语堂小品序》，光明书局1934年版。

曾解释说:“那严格的取缔,逼令我另辟蹊径以发思想。我势不能不发展文笔技巧和权衡事情的轻重,此即读者们所称为‘讽刺文学’。我写此项文章……无异是马戏场中所见的在绳子上跳舞,需眼明手快,身心平衡合度。在这个奇妙的空气当中,我已经成为一个所谓幽默或讽刺的写作者了。也许如某人曾说,人生太悲惨了,因此不能不故事滑稽,否则将要闷死。这不过是人类心理学中一种很寻常的现象吧——即是在十分危险当中,我们树立自卫的机械作用,也就是滑口善辩。这一路的滑口善辩,其中含有眼泪兼微笑的。”①阿英的理性分析和林语堂真诚的自我解剖揭示了幽默话语风格形成的政治原因。1927 年国民党在定都南京后,加强了意识形态统治,通过实行严格的书报检查制度等来进行文化控制,北洋军阀统治时期相对宽松自由的言论环境已经不复存在。《论语》《宇宙风》《人间世》等杂志既要避过政治锋芒以保全自己,又要将自己的思想委婉地表达出来,形成幽默话语风格是有其根据的。

但是若从上海所独具的商业文化机制来考察,谑而不虐的幽默话语的形成更有其深厚的土壤。要抓住以市民大众为主的读者对象,又保持自由主义知识分子的独特精神追求,就要使刊物上刊登的散文在具有相当趣味性的同时又保有一定的格调,这无疑是使刊物在旗帜如林的文化市场上生存、发展获得读者青睐的不二法宝。事实上,“幽默”一词的提出并不始于《论语》的创办。早在1924 年 5 月 23 日,林语堂在《晨报副刊》上发表《征译散文并提倡“幽默”》,主张翻译要在忠实原文的基础上富有一点幽默性,“在高谈学理的书中或是大主笔的社论中,不妨夹些不关紧要的玩意儿的话,以免生活太干燥无聊”②。同年 6 月9 日,他又在该刊上发表了《幽默杂话》,通过“幽默译音,何所取义”等七个问答来解释自己的幽默观,指出“凡善于幽默的人,其谐趣必愈幽隐,而善于鉴赏幽默的人,其欣赏尤在于内心静默的理会,大有不可与外人道之滋味,与粗鄙显露的笑话不同。幽默愈幽愈默而愈妙。故译为幽默,以意义言,勉强似乎说得过去”③。虽然他对幽默的规定性有了初步认识,但由于当时社会缺少能够接受幽默的广大市民读者基础,林语堂本人没有进行具体的写作实践,“幽默”的提法并未深入人心。

---

① 林语堂:《著作和读书》,见林语堂:《人生不过如此》,群言出版社 2010 年版,第 13 页。
② 林语堂:《征译散文并提倡“幽默”》,《晨报副刊》,1924 年 5 月 23 日。
③ 林玉堂:《幽默杂话》,《晨报副刊》,1924 年 6 月 9 日。

20世纪30年代上海拥有了全国最大的都市文化空间，市民群体崛起，市民文化勃兴，文化消费需求剧增。当林语堂、章克标、李青崖、全增嘏等数十位知识分子在邵洵美家的客厅里闲谈，商定要出版一个刊物时，并没有人提到稿酬和编辑费的事情，他们似乎并未意识到该刊将来会在上海的文学市场上产生多大的影响。《论语》第1期，林语堂发表了《答青崖论幽默译名》一文，将"幽默"定为刊物的目标："《论语》发刊以提倡幽默为目标，而杂以谐谑，但吾辈非长此道，资格相差尚远。除介绍中外幽默文字以外，只求能以'谑而不虐'四字自相规劝罢了。"[①]在此办刊目标下，《论语》半月刊开辟"幽默文选"专栏，选载古今幽默文章，发表各类幽默散文，产生了巨大的反响，《论语》创刊号重印了几次，一下子轰动了读书界，毫无疑问是幽默口号的提出让这个杂志走向了文化市场的最前端，而上海这个巨大的文学市场又使得幽默话语成为风行一时的文学时尚。鲁迅对此生动地描述道："幽默和小品的开初，人们何尝有贰话。然而轰的一声，天下无不幽默和小品。"[②]郑伯奇则指出："自从林语堂先生发刊《论语》，公开地提倡幽默以后，中国的寂寞的文坛上，东也是幽默，西也是幽默，幽默幽默，大有风行一时之概。于是，老作家，新作家，既成作家，前进作家，大家提起笔来，都要让一脉幽默的气息，滚滚然从笔底流出。"[③]

作为一种影响巨大的话语风格，林语堂等人提倡的幽默有其坚实理论基础。1932年12月9日，韩侍桁在《申报·自由谈》上发表《谈幽默》一文，指出幽默是"会心的微笑"，对此所见略同的林语堂特意写了《会心的微笑》一文界说幽默。《论语》第32期，陶亢德重申《论语》"就是对中国现实说几句老实话，对自己理想坦白道来，提倡幽默，使好哭好呻吟的中国人能作健全的笑"[④]。在这些对幽默的认识基础上，林语堂写了《论幽默》一文，系统阐述了他的幽默观。与之前把幽默仅当成是"不关紧要的玩意儿的话"不同，他在对中国思想史和文学史的重估中，在对西方幽默概念的辨析中，将幽默视为"人生之一部分"，"凡写此种幽默小品的人，于清淡之笔调之外，必先有独特之见解及人生之观察，因为幽默只是一种态度，一种人生观，在写惯幽默文的人，只成了一种格调，无论何种题目，有相

① 林语堂：《答青崖论幽默译名》，《论语》第1期，1932年9月。
② 曼雪：《一思而行》，《申报·自由谈》1934年5月17日。
③ 郑伯奇：《幽默小论——附论讽刺文学的发生》，《现代》第4卷第1期，1933年1月。
④ 亢德：《新年致词》，《论语》第32期，1934年1月。

当的心境，都可以落笔成趣了”[①]。他区分了幽默和讽刺、滑稽、郁剔、机警的不同：

> 我尚有补充几句，就是关于中国人对于幽默的误会。中国道统之势力真大，使一般人认为幽默是俏皮讽刺，因为即使说笑话之时，亦必关心世道，讽刺时事，然后可成为文章。其实幽默与讽刺极近，却不定以讽刺为目的。讽刺每趋于酸腐，去其酸辣而达到冲淡心境，便成幽默。欲求幽默，必先有深远之心境，而带一点我佛慈悲之念头，然后文章火气不太盛，读者得淡然之味。幽默只是一位冷静超远的旁观者，常于笑中带泪，泪中带笑。其文清淡自然，不似滑稽之炫奇斗胜，亦不似郁剔之出于机警巧辩。幽默的文章在婉约豪放之间得其自然，不加矫饰，使你于一段之中，指不出那一句使你发笑，只是读下去心灵启悟，胸怀舒适而已。其缘由乃因幽默是出于自然，机警是出于人工。幽默是客观的，机警是主观的。幽默是冲淡的，郁剔讽刺是尖利的。[②]

那么，如何才能做到幽默呢？林语堂指出：“世事看穿，心有所喜悦，用轻快笔调写出，无所挂碍，不作烂调，不忸怩作道学丑态，不求士大夫之喜誉，不博庸人之欢心，自然幽默。”[③]他强调了幽默的重要性：“无论哪一国的文化，生活、文学、思想，是用得着近情的幽默的滋润的。没有幽默滋润的国民，其文化必日趋虚伪，生活必日趋欺诈，思想必日趋迂腐，文学必日趋干枯，而人的心灵必日趋顽固。其结果必有天下相率而为伪的生活与文章，也必多表面上激昂慷慨，内心上老朽霉腐，五分热诚，半世麻木，喜怒无常，多愁善病，神经过敏，歇斯的利，夸大狂，忧郁狂等心理变态。”[④]

在幽默理论观念的规约下，《论语》发表了大量幽默散文。《人间世》和《宇宙风》办刊侧重点虽有所转移，但也承续了《论语》的幽默传统，“谑而不虐”的幽默话语是这几个刊物散文的鲜明特点。岂凡的《发起救国道场意见书》、老向的《理发救国论》、邵洵美的《以吃立国论》、彭学海的《幽默救世论》，用游戏化的笔法抒

---

①④　语堂：《论幽默》(下篇)，《论语》第35期，1934年2月。
②③　语堂：《论幽默》(中篇)，《论语》第33期，1934年1月。

写庄重的主题，针砭时弊；林语堂的《增订〈伊索寓言〉》、邵洵美的《酸葡萄》等在对寓言故事的重新解读中分析事理，让人忍俊不禁；何忧的《活埋论》、立本的《反世态炎凉论》、木林森的《提倡做狗》、恩的《论和尚吃荤》、周孅士的《女人好吃论》、林光迈的《取缔男女同行实施办法之商榷》、亦凡的《一日之睡在于晨》、海戈的《论麻将与哲学、艺术及中国政治之关系》、鸣秋的《开娼布告》、施克余的《秃头的人七个时期》等文在奇谈怪论中显示出作者立题命意的新颖别致。幽默的心境是洒脱的，由于笔调轻快，无所挂碍，散文的形式也得到了解放，不拘一格，自由自在。老老的《"狗儿"演化史》将一个小名叫"狗儿"的人在一岁、入塾、读英文、毕业、"服务党国"、留学、回国、恋爱、革命、投稿、失意、学佛、卖字、老、耄等人生不同时期不同阶段的名字列出来，成为一篇没有句子的妙文，在类似目录的列举中洞悉了人物的生命历程。

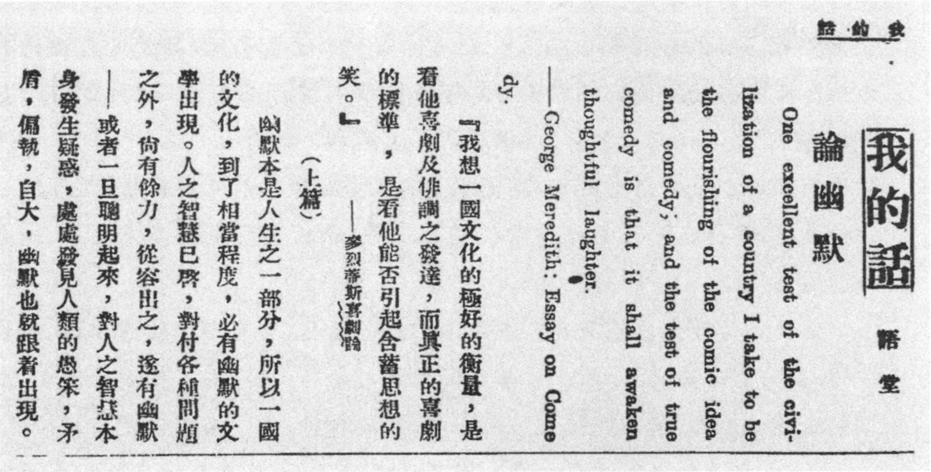
我的話

我的話

論幽默

語堂

One excellent test of the civilization of a country I take to be the flourishing of the comic idea and comedy; and the test of true comedy is that it shall awaken thoughtful laughter.

——George Meredith: Essay on Comedy.

『我想一國文化的極好的衡量，是看他喜劇及俳調之發達，而眞正的喜劇的標準，是看他能否引起含蓄思想的笑。』

——麥烈蒂斯喜劇論

（上篇）

幽默本是人生之一部分，所以一國的文化，到了相當程度，必有幽默的文學出現。人之智慧已啓，對付各種問題之外，尙有餘力，從容出之，遂有幽默——或者一旦聰明起來，對人之智慧本身發生疑惑，處處發見人類的愚笨，矛盾，偏執，自大，幽默也就跟着出現。

语堂《论幽默》

林语堂提倡的"谑而不虐"的幽默话语风格遭到了京派文人和左翼文学阵营的反对。从排斥文学的商业性以保持文学创作的纯粹性和自律性出发，沈从文指出："这方面幽默一下，那方面幽默一下，且就证实了这也是反抗，这也是否认，落伍不用担心了。"[①]朱光潜后来批评幽默小品创作态度不严肃不庄重，迁就小市民的低级趣味："有些作家为着要逢迎这种低级趣味，不惜自居小丑，以谑浪笑

① 沈从文：《风雅与俗气》，沈从文、萧乾：《废邮存底》，文化生活出版社 1937 年版，第 47 页。

傲为能事。前些时候有所谓'幽默小品'藉几种流行的刊物轰动了一时，一般男女老少都买它，读它，羡慕它，模仿它。一直到现在，它的影响还很大。"[①]鲁迅则站在左翼作家立场，认为在风沙满面虎狼成群的社会环境下提倡幽默是不合时宜的，他在1935年12月甚至撰文批评道："近一年来，就露了大破绽，自以为高一点的，已经满纸空言，甚而至于胡说八道，下流的却成为打诨，和猥鄙丑角，并无不同，主意只在挖公子哥儿们的跳舞之资，和舞女们争生意，可怜之状，已经下于五四运动前后的鸳鸯蝴蝶派数等了。"[②]

林语堂欣赏的作家、被誉为《论语》台柱的姚颖在《京话序》中的一段话颇能说明林语堂等人运用幽默话语策略的处境：

> 当《论语》《时代漫画》《人间世》(……)及《宇宙风》要我写文章时，我觉着写公报式的体裁吗？非缙绅先生不看，写日报式的体裁吗？又谨防明日黄花之嫌。写张老大李老二的生活吗？其事又过于平凡，写大人先生的行为吗？又容易揭发他人的阴私，我写时虽然未经再三考虑，但大体有个范围，即是以政治社会为背景，以幽默语气为笔调，以"皆大欢喜"为原则，即不得已而讽刺，亦以"伤皮不伤肉"为最大限度，虽有若干绝妙材料，以环境及种种关系，不得已而至割爱。但投稿两三年，除数次厄于检查先生外，尚觉功德圆满！
>
> 至于我为什么感觉有趣？或由于记载的题材，含有幽默的意识，或因发挥的议论，有新奇的见解，或方苦正面说话之不易，忽而发现侧面的理由，或正觉修辞之未当，忽而发觉玄妙之字句，凡此种种，无一而不使我有趣！
>
> 所以，我为什么写这些文章？因为感觉有趣，为什么感觉有趣？因为写这些文章。[③]

一方面巧妙地躲开政治的锋芒，一方面在自己趣味的推动下，用"谑而不虐"的幽默话语去满足广大读者的文学消费需要，从而使得各方"皆大欢喜"，这正是林语堂所追求的"功德圆满"。1936年，林语堂赴美，在《临别赠言》中他对自己

---

① 朱光潜：《文学上的低级趣味》(下)，《文艺时代》第1卷第5期，1946年11月。
② 旅隼：《杂谈小品文》，《时事新报·每周文学》1935年12月2日。
③ 姚颖：《京话序》，《宇宙风》第22期，1936年8月。

提倡的幽默进行总结道："所以若谓提倡幽默有什么意义，倒不是叫文人个个学写几篇幽默文，而是叫文人在普通行文中化板重为轻松，变铺张为亲切，使中国散文从此较近情，较诚实而已。"①这种尽情、亲切、谑而不虐的幽默话语风格的实践使得他主编的刊物在读者市场上风行一时，很多人为读《论语》不计代价：济南东门附近夫妇为争读《论语》而半夜吵架，几至离婚诉讼；苏州监狱有狱犯私贿狱吏购阅《论语》被发现，以致罚关黑屋；北平书店伙计因读《论语》怠慢主顾被斥。林语堂自信地总结道："每期二万本《论语》有六万读者，似可充分证明了。"②

① 语堂：《临别赠言》，《宇宙风》第25期，1936年9月。
② 林语堂：《二十二年之幽默》，《十日谈》1934年新年特辑，1934年1月。

第四章

《良友》：海派散文走向时尚的最前沿

1935年6月底，林语堂应《良友》主编马国亮之约，为《良友》夏季专号撰写了《谈画报》一文。他写道："据一般'文人'及高谈'文字'者看来，总以为画报是'茶余酒后'之消遣小道，难登大雅之堂，正如有高谈文学的人鄙夷幽默一样。"[①]在文中，他肯定画报比文字刊物更为通俗有趣，更能反映衣食居住的生活，更接近人生的切身问题，因而近情。林语堂总结的《良友》等画报的特点，正是他在《论语》等刊物上所倡导的办刊理想，海派散文刊物"近情"的精神特质竟是如此一致。

正如反对上海幽默小品文刊物的趣味一样，京派作家沈从文对《良友》画报也是不屑一顾。他把《良友》一类人物称为"新海派"："承继《礼拜六》，能制礼拜六派死命的，至少是从上海一部分学生中把趣味掉到另一方向的，是如像《良友》一流的人物。这种人分类应当在'新海派'。他们说爱情，文学，电影以及其他，制造上海的口胃，是礼拜六派的革命者。帮助他们这运动的是基督教所属的学生，是上帝的子弟，是美国生活的摹仿者，作这攻礼拜六运动而仍然继续礼拜六趣味发展的有《良友》一类杂志。"[②]沈从文在对《良友》趣味否定的同时，概括了《良友》画报的特点：肯定现代生活观念，追逐西方生活方式，体现出较强的时尚性。作为综合性画报，《良友》的内容丰富多元，涉及政治、时事、经济、科学、地理、自然景观等诸多方面。但无论从封面的摩登女郎来看，还是从刊登的广告、时装、电影、体育、名人行踪、名人婚宴、旅行散记等内容来看，《良友》画报都洋溢着摩登的气息，成为20世纪二三十年代上海都市时尚文化的代表。《良友》并非单纯的画报，刊登的文字和图片几乎各占一半，其中文字内容包括穆时英的《黑牡丹》、叶灵凤的《朱古律的回忆》等充满了现代主义意味的小说，也包含了大量散文随笔。《良友》编辑如梁得所、马国亮都是写作散文的能手，在刊物时尚风格制约下，《良友》散文在表现对象和话语风格上也呈现出鲜明的时尚性，使海派散文成为一种真正意义上的都市散文。

---

① 林语堂：《谈画报》，《良友》第107期，1935年7月。

② 甲辰：《郁达夫张资平及其影响》，《新月》第3卷第1期，1930年3月。

第一节 《良友》的时尚编辑理念和散文的时尚表达

1926 年,鲁迅赞许俄国诗人勃洛克为俄国"现代都会诗人的第一",并说:"中国没有这样的都会诗人。我们有馆阁诗人,山林诗人,花月诗人……没有都会诗人。"[①]杜衡在 1933 年谈穆时英的作品时说:"中国是有都市而没有描写都市的文学,或是描写了都市而没有采取了适合这种描写的手法。"[②]如上所述,20 世纪 30 年代,上海产业经济飞速发展,现代市政体系已具规模,城市人口不断增长,成为世界第五大城市、远东第二大城市,中产阶级市民成为文学消费的主要对象,都市文学产生的外部气候已经形成。穆时英、刘呐鸥和施蛰存等新感觉派作家借鉴西方现代主义文学资源使都市小说在中国诞生。显然,在散文领域,可供直接借鉴的现代资源较少。但这并不妨碍人们认定海派散文是都市散文。范培松在《中国散文史》中指出:"海派散文是都市散文,是都市文学中的一道风景线。"他还说:"海派散文的根据地是上海,上海是时尚的都市,流行色的天下。"[③]在《良友》画报时尚特色规约下,《良友》散文体描绘了上海的证券交易所、茶楼、弄堂、回力球场、大饭店等现代都市景象,勾勒了世界各地摩登生活场景,展现了现代都市人婚恋、教育等方面的生活理念,甚至在对异地景物的描写中都以摩登上海作为参照物,呈现出鲜明的都市时尚特色。

一、时尚:《良友》的编辑策略

1936 年 11 月创刊的美国《生活》画报曾将自己标榜为大型综合性画报的始创者。事实上,早在十年前的 1926 年,同类性质的画报《良友》便在上海诞生,这份刊物以其独具的时尚风貌行销海内外,产生了巨大影响。

在《良友》创刊之前,中国 19 世纪 70 年代已有《小孩月报》《瀛环画报》和《画图新报》等画报产生。由于画报能够将图画和文字两种形式很好地结合起来,图

---

① 鲁迅:《〈十二个〉后记》,鲁迅先生纪念委员会编:《集外集拾遗》,鲁迅全集出版社 1947 年版,第 177 页。

② 杜衡:《关于穆时英的创作》,《现代出版界》第 9 期,1933 年 2 月。

③ 范培松:《中国散文史》,江苏教育出版社 2008 年版,第 464 页。

文并茂，深入浅出，因此很受欢迎，创办画报之风渐起，涌现出了像《点石斋画报》那样风格明显、影响深远的画报。但由于受印刷条件的制约，这些画报或存世时间不长，或影响甚微。直到 20 世纪二三十年代，中国画报才完成了现代转型，《良友》就是其中最为杰出的代表。[①] 这份画报由伍联德于 1926 年在上海创办，1945 年终刊，共出 174 期。《良友》在出版后大受欢迎。据马国亮回忆："初版三千，几乎在两三天内全部销光。随着广州、港、澳等地的书店也争先恐后来订购，再版二千，不足，又再版二千。这期共销七千。"[②]该刊出版到第 34 期时，每期销量达到了 3 万册，读者遍及中国各大城市和穷乡僻壤，以及美国、加拿大等几十个国家和地区。1934 年末，该刊第 100 期以"《良友》读者遍天下"为题刊登了中华民国和世界地图，上面密密麻麻地标明了《良友》的销售地点；同期还刊登了一组"本志读者一斑"的照片，显示了读者遍布社会各个阶层，以至于形成了《良友》无人不读的局面：遍及主妇、现代女性、工人、巡捕、老头子、掌柜先生、戏院的顾客、茶室里的茶客、学生、小学生；形成了《良友》无处不在的景观：在茶几、在厨

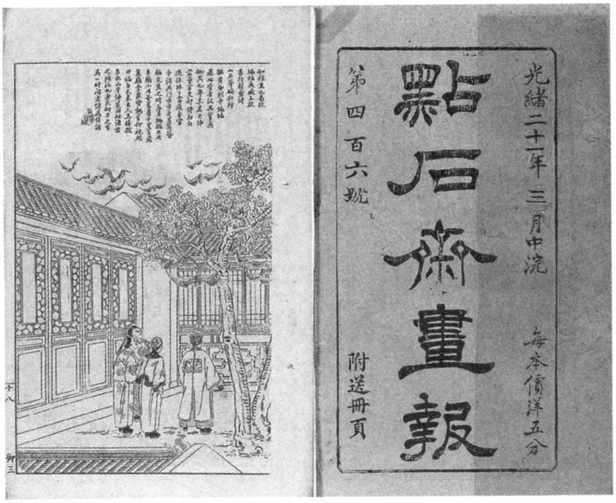

《点石斋画报》

《良友》创刊号

① 参见吴福辉：《漫议老画报》，《多棱镜下》，人民文学出版社 2010 年版，第 129 页。《良友》画报之现代意义，受到诸多文学史家、新闻学家的肯定。据《良友》画报主编马国亮说："当时《申报》主笔黄天鹏说它是为画报开一新纪元。新闻学家萨空了说它开始了中国画报的新趋向。文学史家阿英说，在现存的画报中，富有历史价值的无过于《良友》。"参见马国亮：《良友忆旧：一家画报与一个时代》，生活·读书·新知三联书店 2002 年版，第 6 页。

② 马国亮：《良友忆旧：一家画报与一个时代》，生活·读书·新知三联书店 2002 年版，第 3 页。

房、在梳妆台、在收音机旁、在旅行唱片机上、在公园里。《良友》为何会产生这么大的社会影响？原因有多方面，其中至关重要的一点就是其以无所不包的内容迎合和引领了中产阶级市民的阅读趣味，具有鲜明的时尚性。

"时尚"一词来源于英文 fashion，《朗文当代高级英语辞典》将之解释为在某种特定时间内流行之后就有所改变的衣着、发型或是行为方式。[①]《良友》的时尚性鲜明地体现在对现代生活方式的展示上。该刊创刊号封面是日后红极一时的电影明星胡蝶的肖像。此后 20 年中，其封面也大都是电影女明星、都市名媛和贵妇人。与刊物封面相呼应，第 99 期的《良友》干脆为时代标准女性画像："如杨秀琼之入水能游，如郑丽霞之舞艺超群，如胡蝶之名闻四海，如哈同夫人之富有巨万，如宋太夫人之福寿全归，有宋美龄之相夫贤德；有何香凝之艺术手腕，有林鹏侠之冒险精神，如胡木兰之侍父尽孝，有丁玲之文学天才。"[②]从内容来看，当时上海画报和世界上的其他著名画报如英国的《伦敦图解新闻》(*London Illustrated News*)及日本的《朝日新闻》画刊一样，都偏重于时事报道。《良友》的内容却是五花八门丰富庞杂的，它不仅重视国内外时事、军事、政治、经济建设方面的内容，还遍及市民关注的各个方面，如社会生活、科学知识、妇女儿童、艺术文化、娱乐消闲等。《良友》从第 1 期开始，就应和国际潮流的节拍，对国内外演艺界的娱乐动态进行追踪报道。比如第 17 期刊登了伍联德在美国好莱坞与影星范朋克等人的合影，第 42 期刊登了胡蝶和范朋克夫人玛丽·辟福的合影。据统计，《良友》画报 1926 年 1 月份刊登娱乐休闲类照片共 67 幅，占总数的 76%；1929 年 1 月份刊登娱乐休闲类照片共 76 幅，占总数的 67.2%；1935 年 1 月刊登娱乐休闲类照片 95 幅，占 45.2%，这个比例远远大于同期的时事新闻报道和科学文化解说照片。[③] 除战争年代外，崭新的社会生活方式一直是《良友》画报占比重最大的内容，充分显示了其时尚特征，不愧为读者的"眼睛冰淇淋"[④]。其实，《良友》对国内外政治军事介绍时，多刊载政治风云人物的照片，追求的是政治生活中的时尚元素。

---

① 《朗文当代高级英语辞典》解释 fashion 为"the popular style of clothes, hair, behaviour etc at a particular time, that is likely to change"。见英国培生教育出版有限公司编：《朗文当代高级英语辞典》，外语教学与研究出版社 2004 年版，第 689 页。

② 《标准女性》，《良友》第 99 期，1934 年 12 月。

③ 李康化：《漫话老上海知识阶层》，上海人民出版社 2003 年版，第 122 页。

④ 《编辑室杂记》，《良友》第 119 期，1936 年 8 月。

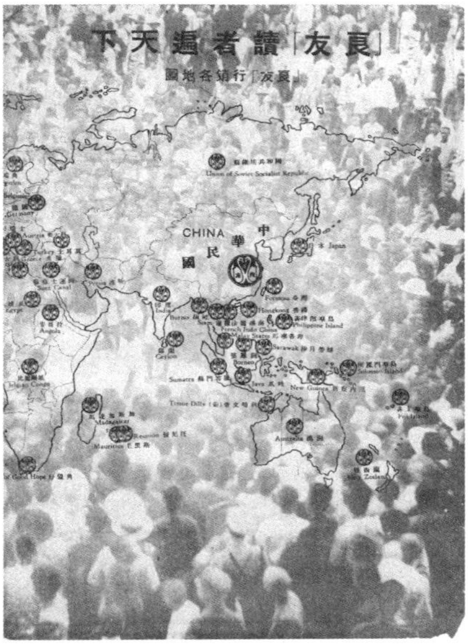

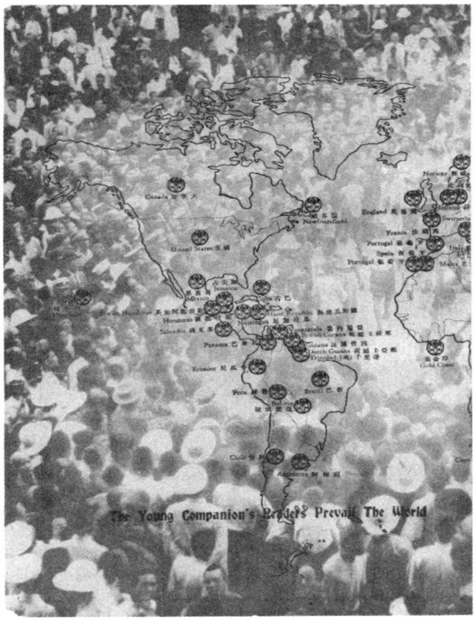

《良友》第 100 期《〈良友〉读者遍天下》

时尚的“时”指的是时间，时间具有流动性和变化性。《良友》不仅在内容上与时代紧密呼应，其自身风格也经历了不断调整以适应时代需求，继而稳居潮流之前端、进而引领潮流的过程。《良友》画报前四期是由创办者伍联德自己主编的，因从事其他出版计划，从第 5 期起，他聘用曾是《礼拜六》刊物台柱的鸳鸯蝴蝶派文人周瘦鹃为编辑。《礼拜六》刊物曾在上海读书市场上红极一时，周瘦鹃也因创作言情小说风靡海上文坛。伍联德本来打算借助他的名气让《良友》走到更加辉煌的状态，但周瘦鹃似乎无法做到这一点。他不仅不擅长图片组织、选用和编排等画报所需的具体事务性工作，而且编辑理念落伍于社会风尚。他接编《良友》后便大量刊登程小青、刘恨我、范烟桥、江红蕉等鸳鸯蝴蝶派文人的文稿，充满了旧趣味。该刊第 8 期刊登的署名绣鹃女士的小说《颤动的心弦》，写的是新婚之夜的情景，充满了挑逗字眼。读者绿江为此上书编辑部，斥责该作品“简直是一篇肉麻丑态的淫小说”①。鸳鸯蝴蝶派早期的创作适应了上海市民消遣娱乐的需求，为周瘦鹃等人带了极大声誉，但是他接手《良友》时期，“五四”后受到新式教育影响的新一代读者成长起来，二三十年代之交上海刊物的主要阅读

① 《编辑者话》，《良友》第 9 期，1926 年 10 月。

主要对象是具有现代品位的中产阶级读者，周瘦鹃等人的文人趣味无法得到读者的认同。

从第13期起，独具慧眼、知人善任的伍联德聘用只有22岁的梁得所为《良友》画报总编辑。梁得所虽然没有丰富的经验和响亮的声名，却有着极强的革新思想，能不断满足新兴市民群体的现代知识和品位需求。《良友》在梁得所手里发生了本质的变化，他通过报道中外时事、体育和妇女活动，介绍科学知识，刊登美术名作等方面的变革，有力改变了市民认为画报只是供人消遣的观念。通过梁得所的努力，《良友》"从消遣无聊成为增广见闻，深入浅出，宣传文化美育，启发心智，丰富常识，开拓生活视野的刊物。做到老少咸宜，雅俗共赏。……总之，他把过去杂乱无章的内容，加以充实、调整和提高，把画报推向一个较为完善的新的阶段"[①]。梁得所以极其开阔的视野和现代的观念"促进了《良友》由旧海派向新海派的转型"[②]，确立了《良友》画报的时尚规范。其后，马国亮在梁得所的基础上，强化这种时尚精神，推出"《良友》读者海外观光团报告""都市的刺激""上海街头文化"等专题内容，突出都市新闻、都市文化和都市消费等时尚因素，使《良友》画报走到了全盛时期。

《良友》并不是一个单纯的图片加说明的画报，它刊登了大量文学作品。在画报整体风格的制约下，文学作品也体现出鲜明的时尚性。梁得所本人不仅是个出色的编辑家，他还独具慧眼地把新文学作家田汉、郁达夫等人引入到《良友》的作者队伍。马国亮任总编辑后，延续了梁得所的做法，在图片选材的主旨和风格方面保持着较高的品格，还争取了田汉、郁达夫、老舍、丰子恺、穆木天、鲁彦、何家槐、穆时英、施蛰存、洪深、茅盾、王统照、欧阳山、黎烈文、巴金、叶灵凤、张天翼、郑振铎、阿英、黑婴、林语堂、黄苗子、曹聚仁、予且等更多新文学名家为《良友》写作，这些作家的作品提高了《良友》的品位和层次，使《良友》与"现代"同步。《良友》画报刊登了穆时英的小说《黑牡丹》(第74期)、施蛰存的小说《春阳》(第76期)，叶灵凤的《朱古律的回忆》(第85期)、黑婴的摄影小说《当春天来到的时候》(第87期)，新感觉派小说在《良友》上进行的形形色色的文学实验，是该画报时尚性的鲜明体现。比起小说来，散文可谓是《良友》的本色文体，其关键的两任主编梁得所和马国亮都以散文创作著称。那么《良友》散文是如何体现出时尚的

---

① 马国亮：《良友忆旧：一家画报与一个时代》，生活·读书·新知三联书店2002年版，第22页。
② 臧杰：《天下良友》，青岛出版社2009年版，第66页。

特征的？

二、时尚都市生活的风景线

如前所述，20 世纪 30 年代的上海是被称为“东方巴黎”的国际大都会。这里充满了现代文明的产物，摩天大楼高耸云霄，现代娱乐场所遍地开花，尽情地展示着都市的摩登景观。第 58 期的题为《现代文明的象征》的一组图片，展现了“工厂烟囱高低林立”“无线电台高插云表”“都会的钢铁”“都会建筑曲线与直线之合奏”“桥梁筑造”“钢铁铸造的热与力”“狂歌醉舞的爵士音乐”“大风琴声音的参差的美”等都市场景，其他诸如第 29 期的“世界美女比赛”、第 50 期的“新式旅馆的布置”、第 62 期的“上海影戏院种种”等，无不尽情地展现了现代文明的诱惑之处。《良友》还在散文里对现代都市文明进行描绘，与图片一起构筑了一道时尚都市生活的风景线。一个途经者曾这样描写其眼中 1931 年的上海：

《现代文明的象征》(《良友》第 58 期)

上海，除书店玻璃橱内的书籍不如两年前蓬勃了以外，一切都好像没多大变动。南京路依旧满飘着大减价的旗子，振聋人耳鼓的是电车汽车声和减价商店内的锣鼓声。马路上，人们永远是那样匆匆忙忙地像猛涌的潮水，无数不相同的然而一样紧张着的脸，用快步走着，灵敏地闪避着各项车子。至于车子上更是挤满了人，肩和脚踵相擦着。每站车子停下，就有一大群人被车厢吐出来；然后这群人，又被一些百货商店，茶楼，西菜店之类分别吸引进去。这样像潮水一般，一次二次地泛起的纷扰，直继续到深夜。那些腥红的唇，妖媚的眼睛，就是泛在潮头的花朵。①

作者描写了上海南京路的一派繁华的场景，但观察点始终停留在外部，缺乏对上海都市社会的深入体察。上海都市光怪陆离的时尚生活吸引了众多上海作家的注意，成为他们笔下的表现对象。由于经常在回力球场遇到作家曹聚仁，《良友》杂志社马国亮触发了编辑构想，他回忆道："曹聚仁对回力球的探索启发了我。想起上海这个十里洋场，各个方面的社会生活内部十分复杂，不要说外地和国外的读者，就以一般老上海来说，也未必都很了解。如果能请到一些著名作家，就他们熟悉的某一社会层面，各自写出，大概会受读者欢迎。"②在马国亮的筹划下，一组以"上海地方生活素描"为题的系列散文在《良友》上出现了，分别为曹聚仁的《回力球场》(第 109 期，1935 年 9 月)、穆木天的《弄堂》(第 110 期，1935 年 10 月)、洪深的《大饭店》(第 111 期，1935 年 11 月)、郁达夫的《上海的茶楼》(第 112 期，1935 年 12 月)、茅盾的《证券交易所》(第 114 期，1936 年 2 月)。

20 世纪二三十年代上海经济的迅猛发展吸引了各地移民向上海不断聚集，市民阶层不断壮大，强大的消费需求使上海消闲娱乐场所层出不穷。一部外国人写就的《上海史话》这样描绘上海娱乐生活："上海这个地方于单身汉子是最便利的，夜间生活极为发达，甚至可以说是居全世界之冠。在雪亮的霓虹灯下是数不尽的舞场、赌坊、戏院、茶楼、妓院、酒吧，而且处处都是人头拥挤，十分热闹，亚尔培路上一所回力球场，每晚总有成千的中外国人在里边赌钱，总是输的多，赢得少……"③消闲娱乐场所的极度繁荣为上海市民提供了一个时尚消费空间，"上海地方生活素描"系列散文就以独到的视角对这一空间的回力球场、大饭店、茶楼进行了描绘。

曹聚仁的《回力球场》是"上海地方生活素描"的第一篇散文。在文中，曹聚

---

① 子秋：《从广州到苏州——蜜月旅行随笔》，《良友》第 64 期，1931 年 12 月。
② 马国亮：《良友忆旧：一家画报与一个时代》，生活·读书·新知三联书店 2002 年版，第 204 页。
③ 越裔译：《上海史话》，世界文化出版社 1947 年版，第 210—211 页。

仁描述了回力球这种时髦的洋娱乐在上海的盛行："据回力球场老板的说法，这并不是赌博，这是最高尚的游戏。他替你们聘请世界上最有名的球员到上海来比赛……你可以赏鉴神出鬼没的赛球技术，你可以凭球员技术的高下来买票，你可自信有评判技术高下的眼力。"①他谈到了回力球场老板把千千万万的赌客分为五类：一类是偶尔乘兴前来消遣的，一类是想来弄点外快的靠薪水过活的小市民，一类是有着精密记录丰富经验的长久赌客，一类是资本充足的赌客，一类是赌兴很浓的赌客，赌场老板分析了这几类人的数量和心理后分而制之，从而稳操胜券。在曹聚仁笔下，可怜的小市民一进亚尔培路的球场大门，就会成为猎物，有进无出："人，一走进回力球场，他的意识情绪完全改变样儿了。他变成定命论者，变成多疑，易于冲动，利害关系克服了友谊，这样的野蛮人；他觉得自己的推测比谁都高明，准定会赢钱，可惜错过了机会；他如同吃醉了酒，一切节制的力量都消失掉了。"②曹聚仁在对回力球场诸种人物心理的洞察和描写中展现了时尚对人的控制。20世纪二三十年代的上海是个开放性的国际大都市，大量的西方娱乐方式被引入。作为一种运动型的娱乐，单从运动角度看，回力球是高尚

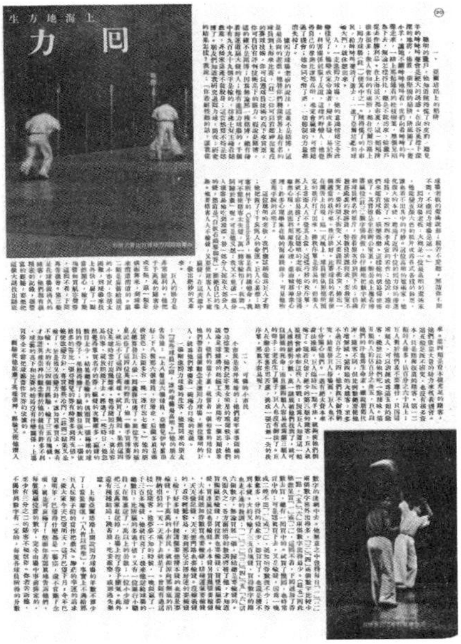
上海地方生活
回力

曹聚仁《回力球场》

大飯店
上海地方生活素描之三

洪深《大饭店》

①② 曹聚仁：《回力球场》，《良友》第109期，1935年9月。

的，但华人参加并不多。《良友》第104期刊载的上海国际回力球比赛图片的介绍文字说："回力球为一种西洋新兴之游艺，我国人尚少练习。"[①]《大上海指南》一书中也谈到："回力球，原系外洋传入之一种运动，性极高尚，只以设备费浩大，故玩者颇少，殊不普遍。"[②]运动的健康一端未被重视，娱乐的负面效应被空前放大，因此华人只能成为西方运动员的看客，成为赌场老板手下的玩物。

20世纪30年代的上海是全国的商业中心，黄浦江畔，帆樯林立，十里洋场，游人如织，国际饭店、华懋饭店、华安饭店、扬子饭店等一批大饭店如雨后春笋，遍布上海的大街两侧，尽情地展现了上海大都市的时尚风貌。洪深的《大饭店》生动描写了大饭店这一"另外一个世界"的豪奢、舒适与便利：这里有宽敞的房间、大理石的墙和地、乔治式的饭厅，路易四世式的寝室等时髦的陈设布置，这里有电话、无线电、邮件收发处、电报收发处、转运公司、银行等现代文明的产物，这里可以随意驱遣侍应生、招待、露天通事、临时书记、打字员、导游者、帮助代购物者、代办车票船票飞机票者戏票者、理发匠、修指甲匠、成衣匠、鞋匠等各类服务人员，这里甚至还有来自不同国家的异性伴侣，在这里可以享受到无微不至的服务。这种享受不仅仅为各地游客提供，也渗透到上海普通市民的生活之中。由于上海地价高，一般家庭的房子较小，甚至有多户人家合住一起的。市民宴乐饮博也总是到菜馆和旅馆去"开房间"，饭店遂成为普通市民生活中一种消费时尚，"这里，现代的享乐工具，应有尽有；一个每月只赚五十块钱的人，在'开房间'的一天，他可以生活得像赚五百块钱的人一样，摩登家具，电话，电扇，收音机，中菜部，西菜部，伺候不敢不周到的茶房，这一天小市民在旅馆里，和百万富翁在他的私家花园里，气焰没有什么两样"[③]。

20世纪30年代的上海是一个兼容并包的大都市，五方杂处、中西交汇，既有西方流入的层出不穷消闲娱乐方式，也有根基深厚的传统消闲娱乐方式，即便是去茶楼这种传统的消闲娱乐方式，在上海也似乎被打上了与众不同的时尚色彩。郁达夫在《上海的茶楼》中写道："上海的茶楼，情形却有点儿不同，这原也像人口过多，五方杂处的大都会中常有的现象，不过在上海，这一种畸形的发达更要使人觉得奇怪而已。"[④]郁达夫指出，上海的极盛的茶楼已经不是真正供人以

① 《良友》第104期，1935年4月。
② 柳培潜编：《大上海指南》，中华书局1936年版。
③ 洪深：《大饭店》，《良友》第111期，1935年11月。
④ 郁达夫：《上海的茶楼》，《良友》第112期，1935年12月。

饮料的茶店,它们分布在水陆码头、交通要道及人口密集地方,是供有权势的"帮里的人"吃讲茶,供"拐带的商量,女人的跟人逃走"的出发地点,或者是供有钱有闲的中产阶级市民消闲的地方。他最后指出的"茶楼的夜市,也是上海地方最著名的一种色彩",暗示了茶楼名义下隐含的人肉交易。在郁达夫的笔下,上海的茶楼已并非物质意义上的消费,这里成为有权势的人协调争端、有闲阶级消磨时间、猎艳者进行冶游的地点,从而具有某种文化消费的特点,是一种畸形的都市时尚。

茅盾的《证券交易所》描绘了上海波涛暗涌的金融交易市场,同样是纸醉金迷的时尚生活主题。作为全国最大的金融中心,上海的证券交易所拥有最为活跃的投机市场,每天聚集着大量怀着发财梦想的市民买空卖空。茅盾以香粉弄的华商证券交易所为对象,生动地描写了交易所内变化无常的场景以及给人所带来的紧张焦灼的心理变化过程。在这里,人们的遥不可测的命运被电光记数牌的红色数字所控制,红色数字的一跳会决定他们破产或者发财。在这里,无稽的谣言都能激起债权涨落的大风波,"人们是在谣言中幻想,在谣言中兴奋,或者吓出了灵魂。没有比他们更敏感的了。然而这对于谣言的敏感要是没有了,公债市场也就不成其为市场了。人心就是这么一种怪东西"[①]。茅盾在这里所揭示的,正是市民借助于发财梦想来寻求刺激的心理过程。

如果说以上散文写的都是上海体面的时尚生活的话,穆木天的《弄堂》一文则把上海人真实安详的日常生活图景搬上了《良友》这份时尚画报。弄堂是都市生活的一个侧面,这里是上海中产阶级世世代代安身立命的地方,虽然普通平凡,却有蓬勃的活力。穆木天通过对"老虎灶"开水铺里打白开水、早上起来刷马桶的交响乐、主妇和或女仆在后门外和卖青菜的吵闹等生活场景的描写,表现了上海世俗生活的底色。这里有馄饨担子、骗小孩子的卖玩具的小车、卖油炸豆腐的卖酒酿的一切的叫卖声,这里有东家的主妇和西家的女仆在制造弄堂的新闻、鼓吹弄堂的舆论,这里还有着各种活剧的表演迎合着人们的世俗趣味。在穆木天的笔下,上海弄堂就是上海普通人生活状态的真实写照,就是上海人情世故的记录,普通平凡的弄堂生活让人感触到了上海跳动的脉搏。

《良友》画报上刊登的"上海地方生活素描"系列散文不仅展现了东方巴黎的

---

① 茅盾:《证券交易所》,《良友》第 114 期,1936 年 2 月。

摩登都市景观，还描绘了弄堂形形色色的生活画面，组成了上海20世纪30年代的风物志。这几篇散文被大量关于民国上海的丛书选载重印，成为当代人们文化怀旧的主要对象，构筑了人们关于上海的记忆和想象。这组散文由《良友》画报社策划，约请名家写作，在风格上体现出鲜明的时尚特色，可谓是现代消闲刊物和海派散文结合的成功典范。

三、中产阶级市民生活观念和趣味的表现

《良友》的读者对象是以公司职员为主体，包括中小商人、公职人员、律师、医生、记者、中小学教员在内的中产阶级市民，他们接受过新式教育，形成了健康理性的现代生活观念；由于有着稳定的职业和收入，他们能尽情地享受现代生活，追求生活趣味。《良友》散文反映了中产阶级市民的现代生活观念，表现出了浓厚的中产阶级市民趣味。

《良友》散文题材广泛，涉及市民日常生活的方方面面，诸如教育、健康等，作者以现代的眼光审视，以平实的话语表现，在娓娓道来中传播了现代生活观念。上海开埠特别是20世纪二三十年代后，新式教育和社会实际密切结合，培养了学生务实的作风。徐月虹的《橄榄》(第105期)表达了新兴市民对待教育的态度，他认为过去那种为了文凭、混资格的读书会让一个活生生的青年变得死气沉沉，指出："读书和人生不发生关系，青年人仍旧彷徨，苦闷，找不到一条出路。"[①]张若谷在谈到自己去法国的目的时说："我并不眼热人家得了博士回来，想复什么仇，所以也不想博什么士了，我只想修养我所希望的我！我希望的是什么呢？是去听那出神入化大规模的交响乐，看那可歌可泣富于魅诱性的歌剧。……最重要的唯一目的，就是想买些外国书回来。"[②]他不为追慕虚名而求学，也不掩饰自己的享乐欲望，同时保持着读书上进的追求，充分显示了现代市民对自己生活把握的自信。现代都市生活节奏加快，人的心理压力增大，会导致种种失眠状况。梁得所的《圣经与失眠》指出了失眠对人的负面影响，提出用《圣经》故事的道理去消解生活中的喜怒哀乐爱恶欲等失眠的病源，从精神上减轻人的心理压力，从而使人恢复到健康状态。

随着上海都市化进程的加快，新的生活风尚逐渐流行，改变着人们的生活习

---

① 徐月虹：《橄榄》，《良友》第105期，1935年5月。
② 张若谷：《若谷随笔自序》，《良友》第19期，1927年9月。

惯和兴趣爱好。鲍昌怀的《邮票搜藏热》(第103期)写的是都市人收藏邮票的热情。他谈到美国不仅有九百万人正在热心收藏邮票，而且有着庞大的会社组织，美国总统罗斯福也是一个致力于收藏邮票的人。在文中他讲述了多则收藏邮票的逸闻，写出了收藏邮票给人带来的惊喜。在他笔下，收藏邮票是一种时尚的爱好，成本并不高，却可以给人带来知识的启迪和智慧的启发："原来老于这门癖好的人是感到浓厚的兴趣与智慧的启发的。听说这癖好不仅包括着地理，风俗，历史，政治，文学以及各国方言等的学识的探讨功夫；更且由此而得习知颜色的术名，雕版，印刷术以及其他有关联的事物的。"[①]

上海是国际性的大都市，中产阶级市民倾慕并向往西方现代时尚生活方式。张若谷的《巴黎一昼夜》(第102期)按照时间顺序描写了他在巴黎一昼夜的尽情享乐的时尚生活。他首先表明："如果欲在巴黎过整个二十四小时的生活，有几个必须遵守的条件。第一，必须年纪青；第二须有女伴，最好已经结过婚的；第三，最好袋里藏着来回车票；最要紧的条件，便是应该有康健的和饱满的精神。"[②]在文中，他叙述了从早上九点三十分开始的巴黎之行：在和平街逛眼花缭乱的金银首饰店，在兰蒲(Reboux)帽铺购买大阔边的女帽，在世界流行时装策源地购买女衣装，在充满西方风情的亚加雪亚大道散步，在拉吕(Larue)饮料店喝饭前开胃饮料，选择各式各样的午餐，游蜡人馆，在咖啡馆饮茶，选择品种繁多的晚餐，到香海丽榭看俄国舞蹈，看滑稽舞蹈，去半夜跳舞场和蝙蝠舞场，赶早市，到"和气伯伯"那里吃大蒜汤等。在他笔下，巴黎是繁华富庶的现代都市的象征。这里没有昼夜之分，充满了各式各样的诱惑，富有无穷的活力，让人产生向往之情。郎毓秀的《比京学歌记》(第168期)用细腻的笔触描写作者在巴黎咖啡店喝咖啡、参观法国博览会以及在比利时皇家音乐院学习音乐的见闻，同样有着对西方现代生活方式的赞许。

《良友》画报中有的散文作品则将笔触伸向了国外的名胜风物，让人产生向往之情，耐雪的《瑞士，欧洲的消夏场所》(第107期)写在富有"世界公园"之称的瑞士消夏的经历，黑光的《夏威夷》(第109期)写让人产生无限憧憬的、世外桃源似的夏威夷岛绮丽的自然风光和风土人情。此外涉及其他国家的散文还有玉河的《诗一般的希腊》(104期)、李言三《魏马，歌德的故乡》(第103期)、卫咏诚的

---

① 鲍昌怀：《邮票搜藏热》，《良友》第103期，1935年3月。
② 张若谷：《巴黎一昼夜》，《良友》第102期，1935年2月。

良友讀者海外觀光團：巴黎一晝夜

張若谷

……半夜跳舞場中的一……場，常聘請西班牙利……

如果欲在巴黎過整個二十四小時的生活，有幾個必須遵守的條件。第一，必須年紀青；第二須有女伴，最好已經結過婚的；第三，最好袋裏藏着來回車票；最要緊的條件，便是應該有康健的和飽滿的精神。

外國旅客一到巴黎，先到旅館裏去洗一次澡，除了清水以外，切忌另和其他的流液接觸，換一句說，不要飲酒。年青的先生太太們，請你們牢記着這第一條節目，上午九點鐘，是到「和平咖啡館」Café de la Paix 去吃小早點。

在人行道上，咖啡館老班爲了要吸引外國客旅及從鄉村出來的外地人，佈置着田園風味的花草盆飾，咖啡館的牆壁上，畫着很鮮艷的薔薇花圖案對面是歌劇場，兩相對照，正像是鄉間的市政管理局峙立在田園中一樣。在薔薇花底下，兩杯冲牛奶的咖啡杯前，一對青年的夫妻，把二十四小時遊逛巴黎的節目，商議決定好了，一等吃完了小早點，女人第一個起身，向和平路走去。

九點三十分，在和平街。

在夏天時節，早晨的太陽光，照射在寶石上發出眩目的光彩。到了冬天，晚上的電燈光，扇轉着晝，玻璃窗變成爲水晶宮，一切燦爛的珍珠鑽石，撩亂人眼，祗有眞正的老巴黎，可以在這條首飾店的街道上安詳地散步，不會受那些發亮東西的誘惑。但是在外國旅客看來，好像是踏進了金玉寶庫一樣。因爲那些雪亮的金鋼鑽，白熱的煙光，紅寶石

张若谷《巴黎一昼夜》

《伦敦“宝川夫人”观演记》(第 118 期)、郑振铎的《回过头去——欧游杂记之一节,献给上海诸友》(第 95 期)等。《良友》海外散文有其重要意义。《良友》本身具有世界性,其创办者伍联德和后来的核心人物余汉生、陈炳洪都毕业于前身是格致书院(由美国基督教长老会牧师发起创办)的岭南大学,把《良友》推向辉煌的梁得所和马国亮毕业于广东培英教会学校。《良友》画报出版后,受到东南亚和美洲等海外华侨的欢迎,为了让不懂中文的华侨看懂《良友》,伍联德还请陈炳洪为画报的图片写英文说明,为海外华侨了解中国国内情况打开了一扇窗户。《良友》对西方现代生活的介绍,满足了都市中产阶级市民了解世界的需求和对西方生活方式的好奇心,在当时不少市民的眼中,西方就是现代时尚的象征。

现代都市高度发达的物质文明给人们带来无数便利的同时,也滋生出了负面效应,给都市人带来了精神危机。《良友》上的不少散文,表达了知识者对现代都市生活的反思。丰子恺《羞耻的象征》(第 73 期)写的是他从上海回江湾途中,看到形形色色的都市光景中一幕令人触目惊心的情形:两间相邻的都市式住家

楼的栏杆交界处，被安装了尖锐的铁条扇骨，其目的是为防止邻人逾墙。扇骨的精美工料和形式是现代文明的产物，但是人们却用它来提防邻人，从而变成了人类罪恶“最具体最明显最庞大的象征”。丰子恺认为人不但要有正确的工作力，还要有精神有灵性，而这正是现代人所缺乏的。由于深恶痛绝都市人的这种以邻为壑的处世态度，他在文中怀念古代那种“肯与邻翁相对饮，隔篱呼取尽余杯”的朴醇生活。

《良友》散文并不局限在都市一隅，作者们还将关注目光投向了广阔的内地生活，甚至是荒蛮的古战场和塞外。作家在对社会生活和历史风物进行描写时，处处用上海的视角进行比照。冷善远的《衰败了的古荆州》（第 103 期），将笔触伸向了古代曾是政治军事中心、现在却已萧条衰败了的古荆州。他感慨宇宙沧海桑田的变化：和荆州相反，百余年前没有人烟的海滨，变成了现在十里洋场蓬勃兴旺的上海。但是古荆州现在也不是一无所观，这里拥有繁华都市所没有的自然界秀美风光，这里宽大的房屋不像都市住宅那样鸽子笼似的狭小，这里没有都会的诱惑，可以设学校安心求学。靳以的《忆上海》（第 150 期），在几千里外的小镇回忆曾经生活过八年的上海。他以小镇的视角来比照上海大都市的繁华：“然而要我在这个小市镇里，一切物质文明和精神文明，都要先从我们生活的这个年代数回一百年或是二百年，去遥念那个和世界上任何大都市全不显得逊色的上海，我们所有往日的记忆都无凭依了。”[①]他虽曾讨厌城市的嘈杂，看不惯买办流氓地痞的作为，然而这些都在他深情的怀念中淡化，他不再认为上海是个“建基于金钱和罪恶的大城市”，在回忆中，他个人“和这个大城的脉搏相调谐了”。梁得所在连县双喜山所写的《山居闲感——答国亮书》，用对照的手法写上海都市人对于大自然的向往：“在上海住得久的人，颇不容易相信天下有真山。难得一游半淞园，所见的只是人造的石头堆；归途也许经过‘扫叶山房’，该是多么幽雅的地方，其实却是噪杂的四马路的一间店；再经过人烟稠密的街巷，也许还见那分明是石库门的弄堂，却雅其名为某某村。在上海住得久，简直什么都不能信以为真。”[②]作家们或用上海都市的繁华来对照小镇古迹的落后蛮荒，或用内地山川的自然宁静反观都市上海的嘈杂混乱，体现出复杂的情感倾向和理性思考。

---

① 靳以：《忆上海》，《良友》第 150 期，1940 年 1 月。

② 梁得所：《山居闲感——答国亮书》，《良友》第 117 期，1936 年 5 月。

总之,《良友》散文取材广泛,无所不谈。受画报时尚编辑策略的影响,《良友》散文注重塑造现代健康的生活观念和趣味,表现西方现代时尚生活方式,同时也不乏对于都市生活的反思。由于上海在20世纪二三十年代处处领风气之先,《良友》散文在反映内地生活时,也多从上海视角去观照,具有鲜明的时尚特色。

第二节　现代都市的“时尚”话语

《良友》是中国20世纪二三十年代最具影响力的画报,在长期探索过程中,形成了其鲜明的话语特色。它以图像为主、文字为辅,用图文结合的方式传播信息,图像和文字之间互相呼应、互相阐发、互相补充,生成整体意义。在画报整体风格的制约和影响下,《良友》散文的话语不断变换猎奇视角,表现出鲜明的画面感,叙述节奏明快,体制比较短小,呈现出海派文学的时尚特色。

一、文字和图像相互指涉

丹尼尔·贝尔对美国历史学家H·斯图尔特·休斯关于大众文化的观点深表赞同,他指出:“目前居‘统治’地位的是视觉观念。声音和景象,尤其是后者,组织了美学,统率了观众。在一个大众社会里,这几乎是不可避免的。”[①]他认为现代世界是一个城市世界,城市为人们看见或想看见事物提供了大量的机会,当下文化正在变成一种视觉文化。20世纪30年代的上海已经具备了资本主义时代的文化特征,进入到视觉图像时代。许道明认为:“在上海,社会交流或认知通常首先是视觉意义上的交流和认知,社会关系也差不多是通过视觉交流而建立和维持的。”[②]从这个意义上不难理解其时为何画报之风流行。《良友》为何能在刊物如林的画报中脱颖而出?重要原因之一就在于这个刊物不仅仅重视图片,而且在整体上采取了图文并茂的话语方式,文字和图像二者相互指涉,相互参照,生成了一种时尚的深层意义空间。

李欧梵认为:“到30年代早期,《良友》画报上已营建了关于都会现代性的一

---

① [美]丹尼尔·贝尔著,赵一凡等译:《资本主义文化矛盾》,生活·读书·新知三联书店1989年版,第154页。

② 许道明:《海派文学论》,复旦大学出版社1999年版,第119页。

整套‘想象’。有越来越多的照片来展现这个都会的各种迷人之处。”[①]他分别举出1934年第85期和第87期的两组照片来证明都会的迷人处。同时，他又认为《良友》画报担心以上照片会被认为太具挑逗性，便于第103期刊登“人行道上的上海”照片来表现都会的另外几面，“不管《良友》画报的杂志多么煞费苦心地来呈现上海的另一面，正是这种现代梦幻开始作用于读者的流行想象”[②]。从分析问题的视角来看，李欧梵非常重视《良友》画报图片的作用。他认为《良友》画报虽然包含了相当重的文字分量，但是其吸引人的地方还在于图片，因此他多从图片角度来探讨问题，但似乎未重视《良友》刊物的另外一面——至关重要的文字说明。这些文字说明不仅对图片内容进行补充生发，增强了图片的表现力，而且能够达到图片所无法触及的深刻。结合文字说明来分析《良友》画报，甚至能得出相反的结论。

《如此上海》(《良友》第87期)

第87期的《如此上海——上海的声光电》系列图片展现了百货大楼、影院、舞厅、饭店等景观，其旁的文字写道：

① ［美］李欧梵著，毛尖译：《上海摩登——一种新都市文化在中国1930—1945》，北京大学出版社2001年版，第89页。

② 同上书，第90页。

喧闹的，嘈杂的声音，从早上六点，到第二天清早六点，竭力要把上海装成第二巴黎；晚上，火炬似的光刺激着，把做了一天工作的人们又从极度的疲倦鼓舞起来：电的力量加强了一切的速度，马达，马达，马达……人都变成了机器，在密网的电流中打滚……

鲁迪华莱的《盛路易的哀愁》……贝多芬的《第九交响乐》、王人美的《催眠曲》……荀慧生的《四郎探母》……薛觉先的《姑缘嫂劫》……汽车的长吼。十字路口交通警察嘴上的银哨……叮叮……三〇一八九……大晚夜报……工厂，和轮船的尖叫……混成一片，飞窜在这火柱似的，金蛇似的，电炬，和霓虹灯的夹缝里；缠绕着每一个在都会生活的人的心。老年人变了少年，少年人变了疯人，欢笑和流泪，喝彩和惨叫……

这，太太先生们，便是上海的原动力：声，光，和电！①

图片虽然直观生动，但只能展示定格的静态画面，文字却勾勒出声音持续的时间长度；图片只能诉诸人的视觉，文字却写出了声音种种不同的形态；图片只能告诉人们上海的声光电，文字却揭示出声光电所带给人的种种变化——文字说明对图片进行了栩栩如生的阐发，让人在一览无余的图像之外读到了有关声光电的更多信息。将文字和图片结合起来阅读，会让读者对上海的声光电有着更全方位的了解。

第 85 期的名为《都会的刺激》的一组照片的文字说明，不仅使得画面更丰富，而且使得画面的意义得到了深化。从图片来看，上面有爵士乐队、摩天大楼、赛马和赛狗场景、回力球场、电影海报、歌舞团表演的冶荡舞姿，居中的是一个穿着开叉很高的时髦旗袍的女子，实物一样清晰逼真的图片直接冲击着视觉感官，让读者感知都会的刺激，毫无疑问，这样的都会是迷人的。旁边的文字写道：

侥幸的心理，麻醉的享乐，金钱的诱惑——这，都会的刺激，代替了一切努力于正当事业的热情。跑马，跑狗，回力球……小数的代价，作多数的博彩。矗立云霄的摩天巨厦，象征着金钱的威力，道旁的巨幅广告，啤酒，五加皮的利激；舞场里狂热的爵士音乐，恐怖的，侦探的，冒险的影片，在每一间

---

① 《如此上海——上海的声光电》，《良友》第 87 期，1934 年 4 月。

《都会的刺激》(《良友》第 85 期)

的影戏院里轮流发着惊人的巨吼。还有加插的少女舞蹈，冶荡的歌声，冶荡的舞姿，女人旗袍开叉的高度发展，肉的挑动，性的刺激……

社会的不安使这酒精般的刺激强烈地加增：建设的雄心，爱国的热情，在失望的绝境之下，全沉沦在这麻醉的漩涡中去了。失败者的自暴自弃，灰心者的逃避现实，愤世者的憎恨的报复……全溶合在这刺激的大烘炉中，于是来了抢劫和被抢劫，奸淫和被奸淫，杀人和自杀……

这，便是都会刺激所引出的恶果，资本主义社会的文明。在这些刺激里面有多少叹息，多少惨叫与哀号！与其说中国有个巴黎第二，我们不知该庆幸还是悲痛……①

文字部分加大了图片的表现力度，诸如爵士音乐的“狂热”，影片的“惊人的巨吼”是在图片中无法听到的，却通过文字表现出来了，影片内容是“恐怖的，侦探的，冒险的”在图片中也没表现出来，而是文字部分进一步的发挥，这些都从不同方面进一步展示了都会的“刺激”；文字也对图片的隐含意义进行了阐释，指出跑马、跑狗、回力球等赌博是一种侥幸的心理，用“小数的代价，做多数的博彩”，

① 陈嘉震：《都会的刺激》，《良友》第 85 期，1934 年 2 月。

摩天巨厦是“象征着金钱的威力”，少女冶荡的舞姿和女人开叉很高的旗袍则是一种“肉的挑动，性的刺激”，加深读者对画面意义的理解。不仅如此，文字部分还指出了这种都会的刺激“代替了一切努力于正当事业的热情”，造成了“抢劫和被抢劫，奸淫和被奸淫，杀人和自杀”，这刺激中还“夹杂着叹息、惨叫和哀号”，透过都市繁华迷人的场景，揭示其背后所隐藏的社会问题。文字作者对“都会的刺激”充满了担忧甚至是愤慨，表现出来的是对都市现代性的反思和批判。如果说图片呈现出的是李欧梵所说的“现代梦幻”的话，文字内容揭示其不过是一种噩梦。这种不同是由文字和图片的不同性质决定的。图片是一种形象符号，诉诸人的直觉，让人的感官欲望得到满足，因此读者会从充满诱惑的现代社会图景中感觉到其迷人处，而文字则能够帮助人们完成理性思维，进行丰富深刻的思考，上述文字内容就是对都市的刺激进行了理性化解读。文字和图片对“都市的刺激”从不同方面进行解读，相互指涉，形成了一种丰富的话语形态，使读者客观冷静地看待现代都会的繁华。

《良友》画报的文字说明，都市意象密集，叙述视角不断转换，叙述节奏快捷，比喻、排比、夸张、拟人、通感、复迭等修辞格云集在简短的文本中，其自身也充满了感染力，理应被当作散文之一种。[①]《良友》画报图片和文字的成功结合不仅表现在文字说明对图片的有效阐释上，还表现在《良友》画报为使读者更好地理解散文，为之配上了精美的插图。例如，为洪深的《大饭店》一文配的图有华懋、“廿二层高耸的”国际饭店、百乐门、新亚、华安、扬子等六个大饭店，为郁达夫《上海的茶楼》配有青莲阁、仝羽春、一乐天三个茶楼，以及茶客喝茶场景的图片。再如《良友》第49期发表的马国亮的《梦的低徊》写的是一种幽婉的心境，三幅富有意境的插图不仅缓解了读者的视觉疲劳，而且和文思形成了互文效应。从整体看，《良友》刊载的大量图片和文学作品及其他文字共同构成一种互相补充的关系，共同阐释20世纪二三十年代中国时尚生活的方方面面。

伍联德曾经这样来谈创办《良友》的动机：“我觉得这样的画报在我们中国特别需要，非办不可。因为在当时事事落后的我国，教育不普及，不识字的人太多了。倘若能办好一份图文兼重雅俗共赏的画报，一定会畅销全国，人手一册，如

---

① 贾平凹主编的《美文》刊物在创刊时就提出了“大散文”的口号，强调散文的时代性、生活实感和大境界，呼吁开拓散文题材范围，反对散文“清理门户”，将一些有内容又写得好的信件、日记、序跋、导演阐述、碑文、诊断书、鉴定书、演讲稿等，甚至笔记、留言在刊物上发表。参见贾平凹：《散文的九个问题》，江力、琼虎主编：《中国散文论坛——散文名家之讲演、评析及作品》，北京大学出版社2003年版，第379页。

果能把画报办得好，其所发生的作用效果，也就等于办学一样，可以启迪民智，提高大众文化水准，而且说不定比较办学更为有效，更易为大众得益。”[①]这种“图文兼重”的做法，使《良友》画报不仅仅重视图片给人带来的感官享受，而且重视文字补充、生发和深度开掘的力量，从而把图画的造型形象和文字的观念形象镶嵌在一个平面上，形成了话语的丰富性和深刻性，以图文并茂的效果满足了图像时代中产阶级市民的文化消费需求。有人指出：“只有将图像的视觉直观性、现场可证性与语言、文字的逻辑性、阐释性和说明性相结合，实现优势互补，整合成为完美的、最有效的信息传播方式，才能将大千世界各种复杂的现象和信息完备而有效地呈现在人们面前，使其同时作用于人的形象思维和抽象思维，充分发挥人的左右脑的协同作用，调动人们的经验、知识积累和文化背景，以达成‘直觉的理性’与‘理性的直觉’二者的交融。”[②]《良友》画报显然做到了这一点。

二、文学话语的图像化

伍联德曾提出《良友》杂志的旨趣是“以商业的方式而努力于民众的教育文化事业”[③]。《良友》非常注重图片的作用，该公司在出版大型画册《中国大观》时曾提出：“……宣扬之道，文字之功固大，图画之效尤伟。盖文字艰深，难以索解；图画显明，易于认识故也。”[④]直观生动、易为读者接受的图像是《良友》画报的主体，它共刊载了400余幅彩图，32 000余张照片，满足上海文化市场的需求。在画报的整体风格的制约下，《良友》随笔小品具有灵活多变的表现视角，兼备快捷、生动、直观的图片特性，呈现出强烈的画面感，文学话语的图像化给读者带来了与众不同的审美感受。

受到摄影图片影响，《良友》散文以猎奇的视角把握对象，在表现手法上变化多端。为满足市民大众的好奇心，《良友》刊登了不少奇奇怪怪的图片。例如第1期就刊登了矮人夫妇、重达六百八十五磅的胖女、文明服饰和野蛮服饰的比较，第30期一组名为《世界奇趣之事物》的图片则包含了美国活动福音堂、日本奇趣之大鱼、巴黎妇女奇怪的头发造型、非洲土人贵族少年奇怪的发型、南洋年四十岁高三英尺半的矮人、南洋年十岁高十尺六尺二寸的高童等，此外诸如《奇

---

① 伍联德：《良友 · 回忆 · 漫谈》，良友画报出版社1966年版，第10页。
② 蒋晓丽、石磊：《传媒与文化：文化视角下的传媒研究》，华夏出版社2008年版，第198页。
③ 《卷头语》，《良友》第3期，1926年4月。
④ 伍联德：《中国大观发刊旨趣》，良友图书印刷公司1930年版，第5页。

人怪物》(第 34 期)、《世界新奇事物》(第 37 期)、《稀奇！趣怪！》(第 46 期)为题的摄影作品层出不穷。《良友》散文也多把笔触伸向读者好奇的地方，将一些稀奇古怪的奇闻异事诉诸笔端。龚啸岚的《戏剧的后台》(第 106 期)不写观众所看的舞台正面，而是写“神秘不可思议”的后台，揭示后台的组织构造、演员的化装着衣、前台后台间的布景机关等，满足读者的探秘欲望。菲子的《病魔处处》(第 125 期)写的是由过敏引起的千奇百怪的病症，由于不知道病发原因，需要带着“侦查的常识”才能了解病源。魏守忠的《崇状元府观狐记——中国养狐第一人张德田氏之狐狸生活谈》(第 103 期)写的则是很少有人了解的养狐状况，散文开头就说：“信不信由你，狐裘一袭，需狐一百六十头，每头五百金。何谓狐媚？何谓野狐禅？何谓狐步舞？都在此说个明白。”①极大地激起读者的阅读欲望。无论是常任侠的《汉墓遗迹》(第 103 期)，还是李集之的《洞天奇境》(第 106 期)，写的都是都市人不熟悉的领域，满足人们的好奇心理。

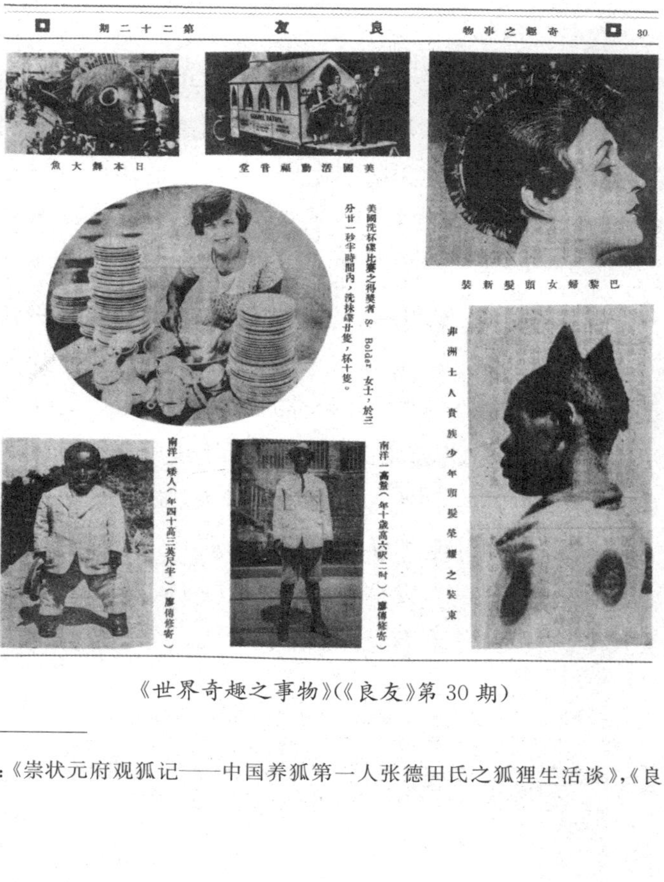

《世界奇趣之事物》(《良友》第 30 期)

① 魏守忠：《崇状元府观狐记——中国养狐第一人张德田氏之狐狸生活谈》，《良友》第 103 期，1935 年 3 月。

与之相适应，《良友》散文多从新奇视角出发，来表达自己所见所感，给读者带来新奇感受。1932 年 9 月，梁得所率全国旅行摄影团赴全国各地采访，写了《圣林巡礼》《各地名人访问记》《西北的印象》《社会的斑点》等 8 篇观感，把读者带到陌生的塞外大西北，这几篇观感的总题目《全国猎影记》给人以浓厚的猎奇感。即便写上海的日常生活，《良友》散文也用一种新鲜的视角去观察，从而写出不同的感受来。在谈到为何要请初到上海的东北人穆木天来写《弄堂》一文时，马国亮回忆说："要一个老上海写弄堂，他会觉得没有什么好写的。在他的眼中，一切都如此平常，既不新奇，也不新鲜。别人觉得有趣的，他视而不见。"[①]穆木天抓住了异乡客对上海弄堂不了解的"神秘"心理进行描写：

> "弄堂"这个字眼，对于他是神秘的，"弄堂"的实际情形，对于他更是神秘的，如果那一个旅人不在上海居住一个长期的时间的话。可是，在摩天楼的拱抱中，在汽车，电车，人力车，手推车的交流的缠绕中，"弄堂"的存在，的确是一种神秘。现实的神秘！殖民地的神秘！[②]

把上海普通市民生活的弄堂写得如此"神秘"，体现出海派散文新鲜猎奇的一面。曹聚仁是回力球场的常客，由于长时间研究这种由西方传入、兼具体育性和赌博性的洋娱乐而颇有心得，他开始写一篇名为《机遇在历史上之地位》的论文，从历史入手来解读社会现象；一篇题为《回力球必输论证》的劝世文，用图表客观证明赌球必输的原理。与以上实用文体不同，《回力球场》这篇散文运用独特的手法，"试来分析回力球场的群众心理，希望能写成一篇比较有趣的杂感小品"[③]。文中叙述的视角可谓是翻空出奇，竭尽变化之能事，该文共分为三个部分："亚尔培路的陷阱""可怜的小市民"和"几幅变态心理的图画"，分别从赌场老板的视角、前来参加赌博的小市民的视角，以及一个日本人、某兄弟、一个戴红帽顶的阔太少、一个年轻的少奶奶的角度来进行描写，类似于摄影中的"散点透视"的手法，对亚尔培路的回力球场的骗局进行全面的揭示。

由于作者写的多是自己的直观印象与感受，《良友》散文所表现的场景呈现

---

① 马国亮：《良友忆旧：一家画报与一个时代》，生活·读书·新知三联书店 2002 年版，第 212 页。
② 穆木天：《弄堂》，《良友》第 110 期，1935 年 10 月。
③ 曹聚仁：《回力球场》，《良友》第 109 期，1935 年 9 月。

出鲜明的画面感。马国亮组织的关于上海的系列散文，名字就叫“上海地方生活素描”。赵家璧将自己在华北旅行所写的散文命名为《北行印象》(第103期)，梁得所将自己参加《良友》全国旅行团所写的一篇旅行记命名为《西北的印象》，其他诸如夏莱蒂的《济南的印象》(第98期)，写的都是画面感很强的直觉印象。为配合茅盾的《证券交易所》一文，《良友》杂志社专门请漫画家陆志庠到交易所画了四张速写表现该文的场面和情形，分别是“很大的圆形水泥矮栏，像一张大的圆桌面似的，将他们范围成一个人圈”“靠柱子边的一张椅子里有一位弓着背似乎在转着念头：跳黄浦呢，吞生鸦片烟”“这当儿，池子里做交易的叫喊始终是旋风似的，海潮似的”“半圆圈上面这里那里坐着几个人，在记录着什么，肃静地一点声音都没有”①。陆志庠将这几个场景描绘得栩栩如生，与其说是他的画法高明，还不如说茅盾的描写本身就有很强的画面感。曹聚仁《回力球场》第三部分干脆直接取名“几幅变态心理的图画”。穆木天的《弄堂》中写道：

> 沿街走去，可以注意到在电线杆上和两边墙壁上有一些红纸帖。那些红纸帖是招租广告，不过写着“天皇皇地黄黄”字样的红纸贴也不少。如果向导不指给您看弄堂门口的话，也许您不得其门而入都说不定。衖口多半是有油盐店，酱园一类的商店，在弄堂门衕里，什九是可以发现到一个掌破鞋的靴匠摊子，和一个卖连环图画的旧书摊。那您可以在弄堂口上把招租纸再检阅一下。随后见，就可以到弄堂里去寻找出租的房号了。②

作者采取移步换景的手法，将眼睛所见场景直录下来，展现给读者的全是视觉画面，而无感受和思考。周乐山的《上海之春》捕捉的是上海春天里几幅令人不安的画面。该文分为六个部分，通过自己一天的行踪，将巡捕欺负黄包车夫、弄堂里的弃婴、引诱儿童赌博的骗局、香粉弄的卖花等画面勾勒出来，表现上海日常生活场景。张若谷的《春天到了》描绘的是老和尚写诗、大学生记日记、新嫁了的女作家与丈夫的对话、少女诗人给挚友写信、国故学家圈点吟哦旧书、民众音乐家的独唱等画面。

图像的直观性让人能够方便、快捷地捕捉对象进行欣赏，受此影响，《良友》

① 茅盾：《证券交易所》，《良友》第114期，1936年2月。
② 穆木天：《弄堂》，《良友》第110期，1935年10月。

散文大都体制短小，叙述节奏快捷。《良友》中常见的散文题材是旅行记、旅途通信等，叙述作者旅行经过，分成若干段落，文笔简洁畅快，使叙事的时间性向图像的空间性靠拢，类似一幅幅排列在刊物上的图画。伍联德的《旅途通信》写他赴美的经历，五封信分别寄自神户、横滨、檀香山、三藩市（2 封），用明快的笔触叙述所见所闻，文章简短，但饶富意味。子秋的《从广州到苏州——蜜月旅行随笔》（第 64 期）有话则长，不过数百字；无话则短，只有十几个字。《良友》编者一再对文字来稿提出这样的要求："文字以短篇为宜，随笔散文，创作小说，及各种有趣味有意义之译著，或以清畅文笔述学术常识，皆阅者所爱读，亦即本报之所需"[①]；"文字方面，除每期特约国内各作家撰述外，对于短小精悍之随笔，尤极力搜集刊登，使内容更为充实"[②]。章衣萍的《望月楼词》（第 61 期）、《园中随笔》（第 62 期）一则仅为几十个字，好像一张简单笔触勾勒的漫画。

类似于《良友》杂志经常刊登街头文化、街头场景图片所呈现出的生活化做派，《良友》散文的语言大多明白如话，通俗晓畅。《上海之春》中作者与卖花的对话、《回力球场》中年轻少奶奶与丈夫的对话都是纯然的上海话。上海话、上海十字街头的场景、上海的摩天大楼在《良友》画报上形成一种同构关系，阐释这座大都市的方方面面。

在图像的影响下，《良友》散文的话语褪减了逻辑性和说明性，使观念形态的文字具有了视觉媒体的特征，呈现出鲜明的感性状态，在审美上多直接诉诸人的感官，拉近了海派散文和读者大众之间的距离。许道明指出："上海不只是海派作家宣泄情绪的对象，更重要的是他们由上海这块土地才真实地获得了观察理解现代都市的新颖方式。"[③]从这个意义上说，《良友》散文的新兴话语方式打上了都市时尚文化的烙印，呈现出海派文学的鲜明特色。

第三节 《良友》散文三家：梁得所、马国亮和予且

梁得所和马国亮先后担任《良友》的第三任和第四任总编辑，作为该画报的

① 《征稿启事》，《良友》第 72 期，1932 年 12 月。
② 《编者与读者》，《良友》第 83 期，1933 年 12 月。
③ 许道明：《海派文学论》，复旦大学出版社 1999 年版，第 120 页。

支柱性人物，他们确立了《良友》的时尚编辑理念，奠定了《良友》在出版界不可动摇的地位，助推了《良友》进入办刊的巅峰状态。他们不仅是优秀的编辑者，还是本色的散文家。他们的散文大多发表在《良友》上，与其他内容共同建构了上海独具特色的都市文化。予且以小说闻名，他在20世纪30年代的随笔小品文字集中发表在《良友》画报上，显示了海派散文关注日常生活、满足市民趣味的一面。

一、梁得所：现代知识者心路历程的记录

梁得所是广东连县（今连州）人，1905年出生于一个清贫的牧师家庭。梁得所的父亲笃信基督教，曾在香港教学，后回乡做了牧师。他爱好音乐，喜欢艺术，使梁得所从小就接受了宗教和艺术的熏陶。1926年夏，梁得所从美国教会设立的培英中学毕业后，赴山东齐鲁大学攻读医科。由于家境贫穷，他读大学的费用是由亲友赞助的。梁得所是一个执着追求自己理想的人，读大学后仅一学期便放弃了悬壶济世的打算，设法偿还了借债，应伍联德之邀，于1926年10月15日到良友公司发展。梁得所在《良友》上发表了大量的散文随笔。他的散文结集的有《若草》（1927年）、《得所随笔》（1929年）、《未完集》（1931年）、《烟和酒》（1933年）、《猎影记》（1933年），均由良友图书印刷公司出版。

《良友》对梁得所的介绍（1927年第21期）

梁得所的散文创作和其《良友》编辑工作紧密相关。良友图书印刷公司有个不成文的规定，在主要工作人员任职三四年后，即给予一个月左右的旅行假期，

既使其获得休息，又能进行有助于业务的考察，可谓一举两得。梁得所于1929年8月初得到赴日本旅游的机会，他从上海出发，先后到了长崎、神户、大阪、宫津、东京等地。在此期间，他在《良友》画报上以《日本访问记》为题，发表此行观感文章共11篇，分别为《日本去》《所谓世界的公园》《岛屿性与大陆性》《两大新闻社》《扶桑的西湖》《京都紫宸殿前的杉》《乘飞机到东京》《书店印象》《剧场观感》《男子的头和女学生的脚》《归途余笔》，内容涉及日本的忠君爱国、武士道、自杀狂等传统习俗，教育、工商业、对华政策现状以及风土人情等。他以亲历者的视角，对之进行了栩栩如生的描绘，"虽则文字不长，未足以评叙整个的日本，但旅途观感所作的杂记，非亲历其境写不出"[①]。他采取了和中国相互对照的视角："我对于日本的观察，自然是以中国为背景，所以在《日本访问记》中，十之八九拿日本和中国比较……同时我们应该特别留意别人的长处，来警惕自己的弱点。自尊自大的本性非铲除不可……我们要用没有成见的眼光去看广阔的世界，用虚怀实力去取别人的长处，我们的前途才有希望。"[②]如《岛屿性与大陆性》一文，他详细比较中日两国由于地理位置不同造成的国民性的不同：日本是个岛国，具有"美中而带小器"的特点，不如中国有一种浩然的正气。但他并不以此而自诩，而是结合中国现状，指出"为救济中国今日的颓懦而论，宁取岛屿性。虽则冲动近于轻浮，但胜过麻木不仁，短命不要紧，只要作为，就胜做一百岁的蛀米虫"[③]，结论发人深省。再如《男学生的头和女学生的脚》一文，他从日本记者询问中国男女时装是不是以学生为标准谈起，赞许日本中等学校以下的男生剪光头发来培养俭朴的习尚，女学校开展体育教育来改变长期坐习导致的腿胫臃肿弊端，进而议论道："无论哪个国家，教育的目的无非培植健全的公民——培养俭朴的德性和坚实的体育，自然间接促进读书的智能——国家太平，教育就有一致的方针。"[④]这种建立在所见所闻基础上的思考颇有见地。

1930年，伍联德准备派出一个全国摄影旅行团，采摄全国各地风物，该计划在1932年得到了实施。该摄影团由梁得所带队，于9月25日从上海出发，先行北上，由西北回华中，然后沿长江进入四川及西南诸省，行程遍及黄河流域、长江流域和西南诸省三大区，历经种种磨难，到次年5月才结束。此行共摄照片一万余张，介绍了当时全国风貌。梁得所此行写了8篇题为《全国猎影记》的观感，分

---

① 梁得所：《编辑余谈》，《良友》第40期，1929年10月。

②③④ 梁得所：《日本访问记》，《良友》第40期，1929年10月。

别刊载在《良友》的第70—77期上，以异常广博的内容，记述了他对路途中所见山川胜迹和风土人情的感悟，描绘了他接触到的军阀、文化名人、活佛等各类人物，表达他对中国历史、文化和现状的思考和忧戚。对于生活在孔氏家族封建气氛里的孔子七十七代孙孔德成，梁得所掩饰不住内心的失望之情："记得从前见过德成君七八岁时的照片，眉宇间一种活泼的神气，现在仿佛消失了，微有倦容的脸部，颜色和身穿的淡青长衫有点相近。坐半个钟头，一声没有响，我们所问都是那位中年的族人代答。"由此他思考道："望着他的背影，我想及他的前途。应该在球场叫跳的十三岁的孩子，现在养成沉默而怕太阳的书生。机械式地接见游客，游客来看他，有如看孔宅古井或孔子手植桧一般无多大意义。生活的厌倦露于眉宇，可怜他自己的命运将永远珍藏于孔宅的古迹中，为延长孔宅历史，便是他生存的责任。"①在深受现代思想影响的梁得所看来，十三四岁的孩子天性应该是活泼好动，应具备回答问题的能力，应该沐浴在自然的阳光下，然而这些孔德成都不拥有，因此他深深地为孔德成的命运担忧。

《良友》全国摄影旅行团出发的当年，日本已侵占中国东北，并谋图染指华北。收录在《各地名人访问》一组中的《守山海关的何柱国》一文，表现了梁得所对国家命运的思考。在到达山海关访问了警备司令何柱国后，他感慨道："秦始皇时代早已过去，中国今日所受的侵略决不是一座死城挡得住，现在我们从新建筑一座新的，活的，众志成城！旧的城颓废了，新的活的砖石还是散着不能集拢，这便是目前中国的悲哀。"②梁得所散文在对全国各地人事景物的描写中，常常用上海现代生活的视角去比照，表达了他的忧戚之情。在《与冯玉祥谈苹果》一文中，冯玉祥指出内地平民生活的苦况是都市阔人所不懂的。梁得所对此思考道："有人说烟台苹果香，有说花旗苹果甜；有人说吃苹果削皮合卫生，有说连皮吃滋养充足。有一派主张仿英国烤苹果糕，另一派主张学法国制苹果酱。这些争辩有什么意思？如果百般饥渴的民众，像冯先生所谓连苹果影子都未见过。"③梁得所并不认为都市的时尚适合于一切场所，失去了特定的环境，就会变得不合时宜。在关于这次旅行的《塞外的乐音》一文中他指出："每种东西有它的用场，《毛毛雨》只合于黎明晖等女士，穿着半似泅泳衣半似内衣的舞装，发出扼

① 梁得所：《圣林巡礼》，《良友》第71期，1932年11月。
② 梁得所：《各地名人访问》，《良友》第72期，1932年12月。
③ 梁得所：《猎影记》，良友图书印刷公司1933年版，第59—60页。

着喉头似的尖锐的嗓子去唱；现在昂藏七尺的大兵，体操并非游艺，难道武装要化作舞装？而且既有《毛毛雨》，难保不唱《可怜的秋香》。"①梁得所用朴素而生动的笔法，真实记录了南北各省的面貌，以敏锐的眼光捕捉到中国社会的一系列问题，加深了读者对于中国现状和前途的思考。

除了以上两组访问记之外，梁得所的游记类的作品还有搜集"新广州"资料期间所写的《南行琐记》（第55期）。此外，梁得所在《良友》上发表大量的杂感随笔，其中较为系统的有自第50期开始连载的《民族的反抗性》《女人与葱》《麻雀与情信》《忙》《去》《栏杆》《忆西湖》《万事结尾难》《到音乐会去》等。其他陆续发表的随笔杂感还有《五香花生米与中国》（第19期）、《若草》《天堂上的哭泣》《路》（第20期）、《红与绿》《赌徒的哲学》（第33期）、《如是我闻》（第57期）、《忘记》（第58期）、《粤乐三部曲》（第59期）、《烟和酒》《学校生活之一页》（第61期）、《血和泪》（第62期）、《灰色的围墙》（第63期）、《圣经与失眠》（第65期）、《赠镜》（第66期）、《再谈老实》（第68期）、《失去的情歌》（第76期）等，内容涉及政治积弊、社会变革、生命感悟、艺术生活等，均通过自己思考，提出新颖的见解，表现出现代知识分子的良知和勇气。

梁得所散文的艺术特色同样和《良友》密切相关。受刊物编辑严谨务实的作风以及画报图片直观印象的影响，梁得所散文文笔非常简洁，篇幅短小精悍，一般不超过千字，一些长的记述被分成若干小节，分别取上标题，让人一目了然。关于自己的散文写作，他曾谈到："把偶然的感想写下来，仿佛成为我的习惯，至于有什么可以贡献读者呢？我向来没有把握。只有一点我常常留意，就是写得简短些，庶几乎虽或晦涩，读来亦未至于头痛；虽或读了无所得，但费时间无多，亦不致太过上当。"②与《良友》杂志的时尚风格相适应，梁得所散文的标题起得新颖别致，如《笑！笑！笑！》《东方的秘密》《女人与葱》《忙》《去》等，给人以耳目一新的感觉。在视角上，他注意借鉴绘画和摄影的技法，灵活地运用"焦点透视"去表现场景和人物的丰富层次。比如《张学良之印象》是以自己的视角对张学良进行的观察。因为张学良当时陷于"不抵抗"的舆论之中，梁得所有意回避有关时局问题，只就画报内容向其征求意见，但临别时张学良又向他透露自己暗中支持义勇军的事情，真相到底如何，梁得所最后也没弄清。该文通过焦点透视的方

① 梁得所：《猎影记》，良友图书印刷公司1933年版，第95页。
② 梁得所：《社会的斑点》（全国猎影记之七），《良友》第76期，1933年5月。

法，刻画出了张学良这一政治人物的丰富性和复杂性。《麻雀与情信》《女人与葱》又运用“散点透视”的方法，从不同角度去观察问题，寻找共同点，视野更为开阔。梁得所散文短小的篇幅、浓缩的画面以及鲜明的形象和画报的风格是一致的，契合现代人的阅读习惯。

因不甘心只做个“保姆”，胸怀抱负的梁得所于1933年8月离开了《良友》，与黄世匡组织了“大众出版社”，出版《大众画报》《小说》《文摘》等四种刊物，但由于缺乏资金支撑等原因，一年半后就宣告结束，身心交瘁的他肺病发作。梁得所后来还担任过《时代画报》的主编、广学会的编辑等，1938年8月8日旧病复发，英年早逝。梁得所革新了《良友》的内容，奠定了画报的地位，并以自己的散文创作实绩为读者了解20世纪30年代的中国打开了一扇窗户。

二、马国亮：抒写心曲，品味生活

马国亮是《良友》画报成就的海派散文作家。在他人生走投无路的时候，《良友》给他带来了一线希望的曙光，从起初担任梁得所的助手，到第80期（1933年9月）担任《良友》总编辑，马国亮完成了他人生的华丽转身。从困苦到辉煌，他获得了丰富的人生体验，并将之融入散文创作之中，参与《良友》编辑也使得他的散文创作染上了鲜明的海派特色。

马国亮，字希白，广东顺德（今佛山市顺德区）人，于1908年出生在一个书香世家，从小就尝尽了生活的悲酸。他父亲精通医术，多才多艺，却不善谋生，靠着祖上留下的财产过活，家庭状况并不好。因此，马国亮放弃了学业的追求，想尽早学得一技之长来自谋生计。1927年1月，马国亮到上海新华艺术学院学习美术，一年后改投到当时上海最著名的画家之一的白俄画家普特尔斯基门下，但终因经济原因，学习不成、工作无望而回到广州。在家乡处处碰壁之后，1929年初，马国亮再次来到文化中心的上海寻找机会，先后求助于文化机构和职业介绍所，均告无果。这时候，广东培英中学同学、现任《良友》编辑的梁得所向他伸出了援助之手。6月中旬，马国亮受雇于良友图书印刷公司，担任编辑部干事，协助梁得所工作。在梁得所鼓励下，马国亮相继在《良友》和其他出版物上发表画稿和文学作品。在此后的几年，他发表的文稿结集出版了不少单行本，如《给女人们》（1931年）、《生活之味精》（1932年）、《再给女人们》（1933年）、《偷闲小品》（1936年），均由良友图书印刷公司出版。

马国亮主编《良友》时期,编辑视域极其宽广。他认为画报的作用“不仅要供消遣,而是要贡献实益”①,如上所述,由他主编的该刊第85期的《都会的刺激》一方面用图片极其夸张地渲染了都市的繁华,一方面又用文字批判其背后所蕴含的社会问题,多视角的建构方式使得现代都市文化更为立体化。马国亮发表在《良友》上的散文作品与之有某些相同处:在一些作品中,他用极其抒情化的文字表现自己莫可名状的内心情绪,又有一些作品用轻浅的文字叙写他的世俗情怀。

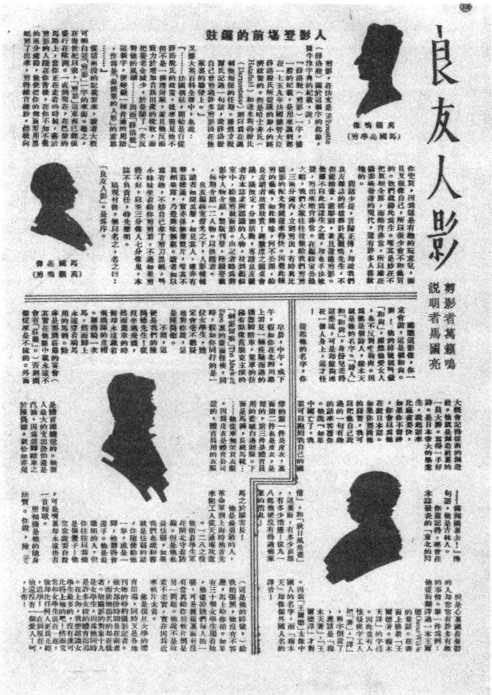
良友人影
剪影者 萬籟鳴
說明者 馬國亮
人影登場前的鑼鼓

《〈良友〉人影》(1934 年第 84 期)

《良友》第 38 期刊登的《请听一听,听我这可怜的浪人底歌声》是马国亮发表在该刊上的第一篇散文,梁得所在该文后《编者附志》中介绍说:“旧同学马君国亮,爱好文艺,曾师从俄国画家研究美术,所作散文诗,尤得情韵之妙。最近作成多篇见示,特将其一飨本报阅者,其余全集异日另以单行本出版。”②从抒情主体看,文本写的是一个革命成功后被抛弃的无名士卒,回到家中后父母双亡,自己从此沦为浪迹天涯的卖歌者。显然,马国亮是借士卒之口,书写自己的乖蹇遭遇。文中借用优美的文字和伤感的意象来写自己的失意之情,意味隽永,饶富情韵。隔一期后,该刊第 40 期又刊登了《醒时不见了你》一文,用华美的语言和精巧的结构组成了一个抒情短章,书写了作者与情人相见的梦幻被小鸟婉转的歌喉惊醒后的迷茫怅惘之情。作者写道:“醒来时不见了你,我梦里的安琪儿呵,你温馨的絮语似犹在耳边,你醉人的笑靥似犹在目前,我梦里的安琪儿啊,何处,何处有你的芳踪,倩影!”③具

---

① 《编者与读者》,《良友》第 83 期,1933 年 12 月。
② 马国亮:《请听一听,听我这可怜的浪人底歌声》,《良友》第 38 期,1929 年 8 月。
③ 马国亮:《醒来时不见了你》,《良友》第 40 期,1929 年 10 月。

有诗般的韵味与节奏。马国亮的这些散文诗是其在《良友》上的最初亮相，表达了一个涉世不深的青年的委婉心曲，轻浅而伤感。他此后的散文创作保持了这种抒情倾向。例如《良友》第107期发表了一组"溽夏随笔"，郑伯奇的《消夏回忆》、老舍的《歇夏》、郭建英的《长井之夏》都用漫录式的笔法，栩栩如生地描写自己消夏的真实经历。而马国亮的《星之欣赏》却用优美的文笔，赞美夏夜碧空无云时满天的星斗，带有浓厚的抒情意味，显示了他与其他人的不同之处。马国亮在《良友》上发表的此类抒情散文还有《百合》(第48期)、《梦的底徊》(第49期)、《当黄叶飞舞时》(第50期)、《回忆》(第80期)、《静静的溪流》(第87期)等。后期的这些抒情文字或谈生命的感悟，或写理想的追求，由于有了生活经验的支撑，摆脱了早期那种"为赋新词强说愁"的柔弱，更为成熟了。此外，他还为这些散文配上自己绘制的黑白抒情画，图文并茂，情景交融，很受读者欢迎。

马国亮并不是一个沉浸在自己情感世界中的作家，他关注上海社会人事，喜欢用小品文的形式发表议论。马国亮甚至还有一副世俗的笔墨，显示海派作家尖新的一面。他在《良友》第78期发表了一篇名为《窃犯马国亮》的奇文，写一个和自己名字、籍贯一样，甚至连年龄都差不多的窃犯被香港大英银行悬赏追缉，引起别人对自己的种种猜测和议论，甚至有人为了两千块钱的悬赏向巡捕房去举报他。在文中，他以谦和的姿态对引起误会的另一个"马国亮"的行窃行为表示谅解，对举报他的人也没有责备，还认为自己没必要登报解释，因为那会有出风头的嫌疑。但实际上，他不仅将该文先在《申报》发表，在《良友》重发时又将该悬赏通告和自己的照片一起贴出来，最后幽默地写道："结果决将拙照附刊，务请海内外一切军民人等列位诸君知照，藉审只此一家，并无分出，万乞认明，庶不致误。"[①]《幸而我未中头奖——一个没有中过头奖者的独白》(第110期)同样是一篇奇文。一般人以中奖为幸运，马国亮却反其道而行之，极力宣扬未中奖的种种好处：没有中奖，就避免了中奖后的患得患失的恐惧、等着领奖日子里的焦灼不安、分配巨款的困难等；没中头奖，可以了却不少烦恼，不要为添加衣服购置洋房而劳神费力；没中头奖就不必装场面摆架子，可以有平凡人随意吃臭豆腐和花生米的自由；没中头奖可以交往到真正的朋友，得到不是建立在利益基础上的友谊，没中头奖可以使自己继续做梦，可以继续和命运进行斗争，这样的生活才是

---

① 马国亮：《窃犯马国亮》，《良友》第78期，1933年7月。

有意思的。在幽默的行文中，在自我解嘲中，马国亮表达的是一种市民阶级的价值观，虽平凡普通，但真实真诚，不虚伪不做作。这些散文和收录在《偷闲小品》中的《病的赞颂》《论失眠之益》等文一样，或故作惊世骇俗的言论，或者逆向思维正话反说，正是海派作家吸引刊物读者的常用手段。

马国亮以上在《良友》杂志上发表的散文，有的是受现实生活触动即兴写就发表的，有的则是从其系列散文集中选择出来发表的。与以上不定期的发表形式不同，自 1936 年的第 113 期起，他开始在《良友》刊物上写作题为"每月杂话"的系列散文，直到 1937 年抗战全面爆发才停止，共发表杂谈类散文 20 篇。长期主编《良友》的宽广视野使他对于国家命运、社会情势和世态人情有了更为深入的把握。这些散文题材广阔，有对时局的担忧和思考，如《先祖的光荣》（第 113 期）、《今之英雄》（第 113 期）、《血的代价》（第 113 期）、《民众的呼声》（第 113 期）、《忧国与救国》（第 114 期）、《我们在后方》（第 122 期）；有对婚姻、生育、事业、职业、地位、成功、名望等社会热点话题的探讨，如《春回一简》（第 115 期）、《名望·地位·成功》（第 116 期）、《职业与事业》（第 117 期）、《门上楣》（第 127 期）等；有对他人的安慰和纪念，如《慰生活在炎夏者》（第 118 期）、《纪念一个青年——悼陈家震》（第 119 期）等；有的谈教育、宗教、读书等问题，如《学府门前》（第 120 期）、《耶稣的门徒》（第 123 期）、《谈读书》（第 128 期）；有的没有什么主题，随便就一些话题生发开去，随意而谈，涉笔成趣，如《无聊之谈》（第 121 期）、《从改头换脑说起》（第 126 期）、《敬祝新年快乐》（第 124 期）、《草》（第 125 期）、《谜》（第 129 期）等。马国亮杰出的议论才能在这个系列散文中得到了发挥，与梁得所散文的短小精悍不同，这些散文大多篇幅较长，对问题探讨得比较深入。包罗万象的话题、对社会细致的观察以及对生活理趣的发现使这些散文成为海派系列散文的重要收获。

马国亮是继伍联德、周瘦鹃和梁得所之后的《良友》第四任编辑，他因对《良友》做出了巨大的贡献受到了肯定，赵家璧认为："现在纵观全部《良友画报》二十六卷，无论从编辑思想，编排方法，组稿对象——包括文学作品和美术作品的作者和图片的撮影者而言，马国亮主编时期，是《良友画报》的全盛时期。"[①]尽管多篇散文曾被收入《中国新文学大系（1927—1937）》，但他的散文创作成就却长期

---

① 赵家璧：《〈良友画报〉二十年的坎坷历程》，《新闻研究资料》1987 年第 1 期。

为文坛所忽视。他的创作不仅数量多，而且取材广泛，手法多样，在艺术上有着自己的鲜明特色，理当引起更多的关注和研究。

三、予且：市民趣味的倾心表现者

文学史给予且的定位是现代通俗小说家，但他最初却是以小品随笔等散文作品被读者所接受的。他较早的作品集是由良友图书印刷公司出版的《予且随笔》(1931 年)和《饭后谈话》(1933 年)，均为散文集，其中收入的散文多数在《良友》上发表过。1943 年，谭惟翰在《记予且》一文中写道：

> “予且”两个字，我最初发现它大概是在《良友画报》上。那时我还是一个初中的学生，我并不懂什么叫做文学，可是“予且随笔”却使我在课余得到不少的喜慰；只是每当我看得起劲的时候，底下没有了，我常常问自己，这样好的文字为什么不多登两段呢？①

这段话透露出予且散文为读者所接受的广泛程度，也说明了散文以多次连载的形式在刊物上刊登更能引起读者的阅读兴趣。

1931 年 9 月，予且的名字第一次出现在《良友》第 61 期上，其时适逢《良友》创办六周年，增加了文学作品的比重。梁得所在《编后记》中介绍到：“文字比前约多三倍，因为每月只出一期的杂志，应该较为充实。本期所刊，予且先生的《饭后谈话》共分六段，每段一题，将按期发表。”②这组散文发表在《良友》第 61—66 期上，分别为《饭后的脸》(第 61 期)、《吃饭的艺术》(第 62 期)、《何以解忧》(第 63 期)、《淡巴菇》(第 64 期)、《茶之幸运与厄运》(第 65 期)、《司饭之神》(第 66 期)。此外，予且发表在《良友》画报上的散文作品还有《龙凤思想》(第 68 期)、《酒色财气》(第 69 期)、《天地君亲师》(第 70 期)、《福禄寿财喜》(第 67 期)、《予且随笔》(包括《坐》《甜蜜的家》2 篇，第 142 期)等。这些散文所写的都是市民日常生活中的常见话题，具有较强的市民趣味。

在和予且有着密切交往的谭惟翰看来，予且谈锋很健，他有一种不可思议的本领，就是在连续谈论两三个小时的话后，自己和谈话对象都不会感到厌倦。予

---

① 谭惟翰：《记予且》，《天地》创刊号，1943 年 10 月。
② 梁得所：《编后记》，《良友》第 61 期，1931 年 9 月。

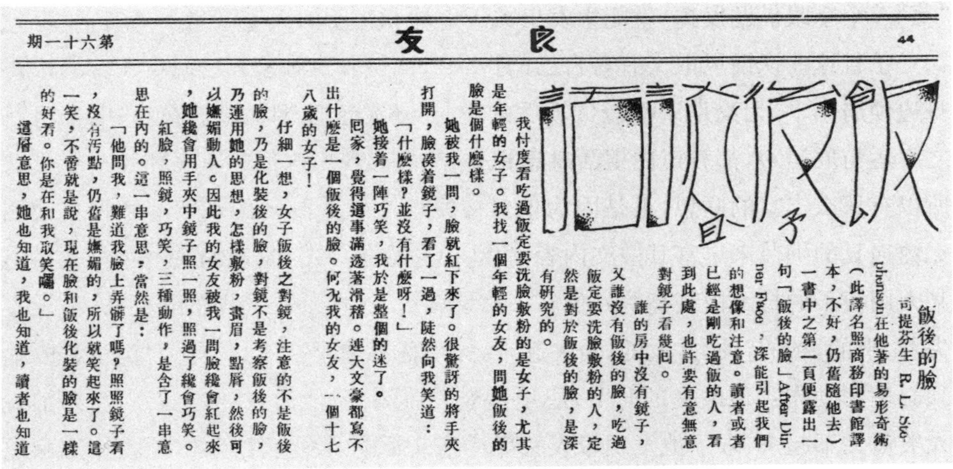
44 良 友 第六十一期

飯後談話

予且

飯後的臉

司提芬生 R. L. Stephenson在他著的易形奇術（此譯名照商務印書館譯本，不好，仍舊隨他去）一書中之第一頁便露出一句「飯後的臉」After Dinner Face，深能引起我們的想像和注意。讀者或者已經是剛吃過飯的人，看到此處，也許要有意無意對鏡子看幾囘。

誰的房中沒有鏡子，又誰沒有飯後的臉，吃過飯定要洗臉敷粉的人，定然是對於飯後的臉，是深有研究的。

我忖度看吃過飯定要洗臉敷粉的是女子，尤其是年輕的女子。我找一個年輕的女友，問她飯後的臉是個什麼樣。

她被我一問，臉就紅下來了。很驚訝的將手夾打開，臉凑着鏡子，看了一過，陡然向我笑道：

「什麼樣？並沒有什麼呀！」

她接着一陣巧笑，我於是整個的迷了。

囘家，覺得這事滿透著滑稽。連大文豪都寫不出什麼是一個飯後的臉。何况我的女友，一個十七八歲的女子！

仔細一想，女子飯後之對鏡，注意的不是飯後的臉，乃是化裝後的臉，對鏡不是考察飯後的臉，乃運用她的思想，怎樣敷粉，畫眉，點唇，然後可以嫵媚動人。因此我的女友被我一問臉纔會紅起來，她纔會用手夾中鏡子照一照，照過了纔會巧笑。

紅臉，照鏡，巧笑，三種動作，是含了一串意思在內的。這一串意思，當然是：

「他問我，難道我臉上弄髒了嗎？照照鏡子看，沒有污點，仍舊是嫵媚的，所以就笑起來了。這一笑，不啻就是說，現在臉和飯後化裝的臉是一樣的好看。你是在和我取笑囉。」

這層意思，她也知道，我也知道，讀者也知道

《良友》第 61 期刊载予且《饭后谈话》

且的这种“谈话风”被他运用到了散文创作中。他的散文多为议论性的随笔，形成杂谈式的文体风格。予且创作散文的思维方式异于常人的线性思维，往往是发散式的，他具有联类无穷的联想力，由某事物生发开去，向日常生活散开，呈现出无所不谈、纵谈无穷的特点。在《吃饭的艺术》一文中，予且放谈“吃饭”这门艺术。针对有人认为吃饭就是简单地张开口塞进食物再咽下去，而无艺术性可言，予且先是指出，如是这样便不会有破唇破舌烫嘴的细节了，进而指出人之吃东西不是蛇之食蛙，蛙之食虫，牛之食草，进而指出牛之食草的“反刍”也有艺术意味，进而联想到其他脊椎动物，比如猫吃老鼠就是意味深长。他还继续谈到，说到吃，就会联想到嘴，进而联想到牙齿，联想到舌，进而联想到小儿的舌和老人的舌，进而联想到狗舌。接下来，他谈到：

> 吃，是一个行为，而且是一个复杂的行为。这繁杂的行为，有属于外部的，有属于内部的，讨论的范围，是从手中得物时起，送入口中，嚼后入胃为止。做食品的方法不在内，得食品时之状况不在内，食品入口之次序也不在内。[①]

在予且看来，吃这样的“艺术”如果不划定范围就无法谈下去，话题是无穷无尽的，任何一个点都可以尽情而谈，无休无止。在《淡巴菰》中，他仅从“淡”“巴”

① 予且：《吃饭的艺术》，《良友》第 62 期，1931 年 10 月。

“菰”三个字眼借题发挥，就能生发出关于香烟和生活的无穷联想。

予且这些谈话风散文有着自己的特点。首先所谈对象都是发生在普通市民身边琐屑小事，无论是谈吃饭（《饭后的脸》），还是谈抽烟（《淡巴菰》）、喝茶（《茶之幸运与厄运》），都和市民生活息息相关，从而表现出浓郁的市民趣味。予且之所以有那么丰富的联想，正是因为他对市民生活有着细密的观察和体悟。他用无数逼真的细节来丰富其散文内容，生活色彩浓厚。在《吃饭的艺术》中，他举出某人用筷子的技术极其高明：“他在一桌筵席上，一样菜有一样菜的夹法，从没有失着，滑的，粘的，硬的，大的，箝夹起来，无不称心如意。”他写不善用筷子者的狼狈心理和动作：“他改夹的时节，心里是老大不高兴，他偷偷地四面一望，恐怕有人笑他夹不起来，末了他发现着人家都在高谈阔论的没有注意他，他方将那一块低等的菜，放入口中，也陪着大家一笑。”①他又用简单的语言，传神地写出囚犯、电影上的男女、小孩子、学生、教员、孀妇、义赈会里的人、乞丐、病人、兵队、送行者、街上的男女等不同人吃饭的不同方式。在一些散文中，他还通过生活具体情态，来消解宏大的主题，反映市民阶级的趣味。对于萧统《陶渊明传》中描写的葛巾漉酒这一表现文人洒脱的逸事，他用世俗化的笔法还原了当时的情形：一个穷苦的老头子，在烈日下拄着拐杖奔赴友人家，用沾满了油垢和汗渍的头巾滤酒喝了，再把湿漉漉的头巾戴上（《何以解忧》），在对生活细节的还原中，消解了陶渊明真率超脱的诗化境界。

其次，他的谈话风散文有着丰富的知识性。予且有上海圣约翰大学和光华大学的教育背景，知识渊博，中西皆通，这就使得他的散文取材广泛，不管什么话题，都能谈论自如，无论是福禄寿财喜，还是天地君亲师，龙凤思想，酒色财气，他无所不懂，无所不谈。即便是在没有文化意味的日常生活题材写作中，他也能够自如地运用自己了解的知识、典故、风俗、轶闻等去进行比照。如在《吃饭的艺术》一文，在谈到有人不善用筷、只好吃筷子上的余沥时，他以日本故事中的大神伊奘那岐、伊奘那美用长矛在太平洋中蘸水、滴成日本的高山做比喻；在谈到将吃饭作为艺术来学习时，他列出了学习书法和学习小提琴的种种复杂的技法；在谈到用手拿食物的时候，他剖析了中西吃饭分别用箸和刀叉的心理根源；他谈到了内地老板以让出首座辞退店员的习俗、旧式婚礼媳妇到婆婆家在中堂坐席的

① 予且：《吃饭的艺术》，《良友》第62期，1931年10月。

习俗，谈到中国和罗马的新娘新郎都有将共食的一晚称为团圆饭的风俗等。予且散文中的这些丰富的知识，其用意并不是炫耀高深，而是融入世俗话题的议论中，拓展了生活的维度，增加了散文的可读性。

第三，在肆意放谈中生发出智慧的闪光，使得散文妙趣横生。他谈到书这一人类表现思想最高深、最久远、最完全的东西，一大半都是为了混饭吃而编而用而读的，无论经济政治社会方面的书籍，还是国文百日通、自荐尺牍、商人秘笈，以及生利指南、发财新法等书均是如此，甚至还有人把圣经佛经拿来混饭吃。当然，教人禁绝烟火者和白日飞升者除外。这些即兴发挥的议论没有什么逻辑的必然性，但从社会生活的实际来看，又有一定的道理，因此能让人发出会心的微笑。《天地君亲师》所谈的是对被人供在中堂永受香火的所谓"五大"的种种不同解释。前两种解释虽然都是庄重而冠冕堂皇的，但作者都在质疑后将之推翻。最后是作者给出的解释：针对学生不长进，老师解释说，"天地君亲师"五者中自己被排在最后，责任最小。这种出乎意料的解释属于神来之笔，虽无多少实际意义，但能让人忍俊不禁。

予且在《良友》画报发表的散文具有重要意义，它展示了20世纪30年代上海时尚文化中的市民日常生活一面。谭惟翰在《记予且》中记述了予且的一段话："这种表只要一块八毛钱一个，坏了我便丢了它，也不拿去修理，然后再买一只新的。就算一年换两个表，也花不了四块钱，而且我可以随时地用新表。"①反映了市民阶级的时尚观念：不求永恒，但求追新。予且为《良友》画报写作的散文处处都体现出他对市民价值观念的认同，在《吃饭的艺术》一文中写道："食是吃饭，色是性欲，二者同等的重要。因为不吃饭就饿死，无性欲就没有家庭社会。"②肯定了食欲的重要性；他重视日常生活的意义，在《饭后的脸》中写到："我看见过一个刚吃饱了奶的小儿，真可爱。又看见过一个餐后闭目养神的老人，觉得人类真是美的，虽老而不衰。又看见一群商人，醉饱之后聚谈，令我觉得大地春回，生气蓬勃。又看见主人请客，亦醉亦饱，宾主尽欢，笑态可掬。"接下来，他谈到，如果仔细观察的话，小孩子的鼻子上有许多青筋暴起来，老人脸上的皮如同桑树皮，商人的脸上有着市侩气，请客的主人满头是疮、客人中有流清鼻涕的——不在于日常生活本身如何，而是如何去看待它，不同的目光注视下，会有

① 谭惟翰：《记予且》，《天地》创刊号，1943年10月。
② 予且：《吃饭的艺术》，《良友》第62期，1931年10月。

不同的景象和境界。予且在对市民日常生活细致入微观察后升华出浅显的生活哲理:“社会上许多好东西,因为认真一考察,便毫无趣味了。一个美人脸,显微镜下便是一根根粗毛附着皮,就不说显微镜,看久了也是生厌的。”[①]

予且在散文中表现出来的趣味是和《良友》画报的精神追求相一致的。在发表予且散文的第 61 期的《良友》“编后记”中,梁得所写道:“消解生活的枯燥,是《良友》的一种责任。善意的建设,也是我们的主张,增长智识和辅助修养的图画文字,用趣味的方式来发表。”[②]总的看来,予且的《良友》随笔都是用平常话写的平常人事,并不能给人荡气回肠的感受,但真切的生活感及其蕴含的趣味性,却能给市民阶级以某种消遣性的满足。

---

① 予且:《饭后的脸》,《良友》第 61 期,1931 年 9 月。
② 梁得所:《编后记》,《良友》第 61 期,1931 年 9 月。

第五章

《天地》：海派散文与市民日常生活

1943年10月10日，苏青主编的《天地》杂志在上海创刊，出版到1945年5月终刊，共21期。在沦陷区的特殊背景下，很多杂志昙花一现，这份仅凭一女性之力坚持了近两年的杂志格外引人注目。《天地》创刊号封面是谭惟翰所画的婆罗门教与印度教的三个大神之一的“创造者”婆罗马（Brahma，今通译“梵天”），不过这个创造“天”和“地”的高大形象被谭惟翰彻底改造了一番：象征着永恒成长的胡须因显得老气横秋而被剃光，象征着王权的手杖被换成了笔杆，象征着知识的《吠陀经》被换成了稿纸，圣水变成了墨水，原来拿着念珠的手干脆就空着。谭惟翰解释说：“我是希望他除了做一个文艺创造者之外，还希望他能做一个社会创造者，简单的说，我愿他能切切实实的用自家儿的手创造一番新事业，不仅是为个人，同时也是为人群。如果这个理想可以达到，那时，我们便能‘看见一个新天新地，因为先前的天地已经过去了’。”[①]这个颇具符号意味的散文杂志封面画被苏青连用了十期，传达了后期海派散文的精神指向：消解神圣意味，还原日常生活，创造属于自己的新天地。

《天地》创刊号

后期海派散文在精神上与20世纪30年代的海派散文有紧密关联，上海现代消闲刊物是这种精神传承的纽带。1944年5月，担纲六个月《天地》主编的苏青说：“我想做编辑，可不是一朝一夕的事。远在八九年前，我就热心投稿，但各刊物的编辑者却并不一定热心采用。于是我便发了愤，立志将来也要做一个编辑。”[②]其实，苏青在刚刚走上文坛时就受到了《论语》《人间世》《宇宙风》编辑群体的赏识。1935年6月，她以冯和仪为名在《论语》半月刊第67期发表了处女作《生男与育女》，这篇坦率真诚的散文引起了编者陶亢德的注意。《宇宙风》创刊时，他便向苏青约稿，于是《科学育儿经验谈》《现代母性》等文相继在《宇宙风》上发表，并且在《编者后记》热情推荐，肯定其贴近人生、类似西洋杂志文，是符合刊物宗旨的好文章。做着编辑梦的苏青在八九年后将这种散文作风和编辑策略

① 谭惟翰：《封面题记》，《天地》创刊号，1943年10月。
② 苏青：《做编辑的滋味》，《大众》第19期，1944年5月。

带到《天地》上去，从而保持了前后期海派散文的一致性，又进一步将之向前推进，形成了新特点。

第一节 承传与新变：《天地》的编辑理念

1937 年抗日战争的全面爆发打破了上海的都市化进程，上海文化中心地位不复存在。1941 年 12 月 7 日太平洋战争爆发后不久，上海全面沦陷，设想中的“世界第二大城市”成为在军事上由日军控制、政治上由汪伪政权统治的沦陷区。但上海在 20 世纪 30 年代已经形成了极为成熟的文化消费市场，文学生产体制比较完善，在经历全面抗战初期的混乱后，还能够保持一定的惯性。沦陷时期的《天地》在种种困境下，充分利用了上海的文化消费市场，对成熟时期的《论语》《人间世》《宇宙风》等刊物的编辑理念进行学习模仿，又在新语境下形成了自己的风貌。

一、《天地》对《论语》等刊物编辑理念的承传

上海成为沦陷区后，文学期刊市场不仅无法和 20 世纪 30 年代相比，和“孤岛”时期也不能等量齐观。这个时期创办的文学期刊仅 60 余种，最先出现的是以刊登散文为主的《古今》杂志，在其影响下，涌现出了《风雨谈》《天地》《天下》《文帖》等一大批刊物，促成了沦陷时期的“散文热”[①]。在和前一时期对比的基础上，有人指出：“《宇宙风》与《古今》虽然编辑与执笔的人物颇有相同者，杂志的形式好像也一样，然而并不能说二而一，其旨趣风格已经显出极大的变化。”[②]这种旨趣风格的变化既与时代有关，也与刊物的自身定位有关。《古今》是具有汪伪背景的“准官方”性质杂志，其文化兴趣趋于高雅严肃，而与之有“夫妇刊物”之称的《天地》杂志则更注重市民趣味和文化市场，从而表现出鲜明的海派特色。由于苏青的文学生涯是从《论语》《人间世》《宇宙风》等林氏刊物开始起步的，更因对海派散文精神持有认同态度，她在创办《天地》时，在编辑理念上借鉴了林氏刊物的做法，使得 20 世纪 30 年代上海文化市场成熟时期的刊物编辑理念在

---

① 参见李相银：《上海沦陷时期文学期刊研究》，上海三联书店 2009 年版，第 44 页。
② 瞿兑之：《〈宇宙风〉与〈古今〉》，《古今》第 19 期，1943 年 3 月。

40 年代沦陷区得到了承传。

《天地》第 1 期出版后，苏青描述了该刊受欢迎的程度：“到了十日早晨，各报广告刊出，报贩纷纷向经售处添购时，捷足者尚可先得，迟到的就不免抱向隅之憾了。于是赶紧添印，至十五日始有再版本应世，但不到两天，却又一扫而空，外埠书店闻风来购而经售处无以应命者仍比比皆是。”[①]该期《天地》首印三千份，再版两千份，全部销售一空。在沦陷区文学市场凋敝的状况下，这样的境况不免让人联想起 20 世纪 30 年代畅销一时的《论语》《人间世》《宇宙风》等刊物。

在体式上，《天地》多有模仿《论语》等刊物之处。《人间世》《宇宙风》等刊物刊发文章时，多采用作者手写体署名，如在《宇宙风》第 1 期，周作人、老舍、郁达夫、姚颖、何容、林语堂、老向、丰子恺，以及苏青（署名冯和仪）的署名均是如此。与此相同的是，《天地》也尽量多地采用手写体署名，比如该刊第 1 期《甘和苦》的作者撞庵、《忆旧游并论》的作者何若、《日记》的作者赵叔雍、《记予且》的作者谭惟翰、《江村之夏》的作者文载道、《怀毛富刚》的作者秦瘦鸥等，这些手写体署名

天地 創刊號 撞庵：甘和苦

的時間與精力；
（三）使人人發生厭倦之感；
（四）養成敷衍故事的本領；
（五）許多人借題發揮，距離本意一萬八千里之遙；
（六）使人發生錯誤印象，以為民國歷史就是如此一縣一縣的東西。
我不想說紀念應該用行動來紀念，不得以空言來紀念的話。此非本文寫作的動機。我只希望當局能把那些紀念的日子，合併的合併，取消的取消；而在那些日子，做一點比較更有意義更有益處的事。因為一個識字的人，他在小學六年級以前就可以知道這些史實的大概，以後每次紀念，並不能增加他的認識。至於不識字的人，你儘管天天紀念，他可以一直到老沒有理會過你一次。這樣的人，正占着國民的最大多數。
我們要紀念當然是另有工作可做的。譬如說，我們至今為什麼沒有一本大家都愛讀的百年史呢？為什麼至今沒有人寫一本萬人愛讀的國父傳記呢？

甘和苦

撞庵

妻新近又產了一個女孩。
照地的第一日無須給她任何養料。到了第二天吃奶之前，按照俗例，得先讓孩子吃點犀黃作開口劑。但是為了犀黃太貴，只好將就的用點黃連。孩子起先吃時倒無所謂，只是嘖嘖的咽下去了。到了第二次就不同了。大約這時她的味覺已經靈敏起來，從溫暖而甘馨的奶汁轉到既苦又澀的黃連，舌尖上自然有點不好受，而不好受的最原始簡單的反應自然是哭：呱呱呱的隨着黃連而起。
哭不但是孩子的反應，也是她的反抗。不過這反抗沒有用，她還得依然嘗此與生俱來的苦汁。
我很奇怪，為什麼剛剛睜眼的嬰孩，就須一連幾天的吃這樣苦味？有人說，孩子初墮地的呱呱之聲，已在表示人生的辛酸艱苦，一種悲劇似的命運；充滿着鼻涕和眼淚！
人間原是一片苦海。芸芸衆生，自幼至老，無時無地而不在苦中求生，上焉者也不過苦中求樂。好，那就讓她嘗點苦味吧。反正更大更厲害的「苦」正緊緊的跟在她的後面；尤其是在眼前的坎坷塵世中。縱使烽烟平息，在她長大以後，也未必真有什麼伊甸園在恭迎着她。
據醫藥辭典上說：黃連的效用可以驅積熱，治瘡毒，以及治療眼痛咽痛。用以於嬰孩，大約是在肅清胎毒。這樣看起來，黃連的滋味雖苦，但它的効用卻是好的。「良藥苦口利於病」，古話豈非已說得很分明了嗎？
然而一和外國的醫學品比起來，就處處顯出這老大民族的故步自封。
根據各種史冊的記錄，中國的醫術及藥物，都比西洋人發明得早。但可惜就只能止於「發明」，而不能使之「發達」，尤不能加以改革研究。創造是要緊的，但研究更其要緊，創造而後加研究，這才談得到進步。
譬如說吧：外國人看到藥品之有苦味，雖

四

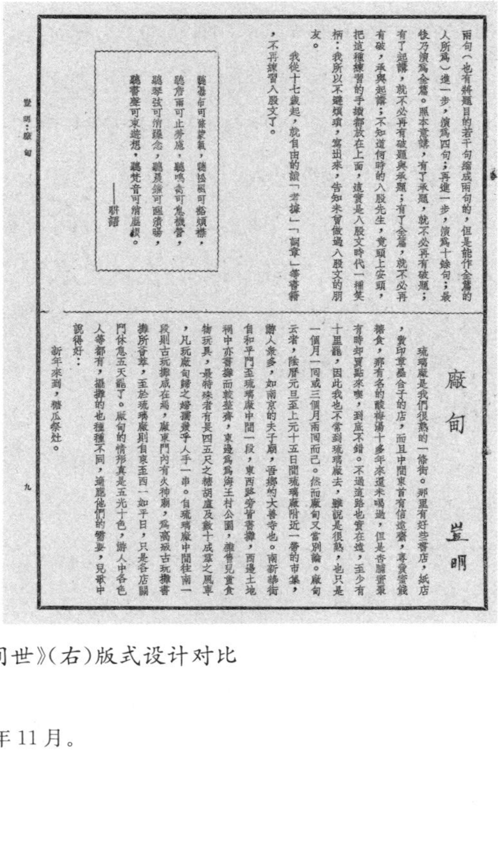

豈明：廠甸

兩句（也有將題目的若干句縮成兩句的，但是能作全篇的人所為）進一步，演為四句；再進一步，演為十餘句；最後乃演為全篇。照本意講，有了承題，就不必再有破題；有了起講，就不必再有破題與承題；有了全篇，就不必再有破，承與起講；不知道何時的八股先生，竟頭上安頭，把這種練習的手續都放在上面，這實是八股文時代一種笑柄：我所以不避煩瑣，寫出來，告知未曾做過八股文的朋友。
我從十七歲起，就自由的讀「考據」「詞章」等書籍，不再練習八股文了。

聽瀑布可滌蒙氣，聽松風可豁煩襟，
聽簷雨可止勞慮，聽鳴禽可息機營，
聽琴弦可消躁念，聽晨鐘可醒塵夢，
聽書聲可束遊想，聽梵音可消塵根。
——駢語

廠甸

豈明

琉璃廠是我們很熟的一條街。那里有好些書店，紙店，賣印章盒子的店，而且中間東首有信遠齋，專賣蜜餞糖食，那有名的酸梅湯十多年來還未喝過，但是杏脯蜜棗有時卻買點來喫，到底不錯。不過這路也實在遠，至少有十里罷，因此我也不常到琉璃廠去，雖說是很熟，也只是一個月一回或三個月兩回而已。然而廠甸又當別論。廠甸云者，陰曆元旦至上元十五日間琉璃廠附近一帶的市集，遊人衆多，如南京的夫子廟，吾鄉的大善寺也。南新華街自和平門至琉璃廠中間一段，東西路旁皆書攤，西邊土地祠中亦書攤而較整齊，東邊為海王村公園，雜售兒童食物玩具，最特殊者有長四五尺之糖胡盧及數十成串之風車，凡玩廠甸歸之婦孺幾乎人手一串。自琉璃廠中間往南一段則古玩攤成在焉，廠東門內有火神廟，為高級古玩攤書攤所薈萃，至於琉璃廠則自東至西一如平日，只是各店關門休息五天罷了。廠甸的情形真是五光十色，游人中各色人等都有，擺攤的也種種不同，適應他們的需要，兒歌中說得好：
新年來到，糖瓜祭灶。

九

《天地》（左）和《人间世》（右）版式设计对比

① 苏青：《编者的话》，《天地》第 2 期，1943 年 11 月。

在为刊物增加文化意味的同时，拉近了作者和读者间的距离。在版面设计上，《人间世》和《宇宙风》多用方框将整页文字内容框起来，再分成若干栏，既清新雅致又让人一目了然，《天地》的"谈天说地"专栏的设计与之如出一辙。《天地》的补白广告词"君如爱读本刊，请即直接订阅"都和《宇宙风》一字不差。

《天地》对《论语》等刊物体式上的继承实际上体现了苏青的编辑思路，那就是高度重视读者的感受和需要。这一点更鲜明地体现在杂志内容的精心设计上。《论语》半月刊曾推出"我所认识之怪人""低能校长"和"无脑校长"等征文以及"鬼故事专号""家的专号"等专号，《宇宙风》杂志也推出过"思痛记""贪官污吏传"等征文以及新年特大号等专号，这些征文或专号抓住读者最关心的话题，鼓励读者踊跃参加创作，因之具有浓厚的趣味性和强烈的互动性，从而使得刊物销量大增。《天地》办到第 3 期，苏青便开始发起征文活动了，标题是引人注目的《最……的事》，"不论是最快乐事也好，最痛苦的事也好，'危险'啦，'烦恼'啦，'不幸'啦，'卑鄙'啦，'无耻'啦，'滑稽'啦，'伤心'啦，'平常'或'稀奇'啦，'得意'或'失望'啦，'勇敢'或'懦怯'啦，'欢喜'或'讨厌'啦，都可以由读者自由决定"，可见征文内容带有强烈刺激色彩，接着她又宣告："此外本刊还有一个计划，就是下期将出一个'新年特大号'，除增加篇幅外，更添铜版纸一页，刊登若干曾为本刊执笔的诸作家照片，想也是读者诸君所乐闻的吧？"①在第 4 期新年特大号里，《天地》刊登了周作人、周杨淑慧、樊仲云、纪国厂、柳雨生、张爱玲、谭惟翰、周班公等作者的照片。其实，这也是《人间世》和《宇宙风》为拉近读者和作者之间关系的常用做法。在栏目设计上，《论语》上有"幽默文选"专栏，《宇宙风》上有"可喜语"专栏，这些灵活多变的小栏目，或辑录古代趣味文字，或摘抄清新隽永的言论，用只言片语增加刊物的可读性。《天地》上则有"欢天喜地""花片""语屑"等专栏，其意相同。

《天地》对读者的重视和同时期的《古今》杂志明显不同。《古今》的创办者朱朴宣布其刊物的"固有方针"是"坚守素志，决不迁就时俗"②，主要编者之一的周黎庵并不欣赏美国杂志开设专栏与读者交流的做法："《古今》可不来这一套，对于读者是熟视若无睹的，也可以说《古今》并不想招徕读者，读者愈少愈好，你喜

---

① 《编者的话》，《天地》第 3 期，1943 年 12 月 10 日。
② 朴之：《漫谈〈古今〉——代编辑后记》，《古今》第 2 期，1942 年 2 月。

欢看，你就买。”[①]这种“高蹈”的做法使得该杂志曲高和寡，读者队伍很小，而编者对此却毫不在意。朱朴曾任汪伪政权组织部副部长和交通部政务次长，在创办《古今》时期还担任汪伪“全国经济委员会”委员一职，地位显赫，衣食无虞，办杂志是为了谈古论今排愁解闷，并无盈利目的。苏青编杂志的目的与之不同，因为“办杂志自然是为了赚钱，至少也想靠此维持生活”[②]，势必使她按照文化消费模式去经营刊物，不能无视读者的存在。在如何选稿上，她说：“我办杂志当然是给大众看的，而且还要他们心甘情愿地出钱来买，于是我决定迁就读者。”[③]

但这并不意味着《天地》杂志一味迎合读者趣味，从而沦为低俗的消遣读物。通过“编辑的话”专栏，苏青对读者投稿进行规约。她呼吁读者随笔、书评等稿件出现，此外如地方志、风俗志、掌故、什考、生活特写、科学小品等“均盼撰惠佳稿”，因为“我们的‘天地’应该不是狭窄而偏僻的，它需要继续开拓与发展”[④]。林语堂办《人间世》时期，以周作人的文化趣味中心，读书随笔、文史资料、文坛逸事在刊物上层出不穷，在满足大众文化消费的同时提高了品位，苏青对学术类散文稿件的期待正是对林氏作风的继承。作为现代作家，苏青在办刊和写作上有着自己的追求：

> 我写文章就照我所喜欢的写，我选文章就照我所喜欢的选，我编的刊物就是我所喜欢的，若是读者也喜欢，就不妨购买，不然，关门大吉，另做别的生意。我不会编自己不喜欢，而却为大众所需要的刊物，因为第一我不知道他们的心意，第二就是知道也不能且不愿照办。一个人若情愿做违心之事，则可做的事也多得很，又何必一定要办刊物呢？[⑤]

这种对于独立品格的追求，与林语堂何其相近：

> 想宇宙万类，应时生灭，然必尽其性。花树开花，乃花之性，率性之谓道，有人看见与否，皆与花无涉。故置花热闹场中花亦开，使生万山丛里花亦开，甚至使生于孤崖顶上，无人过问花亦开。香为兰之性，有蝴蝶过香亦

---

① 周黎庵：《古今两年》，《古今》第43、44期合刊，1944年4月。
②③⑤ 苏青：《做编辑的滋味》，《大众》第19期，1944年5月。
④ 《编辑的话》，《天地》第2期，1943年11月。

传，无蝴蝶过香亦传，皆率其本性，有欲罢不能之势。[①]

一方面满足读者市场的需求，一方面坚持自己的品格，在二者之间找到平衡点，正是海派作家的共同追求。

《天地》对《论语》等刊物的继承更鲜明地体现在对散文文体的认识上。《天地》发刊词中对取材的规定为："天地之大，固无物不可谈者，只要你谈得有味道耳。"[②]简直就是《人间世》发刊词"内容如上所述，包括一切，宇宙之大，苍蝇之小，皆可取材……以期开卷有益，掩卷有味"[③]的另一种表述。苏青又从杂志特性的角度出发，希望《天地》作者不一定是文人，刊载的也不限于纯文艺作品。在她看来，只有打破文人独自成为一个阶级的旧有观念，各阶级都有文人存在，才会产生出对社会人生有清楚认识的作品。《天地》杂志上的不少文章都是作者发挥自己的专业特长进行写作的，谈论的内容涉及社会生活的各个领域。如周文玑的《执法记——在黄岩》(第 4 期)就是以女法官的视角栩栩如生地自叙其任职黄岩的经过，充满了生活实感。而署名苏会祥的《多余的疾病》(第 4 期)和署名苏复医师的《节育的理论与方法》(第 8 期)、《谈精神病》(第 19 期)，均是利用丰富的医学知识写就的文章，结合生活侃侃而谈科学知识，读起来饶富趣味。林语堂在主编《人间世》时期就大力倡导西洋杂志文，指出西洋杂志文的作者"各式各样的人都有"，并说："非破除文人阶级，等到中国的银行经理、救火队长、教育行政官、书局老板、流氓瘪三、狱卒监犯都肯撰稿，我这理想终久不会实现。"[④]苏青在《天地》的实践让林语堂的理想得到了部分实现。

总之，苏青继承了林语堂等人的刊物编辑理念。从版面设计，到内容设定，再到散文取材，《天地》上到处弥漫着《论语》等杂志的风味。林语堂的话语常常为苏青信手拈来，用以评述或设定《天地》的内容，如"本期所刊《道路以目》，尤逼近西洋杂志文格调，耐人寻味""实斋先生之《闲话陶亢德》，亲切有味，娓娓道来"[⑤]"希望今后能够更加充实内容，更加使本刊合乎理想"[⑥]"本刊向以畅谈社会

---

① 林语堂：《孤崖一枝花》，《宇宙风》第 1 期，1935 年 9 月。
② 《〈天地〉发刊词》，《天地》第 1 期，1943 年 10 月。
③ 语堂：《〈发刊人间世意见书〉》，《论语》第 38 期，1934 年 4 月。
④ 林语堂：《关于本刊》，《人间世》第 14 期，1934 年 10 月。
⑤ 《编者的话》，《天地》第 4 期，1944 年 1 月。
⑥ 《编者的话》，《天地》第 5 期，1944 年 2 月。

人生为目的”[1]等。

二、沦陷区特殊文化环境对《天地》编辑理念的制约

由以上分析可以看到，苏青在实践林语堂等人的杂志编辑理念方面可谓是不遗余力，使得《天地》在文坛产生了一定的影响，但这份杂志和《论语》《人间世》《宇宙风》相比，无论在读者市场的拥有上，还是在散文创作实绩上，都不可同日而语。其原因何在？如上所述，海派散文生产体制是在商业基础上建立起来的，作家的写作、现代刊物的传播以及读者市场的接受之间存在着密切的关联。20世纪30年代国民党书报检查制度的实行、政党意识的介入使知识分子的言论空间受到了挤压，但是上海都市物质生活的繁华和文化中心地位的存在让林语堂等人能巧妙地避开政治锋芒，使海派散文借助于发达的现代刊物满足庞大市民群体的消费需要。而上海沦陷区独特的文化环境使得海派文学生产体制遭到了破坏，海派文学赖以生存的都市物质空间和文化空间已不再健全。

无论是《论语》《人间世》《宇宙风》，还是《良友》，都是由民间力量发起的刊物，充分利用市场机制来进行运作，因此他们不但不依靠政治力量，为了保持自己的格调，甚至还有意识地躲避政治因素的介入。但处在沦陷区的《天地》是无奈的。日伪高官陈公博、周佛海，汪伪铁道部次长赵叔雍、伪教育部次长樊仲云、伪宣传部次长胡兰成等都应邀为这个刊物写过稿。创刊号“谈天说地”栏目后第一篇文章就是周佛海之妻周杨淑慧的《我与佛海》，第4期新年特大号上，她的《在日本的小家庭生活》排在第一位。该期刊登的八位作者的照片里，她的照片最大，甚至比文坛耆宿周作人的照片大两倍。不管是因为她和周佛海的关系，还是因为她曾出资资助过《天地》，都证明了《天地》杂志本身的复杂性——无法像20世纪30年代那样作为文学生产体制中相对自由的力量了。再从收入上来看，非官方刊物的收入来源主要靠销量和广告。从《论语》《人间世》到《宇宙风》，越往后，广告所占比例越大，涉及的消费领域也越多。《天地》广告多和汪伪高官相关。在书籍广告方面，《天地》第2、3、4、9期刊登的是周佛海的散文集《往矣集》的广告，第5期和第11期刊登的是其子周幼海的《日本概观》、陈公博的《陈公博先生三十年三十一年文存》；商业广告方面，第1—20期封底全是由周佛海

[1] 《编辑后记》，《天地》第20期，1945年2月。

担任行长的汪伪“中央储备银行”的广告。广告显示出了汪伪对于《天地》的变相支持，《天地》对政治有一定的依附关系。

其次，作者队伍无法与20世纪30年代相比。上海作为全国文化中心，在20世纪30年代聚集了全国知识分子，这为《论语》等林氏杂志准备了充足的作者队伍，而这些刊物又有极其宽阔的视野，作者并不限于上海。《人间世》的特约著述就多达60余名，几乎包括了当时全国最为重要的作家。该刊第1期就因为稿件太多而只得临时抽出林语堂、简又文的文章放在第2期发表，此后，第8期、第9期、第11期、第13期都有稿挤的情况，编者不得不暂停固定栏目，或将已预告的稿子往后推迟发表，“因为来稿可用的很多，每每一文压到三四期，或临时抽出的也不在少数……所以出特大号”①，可见当时稿源之盛。因稿子不能及时刊发而对作者的致歉在《宇宙风》杂志中也比比皆是。但是苏青创办《天地》时情况已经不同了。由于文化精英向内地撤退，上海文化中心的地位早已不复存在，滞留上海的进步文人不能著文，作者很少，可供约稿的选择性较小。《〈天地〉发刊词》中，苏青曾希望把达官显宦、贵妇名媛、文人学士、引车卖浆者打成一片，《天地》的主要作者队伍在于此。创办《天地》前，苏青因投稿结识了一些文人，出于礼尚往来，他们成为该杂志供稿源之一。陶亢德曾表示：“不过你办杂志没法不马上写点什么，因为我办杂志时你曾帮过好多的忙呀。”②为此一直编而不作的他为《天地》写了几篇《东篱寄语》。其次是所谓达官显宦、贵妇名媛。从这些人在《天地》上发表的文章透露出来的情况及苏青自己的陈述来看，她约稿颇费周折。周杨淑慧的《我与佛海》最后透露该文是“因为冯和仪女士，再三劝说，每日催促，而且指定题目，不便坚拒，只好简单写出”③。对她刊登在第4期的《在日本的小家庭生活》一文，苏青则描述道：“故编者再三央请周夫人专写一篇，幸蒙周夫人俯允。”④梁文若是汪伪监察院次长梁鸿志之女、前交通部次长朱朴之妻，根据她写的《谈天地》一文透露，发表在该刊第4期得到苏青隆重推荐的旧词是一次晚餐时，“席间冯女士一再向我索文……不便固辞”才拿出来发表的，《谈天地》一文的来源则是“昨天在古今社又遇到了冯女士，她又向我索稿，并且急如星

---

① 《第十三期特大号预告》，《人间世》第12期，1934年9月。
② 陶亢德：《东篱寄语》，《天地》第2期，1943年11月。
③ 周杨淑慧：《我与佛海》，《天地》创刊号，1943年10月。
④ 《编者的话》，《天地》第4期，1944年1月。

火，限定二十日之前要交卷”[①]。“再三央求”“再三恳请”才得到稿件的情况在以后的《编者后记》中多次出现，说明《天地》杂志在约稿方面是有一定障碍的，这与其说是苏青个人的影响力不如20世纪30年代的林语堂，还不如说此时的文化气候无法和20世纪30年代相比。约稿情况如此，那么读者来稿呢？

在第2期《编者的话》中，苏青描述了读者来稿之多，但是投稿质量也不高的状况。她察觉到了《发刊词》中的办刊理想无法实现："记得上期在发刊词中，编者曾说到本刊的作者群，应包括达官显宦，贵妇名媛，文人学士，下面至于引车卖浆者流，如今屈指一算，前三种人物为本刊执笔的似乎都有了，但'下面至于'的那般人却等于开了一张空头支票，丝毫不曾兑现……故理想与事实常不能相合。事实做不到的，还是趁早自己修正吧。”[②]她对外来稿件很失望："编者要告诉诸君的是：来稿中以'谈天说地'为最多，其中虽有精辟之句，但取材尚嫌空泛，立论也欠切实，有流于清谈之弊，以后希望能多评论实事实物，取材于报章杂志近载，则更适合大众的需要。”她呼吁读者多投适合刊物的稿件："希望爱护本刊诸君能从速救济此类稿荒为幸。”[③]这种状况一直持续到后来，在第5期的《编者的话》中，苏青感慨道："编者以为一个理想的刊物，一定要有广大的作者群，这在发刊词中已经说过了；其后接到外稿虽多，但是很失望的，合乎理想的作品却绝无仅有。”[④]组稿的困难，新进作者队伍的缺失，使《天地》在运转上困难重重。

现代消闲刊物需要借助于纸张等物质形式作为载体进行传播，受到消费市场制约，物质形式往往会对刊物发行产生一定影响，因此一直被《论语》等刊物所重视。《宇宙风》第1期编者提出的理想刊物的几个条件，除了对内容文字的要求外，就是“印刷能好点，出版不脱期”，“销数增加到合乎我们的预算时，本取诸于人用诸于人之旨逐渐减低”。该刊出到第8期时，因为纸价高涨，不得不以每页多排字数的方法使读者不受损失。但20世纪30年代的整体物质环境是好的，《宇宙风》一年后果然实现了对固定订户降低半价的承诺，正是良好的物质环境为《宇宙风》编辑理想的实现提供了保障，文学从生产到印刷再到传播等环节通畅无阻。沦陷区显然已经不具备这种条件。汪伪政权实行战时经济政策，物资定量统配，导致了货币贬值，物价飞涨。《天地》出到第3期时，因为纸价飞涨，

---

① 梁文若：《谈天地》，《天地》第6期，1944年3月。
②③ 《编辑的话》，《天地》第2期，1943年11月。
④ 《编辑的话》，《天地》第5期，1944年2月。

自该期起每本杂志不得不增加两元价格出售；出到第11期，因为配给纸不能发放到位，刊物无法按时出版，苏青从一个小资本出版人的立场，“觉得文化的末日已经到了”①；出到第12期时，杂志页数从48页减少到32页，价格涨为50元，因为纸价太高，不得不减少刊登文章的数量；到第14期时，《天地》仅刊登11篇作品。面对这一窘况，苏青非常惆怅和无奈：“我希望从下期起能再恢复原有篇幅，但此愿望之能否实现，还得视以后能否增加配给纸张数量而定，因为现在的纸张已列为主要商品而受统制了。”②此后该状况非但没有得到改观而且愈演愈烈，到最后一期(第21期)时，《天地》定价已涨至1 000元。《宇宙风》时期，为保证刊物发行量，编者想尽种种办法增加定期读者。但在苏青主办《天地》时期，纸价不断飞涨，订户订阅价格不变，只能使得杂志蒙受损失更大。

封面是读者阅读刊物时最先接触到的一页，往往能起到刺激读者阅读欲望从而推销杂志的作用，因此，“把杂志的封面称之为杂志最重要的一页并不为过”③。但受到制版代价和纸张代价影响，《天地》杂志封面只换过两次，前10期和第11—14期分别是谭惟翰和张爱玲绘制的，第15和第16期取消了封面，第17期目录和正文都被搬上了封面。在沦陷区的动荡局势下，《天地》杂志经常脱期，除受到电力限制、纸张配给等物质条件影响外，还受到汪伪对出版界控制政策的影响，“到了第六期，上海各什志便发生了一个共同的发行问题，需要同中央书报发行所折冲交涉，于是我们等待着最后决定，本该是三月十日出版的，排齐了不印，直等到二十二日才正式发售”④。为了以后能准期出版，苏青索性变更了出版日期。因此，在物质条件匮乏和政治因素干预下，流通渠道问题不断，制约了消闲刊物传播功能的正常发挥，使这一时期的海派散文无法比肩20世纪30年代的盛况。

三、日常生活主题：编辑思路的拓展与新变

在《做编辑的滋味》一文中，苏青说：“我觉得目前上海文化界的人实在眼孔太浅，识见太小。我说《天地》月销若干千，就是全报虚账，也不过若干千而已，又

① 苏青：《文化之末日》，《天地》第11期，1944年8月。

② 《编辑后记》，《天地》第14期，1944年11月。

③ [美]本顿·雷恩·帕特森、科尔曼·E·P·帕特森著，崔人元译：《期刊编辑》(第二版)，河北教育出版社2004年版，第136页。

④ 苏青：《做编辑的滋味》，《大众》第19期，1944年5月。

何犯着大惊小怪讲我坏话?再说 Readers Digest 吧,他们就能销到几百万。”[1]她在反观上海文化界现状的基础上,通过和国外畅销杂志对比,对自己主编《天地》所取得的成绩和发展前景表现出了十足的自信心。虽然受到沦陷区种种不利条件的制约,苏青主编的《天地》杂志仍然取得了不菲的业绩。她在继承 20 世纪 30 年代消闲刊物编辑理念的基础上,不断适应市民读者市场的需要,向饮食男女主题等日常领域开拓,使刊物的编辑思路更加开阔和明朗化。

在苏青的文学道路上,陶亢德起到至关重要的作用。从 1935 年代表《宇宙风》向苏青约稿,到促使苏青结识柳雨生,有了《结婚十年》在《风雨谈》上的发表,再到帮助她打开《古今》的大门,结识朱朴等人,为《天地》准备了作者队伍,陶亢德都功不可没。当苏青为《天地》杂志向其约稿时,陶亢德以极其敏锐的洞察力对如何办好《天地》提出了自己的建议:

> 然而,我对于《天地》的内容,不免希望其多带一点巾帼气,女中的丈夫总还是女性……你总记得你的出世作是《科学育儿经验谈》,你总明白《结婚十年》的何以誉满江南。这不是说女性只宜办女权妇德之类,而是说女性对于女性的一切总比男性冷暖自知一点,这一点自知在选稿上就可得益不少,例如请你看一篇“欧战鸟瞰”之类的文章,总不如看一篇“一个女子婚姻问题之困难”或“持家育儿的辛苦之自述”来得使你明白内容之好坏吧。而且我觉得男子汉们的文章也快写完了,什么文化武化,政治经济,外交内务,给他们已说了这么多年……[2]

作为一个具有丰富编辑经验的杂志人[3],陶亢德可谓是一语中的。他建议苏青根据以往得到读者认可的创作经验,根据女性的性别优势,来做好一个编辑应该做的最为重要的工作——选稿。同时,他的这个判断也是审时度势的,当时上海在汪伪统治下,文化人朝不保夕,回避“文化武化、政治经济、外交内务”等这些“男子汉们”关注的民族国家等宏大主题也是理所当然的。

---

① 苏青:《做编辑的滋味》,《大众》第 19 期,1944 年 5 月。

② 陶亢德:《东篱寄语》,《天地》第 2 期,1943 年 10 月。

③ 据陶亢德自述:“自民国二十年起到三十年为止,我所参与过的,共同发起的,主编的,手创的杂志,仔细算算已经十有四个,其中除一二个之外,其余的可说与我都大有关系。”参见陶亢德:《谈杂志》,《风雨谈》第 1 期,1943 年 4 月。

此时远在日本的陶亢德并不知道他的这些想法和苏青是一致的[①]，在第1期《〈天地〉发刊词》中，苏青已经开始提倡女子写作了。苏青指出了女子宜于写作的五个理由：一是女子最重感情，和文章以情感为主相吻合；二是写文章无时间及地点限制，不妨碍女子的家庭工作；三是女子社会地位不高，毫无顾忌，不会写出虚伪的文章；四是女子爱道东家长西家短的爱好和杂志的谈话风相适应；五是女子写文章没有功利性目标，可以有感而发，无须勉强为文。苏青提出的女子写作的理由是和林语堂对杂志文的要求一致的，这种真诚而不虚伪的谈话风文章无疑会受到读者市场的欢迎，可谓是对20世纪30年代杂志编辑理念的传承。苏青的拓展在于指出了写作的主体——女子。这是她结合个人生命体验而提出的目标。无论是使她走上写作道路的《生男与育女》《科学育儿经验谈》，还是使她名声大噪的自传色彩浓厚的《结婚十年》，都是女子写作的成功范型，因此在自己主编杂志时将之作为目标也是理所当然。

在苏青的提倡下，女子写作成为《天地》杂志的一大特色。除了苏青的文章外，《天地》第1期刊登了周杨淑慧的文章，第2、3期分别刊登张爱玲的小说《封锁》和散文《公寓生活记趣》，第4期同时发表了6篇女性作品，分别为周杨淑慧的《在日本的小家庭生活》、张爱玲的《道路以目》、施济美的《逝水》、周文玑的《执法记》、苏会祥的《多余的疾病》和苏青的《涛》，这些文章在《编者的话》中一一被介绍给读者，第6期刊登了张爱玲和苏青的同题散文《谈女人》。除上述作者外，《天地》的女性作者还有苏红、梁文若、刘曼湖等人。《天地》杂志提倡的"女子写作"吸引了不少女性读者的注意，梁文若表示："我是个女人，所以对于《天地》主编冯和仪女士也就特别的加以注意和钦佩。"[②]她认为女性作家的作品更能表达出女性的心声："《天地》上尤多女作家之作品，这在我们女性读者们的眼光中看来，当然更觉其亲切有味了。"[③]因此，她认为："《天地》是一本极有价值的刊物，是一本我们女界所足以引为自豪的刊物。我希望《天地》将来能成为一本完全女界的刊物。"[④]

梁文若的希望并没有实现。事实上，苏青提倡的"女子写作"只是《天地》杂

---

① 陶亢德的文章发在《天地》第2期上。据他发表在《天地》第4期上的《东篱寄语》透露，他是在10月23日早晨才看到苏青寄去的10月10日出版的《天地》创刊号。参见陶亢德：《东篱寄语》，《天地》第4期，1944年1月。

②③④ 梁文若：《谈〈天地〉》，《天地》第6期，1944年3月。

志关注女性主题的一个方面,《天地》上还有不少男性作家著文参与了女性话题的探讨,如龙沐勋的《女性与诗歌》(第 5 期)、邢鹏举的《赛金花与小凤仙》(第 6 期,第 7—8 期合刊)、思德的《写字间的女性》(第 15—16 期合刊)、周作人的《女人的禁忌》(第 17 期)、吴璧的《呜呼女人!》(第 20 期)等,诸如此类,不一而足。该刊第 7—8 期推出的"生育问题特辑"探讨生育这一和女性密切关联的话题,参与讨论的男作者 6 名,女作者 3 名。在第 20 期上的《编辑后记》中,苏青宣布:"本刊向以畅谈社会人生为目的,尤愿多载有关妇女问题等文章。本期发表吴璧先生之《呜呼女人!》及赵田孙先生之《男子论》,均有感而作,非一般无病呻吟者可比。幸读者诸君注意及此。"[①]更是把话题延伸到男性身上。为何会造成这一现象?苏青显然并未将《天地》设定为女性作者写给女性看的女性读物。要面对广大读者市场,要扩大发行量,就势必不能局限在女界范围内。上海沦陷区唯一的妇女杂志是《女声》,它关注中下层女性,关注妇女解放、女性独立、爱情自主等主题。关于二者的区别,有论者指出:"《天地》是一份有闲妇女的消闲杂志,而《女声》则是大众妇女的启蒙杂志。"[②]对《天地》读者群的概括似有偏颇,但抓住其消闲性以区别于《女声》杂志却是准确的。调动一切因素,抓住读者市场,扩大刊物销量,才是身为编者兼作家的苏青办刊目的之所在。

男女话题诚然为人所注目,但终非生活之全部。要扩大杂志的销售面,就要以恒久的话题来满足读者各方面的需求。《天地》办刊到第 14 期,因不满于纸价飞涨导致的刊物内容缩减,苏青说道:"杂志贵在五花八门,使读者可以任意照各人所喜欢的自去找看,然而《天地》的篇幅是如此单薄,内容又纯属散文,结果便似乎嫌不够胃了。"[③]《天地》一直在追求向日常生活领域扩展,诸如实斋的《揩油辩》(第 1 期)、康民的《胖与瘦》(第 2 期)和《新衣》(第 4 期)、潜之的《饥食文化》(第 3 期)、禾人(苏青)的《买大饼油条有感》(第 5 期)、何默的《说梦》(第 6 期)、初华的《剃头》(第 7—8 期合刊)、何之的《废话而已》(第 9 期)、许季木的《买东西》(第 10 期)、苏青的《救命钱》(第 11 期)、霜叶的《坐车哲学》(第 12 期)、琴倦的《我的眼镜》(第 13 期)、苏红的《烧肉记》(第 14 期)和《安于食淡》(第 15—16 期合刊)、王轼的《谈吃救人》(第 17 期)、黄军的《旅人散记》(第 18 期)、一往

---

① 《编辑后记》,《天地》第 20 期,1945 年 4 月。

② 涂晓华:《上海沦陷时期女性杂志比较——以〈女声〉和〈天地〉为中心》,《苏州教育学院学报》2011 年第 4 期。

③ 《编辑后记》,《天地》第 14 期,1944 年 11 月 1 日。

的《谣言和常识》(第 19 期),等等,所谈论的都是日常生活中的常见话题。第 20 期则推出了"衣食住"特辑,在该期《编辑后记》中,苏青按捺不住内心的喜悦:"'衣食住'特辑收到佳作甚多,因篇幅关系,只好先刊五篇。"①在"炸弹随时可以落到自己头上来,时局随时可以起变化"②的沦陷区,人们朝不保夕,衣食住等日常生活正是他们仅存的慰藉。和《天地》趣味相近的《大众》发刊词写道:"我们愿意在政治与风月以外,谈一点适合于永久人性的东西,谈一点有益于日常生活的东西。"③

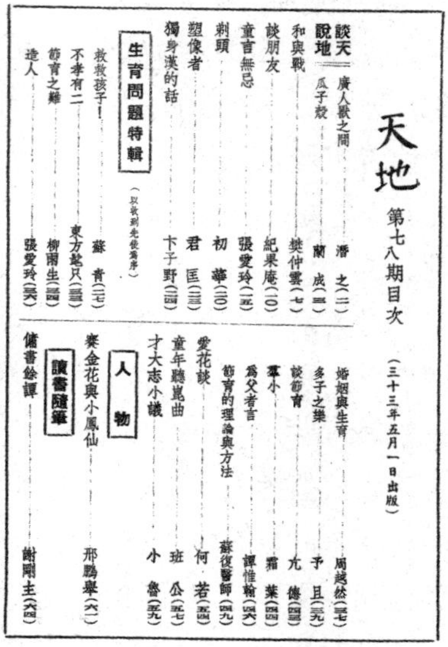
天地
第七八期目次
(三十三年五月一日出版)

談天說地——廣人獸之間……潘　之(二)
瓜子殼……蘭　成(三)
和與戰……樊仲雲(七)
談朋友……紀果庵(一〇)
童言無忌……張愛玲(一五)
剃頭……初　華(二〇)
塑像者……君　匡(二三)
獨身漢的話……卞子野(二四)

生育問題特輯
(以收到先後爲序)

救救孩子!……蘇　青(二七)
不孝有二……東方蝃蝀(三三)
節育之難……柳雨生(三四)
造人……張愛玲(三六)
婚姻與生育……周越然(三七)
多子之樂……予　且(三九)
談節育……允　傳(四三)
羣小……霜　葉(四四)
爲父者言……譚惟翰(四六)
節育的理論與方法……蘇復醫師(四九)
愛花談……何　若(五四)
童年聽崑曲……班　公(五七)
才大志小議……小　魯(五九)

人物

賽金花與小鳳仙……邢鵬舉(六一)

讀書隨筆

儲書餘譚……謝剛主(六四)

《天地》第 7—8 期合刊为"生育问题"特辑

总之,在沦陷区特殊语境下,苏青在继承 20 世纪 30 年代上海现代消闲刊物编辑理念的基础上,进一步向饮食男女主题和日常生活题材拓展,具体化了 30 年代的杂志编辑理念,使得《天地》杂志获得了较大的读者队伍。苏青有着自己的办刊追求,《天地》创办初期,她曾雄心勃勃地说道:"从开天辟地之日起,天长地久,努力下去,网罗天南地北作家,务祈能使天地万物皆备于我,于此才可以说是欢天喜地之日到来也!"④在第 21 期的《编辑后记》中,苏青已经将第 22 期的

① 《编辑后记》,《天地》第 20 期,1945 年 4 月。
② 苏青:《如何生活下去》,《天地》第 17 期,1945 年 1 月。
③ 《发刊献词》,《大众》创刊号,1942 年 11 月。
④ 《编者的话》,《天地》第 2 期,1943 年 11 月。

篇目编排好了，然而时代终究没有给她继续实现理想的机会。

第二节 特殊语境中的都市日常话语

20世纪30年代，《论语》等刊物刊载的散文因疏离现实政治、表现市民日常生活和闲适趣味遭到了左翼和京派的责难，但是这一派散文由于契合了现代市民的文化消费需要，一直呈现出较为繁荣的创作状态。20世纪40年代上海市民社会更为成熟，《论语》等刊物的追求因为有了适宜的土壤得到了继承和发展。同时，40年代沦陷区的动荡局势也使得朝不保夕的市民失去了崇高感和悲剧感，淡化了诗意的追求，无力关心宏大主题，转而去追求"一刹那的安慰与排遣"①，从日常生活领域品味生命的意义，表现日常生活、传达市民趣味的散文受到文化市场的欢迎。《天地》散文以关注普世的饮食男女主题为主，表现日常生存状况，肯定日常生活价值，使得日常生活成为独立表现对象，成为特殊语境下现代都市的日常话语。

一、"以常人地位说常人的话"：写作姿态的日常生活化

考察《天地》散文的话语方式，无法回避20世纪40年代沦陷区的特殊语境。在日伪严酷政治迫害和舆论控制下，作家无法在宏大主题中表明自己的立场，只有回到日常生活中。战时经济政策带来的严峻压力使作家为了谋生需要而放低姿态，关注日常生活，根据读者市场需要进行商业化写作。

20世纪30年代，在国民党文化控制下，自由言论空间被挤压，林语堂等人有意识地疏离政治，但是毕竟还能偶尔发发牢骚。"孤岛"时期，进步文化人也可以利用租界的中立状态表达自己的呼声。但是上海全面沦陷后，日军采取极端恐怖的手段，加紧搜捕和杀害抗日文化界人士，进步知识分子的生命时时处在危险之中。据郑振铎回忆："我们忍受着人类所不能忍受的痛苦；我们吞声饮泣的睁眼看着狼虎的择肥而啮，狐兔的横行，群鬼的跳梁；我们被密密的网罗覆罩着；我们的朋友里，有的杀身成仁，为常山舌，为文氏头，以热血写了不朽的可泣可歌

---

① 苏青：《〈饮食男女〉后记》，于青等编：《苏青文集》，上海书店出版社1994年版，第458页。

的故事；有的被捕受刑，历经了非人道的酷暴的待遇，幸而未死，然已疮痍满身，永生不愈。”[①]沦陷区对记者暗杀的风潮此起彼伏：“1938 年六名记者遇刺，1939 年到 1941 年间 20 名被暗杀。即使报馆都俨然成了堡垒，也难免越来越多的袭击。恐吓邮件携带着被砍断的手和手指寄到报社，被害者的头颅被悬挂在路灯下示众，或被扔进路边的排水沟。”[②]这种残暴的行为使得沦陷区的文人完全失去了表达政治诉求的可能，为了生存而回到日常生活中来，可以说是他们的一种无奈的选择。

上海沦陷后，日军和汪伪政权实行了战时经济统制政策，先后两次颁布统制条例，把钢铁、米、小麦、纸类、蜡烛、火柴、肥皂等工业品和民用品列为统制物资；日伪上海市政府还对市民实行计口授粮配给办法，又强行征购米粮以供应战争需要，导致上海物资紧张，物价飞涨，“由于米源紧缺，到 1942 年底，一石米的价格突破千元，1943 年 1 月涨至 1 500 元，1944 年涨到 55 000 元，最高时候达到 70 000，相当于战前的 6 000 倍”[③]。这给普通市民的生活造成了巨大影响。苏青慨叹难以生活下去：“——米卖四万多元一石，煤球八万左右一吨，油盐小菜件件都贵，就说我一个人吧，带着三个孩子，外加女佣之类，每月至少也得花去十几万元钱，做衣服生病等项费用，还不在内。至于我的收入呢？办杂志不亏本已经够开心了，赚钱简直休想……然则——如何生活下去呢？我是只好希望‘船到桥门自会直’。”[④]在此情境下，作家不坐以待毙，就要按照商业化的模式来进行写作。上海的文化消费市场经过开埠以后长时间的孕育以及 20 世纪 30 年代的极度繁荣后，40 年代已经比较成熟，不断成长起来的市民读者在日伪高压统治下，需要有一定趣味的文学作品来满足其日常文化消费需要，这都为沦陷区作家的商业化写作准备了条件。在谈到写文章的目的时，苏青说：“但是心里还难过得很：因为那不是为了自己写文章有趣，而是为了生活，在替人家写有趣的文章呀。”[⑤]功利化的写作目的势必让作家放下精英姿态，不谈高深哲理，不抒圣贤性

---

① 郑振铎：《西谛三记》，上海文艺出版社 2001 年版，第 101 页。

② ［法］白吉尔著，王菊、赵念国译：《上海史：走向现代之路》，上海社会科学院出版社 2005 年版，第 270 页。

③ 刘轶：《现代都市与日常生活的再发现——1942 年～1945 年上海新市民小说研究》，上海大学博士学位论文，2007 年，第 94 页。

④ 苏青：《如何生活下去》，《天地》第 17 期，1945 年 2 月。

⑤ 苏青：《自己的文章——〈浣锦集〉代序》，于青等编《苏青文集》，上海书店出版社 1994 年版，第 432 页。

情，认同日常生活的价值。在《〈天地〉发刊词》中，苏青写道："编者原是不学无术的人，初不知高深哲理为何物，亦不知圣贤性情为何如也，故只求大家以常人地位说常人的话，举凡生活之甘苦，名利之得失，爱情之变迁，事业之成败等等，均无不可谈，且谈之不厌。"①这样就把话题拓展到了日常生活的方方面面、角角落落，从而得到读者的认同。

在苏青看来，《天地》的作者不限于文人，写作并不能成文人阶级的特权，各个阶级都可以有文人存在，这样才能产生出好作品来，因此她指出《天地》的执笔者可以是农工商学官，也可以是农工商学官太太。这就从另外一个侧面突出了写作姿态日常生活化的重要意义。显然，作者是什么身份并不重要，重要的是日常生活本身。文人和普通人的身份差别消失了，纯文艺作品和一般文章的界限消失了。只要是表现无处不在有价值的日常生活，就会有各式各样的好作品出来。《天地》散文作者大都模糊自己的作家身份，予且说："社会之大，谁都是文人，谁都不是文人。我终年转换的拿这红蓝黑白四色的笔，也不是文人。"②在《天地》上发表过数篇幽默散文的正人说："不佞份属男性，自非例外，惭愧之余，所愿声明者，不佞所写全是游戏文章，兴到为之，用以娱人娱已。余之作品，绝非文学；不佞本身，更非作家也。"③作家在放低写作姿态的同时，将日常生活本身置于最为重要的地位，纪果庵这样来认识自己的写作："唯生活到底是生活，我不会作诗，不会作小说，尤无天才，而是老老实实的一个低能人，因此代表老实人讲一些不中听的老实话。若是说这种文章太无味，也不绚烂，那则我之该死也。"④认识到日常生活的作用，认为其中蕴含着味道和绚烂的色彩，正是把日常审美化，正如鲍德里亚所说的那样："因为虚饰成了现实的核心，所以艺术就无处不在。所以说艺术死了，不仅仅是因为对艺术卓越超凡的批评已经消逝，而且还是因为现实本身已完全为一种与自己的结构无法分离的审美所浸润，现实已经与它的影像混淆在一起了。"⑤

《天地》散文作者的日常写作姿态，与苏青的性别有关。在苏青看来，女性对

---

① 《〈天地〉发刊词》，《天地》第1期，1943年10月。
② 予且：《予且随笔》，《天地》第5期，1944年2月。
③ 正人：《从女人谈起》，《天地》第13期，1943年10月。
④ 纪果庵：《夫妇之道》，《天地》第3期，1943年12月。
⑤ [英]迈克·费瑟斯通著，刘精明译：《消费文化与后现代主义》，译林出版社2000年版，第100页。

于日常生活更为关注。以看报为例，男人多为了虚荣去了解国家大事，因此好读社评，而女人“爱看什么便看什么，只拣与自己日常生活切身有关的记牢，卫生酱油，先施牙膏，这些广告在她们看来也许比李维诺夫辞职消息更为重要”[①]。创办《天地》前，苏青经常向《古今》投稿。这个杂志是以男性作者为主的较为严肃的杂志，文化格调较为古雅。苏青以女性作者的身份把日常琐事、饮食男女话题引入《古今》，使得《古今》平添了几分烟火气息。《古今》的写作实践凸显了女性身份之于日常生活的意义，坚定了苏青在《天地》上提倡女子写作和关注日常生活的决心。她在《天地》上提倡“女子写作”的理由有写作不受时间地点限制而不影响女子家庭工作，女子爱道东家长西家短的，等等，都是从日常生活角度出发的。

苏青的这种写作态度通过主编《天地》杂志，变成了对作者的要求。予且谈到苏青向作家约稿的本领无出其右时说：“她之讨稿，不但是限期限字，还要限范围出题目。”在予且看来，《〈天地〉创刊词》就是一篇让作者按要求写作的讨稿信：

> 在我看了那发刊词之后，只觉得自“天地之大”起，至“有勉强为之痛苦也”止，无一处不是蕴蓄着讨稿意味的。如果你再读一遍，必能使你觉得那字里行间，尽是暗示着你，“快点写稿”，“写什么稿”，“怎样写”，同时还替你出了无数的题目。……我想发刊词中至多不过是缺少了一句“报酬从丰”的话。但编者决没有忘记稿费的。封面题记中就写着：“至于拿念珠的那只手，我却干脆的让它空着了。空着干吗呢？是叫它代表其余的三只手去领稿费么？……”既有了“领稿费”三个字，自然就不会忘记“稿费从丰”了。[②]

就常理来说，杂志的发刊词置于创刊号最显赫的位置，说明该杂志的宗旨、性质及意义，具有宣传导引作用。但是在予且笔下，《〈天地〉发刊词》却充满了现实功能意义，并将之与封面题记结合起来，大谈“稿费从丰”，这就消解了该杂志的神圣意义，使之成为满足办刊者需要的物质载体。对苏青、予且这些作家而言，无论是办杂志，还是写文章，都出自现实功利需要，而这种需要是合理的，因而无须摆出架子，突出其崇高意义。这种姿态，与五四时期的启蒙话语大异其

① 苏青：《谈看报》，于青等编：《苏青文集》，上海书店出版社 1994 年版，第 385 页。
② 予且：《我之恋爱观》，《天地》第 3 期，1943 年 12 月 10 日。

趣，与20世纪30年代京派散文追求的高雅精神趣味也不合拍，更近于林氏刊物的理想，正是日常思维制约下的行为。正像布达佩斯学派代表人物阿格妮丝·赫勒所说的那样："我们的日常思维和日常行为基本上是实用主义的。遵循最少费力的原则，一个人以这样的方式占有'自在的'类本质对象化的含义（即它的功能），以便能对功能的'如是性'进行反应而不考虑它的'来源'：他对其起源不感兴趣。"①对日常生活进行了充分的肯定。

二、"人情总该是差不多的"：日常生活的呈现

赫勒指出："'人类条件'包含了所有活着的人所必须共享、所有死去的人所曾经共享以及所有未出生的人所必将共享的一切东西。在我们现代世界，人类条件寓于日常生活中。这并不是说，我们整个现代日常生活本身是与人类条件共存的。日常生活包含着不变的与可变的部分。与结构的改变相比，日常生活内容的变化是颇为频繁的。……人类条件仅寓于日常生活的那些不变部分中。"②苏青在《〈天地〉发刊词》中谈到："我以为在天地之间做一个人，人事或有不同，人情总该是差不多的。"③《天地》散文所关注的主要内容就是日常生活中相对永恒的"差不多"的不变部分。

在《自己的文章——〈浣锦集〉代序》中，苏青写道："于是我的文章材料便仅限于家庭学校方面的了，就是偶而涉及职业圈子，也不外乎报馆，杂志社，电影戏剧界之类。至于人物，自然更非父母孩子丈夫同学等辈莫属，写来写去，老实便觉得腻烦。"④苏青从自身熟悉的日常生活出发来写作散文，并有意识地将这种写作倾向在《天地》上推行。该刊创刊号所刊载的周杨淑慧的《我与佛海》中所写的家庭琐碎就是应苏青再三催促而写就的。受这篇散文影响，谢刚主写的《记四妹》记述自己四妹的婚姻琐事。⑤ 在苏青的提倡和影响下，《天地》形成了关注日常生活的散文创作总体倾向。该刊21期所刊登的217篇文章，大多数围绕市民

① ［匈牙利］阿格妮丝·赫勒著，衣俊卿译：《日常生活》，黑龙江大学出版社2010年版，第160页。

② ［美］A. 赫勒，魏建平译：《日常生活是否会受到危害?》，《国外社会科学》1990年第2期。

③ 《〈天地〉发刊词》，《天地》第1期，1943年10月。

④ 苏青：《自己的文章——〈浣锦集〉代序》，于青等编：《苏青文集》，上海书店出版社1994年版，第430页。

⑤ 该文写道："我从饭店回来，在案头就发现了冯和仪女士寄来的一本《天地》。我连忙着翻阅，首先看见的就是周杨淑慧《我与佛海》，那一篇文字，我一气把那篇文字读完，不禁联想到我的四妹和刘植源。"参见谢刚主：《记四妹》，《天地》第3期，1943年12月。

生活中衣、食、住、行、恋爱、结婚、生育等日常话题展开。

《天地》散文对日常生活的关注集中体现在两个特辑上。第7—8期合刊的“生育特辑”围绕着“生育问题”，刊载了苏青的《救救孩子》、张爱玲的《造人》、苏复医师的《节育的理论与方法》、柳雨生的《节育之难》、周越然的《婚姻与生育》、东方髦只的《不孝有二》、予且的《多子之乐》、亢德的《谈节育》、谭惟翰的《为父者言》等散文；第20期的“衣食住特辑”，发表了有心人的《衣食住》、炎婴的《女装，女色》、苏复医师的《医者谈食》、苏青《谈宁波人的吃》、何若的《暂住与久住》、小鲁的《谈癖好》、凡人的《记大人物的癖好》等散文。

《天地》刊载的这些散文，以敏锐的视角深入到市民日常生活深处，反映了市民日常生活的方方面面。如撞庵的《甘和苦》(第1期)写市民日常生活中的甘苦；小鲁的《吃》(第4期)津津乐道各种不同吃的乐趣；汪昱的《盲肠炎者的自白》写自己被庸医无故割掉盲肠的就医经历；丁谛的《闲话商人》(第5期)写商人的赚钱之术；禾人(苏青)的《买大饼油条有感》(第5期)写自己买大饼油条被人看到后引起非议的感想；达戈的《公务员日记》(第5期)写身为公务员的自己等电车、迟到、吃中饭、买煤球、发薪水等生活细节，全是杂碎的琐事，时时透露出拮据的经济状况；卞子野的《独身汉的话》(第7—8期合刊)写都市单身汉的吃喝、生病、打牌、看戏、跳舞等生活细节和由之产生的情绪。即便是谈名人，《天地》散文作者也将他们置于日常生活中，描写其鲜为人知的世俗生活。如许季木的《谈拿破仑的晚年》(第5期)写的不是拿破仑的丰功伟绩，而是滑铁卢之败后被英国政府送到圣海列那岛(今通译圣赫勒拿岛)上晚年与世隔绝的日常生活。小凡的《记大人物的癖好》(第20期)结合西方政要的个性谈论其爱好：丘吉尔爱好砌墙砖、希特勒爱好建筑、戈林嗜好收集勋章、罗斯福好集邮钓鱼，欧洲某国王爱好开火车等，该期《编辑后记》对之介绍道：“《记大人物的癖好》一篇为当令作品，值兹罗斯福、希特勒相继逝世之际，述其生平嗜好，弥足令人起而今之感。”[①]

《天地》散文作者之所以关注日常生活，将日常生活作为主要写作领域，是因为他们认为日常生活具有重要意义，因此不断在作品中强调日常生活的重要性。纪果庵在《夫妇之道》中写道：“但是我的看法，却以为天下国家都好办，家倒是难得齐的。”[②]在《天地》散文作者看来，宏大的目标都是虚伪的，饮食男女才是一切

① 《编辑后记》，《天地》第20期，1945年4月。

② 纪果庵：《夫妇之道》，《天地》第3期，1943年12月。

活动的目的："大家拿出良心来想想看，受教育是为干什么？哇啦哇啦的吵着为国为民，那不客气的讲全是文化之烟幕，在幕后还不是饮食男女吗？"[①]他们认为日常生活并不是单一的面目，而是充满了无数可能性，值得人们去深入探究："衣服是我们最大的弱点，同时也是我们最大的利器。可以用来弥补缺陷，发展人才——里面的机关一言难尽。"[②]因此他们往往能够从日常生活的小细节中寻找意义，对于理发，初华是这样认识的："剃头这件事，虽然在咱中国并不是一种科学，也没有专研究整容的书籍，可是与我们个人的仪貌与卫生，却有很大的关系。"[③]《天地》散文作者把"衣""食""住"等日常生活看成其他社会活动的基础，他们在散文中反思日常生活种种不合理处，并指出其重要价值："观乎上述种种，可知国人于衣食住三者之诸欠合理。亦以见国人之不明事理，不辩是非，于日常生活之必需，犹复如此，他且不必问矣。胡适有云，'中国不亡，是无天理。'语虽偏激，实有至理。"[④]

《天地》散文作者更多地在日常生活中发掘出诗意。虽然孩子的接连出生会带来经济负担和家庭压力，但霜叶在文中这样写道："我记得有一次回家得很晚，开了电灯，看见躺在孩子壁垒中的妻子的睡姿，很有一点诗样的感受，只要我有百分之一的诗人的天才，我准会写出一首美丽的诗来，我觉得这情景是很美的，有诗情，也有画意。"[⑤]他们善于发现日常生活中的乐趣，在文中畅谈多子之乐（予且《多子之乐》，第7—8期合刊），列举住在都市公寓中的无穷趣味（张爱玲《公寓生活记趣》，第3期）。沦陷区的拮据生活让人们对最起码的日常生活需要都充满了憧憬之情。在发薪当日，苏红狠心用三分之一的薪水买肉之后的心境是这样的："我心在笑，眼睛在笑，嘴在笑，脸在笑，浑身筋肉在笑，肉呀！肉呀！肉呀！它使我笑，使我跳，使我高兴，使我兴奋，我跨着轻松的步，想马上飞回校去烧。"[⑥]谭惟翰从给孩子洗手、揩面、穿鞋、换衣、讲故事这些日常生活细节中体会出无限的快乐，他还从多子并未使得自己经济状况变差升华出浅显的生活哲理："人总有一点惰性，有了孩子可以使做父母的人振作起来，这倒是有意想不到

① 潜之：《广人兽之间》，《天地》第7—8期合刊，1944年5月。
② 炎樱作，张爱玲译：《女装，女色》，《天地》第20期，1945年4月。
③ 初华：《剃头》，《天地》第7—8期合刊，1944年5月。
④ 有心人：《衣食住》，《天地》第20期，1945年4月。
⑤ 霜叶：《群小》，《天地》第7—8期合刊，1944年5月。
⑥ 苏红：《烧肉记》，《天地》第14期，1944年11月。

的美德。我们不该讨厌孩子,只应感谢孩子。"①

《天地》散文,在对日常生活描写中表现了身处战乱境况下的市民的世俗理想和追求。战争使他们面临着物质和精神的双重压力,他们不再追求宏大的理想,仅表现出结束战争、回复到常态的日常生活的渴望:"所以我们便希望这个非常快快的过去,恢复了我们能应付的常。……我们没有一份力量,可以旋乾转坤,化戾气为祥和,飞机炸弹潜艇之工作,我们委实是没力量制止的,我们所要求的,只是非常状态中的寄生虫们,也稍微恢复一些'常态',譬如对于吸收商品囤积物资,不妨略微放松一点了,……没有出息的我们只可用乞怜的话这样讲。"②在战乱中,他们即便有一些梦想,也是出于日常生活上的需要,显得尤为世俗:"战后沪上房屋奇缺,敝人之做所谓三房客者已六年于兹矣,寓处狭隘小窗,受尽房东瘟气尤其余事,故而存下一个妄想:一旦多下几个钱,定要造一所真真的所谓'花园洋房',窗子定须开得多,园子务必造得大。"③

《天地》散文,表现出市民阶级实用的、利己的价值观念。他们毫不讳言自己对实利的追求,承认人的物质需要的合理性:"在今日经济制度之下,揩油乃是没法打到的事……今日做人,若不揩油就得具有饿死的决心,要不然,便是油已能揩足,不必再揩了。"④他们不再将安于贫困作为文人操守的表现,面对自己新衣都购置不起的现状,康民写道:"说实话,我可没有'一箪食,一瓢饮而不改其乐'的好耐性;纵然不怨天,也得诅咒自己的厄运。"⑤他承认人的世俗欲望的合理性:"反正人是没有满足的时候,不嫌胖便恨瘦,就如贫穷人求富贵,富贵人慕清闲,没有子女的盼望孩子,子女成串的父母又叫苦连天一样,做到了的总是一个不好。"⑥这种实利的观念甚至渗透到爱情当中,市民在恋爱的时候往往把神圣的爱情和世俗的物质需要联系起来,予且认为:"在从前,婚姻是一件终身大事,焉得不谨慎将事。如今,婚姻已经成为生存手段,焉得过事挑剔,来关闭自己幸福之门?这一种变迁不能说是不大,更不能说和以前相差不远。婚姻如此,恋爱的方式,手段,性质,结果,遂亦不得不和以前不同了。"⑦在实利思想的影响下,

---

① 谭惟翰:《为父者言》,《天地》第7—8期合刊,1944年5月。
② 潜之:《常与非常》,《天地》第5期,1944年2月。
③ 实斋:《谈窗》,《天地》第3期,1943年12月。
④ 实斋:《揩油辩》,《天地》第1期,1943年10月。
⑤ 康民:《新衣》,《天地》第4期,1944年1月。
⑥ 康民:《胖与瘦》,《天地》第2期,1943年11月。
⑦ 予且:《我之恋爱观》,《天地》第3期,1943年12月。

市民多采取中庸的处世原则，东方髦只说："人在于世，总得讲究一个中庸。"[①]在此基础上，他们形成了种种建立在实用基础上的处世哲学，霜叶从坐车中领悟到："精明的人，或是抢先的人，未必一定占便宜，有时反而吃亏。反过来说，不精明而不抢先的人有时反而实惠。不过精明的人和抢先的人，心理上总觉得自己占优势地位：既生而精明，复抢着了先。可是那里想到事实偏不如此。"[②]这些建立在日常生活基础之上的价值观念不崇高，但务实；不纯粹，但本真。

《天地》散文对日常生活的表现有重要的意义。无论是古代的"文以载道"思想，还是"五四"及其以后的启蒙救亡主张，散文主要表现的都是民族国家等宏大主题，而《天地》散文把表现对象转到个人为主体的日常生活领域，关注和人们生活息息相关的衣食住行、生儿育女、男女交往等基本内容，展示了人们生活中最为本真的一面，让人们认识到了世俗生活本身具有的意义和价值。

三、"只要你谈得有味道耳"：日常生活的审美表现

《天地》散文通过《天地》杂志传播，如何在文化消费市场上得到市民读者的认同，是将办刊物作为谋生手段的苏青首先要考虑的问题。她在《〈天地〉发刊词》开头就写道："天地之大，固无物不可谈者，只要你谈得有味道耳。"[③]在把《天地》杂志内容拓展到无处不在的日常生活领域的同时，又提出要"谈得有味道"，对日常生活进行审美表现。为此，《天地》散文采取了一些具体的手段。

首先，打破散文文本的封闭状态，把之看成是一个开放系统，通过引用、用典或拼贴等手段形成互文关系，使文本在相互指涉中产生意义，甚至将文学文本和实用文本混融，让读者读出"味道"来。

苏青在《〈天地〉发刊词》提出作者不限于文人，所刊登的文章也不限于纯文艺作品。但是由于散文文体具有开放性，完全可以通过拼贴等方式使不是纯文艺的作品产生出意味来，以满足市民读者的文化消费需要。如《天地》第7—8期合刊推出"生育问题"特辑。将"生育"作为"问题"进行探讨，带有一定的科学性和严肃意味。其中有苏复医师的《节育的理论与方法》一文，无论是从作者身份

---

① 东方髦只：《不孝有贰》，《天地》第7—8期合刊，1944年5月。
② 霜叶：《坐车哲学》，《天地》第12期，1944年9月。
③ 《〈天地〉发刊词》，《天地》第1期，1943年10月。

还是从文章题目来看，都像一篇科普类文章。但是该文从一开始就侃侃而谈古今中外种种节育或促进生育的轶事：从古希腊斯巴达人把孩子扔到野外与自然搏斗来淘汰弱质婴儿，到周末越王勾践出于称霸目的为促进生殖颁布一系列法令，再到1532年德国为奖励生育而采取种种措施处决杀死婴儿的犯人，直至近代山额夫人因写《妇女的叛逆》一书倡导节育运动被审判、拘留，这些历史事件经过作者有机组合和重新阐述后插入到文本中，与后文的科学节育措施相对照，产生出新的意义指向，既将严谨的科学话题拓展到了生动丰富的历史生活领域，又有一定的人文思考，所用故事本身的趣味性和叙述的生动性让人读来兴致盎然。此外，柳雨生的《节育之难》一文在进行探讨时插入的笑话、周越然的《婚姻与生育》在议论中插入的故事，都冲淡了科学话题本身的严肃性，从而使之妙趣横生，消遣性大于科学性，成为文化消费之一种。

《天地》散文中另一种典型的语体交融形态是体裁互文，即作者在散文文本中加入其他体裁文本，使得散文语体变得更为丰富，同时产生意义指涉。予且的《我之恋爱观》就是一例。“观点”是一种理念化的形态，如何将之生动地述说出来？首先他申明人的恋爱观是容易变化的，为真实展示自己恋爱观的变迁，他结合自己的写作道路和对社会的认识，在散文文本中大量植入先后写作的《小菊》《凤》《两间房》《君子契约》等小说文本来演示自己恋爱观的变迁。显然，小说是虚构文本，大量拼贴到散文文本中，会“将两种陈述分开，使得读者不得不暂停下阅读，把目光投射向另一个空间，另一种方式的话语”[①]，这样一方面把爱情观阐述得更为具体，增加了散文阅读的趣味性，另一方面也将已固化在小说文本中的爱情观念和自己在时代中的感知相互印证，使变迁的流程更加可信。

此外，《天地》中刊载了不少奇文，不仅打破界限，将各类文体杂糅，甚至将文本和表格混合，用别出心裁的形式谈论某种世相人情，从而达到吸引读者的目的。如第14期的以“吃书人”为名发表的《Edible Edition》一文。作者托词说因无准确译文而用英文名作为标题，实则是为引人注目；在文中声明该文是应美国哥伦比亚大学教育学院博士考试论文的大意，并为该文多次加注，使文本呈现出庄重的形态，内容实际上是讨论怎么印一种可以吃的书，并在后面插入了一个滑稽的菜单，这样在文本内容与形式、文本形式和形式之间造成巨大的反差，在戏

① 贵志浩：《话语的灵性——现代散文语体风格论》，浙江大学出版社2010年版，第190页。

谑中对文坛和社会现状有所针砭。苏青在《编辑后记》中评论道："本期发表此篇，立论奇，写法奇，且趣味无穷，而说笑中均有至理，诚不可多得之佳作也。"①苏青一向选稿很严，该期又因纸价飞涨仅刊载 11 篇文章，在此情况下选入此文且大加赞赏，充分说明了《天地》对文体的重视。接下来的第 15—16 期合刊，又刊载了同一作者以"散淡的人"为名发表的《出妻表》一文，文体形式更为奇特。从文名来看，是对封建时代"七出之条"以及诸葛亮《出师表》的戏仿，内容则将计就计，设计成一张表格：将"妻之分工"列为"补袜子、体贴、忠心、伴侣、肉体之安慰、生子、治理家务"七栏，以"分工之后之代用品""妻子与代用品比较"加以对应，在栏内分别填上风趣生动的文本，最后又于表格外用纯文字形式写道："上表也相同于我国政府机关之一切表格，照例与事实颇有出入，无非'聊备一格'，不免'虚有其表'。若有读者，轻信此表，竟毅然实行'朱买臣休妻'者，则山人罪

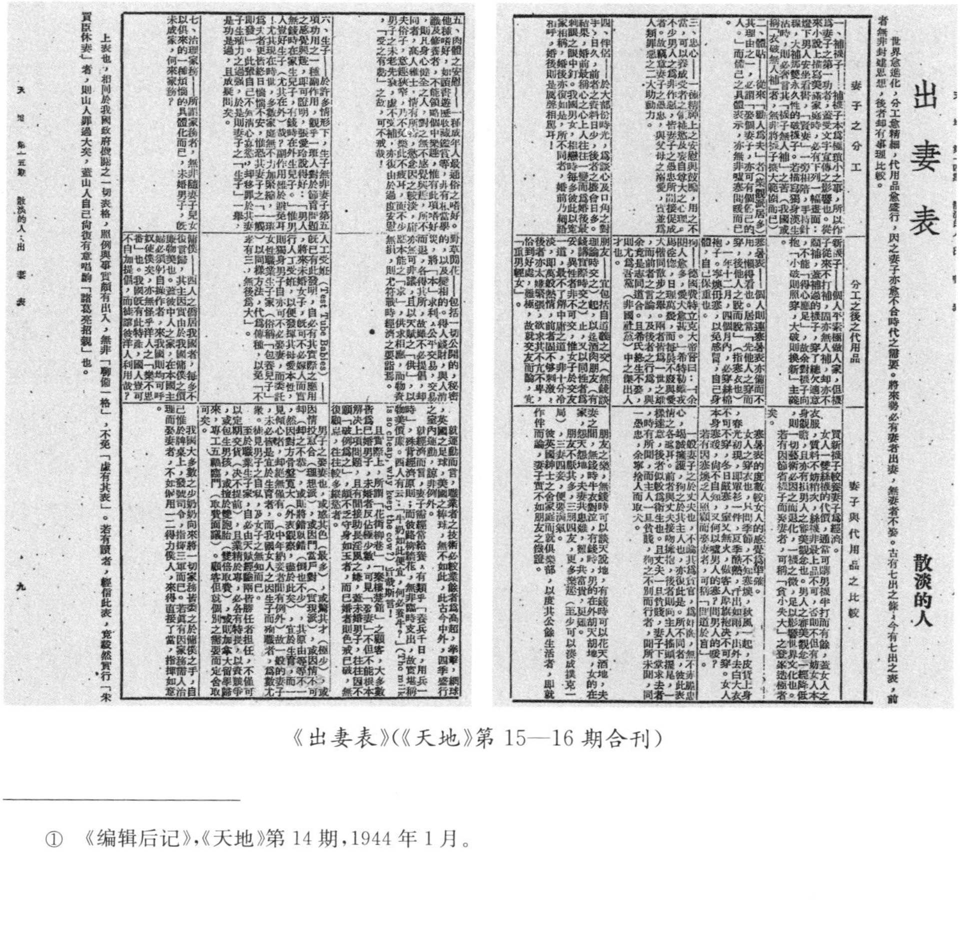
出妻表

散淡的人

世界愈進化，分工愈精細，代用品愈盛行，因之妻子亦愈不合時代之需要。將來勢必有妻者出妻，無妻者不娶。古有七出之條，今有七出之表，前者無非封建思想，後者卻有事理比較。

妻子之分工 | 分工之後之代用品 | 妻子與代用品之比較

上表也，相同於我國政府機關之一切表格，照例與事實頗有出入，無非「聊備一格」，不免「虛有其表」。若有讀者，輕信此表，竟毅然實行「朱買臣休妻」者，則山人罪過大矣，並山人自己尚復有意唱齣「諸葛亮招親」也。

《出妻表》(《天地》第 15—16 期合刊)

① 《编辑后记》，《天地》第 14 期，1944 年 1 月。

过大矣，盖山人自己尚复有意唱出'诸葛亮招亲'也。"[①]该文以独特的文体形式揭示了当时社会中某些家庭女性只是一种代用品的现状，多则历史典故在文本中运用，与表格内容指涉，暗指"妻子"这一身份至今没有得到改变，通篇采用表格的直观形式一目了然，让人在忍俊不禁后深入思考。

其次，《天地》散文常常打破常有的思维模式，将日常生活进行陌生化处理，或反其道而行之，说出惊世骇俗的言论；或庄谐并出，或雅俗对照，营造出奇特有趣的话语风格。

《天地》散文所表现的日常生活发生在人们周围，重复琐碎，平淡无奇，为使得散文"有味道"，引起读者的注意，作者常常采取反其道而行之的逆向思维，打破日常生活的机械性，使之产生奇趣。对于《礼记》上的"饮食男女，人之大欲存焉"这句话，人们习以为常，不以为奇，但是苏青将之断句为"饮食男，女人之大欲存焉"[②]，突出了女性欲望的合理性，奇趣就产生了。与之类似的是，正人在《疏女经》一文写道："'……；戒之在色'，色即女人，宜疏女人；惟欲疏远女人，宜先取厌女人。取悦女人之道，人人皆有研究，取厌女人之道，惟我独多心得。"[③]与一般介绍如何取悦女人的经验相反，该文谈论取厌女人之基本原则以及实行的细则，包括什么样言论最能取厌女人，如何在路上、饮食店里、戏院里、在房中（无第三人）、在月下等场合取厌女人等，可谓奇特之至。再如，依照惯常思维看，言语不通无疑会阻碍人们的正常交流，给生活带来种种不便，但是苏青的《论言语不通》（第1期）却从自己的日常经验出发，侃侃而谈言语不通就不会得罪人、照样可以达意、可以得到"情之正宗"的恋爱，这种反其道而行之而又建立在生活经验基础上的生存感悟，无疑会给读者带来新鲜的阅读体验。

《天地》散文的这种奇趣还表现在谈论庄重话题的时候引入世俗的比喻，使之充满了烟火气息。节育本为一个科学问题，但东方髦只是以这样的方式进行探讨的：

> 依照不佞的想法，和尚与尼姑，嫖客与娼妇，二者都有点过火，最好是夫妻之间先是嫖客与娼妇，有了三二子女后便是和尚与尼姑；不过这个实行起

① 散淡的人：《出妻表》，《天地》第15—16期合刊，1945年1月。
② 实斋：《记苏青》，《杂志》第11卷第3期，1944年4月。
③ 正人：《疏女经》，《天地》第17期，1945年2月。

来甚难，良以依照苏青女士的说法：饱暖则思，而实则不饱暖也会思的，要不然小三子小六子什么地方来？所以终必你思我思，今思明思，造成无数芸芸众生。先嫖娼后和尼在事实方面既然窒碍难行，则惟有节育尚矣。节育能得其道，则有时做和尚与尼姑，有时做嫖客与娼妇；既有嫖客娼妇之乐处，又得和尚尼姑之清闲，是谓中庸，这个办法最为妥善。[①]

依正统观念来看，文中将夫妻之间的关系比喻成和尚与尼姑、嫖客与娼妇显得不伦不类；但这种语不惊人死不休的世俗化比喻，在吸引市民读者的注意力的同时，形象地阐明了节育的必要性。该文接下来建议政府设立卫生部和节育指导所、发行节育知识书报、配给科学合理的节育用具与药物等措施后，写道："在这样的卫生部尚未成立之前我们究竟如何去节育呢？那是'方法'问题了。谈到方法，那太有趣了。难免引人入胜，在这人心甚古世风日上的今日，是颇有不便的，还是不谈的好。"[②]故意用欲言又止的语气使文本留下一定空白，引起市民读者的想象。该文在对庄重的科学"问题"进行探讨的同时，大胆引入世俗化的比喻和言说方式，从而将科学娱乐化，满足市民的消遣需要。

《天地》散文常常运用庄谐并置、雅俗对照等手段，将日常生活和重大时事或风雅之事放在一起谈论，产生出幽默的效果。如有文在谈论男人给女人零花钱时这样写道："窃以为男人对女人之经济政策，实有重加调整之必要，宜一反惯例积习，婚前不必太慷慨，婚后不可太悭吝，同样数目之本钱，宜乎平均分配投资，不可顾前失后，虎头蛇尾，则女人受赐既多，社会亦受惠不浅矣。"[③]把家庭日常生活的金钱往来和重大的经济政策及分配投资联系起来，让人忍俊不禁。无独有偶，正人在谈到女人惧怕衰老时写道：

女人最怕老，而又最易老，许多女人（尤其已婚者）其容貌之衰老也，令人见之生"一日不见，如隔三秋"之感。惟女人之一番苦心，于另一方面，却有意外成就，盖女人之外貌方向"老境"闪电进攻时，其心思却早已按兵不动，停战言和。"人老心不老"一语，向来似属男性专用者，余请移交女方，必更能发扬光大。……有许多女人，其年龄之计算也，于某一时期，往往与通

①② 东方髦只：《不孝有贰》，《天地》第7—8期合刊，1944年5月。
③ 一个人：《自言自语》，《天地》第18期，1945年2月。

行历法略有出入，有以七百三十日作一岁者，亦有以一千零九十五日作一岁者，更有与年龄作拉锯战者，今年二十一岁，明年二十二岁，后年又复二十一矣，如是者，一进一退，返复不已，非至最后，不使轻易超过三十大关。[①]

不仅把“一日不见，如隔三秋”以及“人老心不老”这两个词义更改了，而且用“闪电进攻”“按兵不动”“停战言和”“移交”“拉锯战”等描绘军事的词语用来揶揄女人对衰老的抗拒。《天地》散文还善于将日常生活事件进行雅俗对照，从而产生某种幽默的效果。在《群小》中，霜叶写到自己的孩子出生时写道：“拿我自己来说，除了第一个孩子由当事人双方同意‘决定’养以外，其余的几个就像诗人的名句一般，所谓‘偶得之’，根本不是存心要养。”[②]把意外生子的世俗生活与诗人作诗的雅事做比照，让人解颐。

《天地》散文为追求“有味”的话语方式，打破文体的封闭状态，在文体形式上不断创新，以新奇的思维方式表现日常生活，营造幽默趣味的言谈方式，既体现了散文作者对于日常生活本身的认同，也体现出了适应读者大众阅读需要的功利追求。

第三节　苏青：《天地》散文的集大成者

苏青虽然以小说《结婚十年》名噪一时，但散文创作最为擅长。张爱玲在《我看苏青》中谈道：“我认为《结婚十年》比《浣锦集》要差一点。”[③]胡兰成也认为《浣锦集》是“五四以来写妇女生活最好也最完整的散文，那么理性的，而又那么真实的。”[④]苏青散文很受当时文学市场的欢迎。《天地》第 6 期刊登了《浣锦集》广告，上面写着“现在编印 即将出版”，仅隔一年时间，该刊第 18 期上的广告已经表明该书印刷到第 7 版，可见其畅销程度。

《浣锦集》收录苏青前期创作的散文较多，仅部分是在《天地》杂志上发表过的。苏青在《天地》上发表文学作品 18 篇，其中小说 1 篇，散文 17 篇。《天地》杂

① 正人：《从女人谈起》，《天地》第 13 期，1943 年 10 月。
② 霜叶：《群小》，《天地》第 7—8 期合刊，1944 年 5 月。
③ 张爱玲：《我看苏青》，《天地》第 19 期，1945 年 4 月。
④ 胡兰成：《谈谈苏青》，《小天地》创刊号，1944 年 8 月。

志是苏青发表散文最多的杂志。《天地》创办前，苏青曾在《古今》发表过 6 篇散文，但《天地》创办后，她的散文就在《古今》上消失了。此时，她仅在《风雨谈》杂志上发表了《自己的文章》(1943 年第 6 期)，在《杂志》月刊上发表了《苏游日记》(1944 年第 12 卷第 6 期)、《河边》(1944 年第 14 卷第 14 期)等少数散文。这说明《天地》杂志不仅是苏青实践自己文学观念的天地，还是发表自己散文作品的主要天地。

苏青在《天地》上发表的散文不仅数量多，而且在其散文创作中占有重要地位。这主要表现在她主编《天地》期间，对写作动机进行了适当调整。关于自己的写作目的，苏青曾说道："我投稿的目的纯粹为了需要钱，虽也略受朋友怂恿，我知道此乃人家对我的好意，替我设法解决吃饭问题哪。"[①]这种为谋生而进行的创作功利性较强。创办《天地》后，她集社长、主编、发行人于一身，虽然在一定程度上占据了她的创作时间，但也使她在经济上比较宽裕，能对某些问题进行深入思考，进入到从容的创作状态。在回答《杂志》记者鲁风询问"编了《天地》，有没有妨碍写作的时间"时，苏青回答说："编了《天地》，差不多忙得透不过气来，因此我的文章便少写了，即使写，也是草草而就的，没有更多修改的时间。而且在收入方面说，似乎也增加了一些，因此有时候更加懒得写文章了。补就办法也没有别的，我想只好以后再减少些应酬及娱乐，以便省下时间来多写些自己所要写的东西。"[②]《天地》第 1 期发表了苏青的《论言语不通》，此后的三期一直没有她的文章。但经过一段时间调整后，《天地》几乎每期都有苏青的散文作品，而且质量比较高，这些文章是：《买大饼油条有感》(第 5 期)、《谈女人》(第 6 期)、《救救孩子！》(第 7—8 期合刊)、《〈结婚十年〉后记》(第 10 期)、《文化之末日》(第 11 期)、《救命钱》(第 11 期)《消夏录》(第 12 期)、《谈男人》(第 14 期)、《十一月十一日上午》(第 15—16 期合刊)、《〈浣锦集〉与〈结婚十年〉》(第 15—16 期合刊)、《心》(第 17 期)、《如何生活下去》(第 17 期)、《敬告妇女大众》(第 17 期)、《谈婚姻及其他》(第 18 期)、《敬凶》(第 19 期)、《谈宁波人的吃》(第 20 期)等。

苏青说："我常写这类男男女女的事情，是的，因为我所熟悉的也只有这一部分。"[③]《天地》杂志上的《论女人》《论男人》《谈婚姻及其他》《敬告妇女大众》可谓

---

① 苏青：《关于我——代序》，《续结婚十年》，四海出版社 1947 年版，第 2 页。
② 《女作家聚谈会》，《杂志》第 13 卷第 1 期，1944 年 4 月。
③ 苏青：《四版小言》，《浣锦集》，天地出版社 1945 年版，第 10 页。

是苏青这类题材的代表作品。苏青虽然关注女性命运、提倡女子写作，但并非是一个女权主义者。在《我国的女子教育》中，她写道："我对于一个女作家写什么'男女平等呀！一齐上疆场呀！'就没有好感，要是她们肯老实谈谈月经期内行军的苦处，听来倒是入情入理的。"[①]对于男女话题，她不从理论角度进行论证，不去高喊空洞口号，而是从女性自身的日常生活经验出发，直逼生命深处，因此既大胆直率，又入情入理。

苏青毫不讳言女性性欲的存在，在《谈女人》中她写道："没有一件桃色事件不是先由女人起意，或是由女人在临时予以承认的。世界上很少会有真正强奸的事件，所以发生者，无非是女人事后反悔了，利用法律规定，如此说说而已。"[②]她认为"虚伪是女人的本色……譬如说：性欲是人人有的，但是女人就决不肯承认；若是有一个女人敢自己承认，那给人家听起来还成什么话?"[③]用坦率的语言，直击人性的弱点。但苏青并不是一味大胆揭露真相，在揭露中又有着对女性命运的深切体察和悲悯。她写道："女子不大可能爱男人，她们只能爱着男子遗下的最微细的一个细胞——精子，利用它，她们于是造成了可爱的孩子，永远安慰她们的寂寞，永远填补她们的空虚，永远给与她们以生命之火。"[④]既大胆又饱含着生命的体悟，显得特别真切动人。她写到了失恋女人因缺陷而发生变态心理、抱着独身主义的老处女的虚伪变态心理，以及种种变态心理的表现：无理责难佣仆、过分溺爱儿童或者扭扭捏捏的出乎常情。她甚至指出："要是卖淫而能够自由取舍对象的话，这在上流女人的心目中，也许倒认为是一种最能够胜任而愉快的职业"，"我敢说世界上没有一个女人不想永久学娼妇型的，但是结果不可能，只好变成母性型了"[⑤]。对于生命本性的尊重，对于个人日常生活经验的尊重，使得苏青用大胆的笔触，揭示了日常生活中的真相。

由于充分尊重个人日常生活经验，苏青在《论男人》一文中谈论男人时，采用的依然是女性视角。在她看来，男人世界中的你争我夺，其动机都是为女人而起。她写道："我相信世界上若没有女子，男人便无法赚钱，也无法花钱。——即使赚了仍不开心，花掉又不舒服，这个世界也就不像个世界了。"[⑥]她处处拿女人和男人进行比较：男人爱情和事业是相辅相成，相互促进的，女人无法两者兼

---

① 苏青：《我国的女子教育》，《浣锦集》，第7页。
②③④⑤ 苏青：《谈女人》，《天地》第6期，1944年3月。
⑥ 苏青：《谈男人》，《天地》第14期，1944年12月。

顾，顾此失彼；虽然同样有性的需要，但男人爱女人的年轻美貌是真实，女人只爱男人的金钱地位却是虚荣，是女人的虚荣造成了男人的罪恶。苏青在谈论男女话题的时候，往往抓住最本质的方面来谈，比如“性心理可以解释人类一切行为的动机，假如认为下流，则其人便不足与谈了”，“没有一个男人不好色的，有的是内心苦思，有的则随意发泄”，“在这个社会上，尤其是都市里，恐怕很少男人是真个维持一夫一妻制的”①等，在貌似亵渎神圣中，说出了日常生活的真理。

1945 年 2 月 27 日，《杂志》编辑部邀请张爱玲和苏青就妇女、家庭、婚姻诸问题举行了一场座谈会，在会上受到拘束的苏青觉得意犹未尽，回去后写了《谈婚姻及其他》一文发表在《天地》上。该文对以上问题重新加以系统论述，体现了苏青对婚姻关系较为全面深入的思考。在文中，她指出促成婚姻关系的两大原因是男女性本能的需要，以及女人为抚养孩子需要男人提供经济支撑。但男人掌握经济大权便妄自尊大，女人为了孩子处处退让，这样就形成了不平等的家庭关系。苏青指出，由于男女之间存在着生产这一天然的不平等关系，“所以女人说要与男人做一样的事，那是很吃亏的，除非她自先免掉养孩子的责任，妇女运动是妇女要求合法的，也是合理的减轻工作，不是要求增加工作，或与男人一样的工作”②。这种建立在深入思考生活基础上得出来的结论，比那种不切实际地要求妇女工作、实则是加重妇女负担的口号更能让人信服。在女子婚姻与职业冲突上，苏青认为理想的状态是女子有选择养男育女为职业的权利，或者在不妨碍养男育女的基础上，工作轻便，报酬不减，这样婚姻就是一种可有可无的关系。在此基础上，她提出不要为孩子做无谓的牺牲、婚姻制度有由当事人自己决定的自由，甚至提出“一夫多妻或一妻多夫也并非绝对没有通融的余地”。当然，苏青的这种矫枉过正的提法也是立足于宁波寡妇整天到晚探人隐私的生活经验基础上的，最后水到渠成地得出了美满的婚姻不应受到限制和束缚的结论。

在散文中关注孩子问题是对男女话题的自然延伸。《救救孩子》一文刊载在第 7—8 期的“生育问题”特辑上。苏青走上文坛的第一篇作品就是《生男与育女》，此后又在《宇宙风》上发表了《科学育儿经验谈》等文，与自己贴身经验的生育问题一直为苏青所关注。作为策划者，她的这篇散文刊登在特辑的首要位置。苏青从自己的生产经历为出发点对节育这一问题进行探讨。她通过讲述第二个

① 苏青：《谈男人》，《天地》第 14 期，1944 年 12 月。
② 苏青：《谈婚姻及其他》，《天地》第 18 期，1945 年 4 月。

女儿出生后被寄养到山里受虐而死的经过，表现出了一个母亲的无限痛惜之情；通过离婚后偷偷与幼小儿女分别的经历，表达了对孩子的惶恐愧疚心情。这种不想生而生、生了又不能养的状况，让无辜的孩子遭受磨难甚至死去，进而发出了“救救孩子”的呼声。在此基础上，提出“节制生育决不是坏字眼，相反地，它们是美丽的，慈悲的，而且合乎正道与常情的”[①]就有打动人心的力量了。苏青在进行论述时，处处用生动的日常生活细节来增强说服力。比如在论述患花柳病以及其他类似的遗传病不能养孩子时，以自己女朋友和丈夫约法三章来加以阐述；论述养孩子要有起码的养育知识时，以自己男孩患痧子幸而得到苏会祥医师救治才痊愈为例等。苏青的这篇散文的价值不在于她所提出的“设立指导生育处所”等建议，而是在论述节育必要性时通过日常生活体验所显示出来的慈悲情怀。

《买大饼油条有感》和《敬告妇女大众》都是对女性独立生活的思考。《买大饼油条有感》抨击某些女性虚伪的身份地位观念。她写了自己在弄口买大饼油条时被来访女友所嘲笑的一幕。作者写道，如果自己不是买大饼油条，而是在冠生园买奶油蛋糕、太妃糖，或在有白俄女招待的外国糖果店就不会引起大惊小怪了。这是一种毫无理由的身份观念，持有这种观念的读书女人，自己本没有独立生活的能力，只好靠父辈和丈夫的津贴来购皮鞋买大衣装体面，其最好的结局必然是卖身于结婚的床上。如何改变这种状况？她提出女性要拿出勇气来，从买大饼油条等一点一滴的小事情做起，摆脱虚伪的社会习尚，让生活变得更加合理。《敬告妇女大众》一文从题目来看非常宏大，是一对多的发言，但苏青并没有扮演振臂一呼响者云集的妇女领袖，也表示不喜欢那些凭借相关男人而获得姨太太、太太、小姐身份的妇女领导，她不去喊“平等！解放！”的口号，而是从切实的角度出发，告诉妇女们必须有正确的常识，战时知道如何带儿童躲避，如何急救受伤流血者。她强调普通常识的重要性：“我很可惜一般过中上等生活的妇女都只知道选购东西，打扮，跳舞，看戏，叉麻将，即知识阶级也不过高谈音乐，美术，文学而已，对于普通常识似乎都很不屑注意。”[②]在苏青看来，妇女们具备了这些基本的常识就可以保护全家，比没有常识的男人更加伟大。

杂志具有按期出版的时效性，散文则具有直接灵活地感应现实生活的特点，

---

① 苏青：《救救孩子》，《天地》第7—8期合刊，1944年5月。

② 《敬告妇女大众》，《天地》第17期，1945年2月。

《天地》散文记录了苏青在沦陷区办刊的艰难历程和痛苦无奈的心绪。《天地》发刊后期，战争波及上海，前期刊物出版的稳定状态被打破。《文化之末日》写的是在配给纸紧张的状况下，《天地》领不到配给纸不能及时出版，苏青不由得感慨文化末日已经到来了。《如何生活下去》描写了在“炸弹随时可以落到自己头上来，时局随时可以起变化”的情况下，自己感觉到没有什么东西、什么地方、什么人能够真正靠得住，因而万念俱灰的心绪。此时杂志因电力断绝而无法印刷，生命又面临着威胁，乡下老家还来信要求汇款救急，无奈之下她只好希望“船到桥门自会直”。《十一月十一日上午》写了自己在街上遇到警报后，在高射炮声中躲到同胞的小槽房却遭到冷遇，回到自己公寓又被异国的防空救护队员视而不见，因此心受了伤，“觉得这个世界是冷落而荒凉的”，逼真地刻画出战争给沦陷区市民带来的巨大心理创伤。此外，苏青还有几篇散文是关注社会的。《救命钱》一文是对报载宁波来沪的单帮客被瘪三头害死的新闻事件的看法。《心》是针对社会上有人以“举贤不避亲”为名义“自举”，污蔑怀疑者为小人，提出“我愿保持小人之心，以之自度，也以之度人”①。《敬凶》一文写的是“敬凶”的不良社会心理，在苏青看来，正是大部分人的敬凶心理才造成了一部分人的行凶的快乐。

胡兰成曾评价道：“苏青的文章正如她之为人，是世俗的，是没有禁忌的。”②不仅在上述男女话题和有关生活现状的描写中充满了世俗的色彩，苏青对闲情逸趣的生活描写同样充满了世俗的趣味。《消夏录》写的是夏日的经历和心情。作者感受夏日清晨凉爽的空气和高高的天空时呈现出诗意般的心绪，中午似老僧入定般瞑目静坐显示出旷达的情怀，傍晚浴后诵读王渔洋的《秦淮杂诗》和杜甫的《秋兴八首》又透露出文人的雅致情趣。但苏青毕竟是世俗的，这些场景和情怀的描写又与世俗到极点的生活联系在一起：在清晨阒然无声的甬道里，她会怀疑“在汗流遍体的夏夜，两个人不顾气味紧粘在一起有什么好处”，外出坐车时她写到了车夫对她撒的屁和暴露的破裤腰，寂寞孤独恐怖的夜晚能给她慰藉的是警报响时宁波仆欧骂的“顶下流的宁波土话”。她的清雅中充满了世俗，俊逸中充斥着情欲。《谈宁波人的吃》是“衣食住”特辑中的一篇。苏青在文中通过和广东、苏州、上海菜的比较，突出了宁波人吃的本色：无论是鲜汁浸过的炝蟹、用上好麻油蘸着吃的“盐烤笋”、称为“肉里肉”的“又香又软又耐饥”的老

① 苏青：《心》，《天地》第17期，1945年2月。
② 胡兰成：《谈谈苏青》，《小天地》创刊号，1944年8月。

豆、嫩鲜的煮草紫、肉质软松脆的青蟹、春天肥嫩的蛏子、入口即融的烤肉烤鸭烤大头菜、整年吃不完的菜干鱼鲞芋艿干等，都体现出宁波式菜肴“不失其本味”的特色。她为留过学有外国习惯的父亲太讲究卫生而不注重趣味而感到惋惜，这种趣味正体现出苏青对于本色世俗的生活真面目的认同。

在《谈宁波人的吃》一文中，苏青还谈到“我对于吃是保守的，只喜欢宁波式，什么是什么，不失其本味。犹如做文章一般，以为有内容有情感的作品原是不必专靠辞藻”[①]，用写文章来比喻吃法。反过来说，“不失其本味”也反映她的散文创作的艺术特色。由于苏青在《天地》上发表的散文关注的都是男男女女、生育家常等话题，浸泡在日常生活中，具有原汁原味的特色，在散文技巧上她不靠华丽的辞藻，不用怪异的形式，一任日常生活的自然呈现，一任情感的自由流淌，有感而发，无拘无束，得意之时，涉笔成趣，动情之处，妙笔生花。在《谈女人》中，她写道：“女人是神秘的！神秘在什么地方，一半在假正经，一半在假不正经。”[②]在《救救孩子》一文中，因为离婚和孩子最后一次诀别后，她写道：

> 到了戏院门口，看他们都进去了，我却自退出来。带着万分惶恐歉仄的心意，我不敢抬头看人，只一溜烟向冷僻的马路旁飞跑。跑了不知多远，不知多久，我渐渐清醒过来了，银灰色的月光普照着大地，冷森森地，像宝剑在吐气。我拣着那荒僻的马路跑，怕的是撞见人；不幸的人儿决不想见有福气的人们的脸，失去了孩子，我再也不希罕世间上一切！
>
> 疏疏的树枝，春来尚未着花；就让它们在霜也似的月光下给冻死了吧，何必开花，何必结子，结了子还不是给人或别的动物吃掉，或自落下来堕入土中干那生生不息的工作？我想着想着，放缓了脚步向茫茫的前面走去……[③]

这段极为抒情的文字，没有华丽的辞藻，没有缤纷的意象，没有跌宕的结构，却将一个母亲忍痛与孩子诀别后的失落心态刻画得栩栩如生，可谓是情之深至。张爱玲认为苏青的写作特点是“伟大的单纯”，她说道：“经过她那俊洁的表现方

---

① 苏青：《谈宁波人的吃》，《天地》第20期，1945年5月。
② 苏青：《谈女人》，《天地》第6期，1944年3月。
③ 苏青：《救救孩子》，《天地》第7—8期合刊，1944年5月。

法，最普通的话成为最动人的，因为人类的共同性，她比谁都懂得。”[①]正是这种“‘天涯若比邻’的广大亲切，唤醒了往古来今无所不在的妻性母性的回忆”[②]，苏青的散文才在无技巧中产生了那么大的影响。

张爱玲在《我看苏青》一文中写道：“低估了苏青的文章的价值，就是低估了现地的文化水准。”[③]高度评价了苏青的创作。苏青发表在《天地》上的散文作品，连同她的杂志编辑理念，在20世纪40年代的中国产生了巨大影响。由于以普遍的真实触及生命深处，这些散文到今天仍然散发着活力。

---

① 《女作家聚谈会》，《杂志》第13卷第1期，1944年4月。

②③ 张爱玲：《我看苏青》，《天地》第19期，1945年4月。

第六章

《红杂志》：为市民阶层代言

《红杂志》于1922年8月创刊，1924年7月出满100期后，更名为《红玫瑰》，一直出版到1932年，在鼎盛期曾获得5万本的销量，在市民中产生了较大的反响，可谓是上海现代消闲刊物适应文化市场而获得成功的典型。《红杂志》是鸳鸯蝴蝶派在新文学革命的压力下不断自我革新以适应市民文化消费需要的产物，它采取趣味化办刊方针，以商业化的运作模式，同新文学刊物争夺读者市场，较早地在小品文中表现都市人的衣食住行及消闲娱乐生活，并主张刊登文坛趣闻及奇闻异事，以满足读者口味；同时，在小品文形式上，从小处着眼，以短小精悍、活泼无拘的形式，追求滑稽有味的阅读效果，这些创作策略是其适应读者阅读趣味的结果，对海派散文产生了深远的影响。

第一节 新文学压力下的自我调适

1921年1月，沈雁冰参与发起组织新文学团体“文学研究会”，接编并全面改革了商务印书馆出版的《小说月报》，在着手改编的第12卷第1期上，刊登了《文学研究会宣言》，反对将文艺当作游戏或消遣，主张把文学视作人生“很切要的一种工作”。同年5月，文学研究会在《时事新报》上开辟《文学旬刊》，对通俗文学作家展开了激烈的批评。1923年，《文学旬刊》宣布从7月30日起改为周刊，并将刊名易之为《文学》，文学研究会发起人之一的郑振铎发表了《本刊改革宣言》，宣示了该刊一以贯之的态度和精神：“我们低着头一步步的踏实的向前走去，同时并认清了我们的‘敌’和‘友’。以文艺为消遣品，以卑劣的思想与游戏的态度来侮蔑文艺，熏染青年的头脑的，我们则认他们为‘敌’，以我们的力量，努力的把他们扫出文艺界以外；抱传统的文艺观，想闭塞我们文艺界的前进之路的，或想向后退走去的，我们则认他们为‘敌’，以我们的力量，努力与他们奋斗。”①在新文学咄咄逼人的进攻之下，通俗文学作家不断进行自我调适，不断扩展自己的园地。在《小说月报》改组的同时，通俗文学刊物呈激增态势，如《礼拜六》于1921年3月19日复刊，《游戏世界》《半月》《星期》《紫兰花片》《家庭》《快活》《侦探世界》《消闲月刊》等相继创办。② 通俗文学作家在这些刊物上发表作

① 西谛：《本刊改革宣言》，《文学》第81期，1923年7月。
② 参见范伯群：《中国现代通俗文学史(插图本)》，北京大学出版社2007年版，第238—239页。

品，同声相求，从而与新文学创作呈现出互补的态势。

一、纸片战争：争夺读书市场

在20世纪20年代初期的通俗文学刊物中，世界书局出版的《红杂志》是较为突出的一份，其编辑主任为严独鹤，理事编辑为施济群。严独鹤是著名报人，长期主持《新闻报》副刊《快活林》笔政，在报界德高望重；施济群则具有较为丰富的编辑经验。他的职业是医生，别署花好月圆人寿室主，热衷文艺创作。早在1921年1月1日，施济群便创办了《新声》杂志。《新声》在刊物设计上较为考究，第1期和第10期刊名均由袁寒云题写（隶书和行草），其余诸期分别由王钝根、天台山农、徐枕亚、张丹斧、钱剑秋、范君博、李浩然、李涵秋题写，涵盖了通俗文学诸大家，封面绘画则为但杜宇、张光宇、谢之光、丁悚等名家所作，各栏目名称及插图也多由叶楚伧、冯左泉等名流题绘。《新声》的栏目是丰富多彩的，如"消闲录""艺林""谈荟""谐铎""戏言""影戏""花语""思潮""名著""特载""丛话""说海""余兴"等，并出版了"国耻特刊""新年特刊""端午特刊"和"三十特刊"（民国十年国庆双十节）等4个特刊。该刊物出版到第10期后停刊，在《本杂志结束通告》中言明该杂志发行后"风动一时"，但其后仿效者众多，"本杂志出版迄今，已刊十册。所有长篇诸作，亦俱结束。有始不致无终，自信未曾辜负（读）爱读诸君之盛意。惟是急流勇退，古训昭昭。本杂志既已最先发行，亦当最先告退。且济群先生已受世界书局之聘，与独鹤先生合任《红杂志》编辑事宜，无暇顾及，故于本期起，宣告终止"[①]。

《红杂志》创刊于1922年8月，因世界书局有红漆大门的"红屋"而得名。世界书局被誉为民国出版界的奇迹，"在短短几年的时间内，它就靠着出版那些鸳蝴杂志书籍，一跃而与商务、中华呈鼎足之势"[②]，总经理沈知方看到《新声》等杂志运行较为成功，便把严独鹤和施济群请去主持编务，显然是看中了他们的威望和编辑才能，想充分借助他们的力量使杂志扩大影响。在该刊第22期上，严独鹤的《社会闲评》一文谈论的是关于"纸片战争"的话题，该文写道：

别国的战争，都是枪炮战争。我国却于枪炮战争而外，又有一种纸片战

① 《本杂志结束通告》，《新声》第10期，1922年6月。
② 胡安定：《多重文化空间中的鸳鸯蝴蝶派研究》，中华书局2013年版，第158页。

争。纸片战争最明显的，便是电报。你发一个通电骂我，我也发一个通电骂你，俨然各整旗鼓，厮杀得十分热闹。滑稽家称之为“电战”。每逢电战一起，枪炮声也就跟着要响起来了，所以这种纸片战争，简直是枪炮战争的先锋，也是狠可怕的。

向来纸片战争，只在政界、军界，如今却连商界、学界，都有一种特别的纸片战争了。商界的纸片战争，是广告战争：或是同性质的营业，甲店登了一个广告骂乙店，乙店又登了一个广告还骂甲店；或是一个公司里面，甲派的股东登了广告，数说乙派种种不是，乙派的股东又登了广告，宣布甲派般般罪状。试看近几个月各报纸的封面大字广告，便知道我的话不错了。学界的纸片战争是宣言书战争。近来上海各学校的学潮，闹得不亦乐乎。每闹一次学潮，学生方面，必定有许多油印的宣传书发布出来，说校长和教职员怎样的不好；校长或教职员方面，也必定要发表一种宣言书，说学生怎样的不好，彼此针锋相对，也适成其为剧烈的战争。唉！可恨的纸片战争！可悲的纸片战争！没有纸片战争，怎会破裂？怎会毁败？好好的一个社会，也偏要染着军界政界的恶行病，直向破裂毁败的路上走去，还有何话可说呢？[①]

文中所说的“纸片战争”，指的是各方利用言论去角逐利益，自政界、军界，蔓延到商界和学界，其剧烈程度，不亚于“战争”。事实上，在其时的社会语境中，通俗作家和新文学作家利用刊物去争夺读者市场，也正是一场激烈的“纸片战争”。新文学阵营对通俗作家的批评自不待言。从《红杂志》所刊发的文章中，不难看到通俗作家对新文化新文学的非议之辞。比如王西神用《西游记》中的人物来讽刺白话文加标点符号。该文写道：“新文化当中最要紧的是一种新圈点。好好的一篇文字，偏偏要把他做成一部《西游记》似的。那两个字的旁边加上齐天大圣的一根金箍棒，竖上一竖。那一句的末尾加上猪八戒的一只招风大耳朵，算是问话的记号。有的地方又要加上一圆点，像沙和尚的一串戒珠中的一粒。读的人，不要管他文字的好歹，先被这种圈圈点点闹得头晕脑胀。”[②]朱子佳则讽刺新文化的造字：“新文化老爷既然发明了一个‘她’字。我想应该还有一个‘妳’字和

---

① 严独鹤：《社会闲评》，《红杂志》第 22 期，1923 年 1 月。
② 王西神：《普天同庆》，《红杂志》第 10 期，1922 年 10 月。

'娥'字的代名词出现。"[1]通俗作家是站在自身的文化立场来争夺都市读者群体,满足普通市民的阅读期待的。

毋庸讳言,新文学作家以思想启蒙为使命,以改造社会为己任。一方面,他们需要以文学为工具推动历史的进步,对文学不无期待之情;另一方面,他们又或在大学任职,或从事其他职业,文学并不是其安身立命的唯一依靠。通俗文学作家则不同,有研究者指出:"通俗文学作家编文学杂志和写文学作品的热情要远远超过新文学作家,这种热情除了他们对文学的热爱和追求外,很大程度是为了他们的社会和生活上的生存的需要。新文学作家除编杂志写作品之外,还要奔走于社会革命,通俗文学作家却以此作为'吃饭'的唯一饭碗。新文学成为中国文学正宗时,通俗文学的发表阵地受到了一时的扼制,这种危机感却反而引发了他们编辑文学杂志的更大的热情,创办了一大批属于他们的文艺阵地的期刊杂志……"[2]因此,这些通俗杂志及通俗文学创作的生命力就自不待言了。

二、"趣味":消费文化的自我定位

《红杂志》第1期《投稿简章》第一条是"本杂志除长篇外,其余短篇小说及各种小品文字一律欢迎投稿",第二条是"小品文字以滑稽有味者为合格"[3],表明了《红杂志》对小品文字的重视,以及对小品文字的投稿要求。其中"滑稽有味"正是消费文化的重要特征之一,这体现在《红杂志》办刊的整体设计之中,如封面、栏目设置、刊载文章的滑稽性等。

《红杂志》第2期的封面画,为一个小孩,手拿毛笔,在一正在熟睡的女子眼睛四周画上了黑框眼镜。这种恶作剧本无多少社会意义,但却能博人一笑;第9期封面为一小孩踩着凳子爬上墙头去摘墙外树上的果子,凳子却被另外一个孩子搬走,露出惊恐的表情;第11期的封面则是一个孩子于江边钓鱼,甩出的鱼钩却挂在自己的屁股上,让人哭笑不得;第20期的封面,为一着晚清装束的老者,戴眼镜,抽长烟袋,携一雨伞,俨然一保守分子。又画两个孩童尾随其后,用长剪刀剪其细辫子,令人忍俊不禁;第26期的封面为一个男孩在吃东西,女孩向男孩讨要,男孩却用另一只手给了狗吃;第33期的封面为两顽童踢球,竟踢中一

① 朱子佳:《随感录》,《红杂志》第2卷第8期,1923年9月。
② 范伯群主编:《中国近现代通俗文学史》,江苏教育出版社2000年版,第616页。
③ 《投稿简章》,《红杂志》第1期,1922年8月。

女子，几欲摔倒，鞋子甩掉，狼狈不堪；第 43 期的封面，则为一瓜皮帽老人读报，礼帽男偷其皮夹，后一猥琐男偷礼帽男之怀表，所谓螳螂扑蝉黄雀在后。封面的这些画作，多以儿童为主要表现对象，描述现实生活中的某种窘境，竭力挖掘其中的趣味，从而吸引市民读者的注意。编者选取这些设计作为封面，体现了

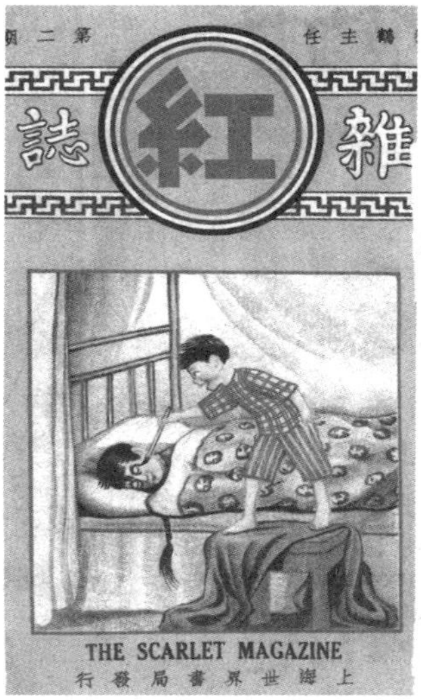

第 2 期封面

第 9 期封面

第 11 期封面

第 20 期封面

《红杂志》作为消闲刊物的滑稽办刊取向。

该刊在栏目设置上，注意以“滑稽有味”的栏目吸引市民读者的注意，如《滑稽问题》等。第三期署名鹤群盦的《滑稽问题》：

> （一）上海马路上有两种车子，性质完全相反，而人家见了，简直是没有一个不要逃走的，是甚么车子；（二）赤膊的人，等于民国的铜元，为什么缘故，请说一些理由出来；（三）冰忌淋有一种很有趣的别名，诸位晓得么？请猜猜看。上面三种滑稽问题，如其完全能够答中请在下礼拜三以前投寄本杂志编辑部，当有一些小玩意儿送给诸位。①

对第一个问题，第 4 期给出答案是“救火车”和“洒水车”；第二个问题的答案，是因为民国时期的电车上拒绝其他地方通用的花铜元，也不准赤膊的人搭乘；第三个问题的答案为“顶括括”，为小贩吆喝叫卖冰忌淋时所用。这些问题并不难，让人看到答案时有“原来如此”之感慨。这些问题引起了读者的极大兴趣，据该刊第 7 期《编辑媵话》交待，第 3 期这三个滑稽问题，接到答案的信竟有 300 多封，完全猜中的，杂志社寄送了赠品。程瞻庐在第 4 期上所出的滑稽问题也非常有趣：

> （一）因甚无情之人似镜子；（二）因甚娼妓似骰子；（三）因甚邮信筒似蠹鱼；（四）因甚新孀改醮似落花生；（五）因甚吸鸦片者似魁星；（六）因甚懒学儿童似弹子；（七）因甚家里的劣子似面上的赘肉；（八）因甚时髦妇女似穿山甲。②

该杂志为了引起读者的兴趣，增加“悬赏小说”“滑稽画”“画谜”“文虎”等栏目，都具有较强的趣味性。这与刊物的定位有关。《红杂志》第 1 期，刊载了耐庵的《红杂志说》一文，交代了该刊的主旨及读法：

> 夫红杂志主旨，厥在消闲。其以红称殆亦隐寓消闲之意耳。……夫既

---

① 鹤群盦：《滑稽问题》，《红杂志》第 3 期，1922 年 8 月。
② 瞻庐：《滑稽问题》，《红杂志》第 4 期，1922 年 8 月。

知红杂志之名称矣，尤当知红杂志之读法。红杂志须扫地读之，尘障一空，不许落红满地也。红杂志须焚香读之，闲来把卷，不妨红袖添香也。红杂志须于薄暮读之，夕照留红，正偷闲之机会也。红杂志须于灯下读之，烛影摇红，又半闲之盛境也。红杂志须于酒后读之，醉翁之颊酡红，读红杂志而倍增豪兴。红杂志须于茶余读之，红茶之味奇好，读红杂志而益助清香。[①]

当然，这种趣味性，更多地体现在其所刊载的文章上，仅以第 6 期为例，就有海上漱石生《退醒庐谐乘》、程瞻庐的《新笑林四则》、严天侔的《西笑》、吴虞公的《滑稽丛话二则》、灵的《旧文学之笑柄》、胡三友的《滑稽短剧》，等等，从题目就可以感受出其消闲之旨趣。

值得注意的是，这种趣味化的办刊思路，为《红杂志》的后续刊物《红玫瑰》所承继。《红玫瑰》创刊伊始，主编赵苕狂便在《编辑琐话》中写道："长篇小说短篇小说两种，本刊当然是极端注重的，可是对于各种小品文字，却也不敢放松一点。如今再将对于此项小品的主旨，向诸位说一说。大概不外乎三点，一短峭，二滑稽，三通俗，至于陈义过高，及稍涉沉闷的，概在摒弃之列。本刊照最新编辑的方法，本不分什么门类，不过就其性质之不同，约略分了下列几栏，以便投稿诸君有所依循。……（三）滑稽文章（各种滑稽小品包括在内）；（四）新鲜笑话；（五）中外趣闻……（八）滑稽画；（九）滑稽问题……"[②]在《红玫瑰》创刊 5 年之后，赵苕狂又经过"几度考量，几度斟酌，决定下了一种方针"，将《红玫瑰》的主旨确定为"常注意在'趣味'二字上，以能使读者感得兴趣为标准，而切戒文字趋于恶化和腐化——轻薄和下流"[③]。既注意到吸引读者的"趣味"因素，又考虑到品格方面的追求，不能不说是与新文学相互竞争相互促进的结果。

三、商业化的运作模式

《红杂志》第 1 期刊载了《红杂志说》《贺红娘出阁启》《红笑》《红：命意之推测》等文，《红》等短篇小说，无不与该杂志名称有关系。此后，几乎每期都有类似文章，如第 2 期分别刊载了署名海上漱石生和阿红的《说红》，第 3 期刊载了朱枫

① 耐庵：《红杂志说》，《红杂志》第 1 期，1922 年 8 月。
② 赵苕狂：《编余琐话》，《红玫瑰》第 1 期，1924 年 8 月。
③ 赵苕狂：《花前小语》，《红玫瑰》第 5 卷第 24 期，1929 年 9 月。

隐的《红闺福新开篇》，第 4 期刊载了张有吾的《红杂志戏开篇》，第 5 期刊载了颍川秋水的《红运说》，第 6 期刊载了何海鸣的《戏剧中之红》，第 7 期刊载了程瞻庐的《红山歌》，第 8 期刊载了缪贼菌的《咏红》，第 9 期刊载了戚饭牛的《红妆艳影新弹词》，第 10 期刊载了郑逸梅《红杂志宝塔诗》，等等，均出现在首篇位置。有时还不止一篇此类文章，如第 16 期关于“红”的游戏文字多达 3 篇（分别为《游红世界记》《红笑》《红之分析》），可见编辑有意围绕着“红”组稿，其目的是为了强化读者对《红杂志》的品牌认识。其中，署名吴牛的《游红世界记》以游览某地为譬喻，写其观看《红杂志》第 1 期的感受，该文先形象地介绍了杂志的封面等副文本部分：

> 壬戌仲夏，红世界行开幕于福州路中。余乃往游。至则见红楼层层，卍栏缭绕，斗大红字，环以国徽，其下缀一幅垂钓图，益壮观瞻（封面）。入门购票，仅售洋一角，行未数武，见一妙龄女郎，专任收票之责。更进，则两旁壁间悬有杨立雪君所绘之镇江中冷泉，及马筱如君之上海龙华塔（插图），正中有石碣一方，铁画银钩，出自浩然先生手笔（题词）。左有高台一座，特请朱枫隐先生演说（祝辞），继以主任独鹤先生报告创办宗旨（发刊词）。正静聆间，忽有卖报童一持红报往来兜售，乃向购一份，见游艺一览表内，分楼上下为二，楼上为杂耍台，楼下为大剧场（目次）。

接着，该文逐次介绍了《红杂志》的内容，包括对夏耐庵、陆律西、程瞻庐、严独鹤、戚饭牛、陆啸梧、姚民哀等重要作者及所擅长文字的形象描绘：

> 乃拾级登楼，夏耐庵正在说红，信口道来，都成妙语。次为陆律西之红娘出阁趣剧，言言是红，句句皆赤，不愧为游艺老手。次为程瞻庐之说笑话，令人捧腹，一时采声大作。正哄堂间，而独鹤马二之双挡平话上场矣，一则说上海白，头头是道。一则操北京话，处处周到，可称并驾齐驱。次为瞻庐瘦蝶二人之口技，作种种犬吠声，惟妙惟肖，较之口技家人人笑，远胜百倍矣。次为戚饭牛之宣卷上场，一时精阁之声大作，是日宣苍蝇宝卷，嗡嗡满口，一般妇孺闻之，莫不手舞足蹈。次为大胆书生之新水浒传，说来有声有色，的是名家。次为宋序英之催眠术，将学生心理猜测无疑。一般学生闻

之，群相离座窜去，次为陆啸梧之文明宣卷，尽是小丑口吻，可称滑稽极矣。……。统观各种游艺及布置，可称尽善尽美，乃兴尽而出，闻每一星期将各项游艺更换一次，容后得暇当再为记之。①

该文把看杂志形象地描绘成逛游乐场，把读者拟想为观众，显然是把阅读活动娱乐化了，这篇文章更像是一则商业广告。《红杂志》出版一周年时，随同第2卷第1期间附送《红杂志（纪念号）》"游戏"栏文章标题为《红杂志周年纪念开篇》《红杂志之红》《希望红杂志》《一周间之红娘》《红孩儿周岁记》《红社周年雅集序》《红杂志迷小传》《纪念歌》《莲花人面》《红孩儿做周记》《红孩儿生日》《回想》——除少数篇目外，全部带"红"字；"短篇小说"栏的标题为《榴火红时》《红孩儿周岁受贺记》《红饭》《红寿》《红儿周岁了》《红圈》，全带"红"或和"红"有关，不断强化读者对其品牌的认知。

《红杂志》在运行方式上，是充分按照商业化的方式来进行的。它采取种种措施，保证刊物的连续出版不脱期。早在发行之初，《红杂志》就准备了四期稿子，全部印刷完毕，才宣告发刊，这样就避免了稿件不足的弊病。在第11期《编辑賸话》中编者透露：

编辑上还有一件困难的事情，就是来稿不能提早披露。有劳投稿诸君的盼望，这是编辑人很抱歉的。但是没有法子可想。因为本杂志怕脱期，所以常常提先印好了三四期，譬如今天出版第十一期，其实已印到第十五期了。本杂志特约撰述员做的稿件，须隔一个月方能披露，外间投稿，再经编辑人员逐一检阅，天然至少要隔两个月方能披露了。投稿诸君明白了这个内幕，大约可以不怪编辑人员有意积压哩。②

这段话在向投稿作者解释为何稿件不能及时刊出时，透露出该刊预先排版的具体情况。在20世纪20年代，由于出版条件及其他原因，有不少杂志办成了短命杂志，出版一期或者几期就维持不下去，只好关门大吉，不少杂志存在脱期现象，如《新声》杂志，1921年元月创刊，因印刷厂遭遇火灾等原因，虽是月刊，但

① 吴牛：《游红世界记》，《红杂志》第16期，1922年11月。
② 济群：《编辑賸话》，《红杂志》第11期，1922年10月。

到1922年6月才出到第10期，随后停刊。《红杂志》保持了出版之初的运作机制，在办刊过程中编者将这种精神一以贯之，其稿源一直很充足。在编辑到第18期时，编辑说："本杂志的插图已印到三十余期，请诸位慢慢寄来，如要当再征求。"[①]出版到第22期时，该刊在《编辑者言》中宣告："本杂志当始终保全固有之精神，决弗蹈他种杂志初起精神饱满，后渐敷衍塞责之弊，谨此布告，以当息壤。"[②]

在遇到特殊情况时，《红杂志》总是在刊物上提前向读者解释清楚，并借机揣摩读者心理，根据情况调整刊物刊载的文章，比如第8期刊登了《特别启事》写道："本杂志第九期原定十六日出版，现特提早一天，改于中秋日发售。并辟'中秋增刊'一栏，所刊应时小说及滑稽文章，悉系名家著作，立意新颖，趣味浓厚。页数亦较平时多出十分之二，用答爱读诸君之雅意也。第十期亦改于阳历十月十日出版，另加'国庆增刊'数十页，仍售大洋一角，并不加价。以后仍逢礼拜五发行，特此布闻（十一期阴历九月初一出版）。"[③]第28期因正逢旧历新年，该刊改变了出版时间，并提前告诉读者："本杂志廿八期出版日，适逢阴历癸亥元旦。各业一律休息。本杂志为保全出版信用起见，提于阴历本年除夕发行，先此布闻，幸希照查。……本杂志明正所出各期，有各著作家自述之新年趣事，颇有意味。"[④]

稳定的作家队伍，是刊物保持充足高质量的稿件的重要条件。为保证充足的名家为刊物撰稿，《红杂志》与作家之间建立某种契约关系，甚至采取垄断措施。如该刊第22期的《编辑者言》写道："本杂志主任严独鹤先生，及特约撰述程瞻庐陆澹盦诸位先生，所有作品，概在本杂志披露，其他杂志，一律谢绝投稿。其余取材，亦极严谨，多系精心结撰之作。"[⑤]据学者统计，程瞻庐一人在《红杂志》及后起的《红玫瑰》上所发表的长篇小说就有6部，短篇小说200多篇，小品随笔多达500多篇[⑥]，几乎每一期的《红杂志》上都可以看到程瞻庐的作品，有时多达几篇。

《红杂志》在编辑过程中，为充分调动读者胃口，会调动一些编辑手段来吸引

---

① 济群：《编辑者言》，《红杂志》第18期，1922年12月。
②⑤ 济群：《编辑者言》，《红杂志》第22期，1923年1月。
③ 《特别启事》，《红杂志》第8期，1922年9月。
④ 济群：《编辑者言》，《红杂志》第27期，1923年2月。
⑥ 范伯群：《中国现代通俗文学史（插图本）》，北京大学出版社2007年版，第250页。

读者，比如第 2 期的《编辑膸话》开首便写道：

> 本期的小品文字有孙玉声先生做的《说红》，把许多水果来比喻本杂志，记者编辑时看了，竟然馋涎汩汩的咽个不止。不晓得读者诸君看了怎样。孙先生是好久不做小品文字了。以前他主任《笑林报》及《游戏报》的时候，曾经做过花天焰口、戏迷传等滑稽文字，真是家弦户颂，纸贵一时，读者如其欢喜看他的小品文字，记者当要求孙先生多做几篇就是。……下期有一张奇怪照片，诸位不可不看，详细目录请看反面。[1]

读者意识的强烈是刊物市场化程度的重要标志。《红杂志》重视读者的意见在刊物编辑过程中的重要作用，认真吸收读者的意见，让读者参与到刊物的编辑中去。第 5 期的《编辑膸话》中写道："本刊和读者诸君相见已经五次了。编辑人只顾照自己意思编辑下去，不知读者对于本刊的编制满意不满意，文字上有什么应该改革的没有，编辑者很愿意知道这种情形，所以从第十期起，在上排特辟'读者论坛'一门，取公开的态度，请热心的读者对于本刊倘然有什么意见，不妨写一些出来，就在这一栏里发表，以便互相讨论，不过编辑人因为要使大多数读者的满意，才想出这种方法，却是抱着一片诚意，所以请赐教的诸位先生把真姓名同真地名详细注明，可以随时通信。如若存心戏弄，或是没有理由的谩骂，或是没有理由的恭维，只好对不起，一概不录了。……本刊自从本期起，已把海内同文惠赐的稿件陆续披露，以后仍请诸君源源惠寄。倘有风景、名妓、名伶、及一切很有趣味的照片，更为欢迎。如其不受酬的，当将大名刊在照旁，以志感谢。"[2]在第 11 期的《编辑膸话》中，编者对读者的意见进行了回馈："记者在第五期上征求读者意见之后，承蒙爱读诸君，纷纷见教，很是感激。但是大都说些关于形式上的，譬如封面不要用戏剧画啊，书的版口大小不一，放在书橱里不好看啊，这种事情，敝处以为可以改革的，就叮嘱发行部改良。所以这种信函也不披露了。讲到精神上应改革的，却是很少，以后尚望诸位先生随时赐教，使编辑人有所遵循，倒很为欣盼呢。"[3]

---

① 记者：《编辑膸话》，《红杂志》第 2 期，1922 年 8 月。
② 记者：《编辑膸话》，《红杂志》第 5 期，1922 年 9 月。
③ 济群：《编辑膸话》，《红杂志》第 11 期，1922 年 10 月。

自第 16 期起,《红杂志》在版权页自信地刊登了这样两行文字:“本杂志为中国最有价值之杂志,遍销全国,每期竟达五万余册。”[①]可见该杂志受欢迎之程度,这不能不说是该杂志采用以上编辑策略的结果。

第二节　市民生活的多方表现

《红杂志》栏目编排方式较为独特,即上半栏为散文,下半栏为小说。一方面,该刊比较重视刊载通俗小说来吸引读者,另一方面对体制短小、活泼自由的散文也非常重视。有学者认为,某些鸳鸯蝴蝶派作家对散文写作的重视程度,甚至超过小说写作,这是因为“他们身上还有浓厚的旧文人习气,古代士大夫鄙视小说的影响依然留存在他们那里,因而既以写小说为职业,却又看不起小说。……在他们心目中,散文的地位仍在小说之上,也比小说难写。他们常常在散文中声明这是匆匆草就的交差之作,而在小说中这类声明就少得多;有的作家倚马立就创作小说,却煞费苦心经营散文。他们的这种创作态度,不能不影响到文章的质量”[②]。

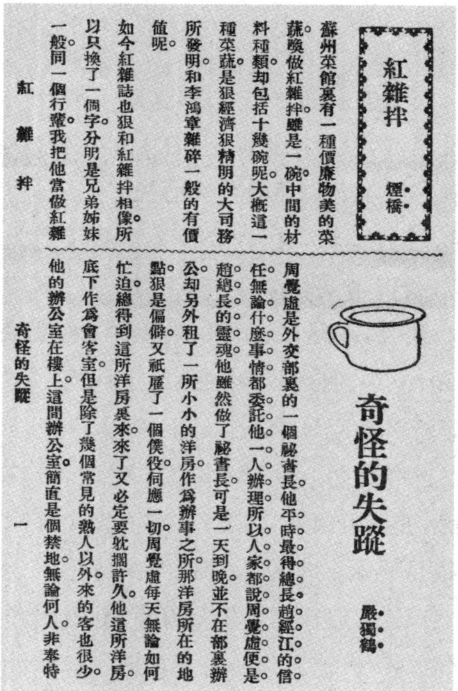
紅雜拌　煙橋

蘇州菜館裏有一種價廉物美的菜蔬。喚做紅雜拌。雖是一碗中間的材料種類。却包括十幾碗呢。大概這一種菜蔬。是狠經濟狠精明的大司務所發明。和李鴻章雜碎一般的有價值呢。

如今紅雜誌也狠和紅雜拌相像。所以只換了一個字。分明是兄弟姊妹一般。同一個行輩。我把他當做紅雜

紅　雜　拌

奇怪的失蹤　嚴獨鶴

周覺虛是外交部裏的一個祕書長。他平時最得總長趙經江的信任。無論什麼事情都委託他一人辦理。所以人家都說周覺虛便是趙總長的靈魂。他雖然做了祕書長。可是一天到晚並不在部裏辦公。却另外租了一所小小的洋房。作為辦事之所。那洋房所在的地點。狠是偏僻。又祇雇了一個僕役伺應。一切周覺虛每天無論如何忙迫。總得到這所洋房裏來。來了又必定要躭擱許久。他這所洋房底下作為會客室。但是除了幾個常見的熟人以外。來的客也很少。他的辦公室在樓上。這間辦公室。簡直是個禁地。無論何人。非奉特

奇怪的失蹤　一

《红杂志》第 13 期的版面设计

在《红杂志》第 1 期到第 5 期目录里,短篇小说和长篇小说部分均标出了栏目名称;其他文章归为一大类,未标出名称。自第 6 期开始,其他文章以“游戏栏”命名。该刊第 31 期中,施济群写道:“本杂志欢迎各项小品文字,种

① 《红杂志》第 16 期,1922 年 11 月。

② 袁进主编,赵福生编:《鸳鸯蝴蝶派散文大系(1909—1949):都市魔方》,东方出版中心 1997 年版,“前言”第 2 页。

类见本杂志廿六期六二页。”[①]第 26 期相应位置的内容为：

> 本杂志现拟征求游戏栏各项材料条列如左：（一）社会调查录 饮食馆 装饰品、衣服、游戏场、剧场（须有最新情形或特别纪事以极有兴味之笔墨记载之）；（二）北京社会琐闻及种种轶事；（三）伶界新小史及伶人轶事；（四）花界新小史及名妓轶事；（五）游戏场新消息；（六）特别记载（社会新发生各种事件极有趣味而合于小品性质者）；（七）时事、谐文（附歌谣）；（八）社会闲评；（九）日本报纸译种种小品；（十）打油诗、笑话、西笑之类；（十一）新大鼓书、新旧剧本；（十二）笔记；（十三）剧评、小说评；（十四）各处游记及奇怪风俗之记载（国内国外均可）；（十五）社会百面观（附各种人心理之研究）；（十六）神话、童话[②]

从施济群的表述及征稿材料的内容来看，游戏栏内所刊登的主要是散文小品类文字。这些文字涉及市民生活的方方面面，如都市生活中的衣食住行，都市娱乐生活以及奇闻异事和文坛趣闻等，具有浓郁的人情味和市井气息。

一、都市中的衣食住行

《红杂志》中的散文，较少关注宏大的话题，多从身边小事写起，抒写日常生活中的衣食住行、柴米油盐，将市民生活中的点点滴滴，酸甜苦辣，尽数捕捉于笔下。

伴随着近现代上海作为一个大都市的崛起，人口不断涌入，促进了租房业的迅速发展，滋生了很多不合理的现象。严独鹤于第 6 期发表的《社会闲评》就关注了这一和市民生活息息相关的“住的问题”。在文中他指出：“衣食住三者，是人生的要素。讲到上海，衣食两件事，是很便利很舒服的，惟有住的问题除了少数在高大洋房中享福的阔老而外，其余普通居民几乎没有一个人不叫苦。房子小，房租大，这是向来如此的，也不必说了。自从前年起，又处处闹着加租风潮。”[③]在文中，他提议官方和商会合作，以大小地点和房屋的质量为依据，定一

---

① 《红杂志》第 31 期，1923 年 3 月。

② 《红杂志》第 26 期，1923 年 2 月。

③ 严独鹤：《社会闲评 住的问题》，《红杂志》第 6 期，1922 年 9 月。

个合理的租率，这样虽然“上海的地面大房子多，要细细厘定当然不胜其烦，只要定一个大概的租率，使房主不得任意抬高租价，房客也不能过于求减，事得其平，就少了许多争端了”①。文中还对租房过程中二房东从中牟利以及盲目收取所谓装修的“顶费”陋习进行了评论，最后指出：“我常说有了二房东和顶费两种陋习，那些小房客便愈加吃苦了。这种陋习总要设法革除才好。做大房东的人，专讲加租。对于别人利用他的房屋来博取巨利，倒一个个都取放任主义，从不干涉，这又不知是什么缘故。”②表达了对市民租房的关切之情。

20世纪20年代，上海作为一个国际性大商埠的地位日益巩固，城市建设发展迅速，社会交往活动日益频繁，促进了交通的变革。早在1908年3月5日，上海第一条有轨电车线路便正式通车营业。③ 原来的轿子和马车逐渐被电车、汽车和火车所代替，上海市民出行的交通工具发生了根本性的变化。施济群在《社会闲评》中对这一变化进行了如实的描绘：“上海地方的交通，总算便利极了，一出门就有汽车、马车、黄包车、电车等种种代步的东西。无论要到什么地方，眨眨眼就到了，古人说腾云驾雾，照我想也不过如此罢咧。”④针对电车的运行时间，他也根据现实情况提出了自己的建议，如电车进厂当有一定时刻，不能因天气的晴雨而倏早倏晚；宜制铁皮牌数百块，上书“今日电车已停”等字样，由最后进厂的电车在站台铁杆上悬挂，使搭客不致虚待等。

市民大众较为关注的“吃”，在《红杂志》小品文字中得到了诸多表现。严独鹤久居沪滨，经常光顾各类酒食肆，他以“狼虎会”老饕资格，以“社会调查录”的形式，在第33期、第34期和第35期上撰文，比较了上海各酒食肆的不同。在文中，他写道：“沪上酒馆，昔时只有苏馆（苏馆大率为宁波人所开设，亦可称宁波馆。然与状元楼等专门宁波馆，又自不同）、京馆、广东馆、镇江馆四种，自光复以后，伟人政客遗老，杂居斯土，饕餮之风，因而大盛。……闽馆川馆，乃应运而生。……川菜为最佳，而闽菜次之，京菜又次之，苏菜镇江菜，失之平凡，不能出色。广东菜只能小吃，宵夜一客，鸭粥一碗，于深夜苦饥时偶一尝之，亦觉别有风味。”⑤该文详细介绍了川菜馆中的都益处、陶乐春、消闲别墅、大雅楼诸家；闽菜

---

①② 严独鹤：《社会闲评 住的问题》，《红杂志》第6期，1922年9月。

③ 参见熊月之、周武主编：《上海：一座现代化都市的编年史》，上海书店出版社2007年版，第188页。

④ 济群：《社会闲评》，《红杂志》第2期，1922年8月。

⑤ 独鹤：《沪上酒食肆之比较》，《红杂志》第33期，1923年4月。

馆中的小有天、别有天、中有天、受有天、福禄馆诸家；京馆中的雅叙园、同兴楼、悦宾楼、会宾楼诸家；苏馆中的太和园、复兴园、鸿运楼、福兴园诸家；镇江馆中的老半斋、新半斋诸家；广东馆中的杏花楼、粤商大酒楼、东亚、大东、会元楼诸家，并对其特色进行评述，比如入闽菜馆，宜吃整桌，如果零点则往往价格昂贵而不得好菜；广东菜的弊病在于"可看而不可吃"，"论看则色彩颇佳，论吃则无论何菜，只有一种味道，令人食之不生快感"，其原因在于"烹调之未得其法"；镇江馆里的堂倌习气最深，等等。除了荤菜系外，他还详细介绍了沧州旅馆的番菜系、功德林的素菜系，可谓是当时沪上的美食指南。该刊在第41期又发表了少洲的《沪上广东馆之比较》，开始写道："前数期本杂志，登着一篇独鹤先生的所著的'沪上酒肆之比较'，旁搜博采，洋洋大观，我读了，顿时觉得馋涎欲滴，食指大动，恨不得立刻跑去各家菜馆里，鼎尝一脔，冀快朵颐。"①该文详细介绍了上海广东馆中的会元楼、粤商大酒店、冠珍楼、味雅、正气斋、谭满记等诸家的特色。此类文章在《红杂志》上层出不绝，如自第2卷第4期起之后数期连载了枫隐的《饕餮家言》介绍了陆蹄赵鸭方羊肉、野荸荠稻香村、采芝斋和文魁斋的美食，这种基于经验基础上的绘声绘色的描写，为市民的就餐提供了方便。

《红杂志》散文关注到市民生活的其他诸多方面。严独鹤撰写的《社会闲评》专栏体现得尤为明显。在第1期的《社会闲评》中，他对普通市民看病难的现象进行关注，对医生的拿架子提出了批评，他写道："如今的无论中西'医生'，稍为时髦些的，架子实在太大，医金实在太贵。所以照目前的样子，非贵人不能生病，非富翁不能生病，是贵人才可以压得住医生的架子，是富翁才可以经得起医生的竹杠。贫苦的人别说旁的事情不能办，连病都生不起哩。中国医生有一种习惯，说破了颇觉得好笑，他们开起方来先写上一篇脉案，这脉案的结语一定是'候裁'，或是'候政'，试问病家如果有这个本事可以裁政，你的方子何必再花了医金来请教你呢？这种客气语岂非有些谦而不当么。"②第15期的《社会闲评》则对上海市场上带有欺诈性质的减价进行了揭露，对上海商店伙友十有八九是一副难看的面孔进行了批评。第24期的《社会闲评》则指出了马路上产生的种种问题，比如汽车伤人、电线时常掉下来闯祸等，无不关切到市民的切身利益。《红杂志》所刊载的散文还与市民的生活节奏相协调。比如在过年时，推出与新年相关

① 少洲：《沪上广东馆之比较》，《红杂志》第41期，1923年5月。
② 独鹤：《社会闲评》，《红杂志》第1期，1922年8月。

的散文。第28期到第30期适逢新年期间，发表了独鹤、寄尘、双热、卓呆、禹锺、求幸福斋主的同题散文《我之新年趣事》等。这些无疑会受到市民读者的极大欢迎。

《红杂志》散文较多地展示了20世纪20年代都市上海的诸多社会风尚，满足市民读者的求新求奇的心理。赤羽在第46期发表的《来妖精馆说白相》一文中写到了上海人一到春秋两季，拼命买跑马票；上海的乞丐越来越进步了，可以在地上写字题诗、写英文；上海的学堂真开得满坑满谷，如晨校、夜校、半日学校、英文专修学校等，但多为赚钱的工具。在第1期《社会闲评》中，严独鹤指出了无论是教育家，还是大政客大名士，甚至大和尚，都喜欢去交易所转一转，上海的"奖券"真是第一件热闹的生意。第9期施济群的《社会闲评》指出了上海社会风尚的变化，从前是多福多寿多男，而今却是第一多彩票，第二多香烟，第三多拆白党。在第14期《大出丧之种种》一文中，他描摹了民国伟人、现任长官、富商巨贾、前清遗老、帮匪头目盛行的大出丧。第26期瞻庐的《新五子之歌》对都市中出现的五种类型新人（寿头码子、空头码子、滑头码子、吃精码子、瘪三码子）进行了概括。这些现象，林林总总，不一而足。当然，都市上海的这种变迁，有些在当时市民眼中是有些不可解的。程瞻庐《会土遁的书信》以陌生化的视角看现代邮政：

> 一天，我在上海，怕家中人盼望，写了一封家信，待要托个便人带回家去，有人告我道，你不用托人，只消出几枚铜元，买一张小小的纸片，黏在信上，丢入道旁张开嘴的铁筒里面，便是了。我当时如法丢入，只是有些疑惑。这铁筒明明在上海，那封书信怎么会到家里。后来我回家时，果见那封书信，放在我的书桌上面，阿呀了不得，书信进了铁筒，原来会得土遁的。可惜这只铁筒太小了，要是铁筒比人还高，铁筒的嘴比身还大，我便向着里面一跳，土遁回家，岂不省了几块钱的盘费。①

《红杂志》中的散文表现出都市市民的科学合理的生活态度和现代理性的价值观念。如严独鹤在第1期的《社会闲评》中，对青年学子奉为金科玉律的"自由

① 程瞻庐：《少见多怪录》，《红杂志》第2卷第13期，1923年11月。

恋爱”发表了自己的见解，对有些青年除恋爱以外别无事业的现象进行了批评。对于“女子解放”，他认为除了道德上的解放，更重要的是经济上的解放。在当时上海生活压力比较大的环境中，“男子费尽心血弄几个钱来，实在还不够女子的衣饰零用。我看生活程度一天高似一天，男子的担负确有些力不胜任了。再过几年女子不说解放，男子颠倒要向女子要求解放哩”①。在第5期《社会闲评》中，他又对中元节打醮有碍卫生等坏处进行了分析，建议将打醮的钱用来做些有益的事情，比如当时上海时疫盛行，可以把之用作防疫费，表现了严独鹤对现代科学合理的生活方式的肯定。在第8期《社会闲评》中，施济群则批评了中国人只有仿效的能耐却没有创造的精神，如肉店千篇一律都叫作陆稿荐，袜店都叫作宏茂昌，“去年的交易所起先只有上海证券一家。后来人家见他能赚很厚的利息，看得眼都红了，一发狠就拿出仿效的手段来，同样制造了一百多处”②。在作者看来，仿效是可耻的，呼吁中国人多做些创造的事业。

严独鹤曾在《夏天的弄堂谈话会》写道：

> 上海的弄堂里面，都是鸽笼式的房子，一家家密密地排列着，毫不透风。冷天还好，到了夏天，可就受罪了。但是夏天的弄堂内，也别有一处洞天福地。在这个洞天福地之中，可以吹得着凉风，晒不到太阳，真是一个好去处。若问这洞天福地究竟是什么地方，说穿了却也好笑，便是那弄堂口过街楼底下小小的一块地。这样小小的一个洞府中，却住着许多神仙，有坐着的，有站着的，也有横躺在竹床上面的，这样一幅仙人行乐图，无论是什么名画师也画不出。若再问这些是什么仙人，却又可以用两句话来概括他，叫作东家的娘姨，西家的大姐，这些娘姨大姐，既然占领了这片福地，便不肯轻轻放过，每天下午总得开一个谈话会，各自发挥些妙论，这谈话会中，也有公举的一个主席，就是那皮匠司务，有时弄堂口的那位测字先生，老坐着没有主顾，觉得没味，便也来凑凑趣，充个临时书记……③

《红杂志》的散文，在某种程度上，颇类上海市民弄堂里的“谈话会”。作家将

---

① 独鹤：《社会闲评》，《红杂志》第1期，1922年8月。
② 济群：《社会闲评》，《红杂志》第8期，1922年9月。
③ 严独鹤：《夏天的弄堂谈话会》，《红杂志》第2卷第4期，1923年8月。

笔触伸向普通的市民生活的家长里短方方面面，写他们内心深处的酸甜苦辣，并对之做出自己的价值判断，肯定和认同市民的价值观念，是一种与市民的贴心的交流，难怪会受到市民的热烈欢迎。

二、都市消闲娱乐生活

《红杂志》第26期发表了程瞻庐模仿唐伯虎所作的《一世歌》，其中有句云："不如忙里抽工夫，跳出人间利禄途，遇饮酒时须饮酒，得高歌处且高歌，高歌一曲又一曲，饮酒一杯一杯续。歌罢酒阑且消闲，欲买奇书至红屋。"[①]颇能说明《红杂志》的消闲性质，其刊发的散文，多关注现代都市摩登化的娱乐生活，极大地缓解了市民在紧张的生活压力中所造成的身心疲惫。

通俗作家们往往以传统文人的视角来观照现代都市的摩登变化，《红杂志》第9期刊载了颍川秋水的《嫦娥应悔偷灵药之今日观》，其中写道："'嫦娥应悔偷灵药，碧海青天夜夜心'，此李义山诗也。夫以常理测之，碧落高华，绝胜红尘溷浊。嫦娥虽凡心未退，当亦避之若浼。何事心血来潮，下视尘寰，再生恋恋？然而物质文明愈趋愈进，以今日繁华世界，与后羿时一为比例，进步神速，不可思议，故悔偷灵药一说，在当时实为理之所必无。而在今日，则恐亦为事之所或有。"这种将古人诗境置于当下物质文明世界进行反观的构思方式较为独特。接着，作者以上海的繁华世界为例，进行了生动的描绘：

> 试即以上海风景证之。笙歌沸地，锣鼓喧天。南李北梅，声名藉甚，加以鼓词爽脆，昆曲清幽，八音联弹，三弦拉戏，以视霓裳羽衣之曲，演奏穷年，毫无变化者，何如嫦娥，得勿拟驾到人间，一聆妙乐耶？大千世界（谓沪上各世界俱乐部），花月常新；百尺楼台，星辰可摘。洋房近水，黄浦滩金碧辉煌；海舶冲波，吴淞江轴轳衔接。加以名园有半淞、爱俪之奇，梵亭有静安、龙华之古。福地胜常，几叹观止。以视广寒清虚之府，琼楼玉宇，高处多寒者何如？嫦娥能弗望天风吹下，向此各区胜境，一旷眼界耶？麟脯鹿脔，实多异味；龙肝凤髓，不少珍肴。北尽京津，朵颐大快；南搜闽粤，食指屡烦。水陆毕陈，休数江南鲈脍；酒泉封后，犹来西域葡萄。加以菱芡品隽，莲藕味清。

① 程瞻庐：《一世歌》，《红杂志》第26期，1923年2月。

橘柚来自南天，苹婆产从北地。过门大嚼，其味无穷。以视桂子飘香之际，玉兔元霜，滋味淡薄者何如？嫦娥更能不馋涎欲滴，思一享人间口福耶？况乎御风而来，地球上尤多佳境：近则苏杭胜地，远如欧美名邦。山水不止五岳五湖，人物阅尽五洲五种。只须友安琪儿，坐飞行艇，即可开留声机，听披霞娜，饮香槟酒，看电光戏，快乐无穷矣。由是以言，李义山所谓"嫦娥应悔偷灵药，碧海青天夜夜心"者，以意逆志，洵非诬也。[①]

不难看出，此文以充满想象力和夸张的文字，极力铺排出了都市上海的繁华：诸如欣赏各世界俱乐部演奏的音乐，游览金碧辉煌的黄浦滩以及奇古的半淞、爱俪、静安、龙华诸公园寺庙，品尝天下美食，坐飞艇，听留声机和钢琴（"披霞娜"）的演奏，饮香槟酒，看电光戏，这些声光电的享受甚至超过天宫的吸引力，竟令偷服仙丹奔赴月宫的嫦娥后悔。后来，颍川秋水还用诗铺排了现代上海春景的繁华："柳绿桃红二月天，春申江上乐无边。自从五口开商埠，中外交通已八十年。""再说那英法美俄诸贾客，来来往往日联翩，公司船稳把那重洋渡，异宝奇珍载万千，因此上黄浦江边成闹市，洋场十里聚人烟，条条马路通无阻，车辆纷纷判后先，各路电车同电掣，马车在后猛加鞭。"[②]

作为传统的消闲娱乐方式，看戏听曲较受市民欢迎。伴随着现代都市的发展，新舞台逐渐取代了旧戏院，但与现代市民的娱乐需要还有很大差距，存在不少需要改革的空间。第3期《戏剧中应改良的要点》一文中，严独鹤就此谈到了自己的看法。他认为："普通社会上的人喜欢看戏的，大约十成中至少可有六七成，但是中国戏园的组织，实在太不完备，就拿上海而论，细细讲起来，简直没有一家真称得起特别改良的。所以往往使人在娱乐场中，转发生受苦的感想。"[③]就此，他提出来一些真知灼见：如减短演出时间，开场要迟，收场要早；戏剧演出中间要给观众留下休息的时间；取消定座，将座位排定号码，来客以先后入座，讲究卫生，等等。严独鹤又在第44期发表了《对戏园老板上条陈》一文，对正式戏曲演唱前过多无关紧要的节目、看戏的太太们只是注重自己的梳妆打扮等提出了改革的意见。《红杂志》有些散文还对其他娱乐场所的不合理现象进行

---

① 颍川秋水：《嫦娥应悔偷灵药之今日观》，《红杂志》第9期，1922年10月。
② 颍川秋水：《春申风景新开篇》，《红杂志》第34期，1923年3月。
③ 独鹤：《社会闲评 戏园中应改良的要点》，《红杂志》第3期，1922年8月。

了揭露,如第31期姚醉榴的《游戏场最讨厌的事》,批评了游戏场中的诸多弊端,如杂要台下轻浮少年的怪声叫好、喊卖食物、茶房要小费等。

《红杂志》发表了大量对戏剧演出进行品评的小品文。如第5期一叶的《歌场琐闻》谈到了天津广和楼绿牡丹、小杨月楼等人的演出逸闻。第15期剑厂的《绿牡丹与程砚秋》,从扮相、做工、白口 、嗓音、唱工等五个方面比较了程砚秋和绿牡丹的色艺之优劣,最后认为"绿之胜程者,在乎天赋,而程之胜绿者,在乎学力,学力可因研究而增长,天赋则不能以改革而完美"①,颇有见地。第18期醒民的《歌场闲谈》描述了王瑶卿的刀马旗装之戏。第30期庆霖的《艳闻艺屑》写到了川中某将军有逃妾多才艺而又风流,第31期的同题文字写晚香玉擅梨花大鼓傲骨天生,多愁善病,有飘零感想但无江湖习气,曾献艺于新世界游艺场。第44期和第45期民哀的《评剧家之派别》对评剧家的派别进行了分类,如评剧派、评伶派、游戏派、捧角派、野心派、广告派等,这些不同的派别在品评剧作时具有不同的动机。这些从观众立场出发的谈论契合市民戏曲爱好者的接受心理,引发了广泛的共鸣。

《红杂志》中有不少散文谈到了上海其他娱乐方式。如严芙孙连载在第3期、第4期和第5期的《幻术丛话》写到了幻术,第11期署名乡下人的《游戏场说书之今昔》写到了新世界、大世界和先施乐园的说书。值得注意的是,《红杂志》的不少散文紧密贴合当时的娱乐界现状。该刊第30期发表了耐梅女士的《AA之影戏》,第32期刊登了摄影作品《傅文豪女士之"古井重波记"》,其说明文字为"参看本杂志三十期AA之影戏篇",即前介绍之AA女士。这样图片与文字相结合去描绘某种娱乐热点,给读者留下了极深的印象。

现代上海都市形成了独特的娱乐消闲文化传统,这一点是其他城市无法比肩的。顾明道对此有较为深入的认识:

> 客有自沪至苏者,夜间无聊,思欲出游而不可得。乃谓余曰:苏人士何不建造一游戏场如海上者,使人公退之暇,可以藉此消遣乎?余笑曰:此间商务不及沪滨远甚,即使开办亦难永久维持。且迩年苏州风气亦日趋奢靡,然尚不至污秽充塞如海上者。无游戏场亦其一因也。吾尝居沪,游于所谓

① 剑厂:《绿牡丹与程砚秋》,《红杂志》第15期,1922年12月。

大世界新世界矣，红男绿女，尽态极妍，肩相摩，踵相接也。电光照耀，如入不夜之城；百戏杂陈，恍游五都之市，繁华极矣，蔑以加矣。然冷眼观察其中，游客除少数自外埠来赏鉴者，则多不肖份子也，盖洁身自好者流，亦视游戏场如魔窟矣，藏垢纳污，不可明言。至若苏城妇女，一至黄昏则皆闭门家里坐，虽素称繁盛之观前街、阊门大街，亦冷静欲睡矣。非苏城妇女之不好炫耀出外，实以无此等游戏场为媒介之地耳，故苏城之无游戏场，苏人之幸也。①

顾明道从传统文人的道德观出发，指出了上海都市娱乐背后的藏污纳垢，但他不得不肯定了上海商业的兴盛、繁华的现状。这种特定的情境，决定了上海市民的生存方式和娱乐方式，也决定了《红杂志》散文的特殊取材。

三、奇闻异事与文坛趣闻

相比较传统的宁静的田园生活，现代都市生活更为复杂多变，大千世界，光怪陆离，无奇不有。在繁重的工作压力下，现代市民在阅读兴趣上也有崇尚新奇的一面。《红杂志》上的散文，顺应了市民读者的阅读需要，真实记载了大量的奇闻异事与文坛趣闻，折射出现代都市的风俗人情。

自第 1 期到第 35 期，姚民哀以《上海奇怪人》为题，发表了数篇关于上海现代社会中各行各业的与众不同的“奇怪人”的散文。如第 1 期写的是“裁缝司务”，文中对从事裁缝行业的诸色人等进行了详细的分类：“上海裁缝分苏帮广帮（广帮亦称红帮），在昔界限分明。广帮专做西装，苏帮则专做中装，如政府之南北，然各治其政，丝毫不混。近则稍事通融，苏帮有兼做西装，广帮亦能为中装矣。苏帮不分中西同化，等于口岸通商，门户开放也。广帮底蕴不得而知。苏帮亦非单指苏旧府属言，凡苏常松太镇扬等地之人，业成衣者，皆归入苏帮门类，而四十年来此中乃有一奇怪人出。”文中指出了这对裁缝的奇怪之处：“彼夫妇利用诡秘奸邪四字，以造上海社会，亦不知上海社会造成此一对怪人。不三年，阿金夫妻面团团作富家翁矣。余尝于稠人广众前见彼奇怪裁缝，华衣美服，举动豪奢，戏院中之案目，西餐之仆欧，莫不识此奇怪裁缝，伺承色笑，唯恐不勤，不知者

① 明道：《正谊斋漫墨》，《红杂志》第 32 期，1923 年 3 月。

几疑为富商硕贾，孰料其赖针线刀尺度活之裁缝司务耶。”[①]揭示的是都市人较为看重衣装打扮的较为势利的社会心理。第 3 期的《上海奇怪人》写的是乞丐头目阿福的奇怪生存状态，第 5 期写的是剃头司务的生存状态，第 6 期写的是活跃于上海商埠的码头老大，第 7 期写的是一个和总长攀上关系的所谓“总长夫人”，第 11 期写的是西餐间和火车轮船大司务，第 13 期写的是交游广阔、擅长口才而白手起家的广告掮客，第 23 期写的是算命先生，第 35 期写的是靠着投机栈房不断扩大规模、逐渐发迹的“楼房革命家”，第 37 期写的则是香烟大王。这些人各自施展其能，有的仅仅靠不法手段，就在物欲横流的上海滩崭露头角，位居人上，煊赫一时，颇为引人注目。受姚民哀影响，在第 25 期上，一位署名松龄的作者也发表一篇《上海奇怪人》，写的是一个特别乞丐徽州人雷祥的生存经历。上海之大，无奇不有，这些“奇怪人”的存在，彰显着上海这座人口密度较大的城市所蕴含的无限可能性。

现代上海是一个国际性大都市，市民往往具有世界性的眼光。《红杂志》散文中较多地涉及了世界各地的奇珍异闻，满足市民的阅读需要。第 5 期发表的宜文的《世界珍闻》主要写世界上的名人之鼻，如法帝拿破仑之鼻，状颇雄伟，几乎占面部全体之半；惠林顿鼻子更大，败其于滑铁卢。第 11 期的《世界珍闻》则写到了食土之朝鲜人以及德国之黑烟炮。第 50 期海鸣的《求幸福斋丛记》则写到了世界上能长时间之跳舞的人，如 AHK 女士可以连跳 48 个小时，又有女可跳 52 个小时 20 分，还有双人跳舞达到 96 个小时的；世界打字最快捷之女子为一美人，一分钟打信 800 封。第 2 卷第 12 期孙癯蝯《小瘦红閣话堕》则以神豆汤对土耳其的危害及施行的戒烟举措，作为中国人戒烟的参考。第 18 期薇子的《麈麈客谭(续)》写的是被称为“世界短篇小说之王”的法国文学巨匠莫泊桑“文笔至美，设想亦高超”，他“每为文，好居舟中，徜徉烟水，固足启发文思，而莫氏之命意，实谓居水上，则不触软红尘，无异脱离五浊世界耳”[②]。第 2 卷第 36 期孙癯蝯的《卅六鸳鸯馆拾零》写的是美国纽约最近盛行的观掌之术、世界各国之离婚习尚各异、西俗凡女子求婚与男子恒以闰年为多，记载了美国幼儿教育的最新成果：“美国屋仑埠某蒙学女教师某尝考究幼童之脑力，每日以何

① 姚民哀：《上海奇怪人——裁缝司务》，《红杂志》第 1 期，1922 年 8 月。
② 薇子：《麈麈客谭(续)》，《红杂志》第 18 期，1923 年 1 月。

时刻为最灵敏。经潜心体验之结果，乃得一最确之判断。谓凡未成年之儿童，其脑力以每日上午九点至十点之一小时为最敏，下午两点至三点之一小时次之。上午十一点至十二点之一小时，乃至庸钝，此亦留心儿童教育者所宜知也。"①

《红杂志》中不少笔记体散文，写到了一些神秘现象。如第 4 期陈小蝶的《麈尘谈鬼》写到了篙师渡鬼的故事：一篙师救少女，鬼责之，欲加害，嵩师搬家，后大病一场。第 5 期无朕的《俪红梅花馆谈乘》写瘦红女士述其在北京时所遇狐仙，是一个惩恶扬善，宣扬孝道的故事。第 6 期小蝶的《麈尘谈鬼》写僵尸拜月，场景描摹颇为细致逼真。第 15 期律西的《含犀霏玉轩笔记》写一女子忽生尾而不愿许配。第 20 期用和的《玉珑璁馆琐记》写的是狐妻狐妾，文中姐姐先与狐仙相好，弟弟欲逐之，狐仙安排其妹与之合。第 21 期定庵的《红炉话拾》写鄂人李乙携嫠住旅馆，遇女鬼的故事。第 36 期逸梅的《鬼话》写武人李延宗横行乡里，父亲两次托梦告诫，后改为善人。第 2 卷第 13 期王定庵的《听雨楼随笔》写的是醴陵县役赵某为剑客，与人传奇斗法经历。第 2 卷第 16 期集艇的《豫舫零墨》写一些梦境之事应验，如有人被水淹而死，别人发现其家中亦有鼠淹死。第 2 卷第 34 期凤竹的《不可思议之虫类》写到了地鳖虫，断能自续，可作接骨良药；以及亲眼看见麻虫变为青草，描述很细致。律西《春明阛阓续录》写清代盛时大象的灵性。第 2 卷第 29 期寄尘《南面录(二)》写到了人的感觉不及他物，如鸡置于黑暗之地而知天明，燕子秋去春来往返万里能寻故巢，乡人视动物动作来预测天气，雉能预知地震等种种例子。这些散文，以未知世界的神秘，满足了都市人的消闲需要，其中也蕴含一定的道德训诫意味。

值得注意的是，《红杂志》中有许多散文记录了文人的趣味生活，表现了他们的生活情趣。文人们经常聚会，"每逢集会的时节，恣意饮啖，肆口谐谑，很觉有趣"②。施济群在第 2 卷的第 5 期、第 7 期、第 8 期、第 11 期、第 44 期、第 46 期写到了周瘦鹃之嗜好与迷信、紫罗兰庵与女浴室、周挖花雅号之由来、赵苕狂最近之趣史、徐卓呆之滑稽、施胖赵瘦徐雯眼、天台山农之暴躁等，一方面展示了文人的性情，另一方面也满足了读者对这些名作家的好奇心。这些文章具有较强的趣味性，如第 2 卷第 14 期严独鹤《文坛趣话补》写到了"狼虎会"中种种趣话，如

① 孙癯蝯：《卅六鸳鸯馆拾零》，《红杂志》第 2 卷第 36 期，1924 年 4 月。
② 施济群：《文坛趣话》，《红杂志》第 2 卷第 5 期，1923 年 9 月。

狼虎会词典中的"阎王",指的是严独鹤、王钝根。第2卷第7期赵苕狂的《著作家之暗记》中写到了李涵秋、林畏庐、何海鸣、漱石生、周瘦鹃、徐卓呆、胡寄尘、程小青等人的"暗记",实际上是总结这些小说家创作特色或用语上的特点,其实也是他们性情的体现。后来施济群在《红杂志》第2卷第36期上又写了《著作家之暗记(续)》,补充了不肖生、海上说梦人、程瞻庐、王西神、严独鹤、马二先生等人的"暗记"。

《红杂志》独特的办刊策略以及独特的散文取材是与其所处的都市环境有关的,市民读者的阅读兴趣和需要,促进了其散文风貌的形成。郑逸梅在《赵苕狂》中写道:"抗战胜利时,他忽想起《红玫瑰》杂志风行一时,停止已久,不妨继续一下,因此,仿着旧时的体裁、风格和开本及封面等式样,又邀请了旧时一班撰稿者,不料出版后,没有多大销数,大折其本。原来读者的好尚是随着时代而变迁,这种落伍刊物,不为新社会欢迎了。"[①]这种概括,用在《红杂志》及其所刊的散文上,也是确切的。

第三节　适应市民阅读需要的散文形式

《红杂志》所刊登的散文,以市民大众作为主要读者对象,影响到其体制特点的形成。这些散文从日常生活中取材,大量借鉴中国古代笔记体散文的特点,形式短小精悍,自由灵活,此外注重行文的滑稽幽默,以达到吸引读者的目的,形式上具有极强的开放性。

一、从"苍蝇之微"着笔

《红杂志》第1期便发表了饭牛翁的《嗡嗡宝卷》和瞻庐的《苍蝇告急电》。《嗡嗡宝卷》写道:"却说中国城市村镇长街短巷,无论什么地方,一到春气发泄、百虫惊蛰以后,每当首夏清和,蚊子苍蝇这两件害人东西,凡属人烟稠密之处无不到处丛集,即上自富贵阀阅,下至贫贱蓬茅,倒亦不十分歧视,也都光顾。古人有夏二子之称,憎蝇憎蚊实在可憎。我今空闲无事,不免将那苍蝇蚊子的道理从

---

① 郑逸梅:《赵苕狂》,芮和师等编:《中国文学史资料全编·现代卷 鸳鸯蝴蝶派文学资料(上)》,知识产权出版社2010年版,第355页。

头至尾一一宣扬出来……”[①]《苍蝇告急电》是四封电文，分别是青蝇金蝇告麻蝇、麻蝇覆青蝇金蝇、青蝇金蝇再致麻蝇、麻蝇再覆青蝇金蝇，读来令人忍俊不禁。这似乎宣告了《红杂志》刊文的一种取向：选材很小，或仅以之娱乐，或略存浅意，无关大体而足具趣味。

这种写作策略，《红杂志》是一以贯之的。如第2期双热的《热得来》写上海夏天之热，其中写道：“热得俚来真邪呀气，蚊虫打造新世界，臭虫开辟殖民地。”[②]第3期瞻庐的《谐文两则》中有一则“祭蚊虫文”写道：“嗟尔蚊虫，三三两两，不召自来，既痛且痒，何以酬之，巨灵之掌，绰的一声，拍的一响，呜呼哀哉，伏维尚享。”[③]只写了打蚊虫的快感。第17期薇子的《麈麈客谭》仅以打蝇子来资助谈兴，“北方多蝇，小坐花间，辄觉营营耳际，取人厌恶。乃各以麈尾自随，不绝麈拂，麈拂愈力，蝇死愈多，谈锋弥健也”[④]，并无多少深意。

与以上戏谑性质的散文不同，第4期严独鹤的《社会闲评》，从现实立场出发指出驱逐苍蝇的必要性。他在文中写道：虽然市民都知道苍蝇是一种传播病菌的毒物，必须设法驱除，当时也组织了不少灭除蚊蝇会大声疾呼苍蝇的坏处，但夏天苍蝇的活动力依旧没有稍减，而是遍布于水果摊、熟食店、茶食店，甚至大酒馆的后厨，以及番菜馆的白塔油和果子酱上。“我以上所说的种种现象，都是实话。深望负有公众卫生之责的各就能力所及，应该劝导的便加以劝导，应该禁阻的便加以禁阻，不要专说空话才好。”[⑤]与之相呼应，第11期的枫隐《岂不大快！》写道：“蚊子哼哼，苍蝇嗡嗡，吮人膏血，扰人睡浓。西风一起，匿迹消踪，耳根清净，魂梦甜醲。岂不大快！”[⑥]

第17期玉琨的《蝇律师》则以蝇子铺演了一则故事。蚊子撞入蜘蛛网而死，内心不平而起诉到上帝那里，上帝责怪蜘蛛，蜘蛛请蝇为律师，蝇遂找种种理由为蜘蛛辩护，蜘蛛完胜。蚊子遂行贿蝇，上诉于上帝，蝇为之辩护，上帝认为蝇说的有道理，又判蚊子胜。最后，该文写道：“既退，帝谓蝇曰，子前庇蛛而今袒蚊，何矛盾之甚也。蝇笑曰：余本蝇营狗苟于世上，唯利是图耳。帝叹曰：嗟乎，今

① 饭牛翁：《嗡嗡宝卷》，《红杂志》第1期，1922年8月。
② 双热：《热得来》，《红杂志》第2期，1922年8月。
③ 程瞻庐：《谐文两则》，《红杂志》第3期，1922年8月。
④ 薇子：《麈麈客谭》《红杂志》第17期，1922年11月。
⑤ 严独鹤：《社会闲评》，《红杂志》第4期，1922年8月。
⑥ 枫隐：《岂不大快！》，《红杂志》第11期，1922年10月。

之律师，皆蝇之类也。”[1]这篇短文实际上是借蝇子来讽刺只顾贪图利益而不顾正义的律师之流。与之类似的是第50期陈秋水的《蚊蝇谈话》，借蚊子与苍蝇相遇于途，嗡嗡而谈，批评世相。第2卷第5期春梦的《夏虫小赞》写蚊子手段如流氓，心如贪官，秋风不起死不完；而苍蝇则逐臭附腥，挥之不去，就是死了也无妨，来世可化为官吏。

苍蝇、蚊子之外，《红杂志》的诸多散文还关注到了其他小生物，并略寄深意。第17期的玉山小隐《蟋蟀谈》，对蟋蟀这种小生物的习性有诸多揭示，如种类甚多，但大致分为紫黄青三种；蟋蟀并不是由螳螂蜈蚣之类变成；蟋蟀盆愈陈愈妙，陈者便无火气，蟋蟀居之可不致病；蟋蟀呼私时不可惊扰，惊扰则交合不适度，精神委顿，将减其战斗力；蟋蟀称重时以毫为单位等。这些细节让人惊奇于作者观察的细致和认识的深入。文中写道：“蟋蟀性喜淡食，忌油腻及咸味，其纯洁盖有为一般肉食之官僚所不能及者矣。”显然对现实有一定针砭。文中又云：“先君子尝谓蟋蟀之雄健者，亦不可轻斗。轻斗则力疲，安能必胜，殊非所以保全之道。譬诸名将，所向有功，岂真能百战百胜，不过善用其锋耳，其言可称精绝。”则是对某种生活哲理的总结了。后来写亡友赵渔笙曾养一只名为“横爬”的蟋蟀，骁健绝伦，所向无敌，赵君爱之如珍宝，蟋蟀死后，制银匣子埋之，并作《横将军传》，以志不忘。最后作者写道：“迄今赵君墓木已拱，而乡人士之谈蟋蟀者，偶及横爬，无不眉飞色舞，啧啧称羡。予闻之，每神伤旧雨不已。”[2]由写蟋蟀而怀友人，写得颇为动情。该刊第21期所刊载秋珊的《吊蟋蟀文》写道：“吊尔活时，性情刚强，遇敌驰上，不退不让。展翅高叫，敌丑胆丧，百战百胜，威名远扬。”[3]句法整饬，颇富文采。第7期马二先生的《眼底微尘录》却对蟋蟀的自相残杀为喻，对人类提出了批评：“夫蟋蟀，一么魔之虫耳。同类相残，自鸣得意，吾人视之，只供一笑。第不知世界冥冥中，亦有较吾人更大千百倍之灵物否，其视吾人在大地上，此族与彼族战，此国与彼国争，亦如吾人之视蟋蟀否。”[4]

① 玉琨：《蝇律师》，《红杂志》第17期，1922年11月。
② 玉山小隐：《蟋蟀谈》，《红杂志》第17期，1922年11月。
③ 秋珊：《吊蟋蟀文》，《红杂志》第21期，1923年1月。
④ 马二先生：《眼底微尘录》，《红杂志》第7期，1922年9月。

二、短小精悍、活泼无拘的形式

考察《红杂志》散文体制上的特点会发现，其形式短小精悍，极为自由活泼，满足了生活节奏较快的都市人的文化消费习惯。

《红杂志》上出现了大量只言片语的极短小文。这些短文，较多地书写了两性的情感生活。如第 1 期郑逸梅在《吹兰小录》中写道："疯人院中必有一二真情人。"第 2 卷第 37 期他又在《落花片片》中写道："真美人视脂粉为赘物；香罗小帕往往遍绣泪花；伊为电影导演员，常以其颦笑佳片，开映于我脑幕；低头弄襟角时，其芳心之曼妙，实不可以言状。"第 10 期剑鸣在《秋窗杂话》中写道："情人生离之悲伤甚于死别；情人往往以发明火车汽船为多事；美满之事惟能于理想中求之；文人心血之价值，至高亦至贱；真幸福常自艰苦中得来。"第 14 期抱粹在《情场琐话》中写道："枕边训语，恒胜于师长之教诲。"第 2 卷第 29 期徐碧波在《红雨霏屑》中写道："暗香欲浮，此情犹疑昨夜；情场中榛莽荆棘载途皆是；情之沸点，在宠儿熨贴时。"第 2 卷第 30 期同题小文写道："情之结合，初非受制于强迫，何以获美果者良尠；情舞台所演之戏，无滑稽剧；情界无方向，履是境者，浑不辨东西南北。"第 2 卷第 36 期吴虚生《琐话》写道："失意人每逢凄风冷雨之日，清风明月之夜，辄倍增伤感；与恋人共话衷曲，至情深处，相对无言，默然微笑，其愉快有难以形容者。"这些短句提炼人类感情中的闪光点，用优美的文字表现出来，是颇受青年读者欢迎的。

《红杂志》还有些短句是抒发人生感慨的。如第 2 卷第 12 期耻痕在《随感录》中写道："登百尺楼台，俯瞰憧憧之影，如蚁虫蠕动，每嗤其何事扰攘，想置身世外者，视我辈尘浊人，当复如是。"表达了对人生处境的冷静谛视。有的短句是总结人生经验的，如第 2 卷第 40 期徐耻痕在《听歌偶述》中写道："歌场是非，向无公论，惟视捧者热度之高低为衡耳……故其演戏之优点，洵在一细字。细则处处能将戏中人之神情意志，于细微处表现出来，使观者满意。"有的短句则写出了人生的诗意感受。如第 19 期孟雄在《海霞碎片》中写道："窗前蕉叶，水面残荷，悉为听雨之妙品；秋雨可名为'裁红剪翠使者'；正襟危坐，听窗外松涛，如驾一叶扁舟，飘泊于万顷波浪中；雕梁画栋即未来之断井颓垣；邮差之皮包中为悲欢离合之总机关；一念之生，可祸人，可福人。"有的短句则是写潇洒的人生态度的。如第 19 期剑鸣在《残红片片录》中写道："余尝忆某有咏贫诗云：庭前债主乱如麻,柴米油盐没处赊。我亦管他娘不得,后门逃出看梅花。幽闲高雅,卓尔不群,读其诗想见其为人,但不知其心中叫苦未也。”在这些看似零碎的句子中,表现了通俗作家善于在平凡琐碎的日常生活中发现美和诗意的能力。尽管他们所处的是军阀混战的年代,社会动荡,人心不安,都市上海的生活成本较高,生活压力较大,但是他们仍然对生活充满了热爱之情。

《红杂志》中还有不少简短的小文章,对世俗生活中各种情境进行总结概括,将之聚集在一起,令读者会心一笑。如第 31 期维石的《窘话》、第 2 卷第 38 期和第 39 期伯敏的《窘话》、第 2 卷第 8 期贼菌的《窘极》、第 2 卷第 13 期静父的《窘极》,写的都是生活中遇到的各种各样的窘迫情形。第 35 期受真的《不亦快哉》,写到了生活中的各种快乐的情形,如“秋窗夜雨,百无聊赖,忽来旧友,抵足谈心,不亦快哉。三五良辰,月圆花好,率妻挈子,同步公园,不亦快哉。郊原空旷,秋草初黄,仰视苍天,高歌一曲,不亦快哉”[①],等等。第 36 期受真的《恨事》、第 41 期之熺的《恨事》则写到了生活中各种各样的遗憾的事情。第 49 期安石的《只怕》写了“怕”的各种情形。第 50 期树荣《讨厌半打》写了各种讨厌情形。第 46 期振先的《千难万难》写生活中的各种困难的情形。第 50 期恨我的《众生相》写到了爱国男儿之勇相、烧香妇女之蠢相、商人之贪相、姨太太之淫相、学生之骄相、富翁之豪相、侠士之真相、小说家撰稿之本相、鸦片客之丑相、乞丐之穷相、黄包车夫之苦相、汽车夫之狠相等社会众生相,可谓是穷形尽相。

《红杂志》中的散文,常常由生活中点点滴滴出发,经过作家的想象组合,巧妙地敷衍成美文。第 31 期饭牛《上海数目店名》写上海的店铺名称中含有数字的有一乐也、二仙居、三雅园、四时春、五福来等,于是连缀成文:“吴淞歇浦,十里洋场,酒地花天,繁华世界,吾人蚕处其间,攘往熙来,无非为名缰利锁。一日十二时,百年三万六千朝,窃叹浮生若梦,为欢几何,人生行乐耳。”在简短精练的文字中感慨了人生。第 43 期胡寄尘的《百年前之我》由百年前与自己重名之人寄尘和尚敷衍成文。第 46 期有吾的《黄梅先生传》,从黄梅时节家家雨出发,以人写雨。第 46 期瞻庐的《大言小言》写大言:“一脚踢倒富士山,一口喝尽印度洋。一拳头把喜马拉雅山打个透明窟窿,一指甲把九曲黄河里的水舀得精光……”写小言则是:“绣花针上驶行火车,阶石缝里建造桥梁。庭前积水,只道是波涛万

---

① 受真:《不亦快哉》,《红杂志》第 35 期,1923 年 4 月。

顷；墙隅苔藓，只道是乔木千章。”想象颇为奇特。第46期春梦的《中国古代的女界明星》从现实的女子参政、男女同学出发，认为这些事情在中国古代是屡见不鲜的，如武则天不仅参政，还做皇帝；卓文君是寡妇改嫁、打破从一而终的代表；崔莺莺是自由恋爱的代表；花木兰是女军人；祝英台则是实行男女同学者。第2卷第36期程瞻庐的《垃圾堆题诗记》认为垃圾堆的诸废弃物，都是诗人写诗的好材料：“东望磁块玻片断裂摧残，慨然而动琉璃易碎好物不坚之感；西望绣花女履土里尘封，想见昔日马嵬锦袜一玩百钱，而不知今之蹑此绣鞋者，其貌视太真妃子何若；南望竹头木屑弃掷逦迤，叹当世将帅多庸才，无复如陶侃之利用废物者；北望牛溲马勃狼藉满地，惜此药笼中物遽归废弃，倘热中者取而饵之，或可抵得一服清凉散乎。”[①]以此敷衍成文，文思颇为奇特，正所谓“无意不可入”。

《红杂志》中不少散文是戏拟文。如第38期赓夔《戏拟抄袭家辩冤呈文》，以呈文写成；金声的《情病》仿韩愈的《杂说四》写成；佚名《滑稽专电》以电文的形式写成。第39期耐庵《不知所云之广告》，有贾文敏大律师为僧尼证婚通告、介绍舌科名医、《资乱通鉴》出版广告等，是模仿广告行文。第2卷第45期高天栖的《鬼杂志出版广告》也是对广告的戏仿。第41期耐庵《俗语新释义》通过解词的办法成文，如将面孔解释为麻子之面；将金龟婿解释为妻卖淫者，将妙手解释为少女之手。第43期惴如《新论语》则模仿《论语》“子曰”的方式讽刺现实世界的不公平现象。第44期瞻庐的《杨梅园记》仿《桃花源记》写阿木林逛妓院，得性病而死。第24期寄庐的《嚼雪录(续)》则改唐人诗写上海：“昔闻黄浦水，今上天韵楼(上海永安公司屋顶上之天韵楼也)。英法东南拆(英租界法租界也)，灰尘日夜浮。彩开无一字(谓买彩票不中也)，米贩有孤舟(谓贩米出洋也)。车马泥城北(泥城桥也)，凭栏涕泗流。写上海情形，惟妙惟肖，不特改窜之工也。……白话诗无敌，飘然思不群。文章胡博士(胡适之先生)，思想杜洋人(杜威博士)。美北春天树，欧东日暮云。何当林畏老，重与细论文。”[②]第47期春梦的《唐诗赚笑录》也模仿唐诗行文，如写有人改杜甫登楼诗为《登上海天韵楼》诗，云：“独上高楼伤客心，中华多难此登临。申江波浪来天地，上海繁华变古今。直北朝廷终不保(指清廷)，山东寇盗竟相侵(指临城之盗)。可怜道士还祠庙，日暮聊为破屋吟

---

① 程瞻庐：《垃圾堆题诗记》，《红杂志》第2卷第36期，1924年4月。

② 寄庐：《嚼雪录(续)》，《红杂志》第24期，1923年1月。

（指上海被烧之城隍庙）。写最近时事，颇确切不移。”[1]这种戏仿和改写，丰富了散文的表现形式。

《红杂志》散文的短小精悍，还体现在对中国古代笔记体散文的继承上。该杂志中笔记体散文可谓是蔚为大观。如律西的《含犀霏玉轩笔记》（第 9、27、31、40、43 期）、寄尘的《嚼雪续录》（第 31、32 期）、定庵的《红炉话拾（续）》（第 32 期）、瞻庐的《哈哈录》（第 33 期）、寄尘的《浴日录》（第 33、34、35 期）、明道的《正谊斋漫墨（续）》（第 33 期）、巽观的《垂杨谈荟》（第 38、39、40、41 期；第 2 卷第 32、33 期）、程瞻庐的《望云居杂缀》（第 2 卷第 17、32 期）、贼菌的《蛰庵闲话》（第 31、39 期；第 2 卷第 17、32 期）、谷受的《斗室乾坤庐笔记》（第 2 卷第 32 期）、定庵的《听雨楼随笔》（第 35、48 期；第 2 卷第 8 期）、饭牛的《南技清话》（第 36 期）、律西的《春明阛阓录》（第 36、37、38、46、48 期；第 2 卷第 33 期）、知天的《知天生随笔》（第 36 期）、金铭女士的《绣余随笔》（第 38 期）、海鸣的《求幸福斋腴墨》（第 39、第 40 期）、笑青的《潇湘琐记》（第 43、47、48 期）、松雪轩主的《说书琐话》（第 43 期）、无朕的《癸庚笔记》（第 48 期）、楚湘的《悼影轩随笔》（第 50 期）、癯蝯的《好春簃谐腴》（第 2 卷第 5 期）、寄尘的《餐风续录》（第 2 卷第 7、8、17、23 期）、寄尘的《饮露录》（第 2 卷第 13 期）、牛翁的《姑苏小志》（第 2 卷第 13 期）、民哀的《息庐趣拾》（第 2 卷第 13、16 期）、郑逸梅的《梅龛小丛话》（第 2 卷第 17 期）、哈星南的《惺红阁杂话》（第 2 卷第 17 期）、孙癯蝯的《小瘦红闇话堕》（第 2 卷第 20 期）、受生的《稷门萍梗录》（第 2 卷第 44 期）等。第 40 期、第 2 卷第 17 期、第 2 卷第 32 期的笔记体散文均有四篇之多。这些笔记体散文的作者既有名作家，也有普通的中学教员，甚至女性也参与到笔记体散文的写作队伍中来，他们以笔记记录感想见闻和身边生活，其内容涉及历史文化、名人掌故、奇闻异事、现代摩登都市生活等诸多方面。

《红杂志》中还有较多游记体散文，同样体现出自由灵活的文体特点。第 32 期沈剑濡的《鸳湖烟雨楼记》记载了游览嘉兴县城东南鸳鸯湖（俗称南湖）的经历，风景描绘颇为细致动人。从第 39 到第 42 期，连载了严独鹤的《雨中游记》，他自言“久处沪渎，尘嚣逼人，殊苦烦郁”，遂于旧历二月二十八日夜车行，与施济群等人一起去无锡游览梅园、万顷堂、惠山，苏州的天平山、培德堂等地。文

[1] 春梦：《唐诗赚笑录》，《红杂志》第 47 期，1923 年 7 月。

中不乏诗意的风景描写，如“万顷堂即在湖神庙中，位于湖滨，地势颇高，凭栏远眺，湖上青峰，历历可数，水光云影，一望无际，令人心旷神怡。山下植松柏，风入松林，发为幽响，涛声和之，泠泠然似闻仙乐”[①]，“天平山为苏州第一名胜，予等上山时，大雨如注，然坐山轿中，著雨衣，张纸伞，足可傲雨师。殊不觉其苦。且游目四瞩，青峰如沐，白云迷空，以视晴日游山，转多佳景”[②]。又花了大量笔墨写了游览途中的趣事，如旅途中见女郎掏出《红杂志》阅读、直山的嗜好打牌、梅园中触目皆是歪诗别字涂鸦、卖糖老人说云起楼的来历、惠山泥人的粗陋、冒雨出游时草履都穿倒了、荷山轿者多妇人等，既体现了文人的雅致，又呈现出较多的世俗人情味道。有些游记篇幅较长，为便于读者阅读，《红杂志》便分若干期刊载出来。如容斋的《辽东游记》共二十节内容，从第 43 期开始刊载，一直到第 50 期刊载结束。

瑞章　獨鶴　直山　濟羣

（請參觀雨中遊記）

《红杂志》第 42 期插图

施济群对杂志所刊载的文章有自己的见解，他认为：“杂志取材是很杂的，只

① 严独鹤：《雨中游记》，《红杂志》第 40 期，1923 年 5 月。
② 严独鹤：《雨中游记》，《红杂志》第 42 期，1923 年 6 月。

须文字上能够成立为一种作品，就有刊入杂志的价值。”[①]这种观念使得《红杂志》上所刊载的散文在作品形式上极其自由灵活，具有较强的开放性。

三、“以滑稽有味者为合格”

《红杂志》在每期的《投稿简章》都标明“小品文字以滑稽有味者为合格”，对散文小品提出了明确的要求。这种趣味性的要求贯穿在《红杂志》办刊的始终，体现在《红杂志》所刊载的各类题材的散文创作中，以求吸引市民读者。

打开《红杂志》，举目可见与笑相关的文字，以程瞻庐为例，就写有第13、14期《新笑林三则》，第19期《戆友报信之笑柄》、第20期《红笑四则》、第21期的《新笑林》、第27期的《滑稽灶经》、第31期的《春的笑话》《愈对愈趣之谑联》、第35期的《懒人谈话会》、第37期的《妇夺夫权之滑稽理由》、第45期的《枇杷谐话》、第47期的《调笑录》、第2卷第37期的《滑稽夫妻之通信》、第2卷第39期的《滑稽论坛》、第2卷第41期《笑林片叶》、第2卷第45期的《吴侬趣谈》等。郑逸梅在评价《红杂志》时写道：“小品文字，瞻庐独多，花样层翻，俗不伤雅，的是解颐妙品。”[②]可谓是对程瞻庐的准确评价。其他作者写得较为直露的滑稽类文字如《西笑》《俏皮话》《笑林》《笑谈》《滑稽广告》《谐谈四则》等不胜枚举，为《红杂志》营造了一个趣味性的氛围。

这种滑稽性因素渗透在书信等其他散文文体中，形成了《红杂志》的一大特色。从第2卷第32期起，《红杂志》几乎每期都刊载《滑稽尺牍》，其中以胡寄尘和程瞻庐所作最多。仅从这些《滑稽尺牍》的标题，就能让人感受到其中的滑稽趣味。如第2卷第32期刊载的是胡寄尘的《甲子年阴历新年之拜年信》《寄友人乞花种》《寄友人借衣》《寄友人谢约》四则。第2卷第33期为徐卓呆的借行乐图信，信中要借别人祖宗的画像过阴寿，让人忍俊不禁。有些滑稽尺牍故意设置悬念，让人读后恍然大悟。比如第2卷第37期为徐卓呆的认亲眷信，信中邀友人看木人头戏，描绘颇动人，但看到最后才知道是他在城隍庙前小便处旁边看戏。第2卷第43期是徐卓呆的代觅奶妈的覆信，看到最后方知按条件找到的是一头奶牛而已。

---

① 施济群：《编辑者言》，《红杂志》第15期，1922年12月。
② 郑逸梅：《小说杂志丛话》，《半月》第3卷第21期，1924年7月。

《红杂志》散文的趣味性，体现在各式各样的文章中。如第7期程瞻庐的《不出户庭之游记》写“期早餐毕散步于跑马场，观儿辈疾行”，其实是看儿子骑竹马游戏；十一点钟观妻赴烟台釜山汤山，实则是去厨房；午后一点钟看军队经过，实则为蚂蚁经过；二点钟在某城伏案而坐，其实是在书房。想象和现实对比之间的差异，产生出了强烈的幽默效果。耐庵的《新年一打》利用文字的多义来制造幽默效果，文中写道：“民国自创造以来，迄今已十二年。致辞新年伊始，可谓一打新年。虽然，年而成为打也，打头不着，打尾不着，一打而无所不打，民国十二年之前途，殆成为乱打之世界，我国民不将大受其打击乎？”①该文中列举了从政府到民间的各种各样的打，组成奇文。有时候，《红杂志》的作者有意通过误解等制造一些滑稽效果。比如《红杂志》第2卷第36期刊载了忆琴室主《鸡蛋里头寻骨头》写道：“本杂志八十四期载着胡寄尘先生的《滑稽尺牍》，第一节有数语云：一日不见如三秋兮，三秋者三年也。……好在先生的原文是滑稽性质，所以我敢斗胆说这几句滑稽话，以滑攻滑，小寻开心。先生若果真要寻我笔战，那我无法可想，只得滑脚哩。”②其本意不在于胡寄尘的算法是否真的正确，而是通过曲解进行打趣，制造出某种谐趣。

《红杂志》的编者认识到滑稽对于调节人的生活的重要意义。在第40期的《编辑者言》中写道：“上一期‘国耻增刊’所载的文字，诸位切不可当他是游戏文章，或是应时文章，实在是时时应该读的血泪文章。……诸位读者看了国耻增刊的文字，大凡有些血气的，一定很是愤慨，但是过于愤慨，也有伤身体的，因此鄙人拣了几篇滑稽小说，同许多有趣味的小品文字，刊在后面，使读者开开笑口，借此调剂平均，这也是黄连树底下弹琴，苦中作乐的意思。”③可见，在国家民族利益面前，他们也并非一味沉湎于趣味之中，而是将滑稽趣味当作生活的一种调剂。

赵苕狂认为，“一种杂志好似一出戏，编辑杂志的先生们就是戏中的主要角儿”，他把《红杂志》比喻成戏中的《三本铁公鸡》，“《红》是一本极卖气力的杂志，《三本铁公鸡》也是一本极卖气力的戏，那位主任严独鹤好似串了一个向大人，抖几下胡须，掼几个抢板，委实道地，委实不错，等得唱起几声来，更是声调凄凉，不

---

① 耐庵：《新年一打》，《红杂志》第21期，1923年1月。
② 忆琴室主：《鸡蛋里头寻骨头》，《红杂志》第2卷第36期，1924年4月。
③ 《编辑者言》，《红杂志》第40期，1924年5月。

同凡响，无怪台下十分欢迎。那位编辑施济群就是戏中的张家祥，赤胆忠心的保卫着这位老帅，一会儿从刀枪中进，一会儿从刀枪中出，真是卖尽气力，勇猛异常，入后火光血影，映得满台都红，他们二人全身都红，不由得台下齐声喊了起来，道红红红"[①]。在严独鹤和施济群的通力配合下，《红杂志》在读者市场上产生了较大影响，其所刊登的反映市民趣味、形式活泼自由且滑稽有味的散文也促进了中国现代散文的多样性发展。

① 茗狂：《杂志与戏》，《红杂志》第42期，1923年6月。

结　语

上海现代消闲刊物影响下的海派散文得失

海派散文是以上海现代消闲刊物为载体，伴随着上海都市化进程而成长起来的新型都市散文。海派散文作家充分利用上海的文化消费市场，通过报刊为主的现代消闲刊物，表现都市上海的摩登景观，记录市民的日常生活，认同市民的价值观念，表现出迥异于传统散文和京派散文的文化性格和审美特征。上海现代消闲刊物既使海派散文成为一种新的散文类型，具有重要的文学史意义，也给海派散文带来了负面影响，认真总结其得失，对当下的散文创作具有重要的启示意义。

一、上海现代消闲刊物与海派散文相互选择

上海现代消闲刊物和海派散文产生在上海这座现代国际化大都市的文化语境中。随着上海都市化进程的不断加快，移民不断聚集，市民数量不断增加，人口的密集程度和异质程度较高，现代都市生活的快速节奏和生活压力给人们带来了紧张感和焦虑感，因此产生了消闲需求。上海现代商业中心地位确立后积累了雄厚资本，先进的技术和现代生活方式不断被引进，使追求舒适、自由和快乐的消闲生活成为可能。在此情况下，上海逐渐形成了一个成熟稳定的消闲文化市场。作为都市文化消费的一种形式的上海现代消闲刊物产生，而散文则其最为相宜的文体，在满足都市读者文化消费需要时，二者有某种内在契合关系。

首先，海派散文体制之短小和上海现代消闲刊物发行周期之短相契合，应和了现代都市的快速节奏。现代都市最突出特点是生活节奏的加快。据唐振常回忆说："初到上海，最感觉惊奇的不是上海的高楼大厦，也不是上海的灯红酒绿，而是上海人走路为什么那么快，在马路上如同小跑一样……当时的上海交通并不拥挤，为什么上海人都快步如飞呢？后来渐渐悟出道理：上海是全国最大的金融经济城市，行情起落，日夕数变，做生意的不跑怎么行呢……"[①]人们生活在异常快速的现代都市节奏中，当无暇来阅读长篇巨著时，刊登在消闲刊物上的短小散文就成为其阅读对象。当时已有人认识到："因为处在现今这样动乱、生活烦忙的时代，谁也没有这样多的闲暇来读长篇巨制的东西，所以一般人需要的知识，都是想要于极短的时间内来吸取，同时还要在他们的生活上能起一种适切的感应，如像精神的枯寂，生活的烦闷及工作的辛劳之后，能在这时，拿两本小品文

---

① 邱处机主编：《摩登岁月》，上海画报出版社 1999 年版，第 4 页。

的东西来读读，的确精神上就轻得多了。”[①]小品文理论家冯三昧从文艺作品发展规律的角度进行分析：“现代的文艺作品都从长大而向短小的新径进行，而所谓二十世纪也便成了小品文的世纪了。”[②]他又从都市人的生存境遇出发指出：“生存竞争的激烈，使现代人的生活都成恶战苦斗的生活，没有余裕的力可以赏作长大的作品。……恶战苦斗的生活，造成了疲劳与苦闷，因此想从种种方面求取刺激与麻醉。”[③]准确概括了小品文的短小特性能够迅速帮助读者摆脱生活烦扰。《人间世》等刊登散文的消闲刊物也与刊登小说的季刊月刊不同，多为周期短的半月刊。对此，林语堂深有体会，他指出：“周刊，半月刊，月刊，季刊，文字各自不同。周刊太重眼前，季刊太重万世。周刊文字，多半过旬不堪入目，季刊文字经年可诵。月刊则亦庄亦闲，然总不如半月刊之犀利自然，清爽如意。月刊譬如一师一旅，随军行役粮草马匹甚多，出发不便，半月刊稍近游击队，朝暮行止，出入轻捷许多。”[④]

其次，海派散文取材的广泛性和内容的丰富性与上海现代消闲刊物的“杂”特征相契合，能够直接表达现代市民的观念，契合他们在现代社会中对于知识的渴望，多方面满足其文化消费需要。在各种文体里，散文的取材之广和内容之丰富是最为突出的，林语堂指出：“盖小品文，可以发挥议论，可以畅泄衷情，可以摹绘人情，可以形容世故，可以札记琐屑，可以谈天说地，本无范围……包括一切，宇宙之大，苍蝇之微，皆可取材。”[⑤]因而，这方面的特性相吻合，使小品文成为消闲刊物不可或缺的文体之一。随着上海的现代教育制度逐步完善，教育业的发展培养了大批适应都市经济发展需求的人才，造就了一支文化层次较高的市民队伍，他们和传统的知识分子不同，对于信息和知识的需求量较大，因此，刊登在消闲刊物的散文通过丰富的信息量、明晰的观念，满足了现代市民读者的知识诉求。值得注意的是，20 世纪 30 年代新感觉派小说风行一时，吸引了不少读者。但作为一种探索性文本，新感觉派小说由于使用隐喻等艺术技巧，不能像散文那样直接快捷地为市民大众所接受，其读者人数显然要比散文少得多。

再次，海派散文轻便的形式、信手拈来的创作方式和上海现代消闲刊物的价

---

① 依凭：《谈小品文》，《学生生活》第 4 卷第 1、2 期合刊，1935 年。
② 冯三昧：《小品文三讲》，大光书局 1936 年版，第 23 页。
③ 冯三昧：《小品文作法》，大江书铺 1932 年版，第 33—35 页。
④ 语堂：《说小品文半月刊》，《人间世》第 4 期，1934 年 5 月。
⑤ 林语堂：《发刊词》，《人间世》第 1 期，1934 年 4 月。

格便宜的特性契合，适应市民大众的文化消费水平。与中国传统政治型都市不同，上海在20世纪30年代已经被纳入世界资本主义商业化的市场体系中，文学消费能力直接制约文学生产。《现代》杂志指出："在资本制度之下，文艺界的动态将大部分的受着市场竞卖的支配，实是无可讳言的事实。刊物的发展，是基乎广大读者的要求，而单行本书籍却因为无人问津而陷于衰落。"[①]囊中羞涩的读者放弃了昂贵的长篇著作，将文学消费目标转向了便宜的消闲刊物，而海派散文轻便的形式、灵活多变的创作方法都是和消闲刊物的消费性质吻合的。有人对此分析道："读者的钱袋不饱满，读者的求知欲却比前发达，读者对于从'宇宙之大'到'苍蝇之微'的种种方面的疑问也比从前多得多了，因而读者想以少许的代价换取多量的各方面的知识，希望他脑袋中的无量数的问号在一本刊物里就得到若干答案，于是觉得'杂志'是较合于他们的条件。"[②]1934年，《人间世》每期售价为一角五分，《论语》只售一角，都以较低的价格适应了当时读者的消费水平。

永安百货公司

最后，海派散文的闲适特点和杂志的娱乐性质相契合，能够满足市民消闲娱乐的需要。1934年1月10日，上海最现代化的商业大厦大新公司建成开业。它与永安、先施、新新并称四大百货公司，成为购物者的天堂；南京路上闪烁的霓虹灯、大玻璃橱窗内琳琅满目的商品，使得人们沉浸在消费快感中，他们在购物之余还可以在屋顶花园游乐场享受着各种娱乐。次年8月，可容纳6万观众，由运动场、体育馆和游泳池三大建筑组成的江湾体育场建成。在经济发展的强劲推动下，上海形成了浓郁的消闲文化氛围。林语堂认为在舞台歌榭、茶寮酒肆无

① 编者：《文坛展望》，《现代》第5卷第2期，1934年6月。
② 介：《明年又是什么年呢?》，《太白》第1卷第7期，1934年12月。

不门庭若市、坐客常满的情况下，杂志及小品文应该有其庞大的市场，并立志办《宇宙风》从娱乐市场争取读者队伍[①]，形象地说明了在上海消闲文化盛行语境下杂志的取向，而海派散文本身就具有消闲的功能，正与杂志之取向相吻合，因而海派散文这种适应现代都市繁华生活的有一定品味的文体形式，借助于报纸杂志载体，缓解了市民读者在繁重生活负担下承受的巨大精神压力。

上海现代消闲刊物和海派散文的选择是相互的：上海现代消闲刊物选择海派散文作为其主要文体，海派散文选择上海现代消闲刊物为主要载体；上海现代消闲刊物不会刊登表现阶级斗争等重大题材的散文作品，海派散文不会出现在严肃正统的刊物中，互动选择使得二者相随相生，相得益彰。美国文化学者戴安娜·克兰认为："如果一个文本的话语符合人们在特定的时间阐释他们社会体验的方式，这个文本就会流行起来。"[②]海派散文和上海现代消闲刊物在诸多方面特点的契合，使得上海现代消闲刊物上的海派散文成为市民文学阅读的首选对象，促进了消闲刊物的风行和海派散文黄金时代的到来。有人指出："这一两年来，在新文学方面，登载着小品文的期刊，小报，和日报上的副镌，已渐渐的增多，热闹了。长篇的大著作，虽然也出版了好几部很有价值，如茅盾的《子夜》等等的书，但与小品文的生产量，一比较，却还差的远。对于社会的影响，也是小品文占着胜利的。"[③]

二、上海现代消闲刊物对海派散文的影响及其文学史意义

上海现代消闲刊物选择海派散文作为其主要文体，提升了自身的品位，为其带来了庞大的读者市场和经济效益。上海现代消闲刊物对海派散文也产生了重要影响。加拿大著名传播学家马歇尔·麦克卢汉认为，媒介"会改变一切，不管你是否愿意，它会消灭一种文化，引进另一种文化"[④]。海派散文借助上海现代消闲刊物来满足上海文化消费市场需要时，受其影响是巨大的：上海消闲刊物的大众化定位使海派散文具有鲜明的市民文化品格，上海消闲刊物的娱乐倾向使海派散文在审美功能方面倾向于消闲性。在消闲刊物特性的制约下，海派散

---

① 《编辑后记》，《宇宙风》第1期，1935年9月。

② ［美］戴安娜·克兰著，赵国新译：《文化生产：媒体与都市艺术》，译林出版社2001年版，第97—98页。

③ 魏猛克：《关于小品文》，《春光》第1卷第3号，1934年5月。

④ 郭镇之：《关于麦克卢汉的思想——访埃里克·麦克卢汉博士》，段鹏、韩运荣主编：《传播学在世界》，中国传媒大学出版社2005年版，第25页。

文在文体上具有其新特点：在语言上注重口语化，形成了小品文、连载散文、画报散文、游戏文章、西洋杂志文等特色文体。上海消闲刊物不仅促进了海派散文的传播，而且使之成为迥异于传统散文、京派散文和左翼散文的新型都市散文，海派散文这些新变化在中国现代散文史上具有重要的意义。

第一，散文表现领域的扩大。在中国古代，“文以载道”的观念根深蒂固，散文长期被视为“经国之大业，不朽之盛事”，多表达宏大严肃的政治主题。19世纪末梁启超倡导“新文体”，将散文当成推行维新变法的工具。五四运动爆发后，在西方思潮的冲击下，文学先驱者们以随感录式的散文进行思想启蒙，是一种现代式布道。20世纪30年代，阶级意识的幽灵潜入散文创作领域，左翼作家以散文作为阶级抗争手段，创作大量杂文进行火热的政治斗争。与以上散文仅表现单一宏大主题不同，海派散文刊登在商业性极强的上海现代消闲刊物上，以满足广大市民文化消费需要为旨归，要使刊物保持极大的销量，就要考虑到市民的阅读需要。因此，与市民生活息息相关的无处不在的日常生活成为海派散文的主要表现对象。林语堂创办的《论语》《人间世》和《宇宙风》杂志，有意识地疏离现实政治斗争，回避“宇宙之大”，热衷“苍蝇之微”，尤为注重表现市民关注的日常生活。予且在《良友》上发表的散文关注的是“饭后的脸”，天地君亲师、福禄寿喜财等世俗话题。20世纪40年代苏青创办的《天地》更是将日常生活作为主要表现领域，并向女子生活进行开掘。《红杂志》散文常常将笔触伸进街头巷口，表现家长里短。这些日常生活领域题材，具有较强的普遍性和永恒性，因此海派散文具有持久的魅力，在后来不断被发掘，列入各种选本，满足不同时代的读者的阅读需要。海派散文生成于现代都市语境中，不仅表现市民生活、市民意识、市民价值观念，还描绘了现代都市的种种摩登景观，捕捉瞬息万变的都市流行色。在海派散文作家的笔下，都市成为独立的审美表现对象。例如《良友》杂志上的散文和图片相互辉映，多方位地构建了现代上海都市文化。海派作家认同现代都市生活，讴歌现代都市文明，张爱玲自称非听得见电车响才能入眠，在她眼里，电车进厂的特殊情形是“一辆衔接一辆，像排了队的小孩，嘈杂，叫嚣，愉快地打着哑嗓子的铃：‘克林，克赖，克赖，克赖！’吵闹之中又带着一点由疲乏而生的驯服，是快上床的孩子，等着母亲来刷洗他们”①。有的海派作家虽对上海生活有所批

① 张爱玲：《公寓生活记趣》，《天地》第3期，1943年12月。

评，但内心深处仍然对都市文明怀有深深的眷恋之情。谢六逸在《家》一文中，描写了上海的教育、生活诸方面的不如人意，劝友人不要搬到上海来居住。但据茅盾回忆，全面抗战期间，谢六逸滞留贵阳，当被问及战后是否回上海时，他表示：当然回上海！而京派作家虽然生活在都市北平，却迷恋农业文明。无论是沈从文、李广田还是芦焚，都以乡下人自居和自豪，他们在散文中进行文化思乡，并以之对照都市生活，批判都市生活。因此，海派散文以得天独厚的地域优势，表现都市、认同都市，描写市民生活，肯定市民价值观念的合理性，扩大了中国现代散文的表现领域，成为新型都市散文。

第二，散文交流意识的强化。散文作家在进行创作时，总是期待特定的读者对文本进行解读。巴赫金指出："每一个人的内心世界与思维都拥有自己稳定的社会听众，他在这一听众的氛围中构造着内在的论据，内在的主题，评价及其他……无论如何，理想的对话者不会超出一定阶级和一定时代的界限范围。"[①]由于文化心态和创作目的不同，散文作家与读者交流的程度存在差异。古代散文作家有着藏之名山留之后世或者自娱自乐的创作心态，交流意识不是很强，因此有人指出做官样文章的旧文学"因为要摆架子，故不屑作呢呢儿女态，所以万产生不出'何当共剪西窗烛，却话巴山夜雨时'式的情致温温喁喁的文学"[②]。京派散文作家在文化心态上倾向于保守和偏执，他们崇尚极端的感情，在散文中多表现孤独、愤懑的情绪，或以低语的形式寻觅高品位的知音，或以独语的姿态与自己的灵魂对话，并不以争取读者大众为创作旨归。左翼散文是为革命斗争服务的，作家们在散文中以慷慨激扬之辞大声疾呼来唤醒民众，位置高高在上。刊登在上海现代消闲刊物上的海派散文则不同。由于消闲刊物的商业化气息较为浓厚，为了在如林的刊物竞争中获得读者的青睐，就要拥有较强的读者意识。海派散文强化了散文文体的交流意识。海派散文作家在散文创作中放下架子，往往以推心置腹式的平易话语方式，和读者拉家常谈世态，寻求读者的理解和同情。林语堂提倡"闲谈体""娓语体"的散文创作，强调作者要把读者当成故交，作文姿态要如良朋话旧，私房娓语，做到这一点后，无形之中"文之重心由内容而移至格调，此种文之佳者，不论所谈何物，皆自有其吸人之媚态"[③]。苏

---

① ［俄］巴赫金：《马克思主义语言哲学的道路》，张杰编选：《巴赫金集》，上海远东出版社 1998 年版，第 230 页。

② 陈叔华：《娓语体小品文释例（上）——大小辩》，《人间世》第 28 期，1935 年 5 月。

③ 语堂：《论小品文笔调（一夕话之二）》，《人间世》第 6 期，1934 年 6 月。

青在《天地》发刊词中也要求散文作者放下高高在上的架子，“以常人地位说常人的话”，因此《天地》作者虽不乏学富五车的知识分子，但在作品中写的都是世俗生活，用的是亲切生动的文字。

第三，散文文体形式的开放。散文文体本身的体制具有不确定性和松散性①，因此是一种具有较高自由度的文体。京派散文较为重视散文体式的建设，确立和强化了散文的抒情体制，这在使其成为一种纯散文的同时，也窒息了散文的活力。与之相比，海派散文体则较为驳杂开放，具有较高的自由度。这和散文的传播方式有着密切的关系。何其芳的《画梦录》收录的散文多是精致的独语，是以散文集的形式，通过获得《大公报》的文艺奖金而声名远播的。从传播角度来看，与刊物关系并不密切。而海派散文多刊载在消闲刊物上，为适应刊物的版面需要、发行时间需要以及读者的阅读需求，往往打破散文文本的封闭状态，把之看成是一个开放系统，通过引用、用典或拼贴等手段形成互文关系，使得文本在相互指涉中产生意义，甚至将文学文本和表格等实用文本混融，表现出极强的开放性。为适应消闲杂志的表现需要，刊登在画报上的海派散文和图片相互结合，形成了画报散文。海派散文根据消闲刊物的版面来确定文章内容的长短，按照刊物的发行周期连载，形成了连载散文。海派散文文体形式的开放使之表现出较强的探索性，常常有独特的表现效果。

第四，散文审美功能的完善。中国传统散文强调“文以载道”，较为重视教化功能，“五四”散文和左翼散文则比较重视散文的社会批判功能。京派散文反映的是学院派知识分子的审美情趣，更注重散文的言志诉说功能。海派散文由于刊登在上海现代消闲刊物上，其主要功能体现在消闲上，这是对长期以来遭到忽视的散文功能的完善。海派散文生成于现代都市特殊语境中，出于吸引读者、占有市场目的，消闲功能比较突出，这遭到以沈从文为代表的京派作家、以胡风和唐弢为代表的左翼作家的批评，但其消闲功能具有其合理性和重要意义。美国学者保罗·韦斯(Paul Weiss)指出：“美好的生活就在于丰富的休闲时间能赋予其他一切事物以方向和意义。”②为缓解现代工业社会单调、乏味的工作和生活压力，缓和人口高度密集但人与人之间关系却陌生的异质化都市的焦虑感和孤

---

① 范培松：《中国散文史》(上)，江苏教育出版社2008年版，第335页。

② [美]约翰·凯利著，赵冉译：《走向自由——休闲社会学新论》，云南人民出版社2000年版，第245页。

独感，上海现代消闲生活高度发达。上海现代消闲刊物和其他有负面影响的消闲娱乐方式不同，是一种高层次的文化消闲。不仅如此，消闲刊物上的海派散文也不同于诸多小报上的格调不高的色情文章和插科打诨式的笑话。上海现代消闲刊物的创办者和海派散文作家的身份往往是重合的，他们在运用散文来满足都市文化消费需要的同时，有意识地对之进行规约，使之保持较高的格调，无论是林语堂在《人间世》发刊词中提出刊物的目标是使人“开卷有益，掩卷有味”，还是被称为“眼睛的冰淇林”的《良友》画报表示自己的旨趣为“以商业的方式而努力于民众的教育文化事业”[①]，都在满足市民读者的消闲文化消费需要的同时，坚持自己的品位和格调，力求在消闲娱乐中给人以智慧的启迪。

上海现代消闲刊物对于促进海派散文形成自身特色起到了重要的推动作用，但是我们也应该看到，上海现代消闲刊物对海派散文产生的负面影响也是明显的。

首先，为在商业文化语境中获得市场，海派散文不可避免地迎合读者大众趣味而忽视散文的品格，从而导致其缺乏必要的思想深度。如《红杂志》上的插图部分刊登了不少上海名妓照片，封面上也用了一些名伶的图像。编辑者针对第三期的插图《奇怪照片》说明写道：“杂志上期印出之奇怪照片一帧，我知读者必把卷玩赏，亟欲一叩其底蕴。实则此照片中艳影，为现在北里中之著名尤物。稍稍涉足花丛者，靡不识之。”[②]这种过度的娱乐性不免影响读者的趣味，事实上《红杂志》上不少散文仅能满足读者的消遣娱乐需要，缺少必要的思想深度和社会意义。这种倾向也多少存在于其他上海现代消闲刊物上。在消费语境下，海派散文在读者市场诱惑与保持散文格调之间苦苦挣扎。

其次，上海现代消闲刊物影响下的海派散文更多关注个体，多表现出市民群体的趣味，散文境界较为狭窄，对现实世界缺少崇高的观照。在时代的大潮面前，林语堂表述要“据牛角尖负隅以终身”；在沦陷区的屈辱语境中，苏青在《天地》所倡导的散文沉湎于日常生活琐事，表达了市民趣味却疏离了民族意识，没有理想，缺少抱负，客观上起到麻醉沦陷区市民的作用。张爱玲在《烬余录》中表达了对于无论是政治上的还是哲学上的清坚决绝的宇宙观的嫌烦，认为“人生的所谓‘生趣’全在那些不相干的事”。在战争恐怖的威胁下，她在散文中关注的却

① 伍联德：《再为〈良友〉发言》，《良友》第 37 期，1929 年 8 月。
② 鲽鲽：《奇怪照片之说明》，《红杂志》第 4 期，1922 年 8 月。

是“天真得可耻”的苏雷珈、百般阻挠配给制度的悲观主义艾芙林、因受伤成为注意中心而自鸣得意的青年店伙、上课抽烟抽得像烟囱后来无辜死在自己人枪下的历史教授佛朗士。香港陷落后，她们却满街的找寻冰淇淋和嘴唇膏。散文中特别写到了休战后她们在“大学堂临时医院”做看护的经历。医院有一个病人尻骨生了奇臭的蚀烂症，由于痛苦到了极点而整夜叫唤。而“我”却不理，因为“我是一个不负责任的，没良心的看护。我恨这个人，因为他在那里受磨难，终于一房间的病人都醒过来了”。最终病人终于亡故了，作者写道：“这人死的那天我们大家都欢欣鼓舞。是天快亮的时候，我们将他的后事交给有经验的职业看护，自己缩到厨房里去。我的同伴用椰子油烘了一炉小面包，味道颇像中国酒酿饼。鸡在叫，又是一个冻白的早晨。我们这些自私的人若无其事的活下去了。”[①]作者在文中坦陈自己的苍白和渺小、自私与空虚以及“恬不知耻的愚蠢”。张爱玲写到战争大环境下个体的深刻体验，但显然缺少更为深广的人性关怀。

第三，在消闲刊物“把赤裸裸的盈利动机投放到各种文化形式上”[②]的时候，海派散文文体的建设就会遭到忽略。以林语堂为核心的三个刊物中，《人间世》在封面上明确标明为“小品文半月刊”，较为重视文体建设，但与市场衔接上出现了问题，成为最为短命的刊物。接下来的《宇宙风》就更多考虑读者市场的需求，虽然在部分刊期上标明了“小品文”身份，但更多是向综合性刊物的方向发展。因此，这些刊物所刊登的作品，“纯”散文是较少的，缺少文体经营的自觉性，因而海派散文的整体面目显得较为模糊。

第四，为满足读者对消闲刊物的阅读需要，海派散文追求与图像的直观性结合，这就不可避免地使散文朝向平面化、画面化发展，文字本身具有的批判功能和深度感在一定程度上被削弱。刊登在《良友》画报上的诸多散文，与图像一起进行阅读，才能获得整体感受。很难想象“上海地方生活素描”系列散文中，曹聚仁的《回力球场》如果没有打回力球的四张照片，穆木天的《弄堂》如果没有生活气息浓郁的五张上海弄堂照片，洪深的《大饭店》如果没有六张高耸入云的大饭店摩天大楼图片，郁达夫的《上海的茶楼》如果没有五张茶楼及茶客照片，茅盾的《证券交易所》如果没有陆志庠五张形象的速写，其接受效果会是何等模样。这

---

① 张爱玲：《烬余录》，《天地》第 5 期，1944 年 2 月。

② ［德］阿多诺著，高丙中译：《文化工业再思考》，陶东风、金元浦、高丙中主编：《文化研究》第 1 辑，天津社会科学院出版社 2000 年版，第 199 页。

与古典散文依靠文本自身的魅力吸引读者具有较大的差别。

尽管如此，上海现代消闲刊物对海派散文影响的积极意义还是占主导地位的。中华人民共和国成立后，随着阶级斗争意识的加剧，上海消闲刊物和海派散文失去了生存的文化语境而从文坛上消失。改革开放以来，随着思想界的逐渐开放和文化观念的日趋多样化，中国的都市化进程不断加快，人们在巨大的生活压力下和紧张的生活节奏中产生了消闲需求，上海现代消闲刊物和海派散文资源被挖掘，林语堂、张爱玲、苏青等人的作品被不断重版再印。20 世纪 90 年代，广州的《南方周末》和上海的《新民晚报》的副刊上开辟了许多专栏，刊载了大量女性散文。无论是关注日常生活内容，还是发表形式，这些散文都与 20 世纪 40 年代的《天地》刊物上的散文有一脉相承处，因而被称为“新海派女性散文”[①]，就证明了海派散文的生命力。

① 周红莉：《论 1990 年代后新海派女性散文》，《江苏社会科学》2007 年第 6 期。

参 考 文 献

（一）报刊类

《人间世》

《现代》

《文学》

《读书顾问》

《出版消息》

《礼拜六》

《申报》

《大公报》

《圣教杂志》

《良友》

《论语》

《新闻报》

《时代画报》

《社会日报》

《上海新报》

《天地》

《鲁迅风》

《文艺茶话》

《生存月刊》

《杂志》

《太白》
《小说月报》
《消闲报》
《游戏报》
《红玫瑰》
《文艺画报》
《宇宙风》
《文艺风景》
《中国文艺》
《戏剧与文学》
《风雨谈》
《西风》
《天地人》
《眉语》
《新民意报》
《曙光》
《通俗教育月刊》
《骆驼草》
《明星画报》
《妇人画报》
《新语林》
《晨报》
《时代漫画》
《古今》
《大众》
《春光》
《新声》
《红杂志》
《上海生活》
《小天地》

《海燕》

(二) 著作类

陈剑晖:《中国现当代散文的诗学建构》,江西高校出版社2004年版。

冯并:《中国文艺副刊史》,华文出版社2001年版。

景秀明:《江南城市:文化记忆与审美想象——中国现代散文中的江南都市意象》,中国社会科学出版社2009年版。

乐正:《近代上海人社会心态(1860—1910)》,上海人民出版社1991年版。

李嵘明:《浮世代代传——海派文人说略》,华文出版社1997年版。

梁超:《时代与艺术:关于清末和民国"海派"艺术的社会学诠释》,中国美术学院出版社2008年版。

刘永丽:《被书写的现代:20世纪中国文学中的上海》,中国社会科学出版社2008年版。

马云:《中国现代散文的情感与交流》,河北人民出版社2003年版。

邱明正主编:《上海文学通史》(上、下),复旦大学出版社2005年版。

王兆胜:《真诚与自由——20世纪中国散文精神》,陕西人民教育出版社2003年版。

王晓渔:《知识分子的"内战"——现代上海的文化场域(1927—1930)》,上海人民出版社2007年版。

赵海彦:《中国现代趣味主义文学思潮》,中国社会科学出版社2005年版。

席扬:《知识分子的心路历程——中国现代散文名家新论》,山西高校联合出版社1994年版。

杨安翔:《现代散文话语形态与审美》,东南大学出版社2006年版。

杨东平:《城市季风:北京和上海的文化精神》,东方出版社1994年版。

杨义著,郭晓鸿辑图:《京派海派综论(图志本)》,中国社会科学出版社2003年版。

杨义:《京派文学与海派文学》,上海三联书店2007年版。

叶中强:《上海社会与文人生活(1843—1945)》,上海辞书出版社2010年版。

俞剑华:《中国绘画史》,商务印书馆1937年版。

吴福辉:《都市漩流中的海派小说》,湖南教育出版社1995年版。

［美］霍赛著，越裔译：《出卖上海滩》，上海书店出版社 2000 年版。

［英］比尔·布莱森著，严维明译：《趣味生活简史》，接力出版社 2011 年版。

刘增人等纂著：《中国现代文学期刊史论》，新华出版社 2005 年版。

樊卫国：《激活与生长：上海现代经济兴起之若干分析(1870—1941)》，上海人民出版社 2002 年版。

张仲礼主编：《近代上海城市研究(1840－1949 年)》，上海文艺出版社 2008 年版。

［英］阿雷恩·鲍尔德温等著，陶东风等译：《文化研究导论(修订版)》，高等教育出版社 2004 年版。

姚公鹤：《上海闲话》，上海古籍出版社 1989 年版。

邹依仁：《旧上海人口变迁的研究》，上海人民出版社 1980 年版。

杨剑龙：《文化批判与文化认同》，上海文化出版社 2008 年版。

罗苏文：《上海传奇——文明嬗变的侧影(1553—1949)》，上海人民出版社 2004 年版。

熊月之、周武主编：《上海：一座现代化都市的编年史》，上海书店出版社 2007 年版。

徐景猷：《近现代上海建筑文化》，香港东方艺术中心出版社 2009 年版。

李今：《海派小说与现代都市文化》，安徽教育出版社 2000 年版。

蒋晓丽、石磊：《传媒与文化：文化视角下的传媒研究》，华夏出版社 2008 年版。

［美］伊恩·P·瓦特著，高原、董洪钧译：《小说的兴起——笛福、理查逊、菲尔丁研究》，生活·读书·新知三联书店 1992 年版。

忻平：《从上海发现历史——现代化进程中的上海人及其社会生活》，上海人民出版社 1996 年版。

陈伯海主编：《上海文化通史》，上海文艺出版社 2001 年版。

杨扬、陈树萍、王鹏飞：《海派文学》，文汇出版社 2008 年版。

李白坚：《中国出版文化概观》，广西教育出版社 1999 年版。

戈公振：《中国报学史》，生活·读书·新知三联书店 1955 年版。

陈明远：《何以为生：文化名人的经济背景》，新华出版社 2007 年版。

魏绍昌：《我看鸳鸯蝴蝶派》，香港中华书局 1990 年版。

鲁湘元:《稿酬怎样搅动文坛——市场经济与中国近现代文学》,红旗出版社 1998 年版。

陈福康、蒋山青编:《章克标文集》,上海社会科学院出版社 2003 年版。

[马来西亚]温梓川著,钦鸿译:《文人的另一面——民国风景之一种》,广西师范大学出版社 2004 年版。

[法]皮埃尔·布迪厄著,刘晖译:《艺术的法则——文学场的生成和结构》,中央编译出版社 2001 年版。

马国亮:《良友忆旧:一家画报与一个时代》,生活·读书·新知三联书店 2002 年版。

周海波:《现代传媒视野中的中国现代文学》,中华书局 2008 年版。

刘扬体:《流变中的流派——“鸳鸯蝴蝶派”新论》,中国文联出版公司 1997 年版。

袁进主编:《鸳鸯蝴蝶派散文大系(1909—1949)》,东方出版中心 1997 年版。

应国靖:《现代文学期刊史话》,花城出版社 1986 年版。

王文英主编:《上海现代文学史》,上海人民出版社 1999 年版。

郭武群:《打开历史的尘封——民国报纸文艺副刊研究》,百花文艺出版社 2007 年版。

[澳]格雷姆·特纳著,许静译:《普通人与媒介:民众化转向》,北京大学出版社 2011 年版。

[美]约翰·维维安著,顾宜凡等译:《大众传播媒介》(第七版),北京大学出版社 2010 年版。

贺拉斯著,杨周翰译:《诗艺》,人民文学出版社 1962 年版。

傅德岷:《散文艺术论》,重庆出版社 1988 年版。

周海波、杨庆东:《传媒与现代文学之间》,中国社会科学出版社 2004 年版。

郑明娳:《现代散文类型论》,大安出版社 1987 年版。

何其芳:《画梦录》,文化生活出版社 1936 年版。

曹聚仁:《文坛五十年》,生活·读书·新知三联书店 2010 年版。

吕若涵:《“论语派”论》,上海三联书店 2002 年版。

林达祖、林锡旦:《沪上名刊〈论语〉谈往》,上海书店出版社 2008 年版。

万平近：《林语堂评传》，重庆出版社 1996 年版。

谢楚发：《散文》，人民文学出版社 1994 年版。

刘绪源：《今文渊源》，上海文艺出版社 2011 年版。

施建伟：《林语堂在大陆》，北京十月文艺出版社 1991 年版。

王兆胜：《林语堂：两脚踏中西文化》，文津出版社 2005 年版。

杨剑龙：《论语派的文化情致与小品文创作》，上海书店出版社 2008 年版。

范培松：《中国散文史》，江苏教育出版社 2008 年版。

于琨奇、花菊香主编：《现代生活方式与传统文化》，科学出版社 1999 年版。

[英] 戴维·伯姆著，王松涛译：《谈对话》，教育科学出版社 2004 年版。

钱杏邨：《现代十六家小品》，光明书局 1934 年版。

沈从文、萧乾：《废邮存底》，文化生活出版社 1937 年版。

朱光潜：《朱光潜全集》（第 4 卷），安徽教育出版社 1988 年版。

吴福辉：《多棱镜下》，人民文学出版社 2010 年版。

李康化：《漫话老上海知识阶层》，上海人民出版社 2003 年版。

[挪威] 拉斯·史文德森著，李漫译：《时尚的哲学》，北京大学出版社 2010 年版。

臧杰：《天下良友》，青岛出版社 2009 年版。

越裔：《上海史话》，世界文化出版社 1947 年版。

[美] 丹尼尔·贝尔著，赵一凡等译：《资本主义文化矛盾》，生活·读书·新知三联书店 1989 年版。

许道明：《海派文学论》，复旦大学出版社 1999 年版。

[美] 李欧梵著，毛尖译：《上海摩登——一种新都市文化在中国 1930—1945》，北京大学出版社 2001 年版，

[斯洛妮亚] 阿莱斯·艾尔雅维茨著，胡菊兰、张云鹏译：《图像时代》，吉林人民出版社 2003 年版。

伍联德：《中国大观》，良友图书印刷公司 1930 年版。

李相银：《上海沦陷时期文学期刊研究》，上海三联书店 2009 年版。

[美] 本顿·雷恩·帕特森、科尔曼·E·P·帕特森著，崔人元译：《期刊编辑》（第二版），河北教育出版社 2004 年版。

郑振铎：《西谛三记》，上海文艺出版社 2001 年版。

[法] 白吉尔著，王菊、赵念国译：《上海史：走向现代之路》，上海社会科学院出版社 2005 年版。

[美] 罗兹·墨菲著，上海社会科学院历史研究所编译：《上海——现代中国的钥匙》，上海人民出版社 1986 年版。

[英] 迈克·费瑟斯通著，刘精明译：《消费文化与后现代主义》，译林出版社 2000 年版。

[匈牙利] 阿格妮丝·赫勒著，衣俊卿译：《日常生活》，黑龙江大学出版社 2010 年版。

贵志浩：《话语的灵性——现代散文语体风格论》，浙江大学出版社 2010 年版。

冯三昧：《小品文三讲》，大光书局 1936 年版。

冯三昧：《小品文作法》，大江书铺 1932 年版。

[美] 戴安娜·克兰著，赵国新译：《文化生产：媒体与都市艺术》，译林出版社 2001 年版。

(三) 资料类

陈望道编：《小品文和漫画》，生活书店 1935 年版。

王岳川、尚水编：《后现代主义文化与美学》，北京大学出版社 1992 年版。

陈平原、山口守编：《大众传媒与现代文学》，新世界出版社 2003 年版。

上海市地方志办公室编著：《上海名街志》，上海社会科学院出版社 2004 年版。

徐雪筠等译编：《上海近代社会经济发展概况(1882—1931)》，上海社会科学院出版社 1985 年版。

严中平等编：《中国近代经济史统计资料选辑》，中国社会科学出版社 2012 年版。

潘吟阁：《战时上海经济》第一辑，上海经济研究所 1945 年版。

叶笑山、董文中编：《中国战时经济特辑》，中外出版社 1939 年版。

上海社会科学院历史研究所编译：《太平军在上海——〈北华捷报〉选译》，上海人民出版社 1983 年版。

邱处机主编：《摩登岁月》，上海画报出版社 1999 年版。

唐振常主编：《上海史》，上海人民出版社 1989 年版。

《上海租界志》编纂委员会编：《上海租界志》，上海社会科学院出版社2001年版。

上海社会科学院历史研究所编：《上海小刀会起义史料汇编》，上海人民出版社1958年版。

郑梅安：《上海通新编》，迅报馆编辑部大声广告公司1940年版。

徐国桢：《上海生活》，世界书局1930年版。

柳培潜：《大上海指南》，中华书局1936年版。

马健行：《老上海五十年见闻》，上海出版社1936年版。

沈伯经、陈怀圃：《上海市指南》，中华书局1934年版。

郁慕侠：《上海鳞爪》，上海格言丛辑社沪报馆1933年版。

上海通社编：《上海研究资料》，上海书店1984年版。

胡远杰主编：《福州路文化街》，文汇出版社2001年版。

马逢洋编：《上海：记忆与想象》，文汇出版社1996年版。

上海社会科学院文学研究所现代文学研究室、上海图书馆特藏部文献组编：《上海"孤岛"时期文学报刊编目》，上海社会科学院出版社1986年版。

赵家璧主编：《中国新文学大系》(影印本)，上海文艺出版社2003年版。

[美]艾布拉姆斯著，吴松江等编译：《文学术语词典》(第7版)，北京大学出版社2009年版。

杨晋豪：《二十三年度中国文艺年鉴》，北新书局1935年版。

吴立昌主编：《文学的消解与反消解——中国现代文学派别论争史论》，复旦大学出版社2004年版。

李宁编：《小品文艺术谈》，中国广播电视出版社1990年版。

陶东风等编：《文化研究》第1辑，天津社会科学院出版社2000年版。

《上海百年文化史》编纂委员会编：《上海百年文化史》(第一卷、第二卷、第三卷)，上海科学技术文献出版社2002年版。

程华平编著：《近代上海散文系年初编》，上海教育出版社2003年版。

李伦新、方明伦、李友梅、丁锡满主编：《海派文化与城市创新——第八届海派文化学术研讨会论文集》，文汇出版社2010年版。

《上海出版志》编纂委员会编：《上海出版志》，上海社会科学院出版社2000年版。

熊月之主编，罗苏文、宋钻友著：《上海通史·第9卷·民国社会》，上海人民出版社1999年版。

俞元桂、姚春树、王耀辉、汪文顶编：《中国现代文学总书目·散文卷》，知识产权出版社2010年版。

俞元桂主编：《中国现代散文理论》，广西人民出版社1984年版。

周红莉编：《中国现代散文理论经典》，苏州大学出版社2008年版。

（四）论文类

［美］A. 赫勒，魏建平译：《日常生活是否会受到危害?》，《国外社会科学》1990年第2期。

陈定家：《作为文学阵地的文学期刊》，《新疆大学学报（社会科学版）》2001年第1期。

陈惠芬：《"到底是上海人"与上海城市认同》，《社会科学》2003年第10期。

陈思和：《论海派文学的传统》，《杭州师范学院学报（人文社会科学版）》2002年第1期。

丁晓原：《论现代散文的公共性与个人性》，《江海学刊》2008年第1期。

范培松：《京派与海派散文批评比较论》，《文学评论》2002年第4期。

方爱武：《生命的瞩望：走进真实——海派小品散文比较谈》，《湘潭大学社会科学学报》2000年第24卷增刊。

方爱武：《试论海派小品散文的生成及其意义》，《淮南师范学院学报》2003年第4期。

方爱武：《试论海派小品散文的文化品格》，《浙江工业大学学报》2002年第6期。

黄健：《现代休闲文化与现代散文创作》，《杭州师范学院学报（社会科学版）》2006年第5期。

黄科安：《〈流言〉：张爱玲对世俗生活的沉迷与了悟》，《洛阳师范学院学报》2008年第3期。

季剑青：《1930年代林语堂小品文中"个人笔调"的建构》，《南京师范大学文学院学报》2007年第3期。

景秀明：《论海派小品的生成机制》，《浙江师大学报（社会科学版）》1998年第1期。

李惠敏：《商业化与20世纪30年代文学》，《河北师范大学学报（哲学社会科学版）》2006年第6期。

李楠：《海派文学、现代文学的通俗化走向》，《文学评论》2008年第3期。

刘军：《施蛰存与〈文饭小品〉》，《中华读书报》2008年1月30日。

刘轶：《现代都市与日常生活的再发现——1942年～1945年上海新市民小说研究》，上海大学博士学位论文，2007年。

钱乃荣：《多元博采的海派文学》，《上海大学学报（社会科学版）》2003年第5期。

涂晓华：《上海沦陷时期女性杂志比较——以〈女声〉和〈天地〉为中心》，《苏州教育学院学报》2011年第4期。

王富仁：《河流·湖泊·港湾——革命文学、京派文学、海派文学略说》，《中国现代文学研究丛刊》2009年第5期。

王进庄：《20世纪一二十年代旧派文人的转型和现代性》，《复旦学报（社会科学版）》2009年第4期。

谢其章：《〈良友画报〉的启示》，《光明日报》2005年1月27日。

徐采石、金燕玉：《鸳鸯蝴蝶派与吴文化》，《中国文化研究》2001年第4期。

吴福辉：《海派文学与现代媒体：先锋杂志、通俗画刊及小报》，《东方论坛》2005年第3期。

杨扬：《海派文学与地缘文化》，《社会科学》2007年第7期。

杨义：《京派和海派的文化因缘及审美形态》，《海南师院学报》1996年第1期。

俞王毛：《林氏刊物与海派文学》，《美与时代》2005年第12期。

周红莉：《论1990年代后新海派女性散文》，《江苏社会科学》2007年第6期。

张鸿声：《都市大众文化与海派文学》，《郑州大学学报（社会科学版）》2000年第5期。

朱少伟：《海派散文——旧上海的一道风景》，《人民政协报》2010年7月1日。

后　记

大约是2005年的酷暑，应大学同学之邀，我自芜湖启程去上海游玩，惊鸿一瞥间，对魔都产生了浓厚的兴趣。2006年修完硕士学位课程，谢昭新老师问我打算做什么毕业论文课题时，我脱口而出，说要做施蛰存的小说，谢老师竟一口答应了下来。毕业论文做得勉勉强强，辜负了谢老师，上海却跑了不少趟，去文庙的旧书市场，去复旦附近的古月旧书店，去华东师大校园内大夏书店，也去外滩，去福州路，去南京路。眼前的上海，小说里的上海，待化作论文里的上海时，却发现并非心中的那个上海。

于是就有了2010年9月开始的读博之行。感谢杨剑龙老师不弃，收下了愚鲁的我。时逢世博会举办，在铺天盖地的"城市，让生活更美好"的标语中，我开始近距离打量上海。然而，美好却是以漫长的等待为开端的，与上海大学读博的汪孔丰君一起早上五点钟出发，到下午五点钟才进沙特馆的排队经历恐怕此生再也不会重现。为了完成杨老师安排的"上海消闲文化"写作任务，有段时间，我每天乘坐830路公交车去上海图书馆查阅资料。田林路减价商品的卖力吆喝，宜山路的家装店奇奇怪怪的店牌，汇金商场上海六百美罗城的巨幅广告，衡山路酒吧的异国气息，日常的摩登的，一股脑扑进车窗。在上海图书馆近代文献阅览室，打开的则是另外一个上海，民国旧书杂志中的上海，泛黄的，却同样热闹的，活泼泼的，一百年来从未在任何时候稍逊风骚的上海。

犹记得是在上海戏剧学院的某间教室里，向杨老师提出博士论文做"海派散文"这个课题，得到了杨老师的允许。本打算做一个全面的研究，但在复旦大学举行的开题报告会上，陈思和、陈子善、郜元宝、栾梅健等先生提出宝贵建议，要我从具体刊物入手进入海派散文。范围缩小了，研究目标更明确了，接着也就成为上海图书馆近代文献阅览室的常客了。印象较深的一次是，早上进入文献室打开胶卷机浏览《宇宙风》杂志，不久后便为发现其办刊策略的灵活多变而激动不已，眼前的文献资料不断变成大脑里的一些想法，产生了强烈的写作冲动。文献室下午五点钟下班后，便转到中文社会科学图书阅览室继续作战，直到晚上八点半闭馆，在工作人员的频频催促下才悻悻地收起了电脑。然而，这样的快意是少有的，面对浩如烟海的刊物，更多的是困惑、迷茫、痛苦，无从下手。幸运的是，有杨老师一路引导前行。杨老师总是给学生们提供各种机会，去体验文学，去感受都市，去接近作家。多伦路的中国左翼作家联盟成立大会会址纪念馆，虹口的鲁迅纪念馆，武康路的巴金故居，常德路的张爱玲寓所，陕西南路的丰子恺旧居，置身其中，作家们似乎就在面前。在巨鹿路的上海作家协会听作家们纵论海上文坛百家，在奉贤海湾园听学者们畅谈叶辛《客过亭》中的知青岁月，在上海文新报业大厦听专家们热议"诺贝尔文学奖与当代文学价值重估"，无不开阔视野，增长见闻，启发文思。散文史家范培松先生，散文家韩小蕙女士，台湾文史学者蔡登山先生曾热情对本课题进行点拨，虽已过多年，仍时时回荡耳畔。

在论文撰写时，我按照杨老师的嘱咐，踏踏实实读原刊，小心翼翼出结论，自觉尚有些许心得。然而，涉及上海经济、历史、文化等事实时，每每感觉到自己的无能为力，为使得本书更为客观科学，引用了张仲礼、熊月之、罗苏文等诸位先生的专著中的一些观点和材料，特别要向这些先生致敬。本书部分内容曾在《中国现代文学研究丛刊》《出版发行研究》《都市文化研究》《中国石油大学学报》《江汉大学学报》《内蒙古农业大学学报》《聊城大学学报》等刊物发表，谨向付出过辛勤工作的杨帆、石河、陈恒、夏畅兰、喻进芳、张榕、王群丽等各位编辑致谢。

本书为我 2016 年承担的安徽省社科规划项目研究成果，项目编号：AHSKHQ2016D14，并受宿州学院 2019 年中国语言文学重点学科（编号：2019xjzdxk3）资助。从今年 7 月末开始，我放下一切手头上的事，潜心修订，或删削，或改写，或拓展，或新增，较之几年前，书稿面貌有了大幅改观。然而，总体却难以尽如人意，努力去捕捉还原建构的上海，仿佛永远在遥远的虚无缥缈的彼岸。本书的诸多粗疏不当之处，恳请读者朋友们多多指正、批评。

最后交代一下，书名借用自张若谷于 1929 年收入《异国情调》文集中的同名散文。张若谷在文中讲述了《圣经》记载的一个故事：耶稣在旷野禁食四十昼夜，魔鬼企图诱惑他。最后一次耶稣被带上最高的一座山，魔鬼指给他看世上的万国和万国的荣华，说：你若俯拜我，我就把这一切给你。可见都会之魅力由来已久。在张氏看来，都会已成为近代文学绝好的题材和无上的灵感，但文学出版物却不敢对之大胆赞美。这本小书，就权当对张若谷九十年前呼吁的一个微弱的回应。

满　建

2019年9月24日凌晨于汽笛声中